ハヤカワ文庫NV

〈NV1523〉

ウィキッド
誰も知らない、もう一つのオズの物語
〔上〕

グレゴリー・マグワイア

市ノ瀬美麗訳

早川書房

9061

WICKED

The Life and Times of the Wicked Witch of the West

by

Gregory Maguire

Translated by
Mirei Ichinose
Published 2024 in Japan by
HAYAKAWA PUBLISHING, INC.
This book is published in Japan by
arrangement with
KIAMO KO LLC
c/o JOHN HAWKINS & ASSOCIATES, INC.
through THE ENGLISH AGENCY (JAPAN) LTD.

ウィキッド

誰も知らない、もう一つのオズの物語

〔上〕

この本を、ベティー・レヴィンをはじめ、
善を愛し畏(おそ)れることを教えてくれたすべての人々に捧(ささ)ぐ。

謝辞

この本を最初に読んでくれた人々に感謝を送る。モーゼス・カードナ、ラフィク・ケシャヴジー、ベティー・レヴィン、ウィリアム・リース。いつも役に立つ助言をしてくれた。この本にまだ不完全な点があれば、それはすべて私の責任だ。

それから、ジュディス・リーガン、マット・ロシュコフ、デーヴィッド・グロフ、パメラ・ゴダード、『ウィキッド』を熱烈に歓迎してくれてありがとう。

最後に、この数年間、悪についてのおしゃべりに付き合ってくれた友人に礼を述べたい。大勢なので全員の名前はとても挙げきれないが、リンダ・ガヴァナー、デビー・カーシュ、ロジャー・モックとマーサ・モック、ケイティー・オブライエン、モーリーン・ヴェッキオーネ、それに、マサチューセッツ州エドガータウンの悪友たち。そして、弟のジョゼフ・マグワイアからは、いくつかアイデアを拝借した。訴えないでくれるといいのだが。

もくじ

下巻　もくじ

クオックス へ
スカルプ山地
グリカス
大ギリキン
森林地帯
グリカス運河
ファー・アップルルー
トラウム
ブロックスホール
テニケン
モス湖
マドレーヌ山脈
チョージ湖
センター・マンチ
ドラゴン・カバード
コーン・バスケット
ネバーディイル
コルウェン・グラウンド
マンチキン
ネスト・ハーディングズ
スリー・デッド・ツリーズ
マンチキン川
ラッシュ・マージンズ
イルズ湖
ウェンド・ハーディングズ
ストーンスパー
エンド
リンスター
クロースの丘
カドリング・ケルズ山地
クホイエ
オッベルズ
記号
エメラルド鉱山
森林地帯
農地
大ギリキン鉄道
黄色いレンガの道
カドリングの沼地
山地・丘陵地
砂漠

フリアン へ
ウガブ
ランシブル山
ギリキン
フロッティカ
パーサ・
ヒルズ
ウィッティカ
セッティカ
レッドサンド
ディキシー・
ハウス
ウィッカサンド分岐点
サースク
砂漠
ギリキン川
シズ
ヴィンカス
(「ウィンキーの国」)
キアモ・コ
エメラルド・シティ
未踏査の国境
ヴィンカス川
ケルズ湖
大ケルズ山脈
レスト湖
千年平原
ヴィンカス外縁部
カンブリシア山道
小ケルズの丘
不毛砂丘
クヴォン・
オルター
カドリング
THE LAND OF
OZ
イブへ続く砂漠
オズの国

人間が、実際よりも邪悪だと思われるのを好むとは、なんとも不思議なことだ。

——ダニエル・デフォー『魔術体系』

歴史上の事件においては、いわゆる偉大な人物は、その事件の名前を示すレッテルにほかならず、レッテルと同じように、事件そのものとはもっとも関係が小さい。自分自身には自由なものに思える彼らの行動のひとつひとつが、歴史的な意味では不自由であり、歴史の過程全体との関連のなかにあり、永遠の昔から決定されているのである。

——レフ・ニコラエヴィチ・トルストイ『戦争と平和』（『戦争と平和4』岩波文庫、藤沼貴訳）

「では、それはそれとしてじゃ」と、〈首〉がいいました。「わしの答えをしんぜよう。おまえがわしに、お返しとして、なにかしてくれないかぎり、おまえには、カンサスへ送り返してくれとわしにたのむ権利はない。この国では、みんな、代償をはらわなくては、ほしいものを手に入れることはできないのじゃ。わしの魔法の力で家へ送り返してもらいたければ、まずわしに、あることをしてくれなくてはならん。手をかしてくれ、しからばわしも手をかそう」

「手をかすって、何をすればよいのでしょう？」少女がたずねました。

「〈西の魔女〉を殺すのじゃ」オズが答えました。

——ライマン・フランク・ボーム『オズの魔法使い』（『オズの魔法使い』ハヤカワ文庫、佐藤高子訳）

登場人物

エルファバ（エルフィー）……緑色の肌をもつ女性
フレックス……………………エルファバの父。ユニオン教の牧師
メリーナ………………………エルファバの母。スロップ総督の孫
ばあや…………………………エルファバたちの子守役
タートル・ハート……………カドリング人のガラス吹き
ネッサローズ（ネッサ）………エルファバの妹
シェル…………………………エルファバの弟
ガリンダ（グリンダ）…………シズ大学の学生。エルファバのルームメイト
アマ・クラッチ………………ガリンダの世話係
ディラモンド…………………シズ大学生物学部教授
マダム・モリブル……………シズ大学学長
グロメティック………………マダム・モリブルの召使い
ニキディック…………………生命科学の教師
グレイリング…………………魔術の教師
ボック…………………………シズ大学の学生。エルファバの幼なじみ
ミラ
ファニー
シェンシェン
クロープ
ティベット
アヴァリック
（以上）……………………シズ大学の学生
フィエロ………………………シズ大学の学生。ヴィンカスのアージキ族の王
オズの魔法使い………………オズの国の権力者

プロローグ

黄色いレンガの道で

オズの国の空高く、魔女は風の先っぽに乗っかってバランスを取っていた。まるで緑色の土のかけらがつむじ風に巻きあげられて、くるくると旋回しながら運ばれているかのようだ。まわりでは、ところどころ紫色がかった白い夏の入道雲がむくむくと湧きあがっている。地上には黄色いレンガの道が、ゆるんだ首つり縄のように円を描きながら延びている。冬の嵐に荒らされたうえ、反体制派が振るったかなてこでかなりひどい状態になっていたが、それでも道は迷うことなくエメラルド・シティへ続いていた。見れば一行がレンガの道を歩いている。崩れた部分は大まわりし、穴ぼこをよけ、なんともないところではスキップなどをしていた。これからどんな運命が待っているか気づいてもいないようだ。だが、教えてやる筋合など魔女にはない。

魔女はほうきを手すりがわりに使って、手下の空飛ぶ猿たちがするように、するすると空から降りてくると、黒柳の木のてっぺんの枝につかまった。木の下では、葉の茂みに隠れて姿は見えないが、例の一行がひと休みしているところだ。魔女はほうきを脇の下に挟むと、カニのようにそろそろ、じりじりと下りていき、ほんの五、六メートルのところまで近づいた。垂れ下がった柳の枝が風に吹かれて揺れる。魔女は下をのぞきこみ、聞き耳を立てた。

全部で四人。巨大な猫みたいなのがいる。ライオンだろうか？　それに、やたらピカピカした木こり。ブリキの木こりはライオンのたてがみのシラミを取ってやっているところで、ライオンは何やら低くうなりながら、いらいらした様子で身をくねらせている。その近くでは生きたかかしがのんびりと腰を下ろし、タンポポの綿毛を吹いて風に飛ばしている。揺れる柳の枝のとばりにさえぎられ、少女の姿は見えない。

「そうそう、聞いたところじゃ、頭がおかしいのは生き残った姉のほうらしいよ」と、ライオンが言う。「なんてやつだろう。心はひねくれてる、悪魔にはとりつかれてる。おまけに正気じゃないなんて。ぞっとするね」

「生まれたときに去勢されたんだってさ」と、ブリキの木こりが落ち着き払った様子で応じた。「もとは両性具有か、もしかしたら完全に男だったのかも」

「おいおい、また去勢の話か。それぱっかりだね」とライオン。

「わたしはただ、人が噂してるとおり言ってるだけだよ」と木こり。

「まあ、誰だって意見を言う権利はあるからね」と、ライオンが軽口を叩く。「なんでも母親に愛されなかったとかで、さんざんひどい扱いを受けて育ったんだって。肌の色を治すために、薬漬けにされてたそうだよ」

「愛情に恵まれなかったんだな」とブリキの木こりが言う。「わたしたちと一緒だ」そこで言葉を切り、いかにも悲しげに手を胸の真ん中に置いた。

「女と付き合うほうが好きらしいよ」と、かかしが座り直しながら言った。

「妻子もちの恋人に捨てられたって」

「いや、妻子もちの男ってのが実は魔女なのさ」

魔女はあっけにとられ、あやうく枝から手を放しそうになった。人の噂など気にしないが、ずっと世間と関わっていなかったためか、見知らぬ連中のあからさまな物言いにびっくりしてしまったのだ。

「暴君なんだよ。ぶっそうな独裁者ってわけさ」と、ライオンがきっぱりと言った。

そのたてがみを、ブリキの木こりがわざと強く引っぱる。「臆病者のきみにとっちゃ、何でもかんでもぶっそうなんだろう。聞いた話じゃ、ウィンキーとやらの部族の自治権を守るために戦ってるそうだよ」

「どんな人だとしても、妹さんが死んだんだもの、きっと悲しい思いをしてるはずよ」と少女が言った。まだ年の若い子供にしては、情のこもった、おごそかな声だった。魔女は背中がむずむずした。

「情けなんてかけてやるなよ。わたしはごめんだね」ブリキの木こりが、少しばかにしたように言う。

「いや、ドロシーの言うとおりだ」とかかし。「誰だって、悲しいときは悲しい」

恩着せがましいあて推量に心底うんざりした魔女は、少女の姿を見てやろうと、木の幹をぐるりとまわり、背伸びをした。風が強くなり、かかしがぶるっと身震いする。ブリキの木こりはライオンにもたれて、たてがみの掃除を続けている。そんな木こりをライオンは優しく支える。「嵐がやってきそうだ」と、かかし。

遠くのほうで雷鳴がとどろいた。「ほーら、魔女がやってくるぞー」そう言いながら、ブリキの木こりがライオンをくすぐる。おびえたライオンが半べそをかきながらかかしに覆いかぶさるように抱きついたために、ブリキの木こりがさらにその上から倒れこんだ。

「ねえみんな、嵐には用心しなくちゃ」と、少女が言った。

風が巻きあがり、柳の枝のとばりが動いたので、魔女はやっと少女の姿を見ることができた。脚を曲げて座り、両手で膝を抱えている。可憐というよりは、体格のいい田舎の娘といった風情。青と白のチェック柄のワンピースを着て、エプロンをつけている。その膝では、薄汚い子犬がおびえてくんくん鳴いていた。

「嵐が怖いんだね。あんな目にあったあとだから無理もない」ブリキの木こりが声をかけた。「なに、大丈夫さ」

　魔女は木の皮に爪を食いこませた。まだ少女の顔がよく見えないのだ。見えたのは、がっしりした腕の肘から下、それと黒い髪を引っつめてお下げに結った頭のてっぺんだけ。心してかかるべき相手なのか、それとも、吹き飛ばされて場違いなところに落ちたタンポポの種ほどに取るに足らない存在なのか。顔さえ見えたら、それがわかるのに。

　魔女は木の幹から首を伸ばす。ところがちょうどそのとき、少女は顔をそむけてしまった。「嵐がどんどん近づいてくる」風が強まるとともに、少女の声はかすれ、まるで涙でのどを詰まらせながら言葉を絞り出そうとするように緊迫感をおびていった。「嵐ってほんとに恐ろしいんだから。とんでもなくひどい目にあうのよ！」

「ここにいれば安全だよ」と、ブリキの木こりが言う。

「ちっとも安全じゃない」と少女は言い返す。「だって、この木はこのあたりで一番高いでしょ。雷が落ちるとしたら、きっとここのはず」少女は犬をぎゅっと抱きしめた。「この先に小屋がなかった？　そこに避難するの。かかしさん、もし雷が落ちたら、あなたなんてあっという間に燃えちゃうんだから！　ほら、急いで！」

少女は立ちあがり、あたふたと駆け出した。仲間たちもすっかり恐ろしくなって、あとを追う。大粒の雨がぽつぽつと地面を強く叩きはじめた。そのとき、魔女は少女の姿に目を留めた。その顔にではなく、靴にである。あれは妹の靴ではないか。薄暗くなってきた空の下でも、靴の輝きは見て取れる。まるでイエローダイヤモンドのように、血のごとく赤い熾火のように、またたく星のように、光を放っていた。

最初に靴に気がついていたら、魔女は少女と仲間の会話にのんきに耳を傾けたりはしなかっただろう。だが、少女の脚はスカートの下に隠れていたのだ。今こうして目にしたとたん、あの靴が欲しいという思いがあふれ出した。あれはわたしのものだ！　ずっと我慢してきたのだ。わたしにはあの靴をもらう権利がある。できるものなら、すぐにでもここから少女に飛びかかって、あのずうずうしい足から力ずくで靴を奪ってやりたい。

だが、一行は嵐を逃れようと、黄色いレンガの道を脇目もふらずに駆けていく。魔女は魔女で、嵐をひどく恐れていた――雨に濡れながら駆けていった少女が恐れるよりも、雷に打たれると燃えてしまうかかしが恐れるよりも。こんなたちの悪い雨の中に飛び出していく気にはどうしてもなれない。ずぶ濡れになってしまう。そこで追いかけるのはやめて、黒柳のむき出しの根っこの隙間に身を潜め、嵐が通り過ぎるのを待つことにした。ここなら雨に濡れる心配はない。

このまま泣き寝入りはしない。いつだってそうしてきたじゃないか。オズの厳しい政治情勢に叩きのめされ、奪い尽くされ、打ち捨てられた末、干からびてもう根を張れなくなった苗木のように、あちこち流れ歩いてきた。だが、結局のところ災いを受けたのは魔女ではなく、明らかにオズの国のほうだ。オズのせいで波乱に満ちた人生を歩む羽目になったとはいえ、そのおかげで自分はこれだけの力を身につけることができたのだから。

やつらを逃がしたとしても、かまうことはない。待つとしよう。いずれ再会の時はきっと来る。

第一部　マンチキン国の人々

悪の起源

くしゃくしゃのベッドの上から妻が言った。「きっと今日だと思うわ。だってほら、こんなにお腹が下がってきてるもの」

「今日だって？ まったくきみらしいな。あまのじゃくで、人の都合なんかおかまいなしだ」戸口に立って外を眺めていた夫は、からかうように言う。湖の向こうには野原、さらにその先には木々の生い茂る丘が続く。目を凝(こ)らすと、ラッシュ・マージンズの町並みの煙突がかろうじて見えた。朝食の支度をする煙が立ちのぼっている。「僕の仕事にとって最悪の間(ま)の悪さだ。言うまでもないがね」

妻はあくびをする。「しょうがないでしょ。なんでも、お腹がこんなに大きくなってしまったら、赤ん坊の言いなりになるしかないんだそうよ。ねえあなた、どうしても困るって言うんなら、いっそのこと放っておいてちょうだい。もういつ産まれてもいい頃なんだし、今となってはどうしたって止められやしないんだから」そう言いながらベッドに手を突いて体を起こし、膨らんだお腹の向こうを見ようとする。「なんだか自分の体に乗っ取られたような気分。というより赤ちゃんにね」

「なんとか自分を抑えてくれ」夫は妻のもとに近づき、起きあがるのに手を貸した。「精神修行だと思えばいい。感覚をコントロールして。心だけじゃなく、体を制してこらえるんだよ」

「自分を抑える?」ベッドの端ににじり寄りながら、妻は笑う。「自分なんてこれっぽっちも残ってないわ。赤ちゃんに寄生されてなすがままになっているってだけ。わたしって存在はどこにいっちゃったのかしら。あの懐かしい、くたびれたわたし、いったいどこに置いてきちゃったんだろう」

「僕の身にもなってくれ」口調が一転して、真剣なものになる。

「フレックス」妻が先まわりして言う。「火山が今にも噴火しそうってときに、どんなに偉い聖職者が祈ったって止められっこないでしょ」

「牧師仲間がなんと思うか」

「みんなで声を合わせて、こう言うでしょうね。『フレックスパー牧師よ、村が火急の問題を抱えているというときに、奥さんに第一子を産ませるとは。なんと軽率な。まったくしめしがつきませんな。クビですぞ』」これは冗談だ。フレックスをクビにできる者など誰もいないのだから。一番近いところにいる主教でも、ここからは遠く離れているため、こんな田舎に住む一介のユニオン教牧師などにいちいちかまってはいられないのだ。

「とにかく、間が悪いったらない」

「間が悪いって言うんだったら、あなたにも半分責任があるんじゃないかしら」と、妻は返す。「だって、ねえ、そうでしょ、フレックス」

「まあ、確かに理屈ではそうなる。でも、どうかな」

「どうかな、ですって？」妻は頭をのけぞらせて笑った。耳からのどのくぼみにかけての曲線が優美な銀のひしゃくを思い起こさせる。朝のしどけない寝起き姿でも、貨物船のようなぼってりとした腹をしていても、はっとするほど美しい。その髪はつややかで、樫(かし)の濡(ぬ)れ落ち葉が太陽の光を浴びてきらきらと輝いているかのようだ。妻が名門の生まれであることをフレックスは苦々しく思っていたが、あえて自分の生まれにとらわれまいとしている妻の姿に心を打たれてもいた。いずれにしても、妻を愛していることに変わりはない。

「自分が本当に父親か疑ってるってこと？」と言いながら、妻は片手でベッドの木枠をつかむ。フレックスはもう一方の腕を取り、妻が立ちあがるのを手伝った。「それとも、世の男性たちに父親になる資格があるか疑わしいってこと？」立ちあがったその姿は巨大で、まるで小さな島に足が生えたかのようだ。のろのろとした足取りで戸口から出ていきながら、妻はこのやりとりがおかしくて笑い声をあげる。フレックスが今日これからの戦いに備えて身なりを整えはじめたそのときにも、まだ屋外の厠から妻の笑い声が聞こえていた。

　フレックスはひげを櫛で整え、頭皮に油をすりこんだ。革と骨でできた留め具で髪を首の後ろでまとめ、顔にかからないようにする。今日は遠くからでも表情がよく見えるようにしておかなければならない。自分が伝えようとすることに一点の曇りもあってはならないのだ。炭の粉を使って眉を濃くし、赤い蠟を少量、のっぺりした頰に塗りこむ。唇にも色をつける。ぱっとしないよりは見た目のよいほうが、多くの人々を悔い改めさせることができるというものだ。

　中庭の炊事場では、妻のメリーナが妊婦らしからぬ軽やかな身のこなしで動きまわっていた。まるでぱんぱんに膨らんだ大きな風船が、地面にひもを引きずりながら移動しているかのようだ。片手にフライパン、片手に数個の卵と秋採りハーブの細長い葉先を持ちながら、何やら歌を口ずさんでいる。といっても、とぎれとぎれに歌っているだけで、フレックスが聞いているとは思っていない。

　僧服の襟元までボタンを閉め、脚絆にサンダルのひもを巻きつけると、フレックスはたんすの下に隠してあった書類を取り出した。スリー・デッド・ツリーズの村から牧師仲間が送ってきた報告書だ。その茶色の紙片を腰帯に隠す。フレックスはこの報告書が妻の目に触れないようにしてきた。これを読めば、あいつのことだ、一緒に来たいと言い出すに決まっている。その内容がおもしろそうなことだったら楽しみたいから、恐ろしそうだったらスリルを味わいたいからと理由をつけて。

フレックスが深呼吸して、今日の演説のために息を整えている頃、メリーナはフライパンの中で木さじをゆっくりと動かし、卵をかき混ぜていた。カウベルの音が湖の向こうから聞こえてくる。けれど、メリーナはその音を聞いていなかった。別の音、お腹の中から響いてくる音に耳を傾けていた。それはメロディのない音――まるで夢の中で聞くように、メロディの印象が残っているだけで、ハーモニーなどは思い出せない――そんな音楽だった。お腹の赤ちゃんが、生まれてくる喜びをハミングしているんだわ。きっと歌の好きな子になるにちがいない。

家の中からはフレックスの声が聞こえてくる。即興で演説の練習を始めたのだ。よどみない言葉で次から次へ持論を展開していきながら、自分がいかに正しいかを改めて確かめているようだ。

メリーナはふと、ずっと昔にばあやが子供部屋でよく口ずさんでくれた唄(うた)を思い出した。たしかこんな唄だった――。

朝に生まれたあかんぼは
やにわに悲嘆にくれはじめ
午後に生まれたあかんぼは
嘆き悲しみ手がつけられぬ
夕方生まれのあかんぼは
悲しみ高じてむせび泣く
晩に生まれりゃ生まれたで
朝生まれの子と変わりゃせぬ

だがメリーナは浅はかにも、これをただの戯れ唄として覚えていた。確かに悲しみは人生につきものだけれど、それでもわたしたちは赤ん坊を産み続けるじゃない。

いいえ。ばあやの声が、例のごとく滔々と自説を述べ立てながら、メリーナの心の中に響く――いいえ、違いますよ、おませな駄々っ子ちゃん。あたしたちはいつまでも子供を産み続けたりしませんよ。それははっきりしてます。赤ん坊を産むのは、まだ若くて人生がどんなに辛いものかわかっていない娘のときだけですよ。人生がどんなものかよおくわかってくると、すっかりうんざりして干上がってしまうんです。やっと分別がついて子供を産むのをやめるってわけですよ。物わかりが悪いんですねえ、あたしたち女ってものは。

でも、男は干上がらないでしょ。メリーナは反論する。死ぬまで子供をつくれるもの。

ばあやが言い返す。ええ、女は物わかりが悪いだけですがね、男ってやつは、そもそも物がわかるってことがないんですよ。

「朝ごはんよ」木皿に卵を取り分けながら、メリーナは声をかけた。この子は世の男どもみたいにぼんくらにはならないわ。苦難続きの人生にも敢然と立ち向かうような男に育ててみせる。

「今、我々の社会は危急存亡のときを迎えています」フレックスが諳んじている。世俗の快楽を糾弾する牧師にしては、実に優雅に食事をする。メリーナは、夫の指が二本のフォークを操るさまを見るのが好きだった。いかにもご立派に聖人ぶってるけど、心の底ではもっといい暮らしがしたいってひそかに思ってるんじゃないかしら。

「毎日が我々の社会の、まさに危急存亡のときなのであります」メリーナはわざとふざけて、男のような口調でまぜ返した。ああ、ほんとに鈍いんだから。わたしの皮肉にも気がつかないのね。

「我々は岐路に立っています。偶像崇拝が世にはびこりつつあり、古き良き価値観は揺いでいる。真理は攻撃され、美徳は打ち捨てられつつあるのです」

　これは、妻に話しかけているわけではなく、これから始まる暴力と魔術の見世物を批判するために、予行練習をしているのだった。フレックスには、常に絶望と背中合わせというところがあった。が、世の多くの男たちとは違って、絶望を自分の仕事に活かすことができるのだった。メリーナはよっこらしょと長椅子に腰を下ろした。頭の中では、今も歌詞のない歌がコーラスとなって鳴り響いている。赤ちゃんが産まれるときって、誰でもこうなるのかしら？　村のお節介な女連中に尋ねてみようか。午後にはここにふらりとやってきて、このお腹を見てひそひそ文句を言うに決まっている。でも、尋ねたりできるわけない。上品な言葉遣いがわざとらしいと思われるのは仕方ないとしても、こんなあたりまえのことも知らない無学な女だとは思われたくない。

　メリーナが黙りこんでいることにフレックスが気づいた。「怒っているんじゃないだろうね。今日きみのそばにいられないからって」

「怒ってる？　わたしが？」メリーナは思ってもみなかったというように眉を上げた。

「ささやかな個人の人生にも確かに歴史が刻まれていく」とフレックス。「だが時を同じくして、世の中に末永く影響を与える大きな力が結集している。一度に両方に立ち会うことはできないんだ」

「この子の人生は、ささやかじゃないかもしれないわ」

「言い争ってる場合じゃない。今日の神聖な任務を放棄しろって言うのか？　我々はラッシュ・マージンズで悪の権化に立ち向かおうとしてるんだ。この任務を放棄したりしたら、僕は自分を許せないだろう」フレックスは本気だった。そんな熱い人だからこそ、メリーナは恋に落ちたのだ。だがもちろん、その熱意ゆえにうんざりすることもあった。

「悪いことは、また何度でもあるわ」最後にもうひと言だけ。「でも、あなたの息子が生まれるのはただ一度きりよ。お腹の中で羊水が盛りあがっているこの感じがそうなら、きっと今日生まれるわ」

「子供なら、また生まれるさ」

メリーナは怒った顔をフレックスに見せないよう、横を向いた。

だが、いつまでも夫に腹を立ててはいられなかった。おそらく、彼女には道徳心に欠けるところがあるからだろう（メリーナは普段から、道徳心に欠けていることに胸を痛めることはあまりなかった。牧師を夫にしていればそれだけで、一組の夫婦には十分なほどの敬虔な気持ちが持てるというものだ）。メリーナは不機嫌に黙りこんだ。フレックスは朝食をちびちびと口に運んでいる。

「悪魔が」フレックスはため息をついた。「悪魔がやってくる」

「子供が生まれるっていう日に、そんな言葉、口にしないで！」

「ラッシュ・マージンズに迫る誘惑の魔の手のことだよ！　メリーナ、わかってるくせに」

「でも、言葉にしたことは確かでしょ。いったん口にしたら、もう取り消せないのよ！」とメリーナ。「わたしのことだけ考えてとは言わない。でもね、フレックス、ちょっとくらいは考えてほしいわ！」小屋の壁際に置かれた長椅子に、大きな音を立ててフライパンを叩きつける。

「それはこっちのせりふだよ」とフレックス。「今日僕がどんなことに立ち向かわねばならないと思う？　どう民衆を説得すれば、偶像崇拝の乱痴気騒ぎから目をそむけさせることができるか。今夜、僕はよくできた見世物に尻尾をまいて帰ってくることになるだろうな。きみは満足げに赤ん坊を抱いているかもしれない。せいぜい敗北を甘んじて受け入れることにするさ」こう言いながらも、夫の顔はどこか誇らしげだ。気高い道徳的大義のもとで敗北するなら本望なのだ。肉、血、汚物、騒々しさがつきもののお産など、比べものにならないということか。

やがてフレックスは、出かけようと立ちあがった。湖から吹いてくる風が、台所から立ちのぼる煙の先端をかき乱す。まるで水の渦がだんだん小さくなりながら、排水溝にぐるぐると吸いこまれていくみたい、とメリーナは思った。

「がんばるんだよ、メリーナ」フレックスはそう言ったが、もう頭のてっぺんから爪の先まですっかり厳格な牧師になりきっていた。

「ええ」と答えて、メリーナはため息をつく。そのとき赤ん坊が下腹を蹴った。また厠へ急がなくては。「あなたもね、牧師様。ご無事を祈ってるわ。あなたはわたしを支える背骨であり、わたしを守る胸当てよ。無茶をして殺されたりしないでね」

「名もなき神の御心に従うばかりさ」

「わたしの心にもね」メリーナは不遜な態度で言う。

「きみの心は、それにふさわしいところに向けてくれ」とフレックス。自分は聖職者で、おまえは罪人だと言わんばかりだ。メリーナはおもしろくなかった。

「いってらっしゃい」ラッシュ・マージンズへの道を急ぐ夫を、その姿が見えなくなるまで手を振って見送るよりも、悪臭漂う厠で用を足すほうをメリーナは選んだ。

時を刻むドラゴン時計

フレックスは、メリーナが思っている以上に妻のことを気遣っていた。最初に目に入った小屋に立ち寄ると、戸口で漁師と立ち話をした。一人か二人、ご婦人をうちによこしてもらえないだろうか。今日一日、場合によっては今夜も、メリーナに付き添ってやってもらえたらありがたいんだが。フレックスはしかめ面をしてうなずき、言葉には出さずに感謝の気持ちを伝えた。妻がこのあたりであまり好かれていないのはわかっていた。

それから、イルズ湖の端をまわってラッシュ・マージンズへ向かう前に、倒れた木の前で立ち止まり、腰帯の中から二通の手紙を取り出した。

手紙は、フレックスの遠縁で、やはり牧師をしている男から届いたものだ。何週間か前に、この牧師は時間と貴重なインクを費やし、〝時を刻むドラゴン時計〟とやらについて知らせてきた。今日の神聖な闘いに向けて心構えをするために、フレックスは崇拝の対象となっている時計についてもう一度読み直しておくことにした。

フレックスパー牧師。私なりの印象を、忘れないうちに取り急ぎお伝えします。

ドラゴン時計は台車にのっていて、その高さはキリンほどもあります。四方に額縁型（プロセニアム）の壁面やアルコーブが打ちつけてあるだけで、それ以上の支えもなく、今にも倒れそうな見世物小屋にすぎません。平たい屋根の部分にぜんまい仕掛けのドラゴンがのっています。緑色に塗った革でできていて、銀色の爪と、赤いルビーをはめこんだ目がついています。皮には銅や青銅や鉄でできたうろこがいくつも重ねられ、その折り重なったうろこは伸縮自在で、下にはぜんまい仕掛けで動く骨格が組みこまれています。ドラゴンは台座の上でとぐろを巻いていて、革でできた小さな翼を動かしたと思うと（この翼が動くとヒューヒューとふいごのような音が出ます）、硫黄のような悪臭を放つオレンジ色の火の玉を吐き出します。

その下には何十もの戸口や窓、ベランダがあり、そこにからくり人形、マリオネット、置き人形などが並べてあります。どれも民話の登場人物で、農民も王族も同じように戯画化されています。動物、妖精、それに、あろうことか我らユニオン教の聖人の像もあったのですよ、フレックスパー牧師。こっそり盗み出されたにちがいありません！　はらわたが煮えくり返る思いです。人形は歯車で動く仕掛けになっていて、戸口を出たり入ったりします。腰の部分が曲がって、踊ったりふざけ合ったりするのです。

いったい誰がこの〝時を刻むドラゴン〟、いや、このえせ神託所を作ったのか。ユニオン教と名もなき神の力に歯向かって、邪悪の種をそこらじゅうにまき散らすこんなしろものを。ドラゴン時計を操作しているのは一人の小人とその手下である、おひねりを集めるしか能のなさそうなきゃしゃな造りの少年たちだ。小人とこの美少年たち以外に、誰か利益を得る者がいるのだろうか。

遠縁の牧師からの二通目の手紙は、ドラゴン時計が次にラッシュ・マージンズに向かっていると警告したもので、さらに具体的に様子が書かれていた。

見世物は、弦を弾(はじ)く音と、骨をカタカタ鳴らす音で始まりました。見物人は奇声をあげながら、われ先に前へ押し寄せます。舞台上の明かりのついた窓の中では、からくり人形の夫婦がベッドに入っていました。眠っている夫の横で妻がため息をつき、木でできた両手を動かして、夫のものがとても小さいのでがっかりだと無言のうちに語ります。見物人はどっと声をあげて笑いました。妻が寝入り、いびきをかきはじめると、夫はこっそりベッドを抜け出します。

このとき、舞台の上方では、ドラゴンが台座の上で向きを変え、かぎ爪を聴衆に向けました。その爪はまっすぐに、グラインという名の実直な井戸掘り職人を指しています。夫として気が利かないところはあっても、妻を裏切ったことはない男です。それからドラゴンは後ろ足で立ちあがると、二本の指を伸ばしてレッタという未亡人とその娘で乱杭歯（らんぐいば）の生娘を指さし、こっちへ来いという身ぶりをしました。群衆はしんとなり、グライン、レッタ、そして頰を赤らめた娘からさっと離れていきます。まるで、三人の体に突然膿（うみ）を持った腫れ物ができたかのように。

ドラゴンは再び寝そべったかと思うと、片方の翼を別の戸口に下ろしました。するとそこに灯りがついて、からくり人形の夫を照らし出します。夫は夜の闇の中をふらふら歩いています。そこへ、ぼさぼさ頭で赤ら顔のからくり人形の未亡人が、いやがる乱杭歯の娘を引きずるようにしてやってきました。未亡人はからくり人形の夫に接吻すると、その革のズボンを脱がせました。そこには男のモノが二つもついています。ひとつは前に、もうひとつは尾骶骨（びていこつ）のところに。未亡人は前についている小さいほうを娘にあてがい、自分は後ろについている驚くほど大きいほうに飛びつきました。三体の人形は、喜悦の声をあげながら、跳ねあがったり揺れたりして動きます。ことが終わると、未亡人と娘は体を離し、夫に接吻しました。それから二人でしめし合わせたように、前から後ろから膝蹴りをくらわせたのです。夫は股間を押さえながら、バネ仕掛けのようにぴょんぴょん跳びまわります。

聴衆はどよめきました。井戸掘り職人のグラインは、ぶどうの実のような大粒の汗をかいています。レッタはそ知らぬそぶりで高笑いしていますが、娘は恥ずかしさのあまり、すでに姿を消していました。夜が明ける前に、興奮した隣人たちはグラインを襲い、そのおぞましい異形（いぎょう）ぶりが本当かどうかじっくり調べたようです。レッタは村八分にされ、娘はそれ以来ぱったりと姿を消しました。最悪のことが起きたにちがいありません。

とりあえず、グラインは殺されずにすみました。しかし、これほどにあざとい劇を見せつけられたのでは、我々の魂は汚されてしまうに決まっています。人間の魂は肉体から逃れられないものですが、こうした下劣なものを目にすれば、魂が腐敗し、病んでいくのは避けられないのではないでしょうか。

フレックスは時々、明らかにまやかしのえせ呪文を操るオズの流浪の魔女や三流呪術師がウェンド・ハーディングズの奥地に住みついて、なんとか暮らしを立てようとしているのではないかと思うことがあった。ラッシュ・マージンズの人々は貧しい。生活は厳しく、希望もない。干魃が長引いたために、古くからのユニオン教の信仰も揺らいでいた。ドラゴン時計が、巧妙なからくりと魔術の魅力をあわせ持つものだということはわかっていた。それに打ち勝つためには、自身の宗教的信念を総動員して対抗しなければならないだろう。だが、もし信者たちが見世物と暴力に心を奪われ、いわゆる快楽信仰の誘惑に負けてしまうことになったら、いったいどうしたらいいのだろうか。

いや、勝ってみせる。自分は村の民を導く牧師ではないか。これまでずっと、村人たちの歯を抜いてやったり、赤ん坊を埋葬したり、炊事鍋にお清めを施してやったりしてきた。村人たちのためにみっともないようなまねもした。かわいそうなメリーナをひとり牧師館に残して、托鉢用の椀を持ち、ひげもぼさぼさのまま何週間も小さな集落から集落へ旅を続けた。皆のために身を捧げてきたのだ。だから、こんなドラゴンごときに村人たちの心が奪われるはずはない。村人たちは僕に恩義を感じているはずだ。

フレックスはあごを引き、胸を張って目的地に向けて出発した。胃から酸っぱいものがこみあげてくる。空は舞いあがる砂ぼこりで茶色にかすんでいる。風が、フレックスの目からは見えない尾根の岩の裂け目を通っているかのように、ヒューッと震える音を立てて丘の上を高く吹きわたっていた。

魔女の誕生

　フレックスが勇気を奮い起こし、ラッシュ・マージンズのみすぼらしい村へ入っていったのは、もう夜といっていい時刻だった。汗をびっしょりかき、かかとを地面に打ちつけながら、握りしめたこぶしを振りあげ、しわがれてはいるがよく通る声で呼びかける。

「静粛に！　汝自信なき者たちよ！　今ここに集え。誘惑の手が間近に迫り、汝らに試練を与えようとしている！」ばかげたほど古めかしい言葉だったが、効果はあった。むっつりとした漁師たちが、桟橋から空っぽの網を引きずりながらやってきた。この干魃でやせた土地からほとんど収穫があがらず、かつかつの暮らしをしている農夫たちもやってきた。説教が始まる前から、皆後ろめたそうな顔をしている。

　村人たちはフレックスのあとについて、カヌー修理小屋の今にも崩れそうな階段まで歩いてきた。ドラゴン時計の到着を今か今かと待っているのが手に取るようにわかる。噂の伝わる速さといったら、疫病なみだ。浮き足立っている民衆に向かって、フレックスは声を荒らげた。「汝らの無知は、まるで美しい熾火に触ろうと手を伸ばす幼な子のようではないか！　ドラゴンの腹から生れ落ちた子のごとく、火炎の乳首を吸うというのか！」この使い古された説教文句では、その夜には力不足だった。疲れていて、今ひとつ調子が出ない。

「フレックスパー牧師」と、ラッシュ・マージンズの村長であるブフィーが口を開いた。「その誘惑ってのがいったいどんな目新しいなりで現れるのか見届けるまで、お説教は控えてもらえねえか」

「誘惑がどんな形をとろうと、あなた方に抵抗するだけの精神力はないでしょうな」と、フレックスは吐き出すように言う。

「あんたはこの何年か、俺たちをしっかりお導きくださったんだろ？」とブフィー。「罪への抵抗力を証明するまたとない絶好の機会じゃねえか！　俺たちは、その、ほら、精神的試練とやらを、ぜひ受けてみたいんだがね」

　漁師たちがどっとはやし立てた。フレックスはきっとにらみつける。そのとき、石だらけの道のわだちをガタガタとたどってくる聞き慣れない車輪の音が聞こえてきた。信者たちはいっせいに振り向き、しんとなった。説教を始めもしないうちから、信者たちの注目はフレックスから離れてしまった。

時計の台車は四頭の馬に引かれ、小人と手下の少年たちに付き添われていた。その広い屋根の上にはドラゴンが鎮座している。それにしても、なんというおぞましいけだものだろう！　今にも飛びかからんばかりで、まるで生きているかのようだ。台座の外板はけばけばしい色に塗られ、金箔が貼ってある。どんどん近づいてくる台車を、漁師たちはぽかんと口を開けて見つめている。

小人が開演を告げないうちに、また、少年の一団が棍棒を取り出さないうちに、フレックスは台座の一番下の段に飛び乗った。蝶番のついた折りたたみ式の舞台だ。「このどこが時計といえるでしょう。確かに文字盤がひとつあるが、のっぺりしていて造りも雑。ごてごてと飾り立ててあるせいで見逃してしまうほどではないか。それに、針も動いていない。ほら、自分の目で確かめてごらんなさい。時計の針は十二時一分前を指すように描きこんであるだけだ。皆さん、これから始まることは、すべて機械仕掛けなのです。嘘ではありません。舞台上で麦畑の麦が育ち、月が満ち欠けし、火山が赤と黒のスパンコールのついた布を吐き出すのも、すべて機械仕掛けなのです。本物の時計なら、なぜ文字盤の上を長針と短針がまわっていないのです？　なぜでしょう。あなたたちに尋ねているんですよ。ゴーネットさん、どうですか。ストイさん、それに、ペリッパさん。どうして本物の時計を使わないのでしょうか」

牧師の言葉など、誰一人聞いていない。ゴーネットも、ストイも、ペリッパも、それ以外の誰も。人々は皆、いったい何が始まるかと、かたずを飲んで一心に見つめているばかりだった。

「その答えは言うまでもありません。この時計は現実の時間ではなく、魂の時間を指しているからです。そう、贖罪と審判の時間を。魂にとっては、一瞬一瞬が常に審判の一分前なのです。

審判の一分前ですぞ、皆さん！　今から一分後に死んでしまうことになったら、偶像崇拝の報いを受け、永遠に堕落の淵であえぎ苦しむ羽目になるのですぞ」

「今夜はやけに騒がしいな」と、暗がりの中で誰かが言った。見物人がどっと笑う。フレックスが上を見ると、小さな戸口から子犬の人形が姿を現し、キャンキャン吠え立てた。その毛は黒く、フレックスの髪そっくりに縮れている。子犬はバネの上で飛び跳ねながら、甲高い声でうるさく吠え続ける。笑い声がさらに大きくなった。日はすっかり暮れ、笑っているのは誰か、「見えねえじゃねえか、脇へどけよ」と言ったのは誰か、フレックスには見分けがつかなくなった。

それでもその場から動かずにいると、ぞんざいに舞台から追い立てられてしまった。小人がもっともらしく歓迎の挨拶をする。「人生とは空虚な出来事の連続です。ネズミのように身を潜め、ネズミのように身をよじり、最後にはネズミのように墓の中へ放りこまれる。時には予言の声を聞いたり、摩訶不思議な舞台を楽しんだりするのもよいではありませんか。たとえ我らの人生がまがいものや恥ずべきものに見えたとしても、掘り下げてみれば少しくらい模範になることや意義あることが見つかるものです！　さあ、寄ってらっしゃい、見てらっしゃい。ここで皆さんにお見せすることは、きっと人生のお導きとなりますよ！　〝時を刻むドラゴン〟はあなた方のみじめな人生の真実を、過去、現在、未来にわたって見通します。さあさ、とくとごらんあれ！」

群衆が前に詰め寄る。月が昇った。その光は、怒りと復讐に燃える神の目のようだ。

「やめてくれ、放してくれ」とフレックスは叫ぶ。こんなことになるなんて思いもしなかった。

信者たちにこんなふうに手荒に扱われたのは初めてだ。

ドラゴン時計が披露したのは、表向きは敬虔な人物で通っている男の物語だった。子羊の毛でできたあごひげと黒い縮れ毛の男で、質素、清貧、寛容を説きながら、名門出の気弱な娘の、蝶番が二つついた胸の中に、金やエメラルドが入った箱を隠し持っている。この悪党は、長い鉄の棒で無残にも刺し貫かれ、〈牧師の肋腹肉のロースト〉と札をつけられて、飢えた群衆にふるまわれた。

「この見世物は、皆さんの最も卑しい本能につけこんでいるのです！」と、フレックスは腕を組み、顔を怒りで真っ赤にして叫んだ。

だが今や、あたりはもうすっかり暗闇に包まれていた。誰かが後ろから近づいてきて、フレックスの口を封じようとした。腕が首にまわされる。フレックスは身をよじり、こんな無礼なまねをする村人の顔を見ようとしたが、どの顔も頭巾で覆われている。股間を膝で蹴られ、痛みにかがみこみ、顔を地面にうずめる。尻の間を蹴りあげられ、思わず失禁してしまう。けれども、群衆は誰もこちらを見ていない。ドラゴン時計が繰り広げる別の出し物に歓声をあげている。未亡人らしく黒いショールをはおった女がかわいそうに思って、腕をつかんで連れ出してくれた。だが、フレックスは汚物にまみれていたし、あまりの痛みに体を起こすこともかなわず、顔を上げてその人物が誰か確かめることができない。

「うちの地下の貯蔵庫へおいでなさい。麻袋の下に隠れていなさるといい」と、女は小声でささやいた。「連中は今夜、干し草用の鋤（すき）を持って追っかけてくるだろうよ。まったく、あいつらのやり方ときたら！　牧師様の住まいまで捜しに行くだろうけど、うちの貯蔵庫までは調べますまい」

「それではメリーナが」フレックスはかすれた声を振り絞った。「メリーナが見つかってしまう」

「奥さんのことは任せときなさい」と女は言った。「それくらい、女だけでもなんとかなりますよ！」

牧師館では、メリーナが意識を失うまいと必死でがんばっていた。二人の産婆の姿が見えたりかすんだりする。一人は魚売り女、もう一人は中風病みの老婆で、かわるがわるメリーナの額(ひたい)に手を当てたり、脚の間をのぞきこんだりする一方で、部屋にある美しい装身具や置物をちらちら盗み見ていた。メリーナがコルウェン・グラウンドから、ほんの少しだけ持ち出してきたものだ。

「ピンロブルの葉を噛(か)むといいよ、奥さん。さあ。いつのまにか気を失ってるから」と、魚売り女が言う。「そしたら体の力が抜けて、赤ん坊がするりと出てくる。朝になったら、すっかり元気になってるさ。奥さんはバラ水や妖精の露のようなにおいがするのかと思ってたけど、あたしらとおんなじ、臭いったらありゃしないね。そうそう、そのままずっと噛んでるんだよ」

戸を叩く音がした。収納箱の前にひざまずいて中をかきまわしていた老婆が、びくっとして顔を上げる。箱のふたをばたんと閉めると、目を閉じて祈りを捧げるふりをした。

「お入り」

柔らかい頬をした血色のいい娘が入ってきた。「あら、よかった、いてくれて。どんな具合?」

「もうちょっとで気を失うとこさ。赤ん坊ももう出てくる頃だろう」と、魚売り女が答えた。「あと一時間かそこらだね」

「ことづてを頼まれたの。酔っ払いたちがうろついているから、気をつけるようにって。ほら、あのドラゴンの魔法の時計を見て興奮して、牧師を捜してるんだって。時計が殺せって言ったそうよ。きっとここまでやってくるわ。奥さんを安全なところへ移したほうがいいと思う。動かしても大丈夫?」

だめよ、動かさないで、とメリーナは思った。村人たちには、フレックスを見つけたら、わたしの代わりになぶり殺しにしてやってと言って。だって、生まれて初めてこんな痛い思いをしているんだもの。痛すぎて目の玉の奥から血が出そうなくらい。こんな目にあわせた罰として、あんな人、殺されてしまえばいい。そう思ったとたん気が抜け、メリーナは微笑みを浮かべて気を失った。

「奥さんは放っておいて、逃げましょう!」と娘が言った。「時計は奥さんも殺せと言ったのよ。それに、生まれてくる小さなドラゴンもね。わたし、捕まるのはいや」

「産婆としての名がすたるよ」と、魚売り女が言う。「今にも赤ん坊が生まれるっていうのに、こんなか弱いご婦人を見捨てるわけにはいかないだろ。時計がなんと言おうとかま老婆は、また収納箱の中に頭を突っこんでいる。「誰か、ギリキン製の本物のレースはいらないかい？」

「下の牧草地に、干し草を運ぶ荷車が置いてある。逃げるなら今だ」と魚売り女。「さあ、一緒に荷車を取りに行っておくれ。ほらほらばあさん、肌着入れなんか放っておいて、奥さんのきれいなバラ色の額を濡れタオルで拭いてやって。じゃあ、行くよ」

数分後、老婆と魚売り女と娘は、秋の森のニシキギやワラビを踏み分けながら、今はほとんど使われていない道に荷車を押し進めていた。風が強くなり、クロースの丘の木の生えていない前斜面を越えてヒューーッと吹きつける。メリーナは毛布をかぶせられて力なく横たわり、意識はないものの、痛みにうめき声をあげている。

干し草用の鋤（すき）とたいまつを持った、酔っ払いの集団が通り過ぎる音が聞こえた。女たちは声も出せず、恐ろしさに立ち尽くして、ろれつのまわらないののしり声に耳をすませる。それからさらに足を早めて進むと、霧の立ちこめた雑木林に出た。不浄の亡骸（なきがら）が埋葬されている墓地のはずれだ。林の奥にはドラゴン時計の輪郭がぼんやりと浮かんでいる。小人がここなら安全と置いていったのだろう。なかなか頭が切れる。夜もふけて、こんなところに臆病な村人たちが捜しに来ることはあるまいと踏んだのだ。「小人と手下の少年たちも、居酒屋で飲んでた」と娘が息を切らして言う。「だから、誰もやってこないわよ」

「おやまあ、居酒屋の窓から男たちをのぞいてたのかい？　このふしだら娘が」老婆がそう言いながら、ドラゴン時計の後ろにあるドアを開けた。

　人がやっと入れるぐらいの縦長の空間があった。暗がりの中に、振り子がいくつか不気味にぶら下がっている。その巨大な歯車は、まるで侵入者をソーセージのように輪切りにしてやろうと待ちかまえているかのようだ。「さあ、奥さんをここまで引きずっておいで」と老婆は言った。

　夜が明けた。たいまつと霧の夜が去ったかと思うと、巨大な岩壁のように雷雲がそそり立ち、稲妻が骸骨のダンスのように光っている。青空が一瞬顔をのぞかせたが、やがて雨が激しくなった。水ではなく、泥が降ってくるように思えるほどだ。時計をのせた台車の後ろから、産婆たちが四つん這いになって出てきた。やっとお役目が終わったのだ。雨樋から落ちるしずくがかからないよう、赤ん坊をかばっている。「ごらんよ、虹が出てる」老婆がひょいと頭を動かして言った。空には淡い色をした光のスカーフがかかっている。

　赤ん坊から羊膜と血を拭き取ったあと、三人が目にしたものは、単なる光のいたずらなのだろうか。嵐のあと、草は鮮やかな色を取り戻し、バラの花は茎の上でまぶしいほどに生き生きと咲き誇っている。だが、雨上がりの光と大気による目の錯覚として考えようとも、産婆たちの目にしたものは疑いようもなかった。母親の羊水にまみれた赤ん坊は、あろうことか淡いエメラルド色に輝いていたのだ。

　赤ん坊は泣きもせず、産声もあげない。口を開けて息をすると、そのまま黙りこんでしまった。「さあ、泣いてごらん」と老婆が声をかける。「あんたの最初の仕事だよ」赤ん坊はうんともすんとも言わない。

「また性悪の男の子かい」と、魚売り女が言った。「始末しちまおうか」

「かわいそうなこと言いなさんな」と老婆。「女の子だよ」

「そうかしら」と疲れて目をしょぼしょぼさせた娘が言った。「よく見てよ、アレがついてるじゃない」

　裸の赤ん坊を目の前にしても、女たちはしばらく結論を出せないでいた。何度かこすったあとで、ようやく女の子だとわかった。おそらく分娩の際に、母親の胎盤か何かが脚の間にくっついて、そのまま乾いてしまったのだろう。タオルできれいに拭いてみると、ちゃんとした赤ん坊に見えた。品のある長い頭に、形のよい前腕、きゅっと締まった小さなお尻、ちっちゃな鋭い爪のついたかわいらしい指。

　しかし、肌はやはりどう見ても緑色がかっていた。頬とお腹はサーモンピンク、きゅっとつむったまぶたのまわりはベージュがかって、頭皮には黄褐色の縞模様。この先どんな具合に髪が生えてくるか目に見えるようだ。けれども、ぱっと見にはまるで野菜といったところだ。

「あんなに苦労したのに、こんなことって」と娘が言った。「小さな緑色のバターのかたまりみたいね。始末したほうがいいんじゃない。みんながなんて言うか」

「腐ってるんじゃないか」と魚売り女。尻尾がついてないかお尻を調べ、手足の指を数える。「うんこみたいなにおいがする」

「ばかだね、みたいじゃなく、うんこのにおいさ。あんた、牛の糞の中にしゃがんでるじゃないか」

「この子は病気で弱ってるんだ。だからこんな色をしてるんだよ。水たまりに放りこんで、始末してしまおう。奥さんにはわかりゃしないさ。あと何時間かはお上品に気を失っているに決まってる」

女たちはくすくす笑った。順番に赤ん坊を腕に抱き、揺すって重さを確かめる。殺してやるのがこの子にとって一番の思いやりだろう。問題は、どうやって始末するかだ。

そのとき、赤ん坊があくびをした。しゃぶらせるつもりで、魚売り女が何の気なしに自分の指を口の中へ入れてやる。すると赤ん坊は、その指を第二関節から噛み切ってしまい、噴き出す血で窒息しそうになった。口から吐き出された指は、糸巻きのように泥の中へ転がり落ちた。女たちは蜂の巣をつついたような騒ぎになった。魚売り女は赤ん坊に飛びかかって首を絞めようとし、老婆と娘は必死になってそれを止める。魚売り女は泥の中から指を拾うと、エプロンのポケットにしまいこんだ。縫いつけたら元に戻るかもしれない。

「男のアレが欲しいんじゃない？　自分にはないから」娘が甲高い声で言い、地面に笑い伏した。「最初にこの子と楽しもうっていうばかな男の子は気をつけなくちゃ！　この子、記念に嚙み切っちゃうよ！」

産婆たちはもう一度時計の中へ入りこみ、赤ん坊を母親の胸の上に置いた。たとえ情けだとしても、この子を始末しようだなんてもうこりごり、今度は何を嚙み切られるかわかったもんじゃない。「お次は母親の乳首でも嚙み切るのかね。そしたら、眠れる美女もたちまちお目覚めだろうさ」老婆がそう言って、含み笑いをした。「それにしても、なんて赤ん坊だろう。母親のお乳よりも先に生き血を吸うとはね！」女たちは水の入った手桶（ておけ）をメリーナのそばに置くと、再びやってきた大雨にまぎれて、ピシャピシャ音を立てながら帰っていった。息子や夫、兄弟を捜さなければ。もし生きていたら、うんと叱って叩きのめしてやろう。もし死んでいたら、そのときは土に埋めてやるさ。

暗がりの中、規則正しく動いている時計の歯車を、赤ん坊はじっと見あげていた。

悪魔ばらい

数日の間、メリーナはそれをまともに見ることができなかった。母親の務めとして抱いてはみた。母性愛が地下水のように湧き出して、勢いよく押し寄せてくるのを待った。メリーナは泣かなかった。ただピンロブルの葉を噛んで、この不幸な現実から目をそむけた。

女の子だ。女の子なのだ。一人でいるとき、メリーナは頭の中でこう繰り返して考え方を変えようとした。このぴくぴく動いている不幸な生き物は男の子じゃない。中性でもない。女の子なのだ。眠っているその姿は、まるで洗って水を切るためにテーブルの上に置いた山盛りのキャベツの葉のようだった。

パニックに陥ったメリーナは、コルウェン・グラウンドに手紙を出し、隠居生活に入っていたばあやを無理やり呼び寄せた。フレックスが馬車を出し、ストーンスパー・エンドの停車場までばあやを迎えに行った。家に戻る道すがら、ばあやは何か悪いことでもあったのかとフレックスに尋ねた。

た。ばあやは言葉の選択を間違えたことに気づいた。今やフレックスは気もそぞろに、悪の性質についての一般論をつぶやきはじめている。名もなき神の不可解な不在が引き起こした空白、そこへ霊的な毒が流れこんだにちがいない。渦を巻いて。

「悪いことがあったのかって」そう言うとフレックスはため息をつき、考えこんでしまった。ばあやは言葉の選択を間違えたことに気づいた。

「あたしが聞いてるのは、赤ちゃんのことですよ！」ばあやはかんしゃくを起こして言い返した。「知りたいのは世界情勢じゃなくって、一人の赤ん坊のことです。あたしに何かお手伝いできることがあるか、わかりませんけどね！　どうしてメリーナ様は、母親じゃなく、あたしを呼びつけなさったのかね。どうしておじい様に手紙を書かれないのか。かのスロップ総督だっていうのに！　メリーナ様がご自分の義務をすっかりお忘れになるわけないじゃありませんか。それとも、田舎の暮らしは思ってた以上に大変だって言うんですか」

「ああ、大変なことになってる」と、フレックスは険しい顔で言う。「赤ん坊は――ばあや、悲鳴をあげないように心の準備をしておいてくれ。赤ん坊には、問題があるんだ」

「問題ですって！」ばあやは旅行かばんをぎゅっと握りしめると、目をそらし、道の端に植わっている赤い葉をしたパールフルーツの木を眺めた。「フレックス様、何もかも話してくださいな」

「女の子なんだ」と、フレックス。

「そりゃまた確かに問題ですねえ」とばあやは茶化すように言ったが、毎度のことながら、フレックスは皮肉に気づかない。「ともかく、これで家名の後継者ができてひと安心ってとこですね。手足はそろってるんでしょう?」

「ああ」

「余分についてるとか?」

「いや」

「おっぱいは吸ってます?」

「それが、吸わせられないんだよ。歯が普通じゃなくて。サメの歯か何かみたいなんだ」

「なあに、乳首の代わりに哺乳瓶や布きれを吸って育つ赤ん坊はいくらでもいます。心配するほどのことじゃありませんよ」

「それに、とんでもない色をしてる」

「とんでもない色って、いったいどんな?」

しばらくの間、フレックスは首を振るばかりだった。ばあやはこの男のことが好きではなかったし、これから先もとうてい好きにはなれないだろうと思っていた。が、ここは態度を和らげる。「フレックス様、そんなに思いつめちゃいけません。いつだって解決策は見つかるもんです。さあ、お聞かせくださいな」

「緑色なんだ」やっとの思いでフレックスは言う。「ばあや、苔のような緑色なんだよ」

「緑色ですって？　女の子が。ああ、神様！」

「神様なんて言わないでくれ」フレックスは泣きだした。「この子の存在が神の世に貢献するわけもないし、神がお喜びになるわけもない。ああ、どうすればいい！」

「泣くのはおよしなさい」ばあやは泣き虫男が大嫌いだった。「そんなにひどいことにはなりませんよ。メリーナ様には、卑しい血はこれっぽっちも流れていないんですから。その子にどんな問題があろうと、ばあやの腕にかかればなんとかなるってもんですよ。あたしにすべてお任せくださいな」

「名もなき神にすべてをお任せしていたのに」フレックスはすすり泣いた。

「神様とばあやだって、たまには協力することもありますよ」とばあや。罰当たりな物言いだとわかっていたが、フレックスには言い返す気力も残っていないらしく、この機会にからかわずにはいられなかった。「心配はいりませんよ。メリーナ様のご家族にはひと言も申しません。どうせすぐに解決するんですから、知らせる必要もありませんよ。で、名前はなんて言うんです？」

「エルファバだ」

「滝の聖人、アルファバにあやかって？」

「ああ」

「古風ないい名前ですねえ。愛称はファバラでしょうかね」

「愛称を使うようになるまで生きているかどうか」まるでそれまで生きてほしくないとでもいうような口ぶりだ。

「あらまあ、ちょっと変わった土地だこと。もうウェンド・ハーディングズに入ったんでしょうか？」ばあやは話題を変えようとして尋ねた。だが、フレックスは物思いにふけっていて、馬が正しい道を行くように手綱を取るのがやっとだった。この地方は、寂れて、薄汚れているうえに、住民といえば貧民ばかり。ばあやは、一番上等の旅行着を着てこなければよかったと思いはじめていた。道端に潜む盗人に、この垢抜けた老女なら金目のものを持っているはずだと思われるかもしれない。それは間違いとはいえなかった。というのも、何年か前に女主人の部屋から盗まれたはずの金の靴下留めが、これ見よがしにつけてきていたからだ。もし何年も前に盗まれた靴下留めを、老いてもなお形のよい太ももから見つかりでもしたら、なんと不面目なことだろう！　だが、そんな心配は取り越し苦労に終わり、馬車は無事に牧師館の庭に到着した。

「さっそく赤ちゃんを見せてもらいましょうか」とばあや。「どんな様子か知っておいたほうが、メリーナ様によけいな気苦労をかけなくてすむでしょうからね」それは難しいことではなかった。メリーナはピンロブルの葉のおかげで気を失っていたし、赤ん坊はテーブルの上に置いたかごの中で弱々しく泣いていたからだ。

その場で卒倒しても怪我をしなくてすむように、ばあやは椅子を引き寄せた。「フレックス様、ここから赤ちゃんの顔が見えるように、かごを床の上に置いてくれませんかね」フレックスは言われたとおりにすると、馬と馬車をブフィーに返しに行った。本業ではめったに使わない馬車をこうして人に貸し出すことで、村長のブフィーはコツコツと活動資金を稼いでいるのだった。

ばあやがのぞきこむと、赤ん坊は産着にくるまれ、口から耳にかけて三角巾が巻かれていた。呼吸ができるように突き出した鼻は、まるで腐ったキノコの傘のようだ。目はぱっちり開いている。

ばあやは腰をかがめて顔を近づけた。生まれてから確か三週間も経っていないはずだ。けれども、おつむの状態を確かめてみるために、ばあやが額の形をいろいろな角度から見ていると、赤ん坊の目もきょろきょろと動いてその姿を追っている。瞳は深みのある茶色。きらきら輝く雲母を宿した、掘り返されたばかりの土のような色だ。上下のまぶたが合う眼の両隅には、細く赤い線が網目状に走っている。まるで一生懸命目を見開いて理解しようとしたために、充血してしまったかのようだ。

そして、肌。そう、まさに緑色の肌だった。醜い色というわけじゃあない、とばあやは思う。ただ、人間の肌の色ではないだけ。

ばあやは手を伸ばし、指で赤ん坊の頬をなでてみた。赤ん坊はびくっとして、背骨を弓なりに反らせる。すると、首から足先まですっぽり包んでいた産着が豆のさやのように割れた。ばあやはひるんでなるものかと歯を食いしばった。胸から脚の付け根までがむき出しになる。胸の皮膚も、顔と同じ緑色だ。「お二人とも、この子に触れたこともないんじゃないのかね」とばあやはつぶやき、手のひらを赤ん坊の波打つ胸に置いた。指が、目に見えないほど小さな乳首に触れる。手をすべらせ、下のほうの器官を調べる。大と小のお漏らしをしていたが、特に異常はないようだ。肌ざわりは驚くほどなめらかで、メリーナの幼いときとそっくりだった。

「さあ、ばあやのところへいらっしゃい、困ったお嬢ちゃん」ともかく赤ん坊を抱きあげようとかがみこむ。

赤ん坊は触られるのをいやがるように体をよじり、籐で編んだかごの底に頭をぶつけた。

「お腹の中でダンスを踊ってたのね、きっと」と、ばあやは言った。「誰の歌に合わせて踊ってたの？　しっかりした手足だこと！　あたしから逃げようとしても無駄ですよ。こっちへおいで、ちっちゃなかわいい悪魔さんや。ばあやは気にしませんよ。おまえさんが大好きですからね」これは明らかに嘘だったが、フレックスと違って、こんな嘘なら神様もお許しくださるとばあやは信じていた。

エルファバを抱きあげ、膝の上にのせる。小さな声で歌いながら、ときおり窓の外へ目をそらしては、気持ちを落ち着けて吐き気をこらえようとした。赤ん坊のお腹をさすってなだめようとしたが、今のところはどうにもうまくいかなかった。

夕方近くになって、ばあやが紅茶とパンをのせた盆を持っていくと、メリーナは肘をついて起きあがった。「お邪魔してますよ」とばあや。「赤ちゃんともうお友達になりました。さあお嬢様、目を覚まして、ばあやにキスをさせてくださいまし」

「まあ、ばあや！」メリーナは甘えるように言った。「来てくれてうれしいわ。あの恐ろしい赤ん坊、見たでしょ」

「かわいいじゃありませんか」

「嘘も気遣いもやめてちょうだい。助けてくれる気があるのなら、何でも正直に話してくれなくちゃ」

「あたしの助けが必要だって言うんなら、そっちこそ正直に話してくれなきゃいけませんし」とばあやは言った。「何も今すぐにっていうわけじゃありませんが、何もかも知っておく必要がありますから。どうすればいいか決められるようにね」二人は紅茶をすすった。エルファバがやっと眠ったので、しばらくの間、コルウェン・グラウンドの懐かしい日々が戻ってきたようだった。あの頃のメリーナは、よく颯爽とした若い紳士とあいびき目的の午後の散歩から戻ってくると、何も知らないふりをしているばあやに、その男らしさを自慢したものだった。

数週間経つうちに、赤ん坊に関する心配ごとが次から次へ出てきた。ばあやが三角巾をはずそうとすると、エルファバは自分自身の手を食いちぎろうとするありさまで、その唇の薄い、かわいらしい口の中の歯はまさにサメのようだった。自由にさせておいたら、かごを噛んで穴を開けてしまうだろう。自分の肩にかぶりついて、すり傷を作ったりもした。息苦しいのだろうか。

「床屋に歯を抜いてもらうわけにはいきませんかね」と、ばあやは尋ねた。「せめて、どうにか分別がつくまで」

「どうかしてるわ」とメリーナ。「あの子が歯の根まで緑色だって、村中に広まってしまうじゃない。やっぱり、肌の問題が解決するまでは、あごを縛っておきましょう」

「それにしても、いったいどうして肌が緑色になったのやら」ばあやはうっかり口にしたが、これはまずかった。メリーナは青ざめ、フレックスは赤くなる。そして、赤ん坊は息を止めた。まるで青くなって、みんなを喜ばせてやろうとするかのように。息を吹き返させるために、背中をぴしゃぴしゃ叩かねばならなかった。

ばあやは庭でフレックスからいろいろ聞き出すことにした。赤ん坊の誕生と公衆の面前での恥辱という二重の打撃のあと、フレックスはまだ牧師としての活動には復帰しておらず、樫の木をナイフで削ってロザリオを作っては、名もなき神の紋章を彫りこんでいる。エルファバは家の中に寝かしつけてきた。あの子に話を聞かれるかもしれない、いやそればかりか、あの子が話を理解するかもしれないという、ばかげた不安を打ち消すことができなかったのだ。そうしてばあやは庭に座り、夕食用にかぼちゃのワタをかき出していた。

「フレックス様、そちらの家系に緑色の血が混じってるってことはありませんよね」とばあやは切り出した。もちろん、権力者であるメリーナの祖父が、こうした遺伝の問題については事前に確認していたことだろう。いくらでも相手を選べる孫娘が、よりにもよってユニオン教の牧師と結婚すると言い出したのだから！

「僕の家系はお金や権力とは無縁だが」フレックスは気を悪くした様子も見せずに答える。「僕の前には、父から息子へと直系で六代聖職者が続いていて、聖職者の間では一目置かれている。メリーナの一族が、社交界やオズマの宮廷においてそうであるようにね。もちろん、緑色の血など一滴もない。どの血筋をたどっても、そんなこと聞いたこともない」

ばあやはうなずいた。「よくわかりました。一応お尋ねしてみたまでのこと。あなた様を悪鬼の殉教者だと思ってるわけではありませんよ」

「だけど、ばあや」フレックスは遠慮がちに言い出した。「今回のことは僕のせいじゃないかと思ってるんだ。実は、子供が生まれるって日に、つい口がすべって、悪魔がやってくるなんて言ってしまった。ドラゴン時計のことを言ったつもりだったんだ。だが、あんなことを言ったばかりに悪魔に付け入る隙を与えたのだとしたら……」

「あの子は悪魔じゃありませんよ！」ばあやはぴしゃりと言った。天使でもないですがね。そう思ったが、口には出さなかった。

「あるいは」と、フレックスは少し落ち着いた声で言った。「赤ん坊は、思いがけずメリーナの呪いを受けたのかもしれない。メリーナは僕の言葉を誤解して泣いてた。おそらく、それでメリーナの内面に隙ができて、さまよっていた精霊が入りこんで赤ん坊に色をつけたのかも」

「あの子が生まれるっていうその日に、ですか？」とばあやは尋ねた。「ずいぶん腕のいい精霊ですこと。あなた様があまりに高く徳を積まれたから、異形の精霊の中でもよっぽど腕利きのを引き寄せてしまったんでしょうかね」

フレックスは肩をすくめた。数週間前なら同意していたかもしれない。だが、ラッシュ

・マージンズでの無残な経験で、自信などこっぱみじんになっていた。胸の中にくすぶる不安をとうてい口にはできなかったが、子供に異常があるのは、快楽信仰から信者を守れなかった自分への罰ではないかと考えていた。

「では……」ばあやはてきぱきと尋ねた。「呪いによって善が損なわれたって言うのなら、どうしたら悪の呪いが解けるんでしょうね」

「悪魔ばらいだな」

「そんなこと、できるんですか？」

「もしあの子の色を変えることができたら、僕にその力があるってことだ」と、フレックスは言う。目標ができたことで元気が出てきた。これから数日間断食しながら祈禱の稽古をして、儀式に必要なものを集めなければ。

フレックスは森へ入っていった。エルファバはまだ昼寝をしている。ばあやはメリーナの硬い寝台の端に腰かけた。

「旦那様は、悪魔が来ると言ってしまったばっかりに、お嬢様の心の中の窓が開いて悪い霊が入りこみ、赤ん坊に悪さをしたんじゃないかと考えてますよ」ばあやは不器用にかぎ針でレースの縁を編んでいる。針仕事は苦手だが、手ざわりのいい象牙のかぎ針を操るのは好きだった。「お嬢様、あっちの窓もお開けになったんじゃありませんか？」

メリーナは、いつものようにピンロブルの葉のせいで意識がもうろうとしていたが、うろたえて片方の眉をつりあげた。

「旦那様以外の人とお楽しみなさったでしょう」

「ばかなこと言わないで！」とメリーナ。

「お嬢様のことは何でもわかりますよ」とばあや。「悪い奥さんだと責めているのではありません。でも、お屋敷の果樹園で若造に囲まれてちやほやされておられた頃、あなた様は日に何度も香水をつけた下着をお着替えになってましたっけね。色事がお好きで、お上手で、人目を忍んで楽しんでおられた。軽蔑しているわけじゃありませんよ。ただ、男に興味がないふりをするのはおやめなさいな」

メリーナは枕に顔を埋め、「ああ、あの頃に戻りたい！」とむせび泣いた。「フレックスを愛してないわけじゃないのよ。でも、そのへんのばかな女たちよりいい子にしていなくちゃいけないのがいやなの！」

「じゃあ、緑色の赤ん坊が生まれた以上、お嬢様も今やそのへんのばかな女たちとどっこいどっこいってとこでしょうから、喜ばないといけませんねえ」と、ばあやは意地悪く言った。

「ばあや、わたしはフレックスを愛してる。でも、あの人ったらしょっちゅうわたしを一人残して、どこかへ行ってしまうのよ！　通りがかりの行商人が錫（すず）製のコーヒーポットよりいいものをわたしに売ってくれるなら、何だってするわ！　あの人ほど信心深くなくって、もっと想像力豊かな男だったら、たっぷりもてなしてあげる！」

「それはこれから先の話でしょう」と、ばあやは分別顔で言う。「あたしが聞きたいのは過去のことですよ。それもごく最近の。お嬢様が結婚されてからのね」

　しかし、メリーナの表情はあいまいで、どちらとも読み取れない。うなずき、肩をすくめ、首を振るばかり。

「じゃ、小妖精（エルフ）のしわざってことにしておきましょうか」

「小妖精と寝たりなんかしないわ！」と、メリーナが甲高い声で叫ぶ。

「あたしだってごめんですよ」とばあや。「ただ、緑色というのが引っかかるんです。このあたりに小妖精はおりませんかね」

「木の小妖精なら、丘の向こうのどこかに何匹かいるらしいわ。でも、ラッシュ・マージンズのおばかな住民どもよりもっとまぬけなのよ。一度も会ったことすらないし、遠くからちょっと見かけたことがあるくらい。小妖精となんて、そんなこと考えるだけでもぞっとするわ。小妖精って、何を見てもくすくす笑うのよ。知ってた？　仲間が木から落ちて、頭がカブみたいに粉々に砕けてしまっても、そのまわりに集まってくすくす笑ってるだけ。

そして、死んだ仲間のことはすっかり忘れてしまうんですって。ばあや、こんなこと言い出すなんて、いくらなんでもわたしに対する侮辱だわ」

「もしこの問題を解決できないままだったら、そう思われるのにも慣れるしかありませんよ」

「とにかく、答えはノーよ」

「それじゃあ誰か別のお相手ってわけですね。どこかから来た男前で、病気持ちの。それに感染したのかもしれませんねえ」

メリーナはショックを受けたようだ。エルファバを産んで以来、自分の体のことなど考えたこともなかったのだ。本当に病気にでもかかっているのだろうか。

「本当のことをお言いなさい」とばあや。

「本当のことなんて、知りようがないわ」メリーナは気のない返事をした。

「どういうことです？」

「ばあやの質問には答えようがないってことよ」そして、こう説明した。牧師館は人里離れたところにあるから、当然のことながら、このあたりの農夫や漁師や頭の鈍い連中とは、ごくそっけない挨拶を交わす以上の付き合いはしていない。でも、ばあやが思ってる以上に、たくさんの旅人が丘や森へ通じる道を通る。フレックスが布教に出かけてしまうと、よく一人でぼんやり過ごしていたが、そのうち通りかかる人に簡単な食事をふるまったり、気軽な会話を交わしたりすることに慰めを見出すようになった。

「それ以上のおもてなしがあったってわけですね？」とばあや。

でもそんなとき、あんまり退屈なものだから、とメリーナはボソボソと続ける。ピンロブルの葉を噛む癖がついてしまって。それで、目が覚めると、太陽が沈んでいくところだったり、フレックスがいてしかめ面をしてたり、にこっと笑ってたりするんだけど、ほとんど何も覚えてないの。

「つまり、不貞をはたらきながら、せっかくいい思いをしたことは全然覚えてないってことですか？」ばあやはあきれかえった。

「したかどうかなんてわからない！」とメリーナ。「頭がはっきりしてたら、そんなことしようなんて思うわけないもの。でも、あるときおかしな訛りのある行商人が、緑色のガラス瓶から強い煎じ液を一杯ついでくれたことがあった。そしたら、不思議で突拍子もない夢をいくつも見たの。ここは違う世界の夢。ガラスと煙でできた街で、賑やかで色彩にあふれていた。この夢は覚えておかなくちゃと思ったの」

「じゃあ、やっぱり小妖精にいたずらされたって可能性もおおいにありうるってことですね。お嬢様がフレックス様にどんなに大事にされてるか知ったら、おじい様もさぞお喜びになることでしょうよ」

「やめて！」と、メリーナが叫ぶ。

「どうしようもありゃしない！」ついにばあやの堪忍袋の緒が切れた。「誰も彼もいいかげんなんだから！　結婚の誓いを破ったかどうかさえわからないなんて。そんな人が、傷ついた聖人みたいな顔をしたってどうにもなりませんよ」

「あの子を湖に放りこんでしまえばいい。そしたら最初からやり直せるわ」

「やれるもんならやってごらんなさい」ばあやはぶつぶつと言う。「あたしゃあの子を押しつけられる湖に同情しますよ」

そのあと、ばあやはメリーナが集めた薬のたぐいを調べてみた。薬草、水薬、木の根、ブランデー、草の葉。たいして期待はしていないが、あの子の肌を白くする薬でも作り出せないものだろうか。たんすの奥に、メリーナの言っていた緑色のガラス瓶があった。照明が暗かったし、目も悪くなっていたが、瓶の表面に貼った紙に〈奇跡の霊薬〉と書いてあるのがなんとか読み取れた。

ばあやは民間療法には通じていたが、肌の色を変える薬を調合することまではできなかった。赤ん坊を牛乳風呂に入れてみても、肌は白くならない。だが、湖の水を張った桶に入れようとすると、赤ん坊は錯乱した猫のように身をよじっていやがる。ばあやは牛乳風呂を続けることにした。布できれいに拭き取らないと、すえたいやなにおいがしたけれど。

フレックスが悪魔ばらいを執り行った。ろうそくを点け、聖歌を歌う。ばあやは離れたところから見守った。フレックスは目をギラギラさせて集中しており、朝方は冷えこむようになっていたにもかかわらず、汗をかいている。エルファバは三角巾をしたまま絨毯の真ん中に寝かされ、儀式には気づかずに眠っていた。

何も起きなかった。フレックスは精も魂も尽き果てて倒れこんだ。それから、ついに秘密の罪の証拠を受け入れたかのように、緑色の娘を腕に抱き、揺すってあやしはじめる。メリーナが顔をこわばらせた。

いよいよ残された道はあとひとつ。コルウェン・グラウンドに戻ることになっていたその日、ばあやは勇気を奮い起こして、それを持ちかけてみた。

「民間療法は効果がない、祈禱も通じないのであれば、いっそのこと、思いきって魔術を試してみてはいかがでしょうかね。赤ん坊の体から緑の毒を取り出せる魔術師はこのあたりにおりませんか？」

フレックスが立ちあがり、こぶしを振りあげてばあやに襲いかかった。ばあやは椅子から仰向けにころげ落ちた。メリーナは金切り声をあげながら、ばあやのそばでおろおろしている。「よくもそんなことが言えるな！」とフレックスが叫ぶ。「よりによってこの家で！　緑色の娘が生まれただけでも、十分な屈辱じゃないか？　魔術など、道徳的観念のない者の逃げ場所だ。まったくのインチキか、そうでなければ危険なまでに邪悪なものに決まってる！　悪魔と手を組めと言うのか！」

ばあやは言った。「ちょっと、いったい何をするんです！　ええ、あなた様はご立派な方ですよ。でも、毒をもって毒を制すという言葉をご存じないんですか」

「ばあや、もうやめて」とメリーナ。

「か弱い年寄りを叩くなんて」ばあやは悲しくなった。「お役に立ちたいと思っただけじゃありませんか」

翌朝、ばあやは荷物をまとめた。これ以上できることはなかったし、たとえメリーナのためであれ、狂信的な世捨て人や呪われた赤ん坊と余生を過ごす気にはなれなかったのだ。フレックスにストーンスパー・エンドの宿まで送ってもらい、そこからばあやは四頭立て馬車に乗って帰途に就いた。お嬢様はまだ赤ん坊を殺そうと考えているのだろうか。でも、まさか本当に手をかけたりはしないだろう。ばあやはまたも強盗を恐れて、豊満な胸に旅行かばんをしっかりと抱えこんだ。金の靴下留めはかばんの中に隠してある（かばんの中なら、知らないうちに誰かが入れたと言い張ることができるけれど、いくらなんでも知らないうちに脚にくっついていたと言いつくろうのは難しいだろう）。ほかにせしめたものは、象牙のかぎ針、フレックスが作ったロザリオが三つ（彫刻が気に入ったのだ）、それにきれいな緑色のガラス瓶。例の、夢と情熱と眠りを売っているという行商人が置いていったものだ。

いったい、どう考えていいものやら。エルファバは悪魔の子なのだろうか。それとも小妖精のいたずらか。父親が牧師の役目をしくじった罰なのか、あるいは母親の身持ちと記憶力の悪さの罰なのか。はたまた単なる肉体的疾患なのか――いびつな形のりんごや、五本脚の子牛などと同じように。悪魔だの信仰だのえせ科学だの、頭を悩ませることばかりで、ばあやの世界観はもやがかかったように混沌としていた。それでもばあやは、メリーナもフレックスも生まれるのは男の子だと固く信じていたことには気がついていた。フレックスは七番目の息子で、その父もまた七番目の息子だ。これだけでもかなり強烈な数字の連続なのに、そのうえ直系で六代続いた聖職者の跡継ぎときている。男であれ女であれ（あるいはそれ以外の性であっても）栄えある七代目を継ぐのはあまりに荷が重いのではないか。

ばあやは思う。あの小さな緑色のエルファバはきっと、自分の性も色も、自分で選んで生まれてきたんだろう。親の都合など知ったことかとばかりに。

カドリングのガラス吹き

　次の年が明けてすぐのこと。ひと月という短い間ではあったが、雨が降ってしばらく干魃がやんだ。春の訪れは青々とした泉の水のようで、生け垣で泡立ち、道端で渦を巻き、蔦の花を花冠のようにつけた牧師館の屋根からしぶきを跳ねあげた。メリーナは薄着で庭を歩きまわっていた。青白い肌に陽光を浴びて、冬の間ずっと恋しがっていた暖かさを体中で感じたかったのだ。戸口では、一歳半になったエルファバが椅子にくくりつけられて、スプーンの背で朝ごはんの小魚を叩いていた。「まあ、お口に入れなさい。つぶしちゃだめよ」と、メリーナは優しく言う。赤ん坊のあごを縛っていた三角巾が取れて以来、母と娘は互いにいくらか関心を持ちはじめていた。メリーナは、普通の赤ん坊なみにはエルファバをかわいいと思うことがあり、自分でも驚くのだった。

　メリーナは生家の立派なお屋敷を出て以来、ここの景色しか見たことがない。これからもこの景色だけを見続けるのだろう。吹きわたる風に波立つイルズ湖の水面、湖の対岸にあるラッシュ・マージンズの黒っぽい石造りの小屋と煙突、その向こうに眠るように横たわる丘の連なり。頭が変になりそう。この世には水と欠乏しかないのかしら。もし小妖精たちが足取りも軽くこの庭を通り過ぎでもしたら、メリーナは飛びついたにちがいない。おしゃべりでも、セックスでも、人殺しでも、一緒に何だってしただろう。

「おまえのお父さんはペテン師よ」と、メリーナはエルファバに言う。「冬の間、自分探しの旅に出かけてしまった。おまえとわたしだけを残してね。さあ、朝ごはんを食べなさい。地面に捨てたりしたら、もうあげませんよ」

エルファバは小魚をつまみあげると、ポイと地面に投げ捨てた。

「おまえのお父さんはえせ牧師よ。宗教家のくせに、ベッドの中ではとても上手だったの。これがお父さんの秘密よ。神に仕える人は、世俗のお楽しみなんか目もくれないものでしょう。でも、おまえのお父さんは真夜中の取っ組み合いをとても楽しんでたの。だけど、それも昔のことだわ！　お父さんがペテン師だってこと、絶対に言っちゃだめよ。お父さんが悲しむから。お父さんを悲しませたくないわよね？」そう言うと、メリーナは甲高い声で笑いだした。

エルファバはにこりともせず、無表情のまま小魚を指さす。

「朝ごはんね。泥まみれになっちゃった。虫さんたちにあげましょう」メリーナはそう言いながら、春用の部屋着の襟ぐりを少し下へずらし、ピンク色をしたむき出しの肩をくねらせた。「今日は湖のほとりをお散歩しましょうか。もしかすると、おまえも溺れてくれるかもしれないしね」

だが、エルファバが溺れることなどありえなかった。湖の近くへ行くのをいやがったからだ。

「ボートに乗るのもいいかもね、そしたらお舟がひっくり返っちゃうの！」メリーナは金切り声をあげた。

エルファバは小首をかしげた。母親の言葉から、葉っぱやワインで酔っていない部分を聞き分けようとするかのように。

雲に隠れていた太陽が顔を出した。エルファバは顔をしかめ、メリーナは部屋着をさらにずり下げた。薄汚れた襟元のフリルから乳房がのぞく。

なんてことかしら、とメリーナは心の中で叫んだ。このわたしが、嚙み切られるのが怖くてお乳も飲ませられない我が子に向かって胸をはだけているなんて。ネスト・ハーディングズのバラの花と言われたわたし、同じ年頃の娘の中でも、際立って美しかったこのわたしが！　むずかってばかりでギザギザの歯をした子供の、したくもないお守りをするまでに落ちぶれてしまった。この子は女の子というより、まるでバッタだ。ガリガリの太もも、山形の眉、棒みたいに尖った指。ほかの子と同じように物事を学んではいるけれど、何に対しても喜びを見出さない。うれしそうな顔ひとつせず、ものを押しのけたり、壊したり、かじったりするだけ。まるで、自分には人生のありとあらゆる失望を味わって確かめる役目があるとでもいうように。失望ならラッシュ・マージンズにいくらでもある。ああ、名もなき神様！　この薄気味悪い子にお慈悲を。ほんとに、この子ときたら――

「それとも、森へお散歩に行って、フユイチゴの最後の実でも摘みましょうか」メリーナは母親らしい感情が持てないことを、ひどく後ろめたく感じた。「そしたらパイを焼きましょう。フユイチゴのパイをね。どう？」

エルファバはまだ言葉を話さないが、こくんとうなずくと、椅子から下ろしてくれと言うように身をくねらせた。メリーナは手を叩いてあやしはじめたが、エルファバはまったく興味を示さない。不満げに声をあげて地面を指さし、すらりと長い脚を曲げ、どうしたいのか伝えようとする。それから、菜園や鶏小屋の向こうにある門を身ぶりで示した。

一人の男が、門柱にもたれて立っていた。控えめな様子で、どうも腹をすかせているようだ。肌の色は黄昏どきのバラのような、浅黒く暗い赤。肩と背中に革のかばんをいくつか掛け、杖を持っている。どきりとするほど整った顔立ちだが、うつろな表情をしている。メリーナは思わず甲高い声をあげてしまい、慌てて声のトーンを下げた。むずかる幼児以外の人間と話をするのは本当に久しぶりなのだ。「まあ、びっくりした！　食事ができるところでも探してらっしゃるの？」メリーナは人付き合いの感覚を失っていた。たとえば、こんなふうにむき出しの胸を男性に向けるべきではない。けれども、部屋着の胸元をかき合わせようとはしなかった。

「ご婦人のお宅に、突然見知らぬよそ者現れました、どうぞお許しください」と男は言った。

「ええ、もちろんよ」メリーナはじれったそうに答える。「どうぞお入りになって。お姿を見せてくださいな。さあ、どうぞ！」

エルファバはこれまでほかの人間をほとんど見たことがなかったので、スプーンで片方の目を隠し、もう片方の目で様子をうかがっている。

男が近づいてきた。疲れているのか、その動きはぎこちない。太い足首に大きな足、ほっそりした腰と肩、そしてまた太い首。まるで、木の人形を旋盤（せんばん）にかけて作るときに、手足はさっとしか削らなかったかのようだ。かばんを提げている両手は、独立した意思を持つ獣みたい。並外れて大きく、立派な手。

「旅人、今どこにいるのかわかりません」と男。「ダウンヒル・コーニングスから丘を越え、二晩でした。スリー・デッド・ツリーズで、宿探そうと思います。休むため」

「道に迷ったのね。方向を間違えたのよ」メリーナは、男のたどたどしい話し方は気にしないことに決めた。「大丈夫。うちでごはんを食べていけばいいわ。そして、あなたのことを聞かせてちょうだい」自分の髪を触ってみた。昔は真鍮の糸ほどに、貴重なものと思われていたのに。一応、きれいに洗ってはある。

男はしなやかで引き締まっていた。帽子を脱ぐと、ぎとぎとした髪が束になって落ちてきた。夕陽のような赤い色だ。シャツを脱ぎ、ポンプを使って体を洗う。また男の胴のくびれを見られるとはうれしいことだとメリーナは思った（フレックスは情けないことに、エルファバが生まれてから一年かそこらの間にすっかり太ってしまった）。カドリング人は皆、こんなに魅力的な、くすんだバラ色の肌をしているのだろうか。聞けば、名はタートル・ハートだという。ほとんど未知の土地、カドリングのオッベルズという町から来たガラス吹きだそうだ。

メリーナはしぶしぶではあったが、やっと乳房を服の中にしまいこんだ。エルファバがひもをほどいてくれとうるさくぐずっている。旅の男がそのひもをほどいてやり、彼女を空中に放り投げ、また受け止めても、エルファバはおびえた様子さえ見せなかった。びっくりして、いやむしろ喜んで、キャッキャッと声をあげたので、タートル・ハートはこの遊びを繰り返した。メリーナは男が子供をあやすのに気を取られているのをいいことに、泥の中から手つかずの小魚を拾いあげ、水で洗った。それを卵とつぶしたタールの根と並べて皿にのせる。どうかエルファバが突然しゃべり出して、わたしに恥をかかせたりしませんように。あの子ならやりかねない。

だが、エルファバはすっかりこの男に心を奪われており、騒ぎもぐずりもしなかった。タートル・ハートが食事をするために長椅子へ移動して腰かけても、むずかって泣いたりもしない。男のなめらかで毛のないふくらはぎ（脚絆を脱いでいたのだ）の間へ這っていき、満足げな笑みを浮かべながら低い声で歌らしきものを歌っている。メリーナは、まだ二歳にもならない娘に嫉妬している自分に気づいた。わたしだって、タートル・ハートの脚の間にぺたりと座りこみたいものだわ。

「カドリング人に会ったのは、あなたが初めてよ」メリーナはかなり大きな、弾んだ声で言った。数カ月間ほかの人と接することがなかったため、たしなみを忘れていた。「わたしの家族にとって、カドリング人をうちに呼んで一緒に食事をするなんてもってのほかだったの。といっても、うちの地所のまわりの農地にカドリング人はそんなにはいなかったと思うけど。もしかしたら、一人もいなかったかもしれない。とにかく、カドリング人はずるくて、本当のことを言わないそうね」

「カドリング人、嘘つきと思われているなら、カドリング人、この疑いをどう晴らせばいいですか」男はメリーナに微笑みかけた。

メリーナは、温かいパンにのせたバターのようにとろけた。「あなたの言うことなら、何でも信じるわ」

タートル・ハートはメリーナに、辺境の地オッベルズでの暮らしぶりを話した。家々が少しずつ朽ち果てて、沼地へ飲みこまれていく様子、かたつむりや黒海藻の収穫、集団生活や先祖崇拝の慣習。「じゃあ、あなたは先祖に守られていると信じているの？」とメリーナは突っこんだ。「立ち入ったことを聞くつもりはないのよ。でも、自分でも意外なんだけど、最近信仰に興味が湧いてきたの」

「奥様、先祖がお守りくださっていること、信じますか」

メリーナは質問をよく聞いていなかった。男のきらきら輝く目があまりに魅力的で、奥様と呼ばれることがあまりに心地よかったのだ。メリーナは居ずまいを正した。「わたしのすぐ前の先祖は、とても遠いところにいるの」と打ち明ける。「わたしの両親のことよ。まだ生きてるけど、わたしにとっては死んでるのと同じくらい、遠い存在なの」

「死んだら、奥様のところへ、たびたび来るでしょう」

「迷惑だわ。シッシッよ」メリーナは笑いながら、手で追い払うまねをする。「幽霊のことを言ってるの？　幽霊なんてごめんだわ。こっちの世界でもあっちの世界でも、最低のものよ。もしあの世(アザー・ランド)があればの話だけど」

「あの世(アザー・ランド)はあります」とタートル・ハートはきっぱりと言う。

メリーナはぞっとした。エルファバを抱きあげて、しっかりと抱きしめる。腕の中のエルファバは、まるで骨がないみたいにぐにゃりとして、むずからない代わりに抱きついてもこない。母親に抱かれた珍しさから、ただぐったりと体の力を抜いている。「あなたは霊能者なの?」とメリーナは尋ねた。

「タートル・ハート、ガラス吹き」と男は言う。それが答えだというように。

不意にメリーナは、以前よく見た夢を思い出した。それは見たこともない異国の景色で、自分の悪い頭ではとても考えつかないようなものだ。「牧師と結婚してるけど、わたしには本当にあの世(アザー・ランド)があるのかどうか、わからないのよ」と、メリーナは白状した。夫がいることを告げるつもりはなかったのに。まあ、子供がいるのを見れば察しはつくだろうけれど。

だが、タートル・ハートは会話を続けなかった。皿をテーブルに戻すと(小魚は残してある)、かばんから小さな瓶とパイプといくつかの袋を取り出した。袋には、砂、ソーダ灰、石灰などの鉱物が入っている。「タートル・ハート、奥様のおもてなし、お礼をしていいですか」と男は尋ねる。メリーナはうなずいた。

台所で火をおこしたタートル・ハートは、材料を分類して混ぜ、道具を準備すると、小袋の中から折りたたまれた専用の布を取り出して、パイプのボウルの部分を拭いた。エルファバは緑色の手を緑色のつま先の上に置いてちょこんと座り、細く尖った顔に好奇心を浮かべている。

メリーナはガラスを吹くところを見たことがなかった。紙をすくところ、布を織るところ、木の幹から丸太を切り落とすところも見たことはなかったが。その様子は、例の旅まわりの時計台にまつわる噂話と同じくらい驚くべきものだった。あの時計台の呪いのせいで夫は牧師としての気力を奪われてしまい、努力はしているものの、無気力状態からまだ完全には立ち直っていない。

タートル・ハートは、緑がかった熱いガラスを、いびつな球のような形に吹きながら、鼻だかパイプだかを通して歌を口ずさんでいた。ガラスは空気に触れて湯気を上げ、シューシューと音を立てている。慣れた手際。まるでガラスの魔術師だ。エルファバがそれに手を伸ばそうとするので、メリーナは火傷しないように押さえていなければならなかった。瞬く間に、まるで手品のように、これといった形のないドロリとしたものがみるみるうちに冷え固まって形を成していった。

ほとんど円に近い楕円形で、平らで、不純物の混じったなめらかな皿のようだ。タートル・ハートが作業をしている間ずっと、メリーナはそこに自分の姿を見ていた。若々しいエーテルだったものが、硬い殻を成していく。透明で空っぽの殻。おまけに壊れやすい。けれども、メリーナが後悔の念に流される前に、タートル・ハートがメリーナの両手を取って、ガラスの表面に触れない程度に近づけた。

「奥様、ご先祖とお話しください」だがメリーナには、あの世（アザー・ランド）にいる年老いた退屈な死者たちとわざわざ話をしたいとは思えなかった。男の大きな手が自分の手を包んでいるのだ。朝食（果物とワイン一杯、いえ、二杯だったかしら？）のあと、ゆすいでいないままの口が匂わないよう鼻で呼吸する。気が遠くなりそうだ。

「ガラスの中、ごらんなさい」とタートル・ハートが促す。けれどもメリーナの目には男の首筋と、ラズベリーと蜂蜜を混ぜたような色をしたあごしか映っていない。

タートル・ハートはメリーナの代わりにガラスを見た。エルファバもやってきて、男の膝に小さな片手をついて体を支え、のぞきこむ。

「ご主人、近くにいます」とタートル・ハート。これはガラスの皿のお告げなのか、それともわたしに尋ねているのだろうか。だが、男はこう続けた。「ご主人、馬車に乗って旅をしています。年取ったご婦人、ここへ連れてこようとしています。ご先祖、訪ねてくるのですか」

「昔の乳母、たぶん」メリーナは恥ずかしげもなく男に好感を抱いていたので、そのぎこちない話し方まで似るようになっていた。「本当に見えるの？　あなた、ガラスの中」

タートル・ハートはうなずいた。エルファバもうなずいたが、いったい何にうなずいているのか。

「夫はいつ頃、ここに着くかしら」とメリーナは尋ねた。

「今夜」

それから日が沈むまで、メリーナも男も言葉を発さなかった。二人は火に灰をかぶせると、エルファバをひもにつなぎ、糸で吊るしたガラスの皿の前に座らせた。冷えつつあるガラスはレンズか鏡のようだ。それに魅了されているのか、エルファバは落ち着いていた。無意識に手首やつま先をかじることもない。母屋へ通じるドアは開けておいた。こうしておけば、ベッドから時々外をのぞいて、子供の様子を見ることができる。こんな晴れた日には光がまぶしくて、子供のほうからは家の中の暗がりに目の焦点を合わせることはできないだろう。いずれにせよ、エルファバは一度も家の中を振り返りはしなかったが。タートル・ハートはたまらなく美しかった。メリーナは男とともに身をくねらせ、男の体をキスで覆い、両の手にしっかりと抱きしめた。男の輝きを熱し、冷まし、思うままの形に造りあげるのだ。男はメリーナの空しさを満たした。

二人が体を洗って服を身につけ、夕食の支度がほとんど整ったとき、湖の少し先で馬のいななきが聞こえた。メリーナの顔が赤くなる。タートル・ハートはパイプのところに戻り、再びガラスを吹きはじめた。エルファバは馬の声がしたほうに顔を向け、青りんごのような色の地肌の中でいつも黒く見える唇をぎゅっと結んでいる。考えごとでもしているように下唇を噛んでいるが、血は出ていない。何度も試行錯誤を繰り返しながら、歯の力をコントロールする方法を身につけたのだ。そして、きらきら輝いている皿の表面に手を触れる。ガラスの円盤は暮れゆく空の最後の青色を映していたが、やがて魔法の鏡のように冷たい銀色の輝きを放つだけになった。

目に見える景色とまだ見ぬところ

フレックスがストーンスパー・エンドでばあやの馬車を出迎えてからというものずっと、ばあやはぼやき続けていた。腰が痛い、腎臓が弱った、土踏まずがむくむ、歯茎が痛む、お尻がひりひりする。では、膨れあがったエゴの具合はどうです？　フレックスはこう言ってやりたかった。しばらく人付き合いを断ってはいたが、そんなことを言ったら失礼だということぐらいわかっていた。馬車が揺れるたび、ばあやは飛び跳ねては体の節々をなで、しっかりと座席にしがみついていた。そうこうしているうちに、馬車はラッシュ・マージンズにほど近い牧師館に到着した。

メリーナが痛々しいくらいおずおずと、フレックスを迎えた。「わたしを支える背骨であり、わたしを守る胸当てであるあなた」とはっきりしない声で言う。厳しい冬を経てメリーナはほっそりし、以前より頬骨が出たように見える。肌は画家が太い絵筆でさっと刷(は)いたかのようだ。とはいっても、メリーナには常にエッチング画の中から抜け出てきたような風情があった。いつもは大胆にキスを仕掛けてくるのに、今日はいやにおとなしい。フレックスはいぶかしく思ったが、夕闇の中に人影を認めて合点した。互いに紹介をすませると、メリーナとばあやはばたばたと騒がしく食事をテーブルに並べはじめた。フレックスは外へ出て、馬車を引かされた哀れな老いぼれ馬にカラスムギを与える。それが終わると、春の宵の薄明かりの中に腰を下ろし、娘と対面した。

エルファバは父親を前にして警戒心をあらわにしている。フレックスはポーチの中から、娘のために木を削って作ったおもちゃを取り出した。翼を広げた小さなスズメで、かわいいくちばしがついている。「ほら、ファバラ」と、娘にささやいた（メリーナはこの呼び名を嫌っていた。だから、フレックスはわざとこう呼ぶ。これは彼とエルファバだけの絆（きずな）であり、世間に立ち向かう父と娘の同盟だった）。「ごらん、お父さんが森の中で見つけたんだ。楓（かえで）の木でできた小鳥さんだよ」

娘は小鳥を手に取った。そして、そっとなでると、小鳥の頭を口の中に入れた。フレックスは、娘がまたバリバリ噛み砕くものと覚悟を決め、落胆のため息をこらえた。だが、エルファバは噛まない。小鳥の頭をしゃぶったあと、口から出して、もう一度しげしげ眺めている。小鳥は唾液で濡れて、いっそう生き生きと見えた。

「気に入ったんだね」とフレックス。

エルファバはうなずき、翼を触りはじめた。おもちゃに気を取られている隙に、フレックスは娘を膝の間に引き寄せた。縮れたひげの生えたあごを、娘の髪にこすりつける。石けんと薪の煙、それに焦げたトーストのにおいがした。健康的な、いいにおいだ。目を閉じる。やっぱり家はいい。

フレックスは、グリフォンズ・ヘッドの風上の斜面に建つ、寂れた羊飼いの小屋で冬を過ごした。祈りを捧げ、断食しながら、自分の内面を、さらには自分を超えた世界を探求した。そうする必要があったのだ。家にいると、息詰まりそうなほど狭苦しいイルズ湖の谷の住民が皆、自分をあざ笑っているように感じられた。人々はドラゴン時計が見せた穢れた牧師の中傷話を異形の子の誕生と結びつけ、自分たちなりの結論を出した。礼拝に出席しなくなったのだ。そこでフレックスは、少なくともしばらくの間、隠遁者として生活すれば、贖罪になるだろうと考えた。それだけでなく、何か新たな、次の段階への心構えにもなるだろうと――がしかし、いったい何に向けての心構えだというのか。

メリーナは、まさかこんな結婚生活が待っているとは思っていなかっただろう。血筋からいっても、フレックスは遠からず聖職代議員に、そしていつかは主教の位にまで昇進するものと思われていた。メリーナには上流社会の婦人として、祝祭日のディナーやチャリティーの舞踏会、教会主宰のお茶会を取りしきるといった、幸せな生活を送らせてやれると思っていた。それなのに――かまどの火に照らされた妻が、魚を煮た鍋の中へしなびた最後の冬ニンジンをすりおろしている姿が目に浮かぶ。日の当たらない寒い湖畔で厳しい結婚生活を送りながら、妻はやつれていく。こうして自分が時々家を空けるのを、メリーナはさほどいやがってはいないのではないだろうか。留守にしているおかげで、帰宅時には機嫌よく夫を迎えることができるのだから。

考えにふけっているうちに、フレックスのひげがエルファバの首をくすぐった。すると、エルファバは木でできたスズメの翼をポキンと折ってしまった。翼の取れた小鳥を笛のように吸っている。そして身をよじって父から逃れると、ひさしにぶら下げてあるガラスのレンズのところへ駆けていき、ぴしゃりと叩いた。

「だめだよ、壊れるじゃないか！」と父親。

「それ、壊せません」カドリング人の旅人が、食器を洗っていた流し台からやって来た。

「今もおもちゃを壊したところなんだ」フレックスは壊れた木の小鳥を指さした。

「その子、壊れもの、好きです」とタートル・ハート。「私、思います。この小さな女の子、壊れもので遊ぶの、上手」

何を言っているのかよくわからなかったが、とりあえずフレックスはうなずいた。何カ月も人の声を聞かずに過ごしたために、自分でもまだ会話がぎこちないのがわかる。グリフォンズ・ヘッドにいたとき、ストーンスパー・エンドまで迎えに来てほしいというばあやの頼みごとを伝えに、宿の少年がやってきたのだが、フレックスを見ててっきり野蛮人だと思ったようだ。ぼさぼさ頭でぶつぶつしゃべっていたのだから仕方ない。少なくとも文明人であることを示すために、フレックスはオズの叙事詩『オジアッド』を少しばかり引用してみせねばならなかった。「緑あふれる国、果てしなく葉の茂る国」——思い出せたのはこれだけだったが。

「なぜ壊れないんだね？」と、フレックスは尋ねた。

「壊れるもの、私、作りません」とタートル・ハート。微笑みを浮かべていて、言い返しているといった感じではない。エルファバといえば、きらきら輝くガラスを抱えてよちよちと歩きまわり、まるでおもちゃで遊んでいるかように、そのいびつな表面に影や像や光を映している。

「これからどこへ行くつもりなんだい？」フレックスがそう言うのと同時に、タートル・ハートが「どこのご出身ですか」と聞いた。

「マンチキンだよ」とフレックス。

「マンチキン人、私やあなたより、もっと小さいと思います」

「多くは小柄だよ」とフレックスは言った。「でも、血筋のいい家系はどこも、どこかで背の高い人種の血が入ってる。で、きみは？　確かカドリングの出身だったね？」

「はい」とタートル・ハートは答える。家で洗ったらしい赤みがかった髪が乾きはじめて、後光のように輝いている。フレックスは、メリーナが親切に通りすがりの人に風呂を使わせてやったことをうれしく思った。きっと田舎の暮らしにもやっと慣れてきたのだろう。カドリング人は同じ人間とはいえ、社会的地位はきわめて低いのだ。

「でも、私、わかりました」とカドリング人。「オッベルズ、小さな世界です。オッベルズを出るまで、私、丘というもの、知りませんでした。丘がたくさん、それに険しい山脈を越えると、こんなに大きな世界、広がっているとは。あんまり遠いところばかり見て、目、痛くなりました。目、凝らしてもよく見えません。旦那様、この世界のご存じのこと、教えていただけますか」

フレックスは棒切れを拾うと、地面に横長の卵を描いた。「僕が教わったところでは、この円の中がオズの国だ。ここにXを書いてみよう」そう言うと、楕円の中に大きくXを書いた。「大まかに言えば、パイを四等分したようなものだ。一番上がギリキン。大きな町や大学や劇場がたくさんある。いわゆる文化的生活ってやつだね。産業も発達してる」そして、棒切れを右まわりに動かした。「東が、今僕たちがいるマンチキン。農地が多く、オズの穀倉地帯といったところだ。ただし、山の南側は別だ。ここはウェンド・ハーディングズ地区で、きみはこれからこの山に登るんだ」そう言って、くねった線を描きなぐった。「オズの中央から真南にあたるのがカドリング。荒地らしいね。湿地帯で、耕作には適さず、さまざまな病原菌や熱病がはびこっている」これを聞いてタートル・ハートはけげんな顔をしたが、それでもうなずいた。「そして、西がいわゆるウィンキーの国。乾燥していて、人があまり住んでいないということぐらいしか、僕も知らない」

「この円の外は？」とタートル・ハート。

「北側と西側は砂岩の砂漠で、東側と南側は斑石の砂漠だ。昔は砂漠の砂には猛毒が含まれてると言われてた。お決まりのおどしだね。イブやクオックスからの侵入者を防ぐためさ。マンチキンは豊かで理想的な農業地帯だ。ギリキンもまずまずだね。そして、この上のほうにあるグリカスには」と言いながら、フレックスはギリキンとマンチキンの国境の上、北東の方角に線を描く。「エメラルドの鉱脈と有名なグリカス運河がある。このグリカスがマンチキン人とギリキン人のどちらのものかという議論があるそうだが、僕にはなんとも言えない」

タートル・ハートは地面に書かれた絵の上に両手をかざした。指を動かしながら、上から地図を読み取っているかのようだ。「では、ここは？」と尋ねる。「ここは何ですか」

オズの国の上空のことを言っているのだろうか。「名もなき神の王国のこと？」とフレックス。「それとも、あの世（アザー・ランド）のことか？　きみはユニオン教徒かい？」

「タートル・ハート、ガラス吹き」

「信仰のことを聞いてるんだ」

タートル・ハートはうつむき、フレックスと目を合わそうとしない。「タートル・ハート、これをなんと呼ぶのか知りません」

「カドリング人のことはよく知らないが」改宗させることができるかもしれないと、フレックスは勢いこむ。「ギリキン人とマンチキン人のほとんどはユニオン教徒だよ。異教のラーライン信仰がすたれて以降はね。何世紀にもわたって、オズのいたるところにユニオン教の神殿や礼拝堂が広がってきた。カドリングにはひとつもないのか？」

「タートル・ハート、何のことかわかりません」

「それなのに、今では立派なユニオン教徒たちがこぞって快楽信仰に走ってる」フレックスはフンと鼻を鳴らした。「あるいは、宗教とさえ言えないような時計信仰にね。無知な連中にとっては、最近じゃ何もかもが見世物なのさ。大昔のユニオン教の修道士や修道女は、宇宙における自分たちの位置づけを知ってた。名前をつけるのもはばかられるほど崇高な、生命の源が存在することを認識していたんだ。それなのに今や、うさんくさい魔術師が現れると見境なく追いかけまわしてる。快楽主義者に無政府主義者に唯我主義者！

個人の自由と享楽がすべてだと思いこんでるやつらめ！　魔術に倫理的要素などあるものか！　まじない、安っぽい手品、耳をつんざくばかりの音とけばけばしい光のショー、いかさまの変身術！　ペテン師、大妖術使い、薬品や薬草の大先生、まやかしの快楽主義者！　やつらは、えせ処方箋やら、老いぼればあさんの格言やら、子供だましの呪文やらを売り歩いてるだけだ！　ああ、吐き気がする！」

「タートル・ハート、水、持ってきますか、それとも横になりますか」タートル・ハートがそう言って、子牛の皮のように柔らかい指先でフレックスの首筋に触れた。フレックスはびくっとし、自分が大声を出していたのに気づいた。ばあやとメリーナが魚を煮た鍋を持ち、ぽかんとして戸口に立っている。

「言葉のあやだよ。ほんとに気分が悪いわけじゃない」とフレックスは言ったが、この異境からの客人が見せた気遣いに心を打たれていた。「さあ、食事にしよう」

食事が始まった。エルファバは食べ物には目もくれず、焼いた魚の目玉をほじくり出して、翼の取れた小鳥にくっつけようとしていた。ばあやは、湖から吹きつける風や、寒気、背骨、消化についての不満を、おもしろおかしく話している。ばあやがおならをしたのが一メートル以上離れたところからでもわかったので、フレックスはできるだけさりげなく風上へ移動した。気がつくと、客人と並んで長椅子に座っていた。

「これでわかったかい？」フレックスはフォークでオズの地図を指した。

「エメラルド・シティ、どこでしょう」とタートル・ハートが言った。唇の間から魚の骨が突き出している。

「この真ん中さ」

「そこにオズマ、いるのですね」

「オズマ、オズの国の女王に任命されし者、か」とフレックス。「ただし、我々の心の中では、名もなき神こそが真の支配者であるべきだが」

「名前のない者、どうやって支配する――」とタートル・ハートが言いかけた。

「食事中に、神様の話はしない」とメリーナが大きな声で口を挟んだ。「わたしたちが結婚したときからのルールなのよ、タートル・ハート。ずっと守ってるの」

「それに、あたしは今でもラーライン信仰を続けておりますしね」とばあやが言い、フレックスに向かってしかめ面をしてみせた。「あたしのような年寄りなら、おとがめなしですからね。あなた、ラーライン様を知ってますか」

タートル・ハートは首を振る。

「神様の話がだめなら、異教のばかげた話だって――」とフレックスは言いかけた。が、客人であり、また都合の悪いときには決まって耳が遠くなるばあやは、かまわずに続けた。

「ラーライン様は妖精の女王で、砂地の荒野の上を飛んでおられたときに、緑に覆われた美しいオズの国を見つけられたのです。そして、自分が不在の間この国を支配するようにと、娘のオズマ姫を残していかれました。この国が最も暗い闇に沈んだときにかならず戻ってくると約束をして」

「それはそれは！」とフレックス。

「茶化すのはおやめなさいな」とばあやは言い、フンと鼻を鳴らした。「あなたと同じように、あたしにも自分の信仰を信じる資格はあるんですよ、敬虔なフレックスパーさん。少なくともこの信仰のせいで、あなたみたいにひどい目にはあうことはありませんしね」

「ばあや、落ち着きなさいよ」となだめながらも、メリーナはこの成り行きを楽しんでいた。

「くだらない」とフレックス。「オズマはエメラルド・シティで国を統治しているし、その姿や肖像画を見れば、ギリキン人の血を引いていることは明らかだ。ギリキン人特有の広い額、少し隙間のある前歯、逆立ったブロンドの巻き毛。それに、気分がころころ変わる。まあ、たいていはかっかとしてばかりなんだが。これらはすべて、ギリキン人の特徴だよ。メリーナ、きみはオズマを見たことがあるんだろう。話してあげなさい」

「あら、オズマ様はそれなりに気品のある方だわ」とメリーナは正直に言う。

「妖精の女王の娘さん？」とタートル・ハート。

「またか、ばかばかしい」とフレックス。

「ばかばかしいとは何ですか！」と、ばあやが嚙みつく。

「オズマは不死鳥のように何度でも生まれ変わると言われてるが」とフレックス。「そんなばかなこと、あるものか。三百年の間、それぞれ別のオズマが何人もいただけさ。〈嘘つきオズマ〉は熱心な修道女で、修道院の塔のてっぺんにある部屋から、お触れをバケツに入れて下ろしてた。フンコロガシみたいに頭がいかれてたんだな。〈戦士オズマ〉はグリカスを少なくとも一時的に征服してエメラルドを奪い取り、エメラルド・シティを飾りつけた。〈司書オズマ〉は生きている間、家系図を読んでばかり。それから、オコジョを飼ってた〈愛されないオズマ〉。黄色いレンガの道の建設に取りかかるにあたって、農民たちに重い税金を課したんだ。今になってもなかなか完成しないようだけど。まあ、がんばってくれってとこだね」

「今のオズマ、誰ですか」とタートル・ハートが尋ねる。

「実は」とメリーナ。「エメラルド・シティの社交の季節に、光栄にも前のオズマ様にお目にかかることができたの。祖父のスロップ総督がエメラルド・シティに別宅を持っていて、わたしは十五歳の冬に社交界にデビューしたのよ。〈気むずかし屋のオズマ〉って呼ばれてたけど、それは胃が悪かったせいらしいわ。湖にいるイッカククジラみたいに大柄だったけど、美しく装っておられた。〈歌と情感のオズ祭〉のときよ。ご主人のパストリアス様とご一緒だったわ」

「今もう、女王ではないのですか」タートル・ハートは混乱したように聞く。

「不幸な事故で亡くなったんだ。ネズミ捕りの毒だったかな」とフレックス。

「ええ、お亡くなりになりました」とばあや。「というか、オズマ様の霊はその娘、オズマ・チペタリウス様に乗り移ったのです」

「現在のオズマ様は、エルファバと同じぐらいの年なのよ」とメリーナ。「だから、父君であるパストリアス様が摂政オズマ（オズマ・リージェント）になってるの。オズマ・チペタリウス様が即位できる年齢になるまで、政治をあずかっているってわけ」

タートル・ハートが首を振る。フレックスは苛立（いらだ）っていた。誰もがだらだらと世俗の統治者のことばかり話して、永遠の王国のことを話題にしようとしない。そのうえどうやらばあやのお腹の調子が悪いらしく、皆、鼻が曲がるほどの悪臭に不快感を覚えていた。

ともかく、いらいらすることはあっても、家に帰ってきてよかったとフレックスは思った。メリーナが美しかったからだ。その夜太陽が沈むにつれて、妻は輝くばかりに美しく見えた。それに、自分の隣で気さくに微笑んでいる思いがけない客人のせいもある。おそらく、タートル・ハートは何の宗教にも染まっていない。フレックスはそんな客人の姿に、やりがいと好奇心、そして魅力さえも感じた。

「それでね、オズの国の地下の秘密の洞窟には、ドラゴンがいるんですよ」と、ばあやがタートル・ハートに話しかけている。「ドラゴンはね、この世界のことを夢見ていて、目が覚めたら燃やし尽くしてしまうんで——」

「ばかげた迷信を教えるんじゃない！」とフレックスは叫んだ。

エルファバが四つん這いになって、でこぼこの床板の上を進んできた。歯をむき出しにして、ウォーと吠える。まるで、ドラゴンがどんなものか知っていて、そのまねをしているかのように。緑色の肌のためにいっそう迫力が増し、本当にドラゴンの子のようだ。エルファバがもう一度吠える。「こらこら、いい子だから、もうやめなさい」とフレックスはたしなめる。エルファバは床におしっこをすると、満足と嫌悪の入り混じった顔で、そのにおいを嗅いだ。

遊び仲間

夏も終わりに近づいたある日の午後、ばあやが言った。「外に何か獣がいるみたいですね。夕暮れ時に、羊歯（しだ）の茂みに潜んでるのを何度か見かけましたよ。ここらへんにはいったいどんな動物がすみついてるんです？」

「地リスより大きな生き物はいないはずよ」とメリーナ。二人は小川のほとりで洗濯をしていた。春に少しばかり雨が降ったきりで、またも干魃がやってきていた。川はちょろちょろと流れているだけ。エルファバは水のそばには決して近寄ろうとせず、野生の梨の木から育ちの悪い実をもいでいた。両手と広げた両足で幹にしがみつき、頭をめぐらせては歯で酸っぱい実にかぶりついて、種と芯を地面に吐き出している。

「でもあれは地リスよりは大きかったんですよ」とばあや。「本当にいたんですから。このあたり、熊は出やしませんか？　子熊かもしれませんねえ。逃げ足はとんでもなく速かったけど」

「熊なんていないわ。丘の上には岩猫がいるって噂だけど、長い間誰も見かけてないみたい。それに、岩猫はものすごく臆病らしいから、人里近くまで下りてきたりしないわよ」

「では狼（おおかみ）でしょうか。狼ならいますかね」ばあやはシーツを水の中でゆすいだ。「狼だったかもしれませんねえ」

「ばあや、ここが砂漠だとでも思ってるの？　ウェンド・ハーディングズは確かに辺鄙（へんぴ）な荒地だけど、ちゃんと人が住んでるのよ。狼だの岩猫だのって、わたしを怖がらせようっていうの？」

まだ言葉を話そうとしないエルファバが、のどの奥からウーッとうなり声をあげた。

「ああ、いやだ」とばあや。「洗濯はおしまいにして、家で乾かすとしましょう。もうたくさん。それに、あなた様にお話があるんです。あの子はタートル・ハートに見てもらうことにして、場所を変えて」と、身震いして言う。「どこか、安全なところで」

「話があるなら、言ってちょうだい。エルファバになら聞こえても平気よ。どうせ言葉なんてわかりっこないんだから」とメリーナ。

「まだ言葉を話さないからって、人の話もわからないとはかぎりませんよ」とばあやは言った。「あの子はよくわかってるんじゃないでしょうか」

「ほら、梨の実を首にこすりつけてる。香水みたいに」

「わたしと張り合うつもりなのね、とでもおっしゃりたいんですか？」

「もう、ばあやったら、ばかなこと言わないで。このシーツ、もっとごしごし洗ってちょうだい。汚れてるのよ」

「どなたの汗で汚れたのか、聞かなくてもわかりますけど——」

「ええ、おまえにはお見通しね。だけど、分別くさいお説教はやめてちょうだい」

「ですが、いずれ旦那様は気づかれますよ。あんなに激しいお昼寝なんかしていればねえ。まあ、お嬢様は昔から、立派なモノをお持ちの男性に目がなくて——」

「もう、ばあやは口出ししないでちょうだい」

「本当に、情けないったらありゃしない」ばあやはため息をつく。「年を取るって、まるでたちの悪い詐欺に引っかかったみたいなものですよ。あたしだって、元気な男性といいことができるっていうんなら、長年培ってきた分別なんていつだって放り出しますよ」

おだまり、とばかりにメリーナは手のひらで水をすくうと、ばあやの顔に引っかけた。

老女は目をしばたたいて言う。「まあ、ご自分のお庭のことですから、お好きなものの種をまいて、お好きなものを刈り取られたらいい。あたしがお話ししたいのは、あの子のことです」

エルファバは今、梨の木の後ろにしゃがんで、目を細めて何か遠くのものを見つめている。まるで石でできた獣、スフィンクスみたいだわ、とメリーナは思った。ハエが一匹顔に止まり、鼻筋を横切って這っているが、それでも身動きひとつしない。と思ったら、突然飛びあがってハエに襲いかかった。まるで毛の生えていない緑色の子猫が、見えない蝶に飛びかかるように。

「あの子がどうしたっていうの？」

「メリーナ様、あの子をほかの子供たちと触れ合わせるんです。ほかの子が話してるのを見たら、少しは言葉を話しはじめるでしょうから」

「子供の輪の中に入って話をするなんて、あの子にはとうてい無理よ」

「またそんないいかげんなことを。あの子があたしたち以外の人間に慣れなきゃいけないってことぐらい、おわかりでしょう。どっちにしろ、人と交わるってのは、あの子にとっちゃ大変なことですよ。成長してあの緑色の皮膚を脱皮できるっていうんなら別ですけどね。とにかく、ちゃんと人と会話できるようにならないと。あの子にお手伝いを言いつけたり、童謡を歌ってあげたりしても、ほかの子みたいに反応しないじゃありませんか」

「かわいげのない子なのよ。そんな子もいるわ」

「一緒に遊んでくれる友達が必要です。遊び仲間ができれば、楽しいという感情も芽生えるでしょう」

「言っておくけど、自分の子供が何か楽しいことをしたがるなんて、フレックスはよく思わないわよ」とメリーナ。「世間の人は楽しむことに夢中になりすぎてるって言ってるもの。わたしも、これについては同じ意見よ」

「じゃあ、お嬢様がタートル・ハートさんとなさってる、あのくねくねダンスは何なんです？　聖なるお務めってわけですか？」

「意地悪を言うのはやめてって言ってるでしょ！」メリーナは腹立ちまぎれに、タオルの洗濯に力を入れた。ばあやはこのことをとことんまで追求するつもりらしい。いったいどういうつもりなのかしら。確かにばあやの言うことは図星だった。メリーナが菜園での朝の作業に疲れて休んでいると、タートル・ハートが小屋のひんやりした暗がりにそっと忍びこんでくる。そして、メリーナを神聖な感覚ですっぽりと包む。ベッドのシーツの上を二人があえぎながら転がるとき、メリーナの体からはがれていくのは下着だけではなかった。罪の意識もはがれ落ちていくのだった。

人の道を踏みはずしていることはわかっていた。それでも、姦通(かんつう)の罪でユニオン教の法廷に引き出されることがあれば、ありのままを話すつもりだった。なんといっても、タートル・ハートはメリーナを救ってくれたのだ。恵みの感覚を、この世で希望を持つ気持ちをよみがえらせてくれた。善なるものを信じる気持ちは、緑色の小さなエルファバがこの世に生まれて出てきたときに、こっぱみじんに砕かれていた。エルファバは、犯したかどうかさえ自覚がないほど小さな罪に対する、あまりにも大きな罰だった。

メリーナを救ったのは、行為そのものではなかった。確かに恐ろしいほどにめくるめく体験ではあるけれど。メリーナが救われたのは、タートル・ハートの振る舞いのおかげだ。

フレックスが現れても顔を赤らめたりせず、忌まわしいエルファバを見てもたじろがなかった。庭の隅に仕事場をこしらえ、ガラスを吹いては磨く。まるでメリーナを救い出すため、ここに遣わされたのだとでも言うように。タートル・ハートがどこかよその土地をめざしていたことなど、すっかり忘れ去られていた。

「わかったわよ、このお節介やきの意地悪ばあさん」とメリーナ。「それで、結局何が言いたいの？」

「エルフィーをラッシュ・マージンズに連れてって、遊び友達を見つけてやりましょう」

メリーナはぺたんとお尻をつけて座りこんだ。「冗談でしょ！」と叫ぶ。「エルファバはのろまで物覚えが悪いけど、ここにいれば少なくとも傷つくことはない。確かにわたしは母親らしい気持ちをあまり持てないかもしれないけど、あの子にちゃんと食べさせてやってるし、怪我をしないように見守ってるわ！　あの子に外の世界を押しつけるのはあまりにも残酷よ。緑色の子なんて、みんなに軽蔑されていじめられるに決まってる。それに、子供は大人よりたちが悪いわ。自制心なんてないんだもの。あの子がひどく怖がってる湖に放りこむほうがましよ」

「いいえ、それは違います」ばあやは肉づきのいい両手を膝の上に置き、太い声できっぱりと言った。「この件については、お嬢様がうんと言うまでとことんお話しするつもりですよ。いつかあたしの意見の正しいことがおわかりになるときが来るはずです。いいですか、よおくお聞きなさい。あなたはただの甘やかされたお金持ちのお嬢様だから、同じように金持ちで愚かな近所の子供たちと、やれ音楽のレッスンだ、ダンスのレッスンだと飛びまわっていればよかったんです。もちろん、世の中には残酷なこともあります。でも、エルファバはおのれを知らなけりゃいけないし、早いうちに世間の残酷さに直面しておくべきなんです。心配するほどひどい目にはあいやしませんよ」

「わかったようなことを言わないで。そんなことはさせないわ！」

「ばあやは引き下がりませんよ」と、ばあやも負けずに言い返す。「あたしはあの子だけじゃなく、お嬢様の幸せも長い目で見て考えてるんですよ。いいですか、嘲笑から身を守る武器と鎧(よろい)を与えてやらなかったら、あの子の人生はみじめなものになるでしょう。あなたの人生だっておんなじことですよ」

「あんな薄汚いラッシュ・マージンズの悪ガキたちから、武器と鎧の使い方とやらを教えてもらえと？」

「笑い方、楽しみ方、からかい方、微笑み方をね」

「いいかげんにしてよ、もう」

「必要とあらば、あなたを脅迫したっていいんですよ、メリーナ様」とばあや。「なんでしたら今日の午後ラッシュ・マージンズへ出かけて、また伝道集会を開こうとしてるフレックス様を見つけて、二言三言ささやいてくることだってできるんですからね。必死でラッシュ・マージンズのろくでなしどもに宗教への情熱を取り戻させようとなさっているときに、奥様がタートル・ハートと何をしてるか、お知りになりたいでしょうかねえ」

「この恥知らずな性悪ばあさん！　下品で下劣な卑怯者！」とメリーナは叫ぶ。

ばあやは勝ち誇ったようににやりと笑った。「そうと決まったら、さっそく明日にでも出かけて、あの子の人生の幕を開けてやりましょう」


翌朝は、強い風が山から容赦なく吹きつけていた。枯れ葉や、菜園に残された不出来な作物が吹き飛ばされていく。ばあやは丸い肩にショールを巻きつけ、帽子を目深にかぶった。どこを見ても辺境の野獣がいるように思えた。猫らしき生き物やキツネを見かけた気がしてしょっちゅう振り返るものの、よく見ると結局は落ち葉やゴミのかたまりだったりするのだった。

　ばあやはサンザシの杖をどこかから見つけてきた。石ころやわだちのある道を歩くのに役立ちそうだが、腹をすかせた獣を追っ払うための武器にするつもりだった。「からからに乾いて寒い土地だこと」と、独り言のようにつぶやく。「それに、ほとんど雨が降らないなんて！　そりゃ、大きな獣が山から下りてくるに決まってますよ。さあ、固まって歩きましょうね。先に走っていっちゃだめですよ、緑のおちびさん」

　三人は黙ったまま足を運んだ。ばあやはおびえ、メリーナは午後のあいびきができなくなったことに腹を立てていた。エルファバはぜんまい仕掛けのおもちゃのように、ぎこちなく一歩一歩足を踏み出して歩いている。湖岸が後退したため、天然の波止場は今や小石や乾いて腐りかけた海草の散らばる歩道と化していた。

　ゴーネットの家は、今にも崩れそうなわらぶき屋根がついた石造りの小屋だった。腰痛を抱えるゴーネットには、網を引いたり、荒れていく菜園で膝をついたりする仕事はできない。裸に近い格好をしたさまざまな年頃の子供たちが何人もいて、大声をあげたり、すねたり、小さな群れをなして汚い庭を走りまわったりしている。ばあやたちが近づいていくと、ゴーネットは顔を上げた。

「こんにちは、ゴーネットさんですね」と、ばあやは愛想よく話しかけた。門を開けて中に入ってしまえば安全だ。たとえあばら家の庭であっても。「フレックスパー牧師から、ここに来ればあなたに会えると教えてもらったんですよ」

「ああ、驚いた。噂は本当なんだ！」とゴーネットは言い、エルファバに向かって祈るような仕草をした。「たちの悪い嘘だと思っていたけど、本当なんだね！」

子供たちは走るのをやめて、今はゆっくり歩いている。男の子も女の子も、色の黒い子も白い子もいるが、どの子も薄汚く、見慣れない者への好奇心をあらわにしていた。足は止めずに、我慢比べやごっこ遊びをしているが、視線はじっとエルファバに注がれている。

「こちらはメリーナ様、もちろん、ご存じですわね。あたしはその乳母です。お会いできてうれしいですわ、ゴーネットさん」とばあや。ゴーネットはメリーナに視線を移すと、上唇を噛んで会釈した。

「お会いできてうれしいですわ、本当に」と、メリーナが冷ややかに答える。

「実は、お知恵を借りたいと思って。あなたの評判を聞いてうかがったんですよ」とばあや。「この子が困ったことになっているんです。いろいろ頭をひねってみるんですが、いい考えが浮かばなくて」

ゴーネットがいぶかしげに身を乗り出す。

「この子、緑色なんです」ばあやは打ち明け話をするようにささやいた。「この子の愛らしさにばかり目がいって、お気づきじゃないかもしれませんけどね。もちろん、ラッシュ・マージンズの人は皆いい方ばかりですから、こんなこと気になさらないでしょうが。でも、緑色だってことで、この子、すっかり引っ込み思案になってしまって。ほら、見てやってください。春に目覚めたばかりでびくびくしてる亀みたいでしょう。この子を外に引っぱり出して、もっと幸せにしてやりたいと思うんですが、どうしたものやら」

「確かにどこから見ても緑色だね」とゴーネット。「どうりで、あのぼんくらのフレックスパー牧師がずっと説教をしてなかったわけだ！」そう言うと、頭をのけぞらせてガハハと意地悪く高笑いをした。「それで、今になってやっとこ始めようって気になったのか！たいした度胸だねえ、まったく」

「フレックスパー牧師は」と、メリーナが冷ややかに口を挟んだ。「聖典の言葉を忘れぬようにと説いております。魂の色は誰にもわからない――ゴーネットさん、あなたにはこの言葉を思い出してほしいと言っております」

「さいですか」とがめられて、ゴーネットはもごもごと言った。「それで、あたしにどうしろって言うんです？」

「あの子を遊ばせて、学ばせてやってほしいのです。ここに来させますから、面倒をみてもらえないでしょうか。あなたになら安心してお任せできますから」とばあや。

まったく、食えないばあさんだ、とメリーナは思った。ばあやは真実を語りながらももっともらしく聞かせるという、めったにお目にかかれない戦術を試みている。メリーナたちは腰を下ろした。

「そうは言っても、うちの子供たちがその子を仲間に入れるかどうか」ゴーネットはなかなかうんと言わない。「それに、このとおり、あたしゃ腰が悪いからねえ。子供たちがどこかへ行っちまいそうになっても、さっさと捕まえに行けやしないし」

「もちろん、お礼はさせていただきますよ、現金で。メリーナ様も了解されてます」菜園に何も植わっていないことに気づいていたばあやが言った。貧しい生活をしているのだ。ばあやはエルファバの背中を押した。「さあ、仲間に入れてもらって、一緒に遊んでおいで」

だが、エルファバはぴくりとも動かなかった。まばたきさえしない。すると子供たちのほうから寄ってきた。男の子が五人と、女の子が二人。「すげえ色だな」と、年かさの男の子が言い、エルファバの肩に触れた。

「お行儀よくね」とメリーナ。今にも飛びあがらんばかりだったが、ばあやがそれを制した。黙って見てなさい、と。

「鬼ごっこしようよ」と、その男の子が言う。「鬼はだれだ?」

「ぼくじゃないよ」、「わたしじゃないよ！」ほかの子たちは口々に叫びながら、エルファバに駆け寄って軽くタッチし、また駆け出していった。エルファバは訳がわからず、下げた両手のこぶしを握りしめて立ち尽くしていたが、やがて二、三歩走り出した。だが、そこで立ち止まってしまう。

「そうそう、子供は元気に運動しなくちゃね」とばあやがうなずきながら言った。「ゴーネットさん、あなた、天才ですねえ」

「自分の子供のことなら心得てるよ」とゴーネット。「もちろんじゃないか」

動物の群れのように、子供たちが走って戻ってきた。エルファバに軽くタッチしては、また駆け出していく。だが、エルファバはあとを追いかけようとしない。子供たちがまた近くに寄ってくる。

「汚らわしいカドリング人がお宅にいるって、本当かい？」とゴーネットが尋ねた。「草と糞しか食べないって、本当かい？」

「何ですって！」とメリーナが叫ぶ。

「みんなそう言ってるよ。本当なのかい？」とゴーネット。

「あの人は立派な人よ」

「でも、カドリング人なんだろう？」

「ええ、まあ、そうだけど」

「ここには連れてこないでおくれよ。疫病をまき散らされると大変だから」とゴーネット。

「そんなもの、まき散らすもんですか」と、メリーナはぴしゃりと言った。

「ものを投げちゃだめですよ、エルフィー」と、ばあやが声をかける。

「人から聞いたことを言ってるだけだよ。夜になってカドリング人が眠ると、その魂が口から這い出て飛んでいくんだってさ」

「ばかな人たちって、ばかなことばかり言うのね」メリーナはずけずけと大きな声で言った。「眠ってるときに、あの人の口から魂が出ていくところなんて、一度も見たことないわ。寝てるところは何度も見たけ――」

「エルフィー、石はだめですよ」とばあやが甲高い声で叫ぶ。「ほかの子は誰も石なんて持ってないでしょ」

「石なら今、みんな持ったね」とゴーネットが口を挟む。

「あの人ほど神経の細やかな人、ほかにいないわ」とメリーナ。

「そんなもの、魚売りにはたいして役に立たないね」とゴーネット。「牧師や牧師の奥さんには役に立つのかい?」

「あら、血が出てるじゃないの。困ったわね」とばあや。「みんな、エルフィーをこっちへよこして。傷口を拭かなくちゃ。でも、布きれがないねえ。ゴーネットさん、お借りできるかしら？」

「血が出るのは、子供たちにはいいことさ。血が出りゃそんなに腹もすかないってもんだ」とゴーネット。

「神経が細やかなほうが、ばかよりはずっとましだわ」メリーナは怒りではらわたが煮えくり返る思いだった。

「嚙みついちゃだめだよ」とゴーネットが一人の男の子に言う。が、エルファバが仕返しをしようと口を開けたのを見るや、腰が痛いのも忘れて立ちあがり、悲鳴をあげた。「嚙みつかないでおくれ、お願いだから！」

「子供って、すばらしいじゃありませんか」とばあやが言った。

広がる暗闇

二、三日おきに、ばあやはエルファバの手を引き、ラッシュ・マージンズへの薄暗い道をよたよたと歩いていった。そこでエルファバは、無愛想なゴーネットの監視のもと、汚らしい子供たちに交ざって遊んだ。フレックスは再び家を空けるようになり（自信が回復したのか、はたまた絶望しきったのか）、みすぼらしい集落を訪れては、その伸び放題のあごひげと信仰に対する冷徹な見解とで住民を震えあがらせた。一度出かけると、八日も十日も帰ってこない。メリーナは、フレックスが木を削って作ってくれた調子はずれの鍵盤で、ピアノのアルペジオの練習をして音階を完璧にマスターしようとした。

タートル・ハートは、秋が近づくにつれ、元気をなくしていった。二人の午後の情事も、火傷しそうな熱さを失い、穏やかなぬくもりに変わっていった。メリーナは常にフレックスの心遣いに感謝し、自分も夫に心を配ったが、夫の体はタートル・ハートに比べるとどうもしなやかさに欠けた。タートル・ハートの唇が片方の乳首を吸い、その大きな手が感情を持った小動物のように体中をさまようのを感じながら、メリーナは眠りに落ちていく。目を閉じると、タートル・ハートの体がいくつかに分かれたように感じられる。あちこちをさまよう唇。高まり、そっと突き、押しつけられる男のもの。口ではないところから、無言のまま、優雅に耳に吹きこまれる息。そして、鐙(あぶみ)のように支えてくれる腕。

けれども、この男のことは、フレックスを知るようには知らなかった。周囲の人々を見抜くほどに、タートル・ハートという人物を見抜くことはできなかった。メリーナはそれを、その落ち着いた物腰のせいにしていたが、ある夜のこと、今も油断なく目を光らせるばあやが、カドリング人は皆あんなものだと指摘した。メリーナは、タートル・ハートが自分とは人種が異なるという事実から、それまでずっと目をそむけていた。

「人種が何よ」とメリーナはもの憂げに言った。「人間であることに変わりないわ」

「ばあやが歌ってあげた童謡をお忘れですか?」ばあやはそう言うと、これ幸いとばかりに縫い物を脇に置いて歌いはじめた。

男の子は学び、女の子は知っている
教訓とはそういうもの
男の子は覚え、女の子は忘れてしまう

教訓とはやっぱりそういうもの
ギリキン人はナイフのように頭が切れ
マンチキン人は野暮な人生を送る
グリカス人は醜い女房を殴りつけ
ウィンキーはミツバチのように群がってる
だけどカドリング人、そう、カドリング人ときたら
卑しい愚か者、神に向かってつばを吐き
子供を食らい、年寄りを埋める
明くる日には自分も冷たくなるってのに
りんごをひとつくれるなら、もう一度歌ってあげる

「あの人について、何を知ってるっていうんです？」とばあやは尋ねる。「奥さんはいるんでしょうか。ロウワー・スライムピットとかいうふるさとを離れたのはどういうわけでしょう。もちろんこんな個人的なこと、聞ける立場じゃありませんけど――」

「あら、おまえはいつから自分の立場をわきまえるようになったのかしら」

「あたしが本当に立場をわきまえない行動に出たら、こんなの比じゃありませんよ」とば

あや。

　初秋のある夜、遊び心で、皆で庭で焚き火をした。フレックスは家におり、機嫌がいい。ばあやがコルウェン・グラウンドに帰るつもりになっていたため、メリーナも機嫌がよかった。タートル・ハートは夕食に、小さな酸っぱい採れたてのりんごに、チーズとベーコンというありあわせの材料を使って、まずいシチューをこしらえた。

　フレックスは晴れ晴れとした気分だった。ありがたいことに、あのいまいましいチクタク仕掛けの作り物、〝時を刻むドラゴン時計〟の影響もようやく薄れてきて、罰当たりな貧乏人たちが説教を聞きに来るようになっていた。スリー・デッド・ツリーズでの二週間にわたる布教もうまくいった。小さな財布いっぱいの銅貨や物々交換券を貢いでもらったうえに、何人かの信者の顔に神への献身、あるいは渇望さえもが浮かんだのを目にして、フレックスは報われた思いがした。

「ここにいるのも、あとわずかかもしれないな」とフレックス。両腕を頭の後ろで組み、満足げにため息をついている。メリーナはそれを見て思う。男って、いつもこう。幸せになると決まって、幸せの終わりを口にするんだから。夫は続けてこう言った。「ラッシュ・マージンズから続く道は、我々をより高い目標へ導くことだろう、メリーナ。人生のさらに崇高なステージへ」

「やめて」とメリーナ。「わたしの一族はつつましい階級から身を起こして、九代かけてここまで昇りつめたけど、結局わたしときたらこんなど田舎で、かかとまで泥に埋まってるのよ。より高い目標なんて信じないわ」

「気高い大志を抱く心のことを言ってるんだ。なにもエメラルド・シティに出ていって、摂政オズマ（オズマ・リージェント）付きの聴罪司祭になろうっていうわけじゃない」

「もっと出世なさって、オズマ・チペタリウス様の聴罪司祭になられたらいかがです？」とばあや。フレックスがそこまで出世したなら――エメラルド・シティの宮廷で一目置かれる自分の姿が目に浮かぶ。「オズマ様はたしか、まだ二歳か三歳でしたっけ。それでまた男性の摂政（せっしょう）が政治を行っているのでしたね。そんなの少しの間だけの話ですよ、男が関わるとたいていのことは長持ちしませんしね。あなた様はまだお若いんですし、オズマ様はどんどん成長します。そしたら政治を動かす高い地位に就かれて……」

「宮廷で誰かの司祭になりたいなんて、これっぽっちも思ってないよ。たとえ、〈熱狂的に信心深いオズマ〉がいたとしてもね」フレックスはサルヤナギのパイプに火をつけた。「僕は、虐げられた貧しい人々のために伝道する」

「それなら、ぜひカドリングへお越しください」とタートル・ハート。「カドリングの人々、虐げられています」

タートル・ハートが自分の過去について話したことはほとんどなかった。メリーナは、もっと人のことに興味を持ちなさいとばあやにからかわれたのを思い出した。そこで、パイプの煙を手で払いながら、尋ねてみた。「どうしてオッベルズから出てきたの？」

「恐怖のためです」とタートル・ハート。

　碾(ひ)き臼の上を蟻(あり)が這ってきたら石でつぶしてやろうと待ちかまえていたエルファバが、臼の浅いくぼみ越しにふと顔を上げる。大人たちは、タートル・ハートの話の続きを待っていた。メリーナは胸騒ぎを感じた。まさにこの夜、この穏やかなすばらしい夕べに、突然すべてが変わる予感がしたのだ。ようやく生活が落ち着いてきたというのに、すべてが台無しになろうとしている。

「どんな恐怖なんだ？」とフレックスが尋ねる。

「なんだか寒気がしてきたわ。ショールを取ってくるわね」とメリーナ。

「それかやっぱりパストリアス様の司祭ですよ！　摂政(オズマ・リージェント)オズマの。どうです？」とばあや。

「メリーナ様のご家族のつてがあれば、招待ぐらいなんとでも――」

「きょうふ」とエルファバが言った。

　生まれて初めて発した言葉だった。が、それを迎えたのは凍りつくような沈黙だった。木々の間からほのかに光る丸い盆のような月でさえ、一瞬輝きを止めたように見えた。

「きょうふ?」エルファバがまわりを見まわしながら、もう一度言う。口元はとりすましているが、目は輝いている。自分のお手柄がわかっているのだ。もうすぐ二歳。その鋭い大きな歯も、これ以上言葉をとどめておくことはできなかった。「きょうふ」と、今度はささやくように言う。「きょうふ」

「さあ、ばあやのお膝にいらっしゃい。ちょっと静かにしていましょうね」

エルファバは従ったが、クッションみたいなばあやの胸からは離れて、前かがみに座った。ばあやの手が自分の胴にまわされるのは仕方ないとしても、それ以上の接触はごめんだとでもいうように。そして、タートル・ハートをじっと見つめ、待った。

タートル・ハートは畏怖の念に打たれたように言った。「その子、初めて話したと思います」

「うん」とフレックスが言って、煙の輪を吐き出した。「それに、この子はきみの言う恐怖とはどんなものか、聞きたがっているようだね。さしつかえなければ、話してくれないか」

「タートル・ハート、お話しすることあまりありません。タートル・ハート、ガラスの仕事します。お話なら、旦那様、奥様、ばあや様でどうぞ。今ではお嬢様もお話しできます」

「少しならいいじゃないか。言い出したのはきみなんだから」

メリーナは身震いした。まだショールを取ってきていなかったのだ。体が石のように重く、動くことができない。

「エメラルド・シティから、ほかの国から、仕事する人、カドリングに来ます。空気、水、土を調べ、味見し、標本作りました。幹線道路の計画、立てました。カドリング人、それ、時間と労力の無駄とわかります。でも、その人たち、カドリング人の声、聞きません」

「カドリング人は道路技師ではないんだろう」と、フレックスが感情を交えずに言った。

「私の国、壊れやすい」とタートル・ハート。「オッベルズでは、家は木々の間に宙吊りになっています。作物、ロープで吊るした小さな台の上で育てます。男の子たち、水の浅瀬にもぐって野菜を採ります。木、多すぎると、作物と健康に十分な日光、当たりません。木、少なすぎると、水面が上がって、植物の根も浮きあがって、土の中へ伸びません。カドリング、貧しい国です。でも、豊かで美しい。生きていくには、念入りな計画と協力、必要です」

「それで黄色いレンガの道に抵抗運動を――」

「それは話のほんの一部分。カドリング人、道路作る人、説得できません。あの人たち、泥と土で堤防を作って、カドリングをばらばらにしたいのです。カドリング人、議論し、嘆願し、証言しました。でも、言葉では勝てない」

フレックスはパイプを両手で持ったまま、タートル・ハートが話すのを見つめていた。タートル・ハートに惹きつけられていた。いつも人の熱意に惹かれるのだ。

「カドリング人、闘うこと、考えています」とタートル・ハート。「これ、ほんの序の口と考えています。建設者、土の検査して、水を調べたら、カドリング人がこれまでずっと知っていたこと、でもずっと秘密にしていたこと、わかってしまう」

「何のことだい？」

「タートル・ハート、ルビーのこと言ってます」そう言うと、彼は大きなため息をついた。「水脈の下に、ルビーあります。鳩の血のように赤いルビー。技師たち、『沼地の下を走る結晶質石灰岩層の中に赤色鋼玉あり』と言います。カドリング人、『オズの血』と呼びます」

「あなたが作る、赤いガラスみたいなの？」とメリーナ。

「ルビー色のガラス、塩化金を加えて作ります」とタートル・ハート。「でも、カドリング、本物のルビーの鉱床の上にのっているのです。この知らせ、労働者たちによってエメラルド・シティに届けられるでしょう。そうすれば、たくさんの恐怖、襲います」

「どうしてわかるの？」とメリーナ。

「鏡の中、見るとわかります」タートル・ハートは、エルファバのおもちゃに作ってやった円盤を指さした。「未来、見えます。血とルビーの未来」

「未来が見えるなんて、信じられないね。快楽信仰と似たようなものだ」フレックスは激しい口調で言う。「ドラゴン時計の運命論と同じさ。くだらない。名もなき神は我々のために、名もなき歴史を刻んでくださっている。だが、予言なんてただの憶測で、恐怖をあおるだけじゃないか」

「それなら、タートル・ハート、カドリングを出た理由、恐怖と憶測だと思ってくださっていいです」カドリング人のガラス吹きは弁解しなかった。「カドリング人、自分たちの信仰、快楽信仰と思っていません。でも、兆しに耳を傾け、お告げに目を光らせています。水がルビーで真っ赤に染まるとき、カドリング人の血も流れるでしょう」

「ばかばかしい！」フレックスは真っ赤になって吐き捨てた。「カドリング人にはたっぷり説教してやらねば」

「それにしても、パストリアス様ってぼんくらだと思わない？」この中で、王室について内情に通じた意見が言えるのはメリーナだけだ。「オズマ様が成人するまで、何をしてるつもりかしら。馬で狩りに出かけたり、マンチキン人が作る菓子を食べたり、頭の弱い召使いにこっそり手をつけたりするぐらいしかやることがないじゃない」

「危険なのはよそ者です」とタートル・ハート。「この国で育った王や女王ではありません。老婆、巫女、死の床にいる者、皆見たのです。残酷で横暴なよそ者の王を」

「そんな荒れ果てた沼地に道路工事を計画するなんて、摂政オズマは何を考えてるのかしら」とメリーナ。

「発展だよ」とフレックス。「マンチキンの国に黄色いレンガの道を作るのと同じことさ。発展と支配、軍隊の移動、税の制度化、軍隊による防衛」

「防衛って、いったい誰から守るのよ」とメリーナ。

「ああ。それがいつも大きな問題なんだ」とフレックス。

「ええ」とタートル・ハートが、ほとんどささやくように言った。

「それで、きみはこれからどこへ行くんだ？　もちろん、ここから出ていけと言ってるわけじゃない。きみがここにいてくれて、メリーナは喜んでる。ほかのみんなもね」

「きょうふ」とエルファバが言った。

「しーっ」とばあや。

「奥様、お優しいし、旦那様もタートル・ハートに親切です。最初、一晩だけ泊めていただくつもりでした。タートル・ハート、エメラルド・シティへ行く途中、道に迷いました。タートル・ハート、謁見を願い出るつもりでした。えーと、オズマ——」

「今は摂政オズマ（オズマ・リージェント）だ」とフレックスが口を挟む。

「カドリングのために慈悲を請うつもりでした。そして、残酷なよそ者の王のことを警告しようと――」

「きょうふ」とエルファバがうれしそうに手を叩きながら言う。

「この子のおかげで、タートル・ハート、任務を思い出しました」とタートル・ハート。

「話しているうちに、過去の苦しみの中から、使命、よみがえってきたのです。タートル・ハート、忘れていました。でも、言葉を口にした以上、行動しなければなりません」

メリーナは憎々しげにばあやをにらみつけた。ばあやはエルファバを地面に下ろすと、そそくさと夕食の皿を片づけはじめる。ほらばあや、よけいなことを詮索したらどんなことになるか、わかった？　わたしのこの世でのたったひとつの幸せが消えてしまった。何もいいことなんてないじゃない。メリーナは忌まわしい自分の子供から顔をそむけた。子供は微笑んでいるように見える。それとも顔をしかめているのかしら。メリーナは打ちのめされて夫を見た。どうにかして、フレックス！

「きっと、これが我々の求めていた、より高い目標なんだろう」とフレックスはつぶやいた。「メリーナ、カドリングへ行こう。僕らはマンチキンでの恵まれた生活を捨て、真に困窮した状況に身を置き、その試練を受けるべきなんだ」

「マンチキンでの恵まれた生活ですって？」メリーナは悲鳴のような声を出した。「名もなき神が身分卑しき者を通して語られるとき」と、再び思いつめた表情をしているタートル・ハートを指さし、フレックスは話しはじめる。「その声を聞くこともできるし、心を閉ざして知らぬふりをすることもできるが——」

「じゃあ、聞いてちょうだい」とメリーナ。「フレックス、わたし妊娠してるの。旅なんてできっこない。動けないのよ。もう一人赤ん坊を抱えながら、エルファバを育てなくちゃならないのに、沼地を歩きまわれだなんてあんまりだわ」

しんと静まりかえった空気からいくらか衝撃も収まった頃、メリーナは続けた。「まあ、こんなふうに知らせるつもりはなかったんだけど」

「それはおめでとう」とフレックスが冷ややかに言った。

「きょうふ」とエルファバが母親に向かって言う。「きょうふ、きょうふ、きょうふ」

「軽はずみなおしゃべりは、これくらいにしておきましょう」とばあやがその場を収めにかかった。「メリーナ様、ここにおられるとお風邪を召しますよ。夏の夜でもまた冷えるようになりましたからね。中にお入りになって。さあさ、もうお開きにしましょ」

だが、フレックスが立ちあがり、妻のところへ行ってキスをした。タートル・ハートの子ではないかと考えているのかどうか、誰にもわからなかった。メリーナでさえ、夫の子か愛人の子かはっきりわからないのだ。本当はそんなことはどうでもよかった。ただタートル・ハートにどこへも行ってほしくなかった。こんなに急に、みじめなふるさとの村人たちへの正義感に駆り立てられて、いてもたってもいられなくなっている男が憎くてたまらなかった。

フレックスとタートル・ハートは、メリーナには聞こえない低い声で何やら話していた。二人は焚き火のそばでうつむいて顔を寄せ、フレックスは片手をタートル・ハートの震える肩にまわしている。ばあやはエルファバに寝巻きを着せると、そのまま外にいる男たちに任せておいて、温かいミルクをのせた盆と錠剤がいくつか入った小さな椀を持ってメリーナのベッドに向かった。

「いつかこうなると思ってましたよ」と、ばあやは穏やかに言った。「さあ、ミルクをお飲みなさいな。そして、めそめそするのはおやめなさい。またそんな態度、まるで子供みたいですよ。いつ頃わかったんです?」

「そうね、六週間ほど前かしら」とメリーナ。「ミルクなんかいらないわ。ばあや、ワインをちょうだい」

「ミルクになさいませ。赤ちゃんが生まれるまで、ワインはだめです。また悲劇を繰り返したいんですか」

「ワインを飲んだからって、お腹の子の色が変わるわけないでしょ」とメリーナ。「おつむは悪いかもしれないけど、それくらいの生物学の知識はあるわよ」

「ワインはメリーナ様の精神を乱します。それだけですよ。さあ、ミルクをどうぞ。それから、薬をひとつお飲みなさい」

「何の薬？」

「いつかお話ししたことを実行してきたんですよ」と、ばあやはあたりをはばかるように言う。「昨年の秋、あなた様のために、美しき首都のロウワー・クォーターのあたりを訪ねてまわったんです」

メリーナはにわかに身を乗り出した。「ばあや、嘘でしょう！　なんて気が利くの！　怖くなかった？」

「それは恐ろしゅうございましたよ。でも、ばあやは、どんなにおばかさんでも、あなた様がかわいいのです。それで、錬金術師の秘密の看板のかかったお店を見つけたんです」

腐りかけのショウガと猫のおしっこのにおいを思い出して、ばあやは鼻にしわを寄せた。

「シズの生まれだという厚かましそうな老婆と向き合って座りました。ヤックルとかいうばあさんですよ。あたしがお茶を飲み干してカップを逆さにすると、ヤックルはお茶の葉を読むんです。自分の手先も見えないほど目が悪いくせに、未来なんか読めるのかって思いましたけどね」

「さすが本物の予言者は違うわね」と、メリーナはそっけなく応じる。

「旦那様は予言など信じちゃいないんですから、声を落としてくださいまし。とにかく、最初のお子が緑色だったことを説明したんです。どうしてそんなことになったのかよくわからない、二度とこんなことは起きてほしくない、そう申しました。するとヤックルは、何種類かの薬草と鉱物を臼で挽き、ガンバ油で煎って、何やら異教の祈りを唱えながら、どうもその中へつばを吐いたようです。近くで見ていたわけじゃありませんがね。何はともあれ、九カ月分買ってきましたよ。妊娠したと気づいたら、すぐに飲みはじめるといいそうです。ひと月遅れてしまいましたが、何もしないよりはましでしょう。あたしはこの老婆に絶大な信頼を置いています。メリーナ様、あなたもお信じなさいませ」

「どうしてよ?」メリーナは九個の薬のうちのひとつ目を口に入れながら言った。ゆでたかぼちゃのような味がした。

「ヤックルは、あなた様のお子たちが偉大な人物になると予言したんです」とばあや。

「エルファバは思っている以上に大物になるし、二番目の子も同じ。だから、人生をあきらめてはいけないと言ってましたよ。これから歴史が大きく動いていく。この一家はその一翼を担うだろう、ともね」

「わたしの恋人についてはなんて？」

「困った人ですねえ」とばあや。「心配無用、安心していいということです。祝福すると言ってましたよ。ヤックルは薄汚い女ですけど、言うことは確かですからね」ヤックルは次の子も間違いなく女の子だと言っていたのだが、ばあやはそのことは口にしなかった。メリーナが流産を試みるのを恐れたからだ。一人ではなく、二人の姉妹によって歴史は作られるとヤックルは明言したのだ。

「それで、無事に家に戻れたのね。誰にも怪しまれなかった？」

「ただの年老いたばあやがロウワー・クォーターまで非合法の薬を買いに行くなんて、誰が思うものですか」と、ばあやは笑う。「では、あたしは編み物などして、勝手にしておりますよ。さあ、お休みなさい。これから二、三カ月の間、ワインはだめです。この薬をきちんと飲むんですよ。そうすれば、あなたとフレックス様に健康で立派な赤ちゃんが授かります。そしたら結婚生活もめでたく元どおりうまくいきますよ」

「結婚生活はこの上なくうまくいってるわよ」とメリーナは掛け布団の下にもぐりこみながら言った。薬が効いてきたのだが、ばあやには知られたくなかった。「沼地へ行くことにさえならなければね。あんな土地で人生の夕暮れ時を迎えるなんて、まっぴらよ」

「太陽が沈むのはカドリングのある南じゃなく、西のほうですから大丈夫ですよ」と、ばあやはなだめるように言う。「それにしても、今晩妊娠のことを言い出すなんて、びっくり仰天でした。ちなみに、あなた方がカヌーを漕いでカドリングの沼地に行ってしまったら、もうあたしはおうかがいいたしませんよ。今年で五十ですからね。このばあやにできないこともあるんですよ、こんなに年を取ってしまえばね」

「みんな、どこへも行かないのが一番よ」とメリーナは言い、うとうとしはじめた。

ばあやはほっとひと息つき、自室に引きあげようとして、窓の外にもう一度ちらりと目をやった。フレックスとタートル・ハートはまだ話しこんでいる。ばあやは見かけよりずっと勘が鋭い。タートル・ハートがふるさとの人々に脅威が迫っていることを思い出したとき、ばあやはその顔を見ていた。卵が割れてあどけない黄色のひよこがよちよちと出てくるように、そこから真実がこわごわと顔を出したのだ。そう、いかにも傷つきやすい様子で。フレックスが、悩めるタートル・ハートにあんなふうに寄り添っているのも無理はない。ちょっとくっつきすぎのような気もするけれど。それにしても、この家族には次から次へと奇妙なことが起こるようだ。

「エルファバを中に入れてくださいな。もう寝かしつけますから」とばあやは窓から声をかける。二人の親密さを妨げるためでもあった。

フレックスがあたりを見まわした。「中にいるんじゃないのか」

ばあやはさっと視線を走らせた。エルファバは家で遊ぶときも、村の悪童たちと遊ぶときも、まだかくれんぼはしたことがなかったはずだ。「いいえ、ご一緒じゃないんですか」

男たちはきょろきょろ見まわしている。ばあやの目に、野生のイチイの木が作る青みがかった影の中で何かが動いたのがぼんやり見えた気がした。思わず立ちあがり、窓枠にしがみついた。「捜してくださいな。獣がうろつく時間ですよ」

「ここには獣なんていない。ばあや、考えすぎだよ」フレックスの口調はのんびりしていたが、男たちはそそくさと立ちあがると、あたりを捜しはじめた。

「メリーナ様、まだお眠りにならないでください。エルファバがどこにいるかご存じないですか。ふらふら歩いていくのをごらんになりませんでしたか」

メリーナは片方の肘をつき、どうにか体を起こそうとした。目にかかる髪の間から、ぼうっとした目でばあやを見る。「何のこと?」ろれつがまわっていない。「誰がふらふら歩いていったって?」

「エルファバですよ」とばあや。「さあ、起きてください。どこへ行ったのかしら。いったいどこに」ばあやはメリーナを助け起こそうとしたが、かなり時間がかかってしまい、心臓が早鐘のように打ちはじめる。メリーナの両手をなんとかベッドの柱につかまらせると、「さあ、起きてください。困ったことになりましたよ」と言って、サンザシの杖に手を伸ばした。

「誰？」とメリーナ。「誰がいなくなったの？」

紫色に染まった黄昏の中で、男たちが子供の名を呼んでいる。「ファバラ、エルファバ！　エルフィー！　小さなカエルさん！」二人は火の消えかけた焚き火から離れると、庭の外をぐるぐるとまわり、茂みの低い枝の中をのぞいたり、叩いたりした。「小さなへビさん、トカゲさん、どこにいるんだい？」

「きっと、あいつですよ。例のやつが丘から下りてきたんですよ。どんな獣だかわかりゃしないけど！」とばあやが叫ぶ。

「そんなものはいないよ、ばかなことを言うんじゃない」とフレックス。そう言いながらも、いっそう必死な様子で小屋の裏の岩から岩へ飛び移っては、枝を払いのけている。タートル・ハートはじっと立ったまま、ぽつぽつと輝きはじめた星々のほのかな光を手のひらに受けようとでもするかのように、両手を空に向かって伸ばしていた。

「エルファバなの？」ようやく頭がはっきりしてきたメリーナが、寝巻き姿のまま戸口から姿を現した。「あの子がいなくなったの？」

「ふらふら歩いていっちゃたんですよ。さらわれてしまったんだわ」ばあやは鼻息も荒く言う。「あの役立たずの男どもったら、女子学生みたいにいちゃついていたんですよ。丘から下りてきた獣がうろうろしてるってのに！」

メリーナはおびえた甲高い声で叫んだ。「エルファバ、エルファバ、聞こえる？　すぐ出てらっしゃい！　エルファバ！」

聞こえるのは風の音だけだ。

「そんなに遠く、行ってません」しばらくしてから、タートル・ハートが言った。深まる闇の中で、その姿はほとんど見えない。一方、白いポプリンの寝巻きを着たメリーナは、まるで内側から光を放っているように、天使のごとく輝いている。「そんなに遠く、行ってません。ただ、ここにいないだけ」

「いったい何が言いたいんです」とばあやが泣きながら言う。「謎かけみたいなふざけたことばかり言って」

タートル・ハートは振り向いた。その場に戻ってきていたフレックスが、腕をまわして彼の体を支える。メリーナがもう一方の側に寄る。一瞬、タートル・ハートは気を失ったようにぐったりした。メリーナが驚いて叫び声をあげたが、彼はしゃんと立ち直り、歩きはじめた。一同はそのまま湖のほうへ歩いていく。

「湖のはずはありませんよ。あの子は水を恐がっていたじゃありませんか」とばあやが叫んだ。だが、そう言いながらも、転ばないように杖で地面を探りながら、今や小走りになっている。

これでおしまいだ、とメリーナは思った。頭がぼんやりして、ほかには何も考えられないまま、この言葉を何度も繰り返す。まるで、そうしていれば現実にならずにすむとでもいうように。

これは始まりだ、とフレックスは思った。だが、いったい何の？

「そんなに遠く、行ってません。ここにいないだけ」と、タートル・ハートが繰り返す。

「あなたが邪悪なことをした罰ですよ。この二枚舌の快楽主義者」とばあや。

湖岸が後退した静かな湖に向かって地面は下り坂になっている。そこに立つ桟橋に沿って歩いていくにつれ、足元の高さにあった桟橋は腰の高さになり、ついには何もない空中に架けられた橋のように頭上でとぎれた。

桟橋の下の乾いた闇の中に、目が浮かんでいる。

「ああ、ラーライン様」とばあやがささやいた。

桟橋の下にはエルファバが座っていた。タートル・ハートが作ったガラスの円盤を両手でしっかりと持って、片方の目をつむり、もう一方の目を細めて、ガラスをじっと見つめている。開いているほうの目は、遠くを見ているようにうつろだ。

水面に映る星の光が反射しているのだ、とフレックスは思った。いや、そう思いたかった。けれども、その瞳がうつろに輝くのは、星の光に照らされているせいではなかった。

「きょうふ」とエルファバがつぶやく。

タートル・ハートが崩れるようにひざまずき、「この子、あの男が来るのを見ています」としわがれた声で言った。「あの男が来るのを見ているのです。空からやってきます。今、着陸するところ。空から気球、降りてきます。血の泡のような色。巨大な深紅（しんく）の球体。ルビー色の球体。空から落ちてきます。摂政、失脚します。オズマの王室、倒れます。ドラゴン時計、正しかった。審判の一分前」

そう言うと、タートル・ハートはばったりと倒れた。あやうくエルファバの小さな膝の上に倒れるところだったが、エルファバは気づいてもいないようだ。そのすぐ後ろで低いうなり声がする。獣がいるのだ。岩猫か。あるいはオレンジ色に光る目を持つ、虎とドラゴンとの奇妙な合いの子か。そのそろえられた前脚の間にエルファバは座っている。まるで王座であるかのように。

「きょうふ」とエルファバは再びつぶやいた。片目だけでガラスをじっと見つめているが、両親とばあやが目を凝らしても、そこに見えるのは暗黒ばかりだ。「きょうふ」

第二部　ギリキン

ガリンダ

1

「この列車はウィッティカ、セッティカ、ウィッカサンド分岐点（ターニング）、レッドサンド、ディキシー・ハウスに停車します。シズへお越しの方はディキシー・ハウスでお乗り換えください。東方面のテニケン、ブロックスホール、それにトラウムまでの各駅へお越しの方は、この車両にそのままご乗車ください」ここで車掌はひと息ついた。「次はウィッティカ、ウィッティカ！」

ガリンダは、着替えを入れた包みをしっかりと胸に抱きしめた。向かいの席では、年老いた山羊が脚を投げ出して寝そべっていて、ウィッティカの駅に着いても目を覚まさなかった。列車の揺れが乗客に眠気を催させるのは、ガリンダには好都合だった。山羊の視線を避け続けるなんてごめんだ。列車に乗る直前のこと、付き添ってきた世話係（アマ）のクラッチが錆びた釘を踏んづけてしまった。顔面凍結症にかかるのを恐れたアマ・クラッチは、近くの治療院で薬と癒しの呪文で手当てをしてもらっていいかと願い出た。「シズくらい、一人で行けるから大丈夫よ。わたしのことなら心配しないで、アマ・クラッチ」と、ガリンダはそっけなく言った。実際、アマ・クラッチはさっさと治療院へ行ってしまった。ちょっとばかりあごでも凍っちゃえばいいんだわ、とガリンダは思った。どうせ傷が癒えてシズへやってきたら、わたしのやることなすこと、目を光らせるに決まってるんだから。

ガリンダ自身のあごはというと、緊張でこわばっていた。自分ではいかにも旅慣れた、退屈そうなそぶりをしているつもりだった。実際には、小さな市場町フロッティカの自宅から馬車で一日以上かかるところへ行くのは、これが初めてなのだ。十年前に鉄道が敷かれたことで、古くからの酪農場は切り売りされ、シズの商人や製造業者の私有地に変わっていった。だが、ガリンダの家族はギリキンの田舎の暮らしを好んだ。しょっちゅう出没するキツネや、露に濡れる小さな谷、ひっそりとラーラインを祀る古い異教の聖堂がある暮らしを。一族にとって、シズは脅威を感じる遠い都会であり、たとえ鉄道ができて便利になったとはいっても、厄介事や珍しいこと、よからぬことばかりの都会へわざわざ出ていく気にはとうていなれなかったのだ。

ガリンダは窓のほうへ顔を向けていたが、緑あふれる外の景色ではなく、窓に映る自分の顔を見ていた。若者にありがちな、目先のことしか見えないところがあって、自分は美しい、だから価値があると思っていた。どんな価値があるのか、あるいは誰のために価値があるのかは、まだよくわかっていなかったのだが。首を振ると、柔らかい巻き毛が揺れる。陽光を浴びて、髪はまばゆい金貨の束のように輝いている。少し尖らせた完璧な形の唇には鮮やかな赤い口紅が塗られ、開きかけたマヤの花のようだ。黄土色のミュセットの飾り布が縫いこまれた緑の旅行着からは裕福な家の子女であることがうかがえ、肩にかけられた黒いショールを見れば、シズ大学生だということがひと目でわかる。そうよ、わたしはやっぱり頭がいいからシズ大学に向かっているんだわ。

だが、頭がいいにもいろいろある。

ガリンダは十七歳。フロッティカでは町中総出でガリンダを見送ってくれた。女性でシズ大学入学が決まったのは、パーサ・ヒルズ初の快挙なのだ！　入学試験で「自然界からいかなる道徳性を学びとることができるか（花は摘みとられて花束になるときに悲しむか、雨は自らを節制しようとすることができるか、動物は善であろうとすることが本当にできるのか、春季における道徳哲学について、など）」という問いに、ガリンダは優秀な論述を書いた。『オジアッド』からふんだんに文章を引用したその熱狂的な文章は、試験官を魅了した。そして、見事クレージ・ホールでの三年間の奨学金を得たのだった。あいにくとクレージ・ホールは大学内でも特にレベルの高いカレッジというわけではない——そういうカレッジはまだ女性に門戸を閉ざしているのだ。それでもやっぱり、シズ大学であることに違いはない！

車掌が戻ってきたとき、コンパートメントの相客が目を覚まし、あくびをしながら脚を伸ばした。そして、「申し訳ないが、私の切符を取ってもらえませんか。上の棚に置いてあるんですが」と言った。ガリンダは立ちあがり、切符を見つけた。あごひげを生やした老山羊が彼女の美しさに見とれているのはわかっている。「はい、どうぞ」と言うと、山羊は「いえ、お嬢さん、私にではなく車掌に渡してください。便利な親指というものがないので、こんな小さな紙切れはとてもつかめないのですよ」と答えた。

車掌が切符にパンチを入れながら言う。「一等車で旅ができる獣なんて、ざらにはいませんよ」

「その獣というのはやめてくださらんか。我々が一等車で旅をすることは、まだ法律で認められていると思うが」と山羊。

「金さえあれば何でもできますからね」車掌はガリンダの切符にパンチを入れ、それを返しながら、悪気のない様子で言った。

「いや、一概にそうとも言えんよ。現に、私の切符の値段はこの若いご婦人の二倍もする

んだからね。こうしてみると、金は旅券みたいなものさ。私はたまたま持っていたという
だけだ」
「シズへ行かれるのですね」車掌は山羊の話を無視して、ガリンダに尋ねた。「その学生
用のショールを見ればわかりますよ」
「ええ、まあ、そんなところです」ガリンダは車掌とは話をしたくなかった。しかし、車
掌が車両の先へ行ってしまうと、険しい顔で自分を見ている山羊よりはずっとましだった
と思った。
「シズ大学で何か学べると思っているのですか」と山羊。
「おかげさまでもう、見知らぬ人と話すべきじゃないってことを学びました」
「では、自己紹介をしましょう。そうすれば、もう見知らぬ人ではない。私はディラモン
ドといいます」
「べつにお知り合いになりたいとは思いません」
「シズ大学生物学部の教員です」
山羊とはいえ、なんてみすぼらしい格好をしているの、とガリンダは思った。金で買え
ないものもあるようだ。「では、わたしもこの引っ込み思案の性格を克服しないといけま
せんね。ガリンダと申します。母方がアーデュエンナ一族ですの」

「シズへようこそ。この大学で最初にあなたを歓迎させていただきますよ、グリンダ。新入生ですか？」

「あの、ガリンダ、です。よろしければ、由緒正しい昔ながらのギリキン語の発音でお呼びください」ぞっとするような山羊ひげと、まるで酒場の絨毯（じゅうたん）を切って作ったようなみすぼらしいチョッキを見たら、とても先生（サー）と敬称をつける気にはなれない。

「オズの魔法使いが旅行禁止令を発案したことについて、どう思いますか？」山羊のまなざしは好意的で温かかったが、ガリンダは背筋がぞくっとした。禁止令のことなど聞いたこともない。そう伝えると、ディラモンド――ディラモンド先生と呼ぶべきか？――はくだけた口調で説明した。〈動物〉が特定の交通機関以外の公共の乗り物を使って移動するのを制限しようというのが、魔法使い陛下の狙いらしい。でも、動物ならずっとこれまで別貨物で満足してきたじゃないですか、とガリンダは言った。「いや、私が言っているのは〈動物〉のことですよ」とディラモンド。「精神をもった者たちのことです」

「ああ、〈動物〉たちのこと」とガリンダはそっけなく言った。「特に問題はないと思いますけど」

「なんと」とディラモンド。「本気でそう思っているのかね」山羊はわなわなと震えている。どうも気に障ったようだ。そして、〈動物〉の権利について、ガミガミと講釈を始めた。現状では、自分の年老いた母親は一等車に乗るだけの余裕がないので、シズにいる自分に会いに来たいと思ったら檻（おり）のついた畜舎貨物に乗らなければならない。もし魔法使いの案が承認会議を通過すれば――その可能性が高いのだが――長年にわたる勉学と努力と貯蓄によって自分が築きあげてきた特権も、法に従って手放さざるを得なくなる。「精神をもつ生き物にふさわしい扱いといえるでしょうか」とディラモンド。「ここからそこまでちょっと移動するにも、檻に入らねばならないとは」

「おっしゃるとおりです。旅をすると本当に見聞が広がりますわねえ」と、ガリンダは答えた。二人はそれからずっと、ディキシー・ハウスで乗り換えてもなお、冷ややかな沈黙の中で旅を続けた。


　終点シズ駅の大きさと賑（にぎ）わいに驚いているガリンダを見てちょっとかわいそうに思ったのか、ディラモンドが馬車を雇ってクレージ・ホールまで送ってあげようと申し出た。屈辱的だと思ったが、ガリンダはできるだけ顔に出さないようにしてついていった。二人のポーターが荷物を背中にかついで、あとからついてくる。

　これがシズ！　ガリンダは、ぽかんと口を開けて見とれそうになるのをこらえた。道行く人は皆せわしげで、笑ったり、急ぎ足で歩いたり、キスしたり、馬車をよけたりしている。駅前広場の建物は茶色や青のレンガ造り。蔦(つた)や苔(こけ)で覆われた外壁は、日差しを浴びてかすかに蒸気を発していた。それに動物――そう、〈動物〉たちがいる！　フロッティカでは、妙なニワトリがコケコッコと哲学的な話をしているところなど、まず見たことはなかった。だがここシズでは、戸外のカフェに派手に着飾った四頭のシマウマが座っている。サテンの服は白黒のストライプで、もともとの体の模様と斜めに交差している。こちらで象が後ろ脚で立って交通整理をしているかと思えば、あちらには、修道士か修道女かわからないが、異郷の僧服らしきものを着た虎がいる。そう、あれは〈シマウマ〉、〈象〉、〈虎〉、そしてたぶん、〈山羊〉なのだ。早くカッコつきの言い方に慣れなくちゃ。さもないと、田舎者まる出しだ。

　ありがたいことに、ディラモンドは人間の御者が乗った馬車を見つけ、クレージ・ホールへ行くよう指示し、料金を前払いしてくれた。こうなると、ガリンダも弱々しく微笑んで感謝の意を表すほかはない。「またどこかでお会いすることになるでしょう」まるで予言でもするかのように、ディラモンドはぶっきらぼうではあったが礼儀正しく言う。そして、馬車が動きはじめると、どこかへ去っていった。ガリンダはぐったりとクッションにもたれた。アマ・クラッチが釘を踏んづけたことが、恨めしく思われてきた。

　駅前広場からクレージ・ホールまではほんの二十分ほどで着いた。ブルーストーンの塀の向こうに、波模様のガラスがはまった大きなランセット窓のある建物が並んでいる。屋根の縁には、四つ葉などの葉形を多く使ったモザイク細工が華やかに施されている。誰にも明かしたことはなかったが、ガリンダは建築物の鑑賞が大好きだった。建物の細部は蔦や苔に覆われてしまっているが、これはと認識できる特徴をしげしげと見つめた。だが、じっくり堪能する間もなく、早々に建物の中に追い立てられた。

クレージ・ホールの学長は上流階級のギリキン人女性で、魚のような顔をして、金銀細工の腕輪をいくつもはめていた。正面玄関を入ったところの吹き抜けのホールで、新入生たちを出迎えている。ガリンダの予想とは違い、教師らしい地味な服装はしていない。地味どころか、その堂々とした女性はアカスグリ色のドレスで着飾っていた。身ごろには楽譜に散りばめられた強弱記号のような、渦を巻いた黒い模様がついている。「マダム・モリブルです」と学長はガリンダに名乗った。その声はバス歌手のような深い低音で、握手ときたらこちらの手が折れそうなくらい。軍人さながらに姿勢がよく、ラーラインマスのツリー飾りのようなイヤリングをぶら下げている。「部屋中に花が咲いたようですね。まず応接室でお茶を召しあがれ。その後、大ホールに集合して、ルームメイトを決める予定です」

応接室には若い娘があふれていた。皆、緑か青の服を着ている。床に引きずった黒いシヨールがくたびれた影のようだ。ガリンダは、亜麻色の髪に生まれてよかったわと思いながら、その巻き毛がさらに輝くように、日の当たる窓際に立った。お茶にはほとんど口をつけない。控えの間では、娘たちに付き添ってきた世話係のアマたちが金属製のポットからお茶を注いで、すでに同郷の古い友人同士のように、親しげに笑ったりおしゃべりをしたりしている。ずんぐりした女たちが互いに笑顔を交わしながら、市場さながらに騒々しくしている様子はいささか異様だ。

ガリンダは詳細が書かれた入学案内書をよく読んでいなかったので、〝ルームメイト〟を持つことになるとは思ってもみなかった。もしかしたら、両親が追加料金を払って、個室に入れるようにしておいてくれたのでは？　でもそうしたら、アマ・クラッチはどこに入ることになるのだろう。まわりを見まわすと、娘たちの中には、自分よりずっといい家の子女が何人かいることがわかった。真珠やダイヤモンドなんか身につけて！　ガリンダは、メッタナイトのアクセントのついたシンプルな銀のネックレスを選んでよかったと思った。旅行するのに宝石を身につけるのは、なんだか下品だ。これは確かに言えていると思って、ガリンダは格言を作った。今度よい機会があったら、この格言を口にして、わたしが一家言ある人物だということ、それに、旅慣れていることを証明してやろう。「旅人が着飾るのは、実は見ることよりも見られることに関心があるからだ」試しにつぶやいてみる。「一方、真の旅人にとっては、周囲の新しい世界こそが最高のアクセサリーなのだ」うん、なかなかいいわ。

マダム・モリブルが、全員の人数を数えてから自分のティーカップを持ちあげ、皆を大ホールへ追い立てた。そこでガリンダは、アマ・クラッチを治療院に行かせたのはとんでもない間違いだったと知ることになる。アマたちが談笑していたのは、ただのくだらない社交ではなかった。どの娘とどの娘がルームメイトになるかを、アマたちの間で決めるように言い渡されていたらしいのだ。学生自身に決めさせるより、アマたちに任せたほうが早いというわけだ。誰もガリンダを推してくれなかった——話をつけてくれるアマがいなかったから！

たいして印象にも残らない歓迎の挨拶がすむと、学生たちはそれぞれのアマと連れ立って、宿舎へ落ち着くためにホールから出ていった。ガリンダは気まずさのあまり、すっかり青ざめていた。あの役立たずの老いぼれめ。アマ・クラッチがいたら、社会的階級がひとつか二つ上の娘とうまく話をつけてくれたはずなのに！　こちらが恥をかかない程度に階級が近く、付き合っていく価値がある程度に階級の高い子を。でも、家柄のいい子は皆、すでに相手を見つけてしまった。見るかぎり、ダイヤモンドはダイヤモンドと、エメラルドはエメラルドと！　ホールががらんとしてくると、ガリンダはマダム・モリブルのところへ行って話に割りこんで、事情を説明すべきではないかと考えた。なんといってもわたしは、たとえ母方だけにしろ、アップランドのアーデュエンナ一族の血が流れているのだから。これはとんでもない間違いだわ。目に涙がにじんでくる。

しかし、ガリンダにそれだけの度胸はなく、そのまま古ぼけてガタのきた椅子の端に腰かけていた。部屋の中央にはガリンダのほかは誰もいなくなり、部屋の隅の陰に引っ込み思案で取るに足りない少女たちが残されているだけだ。空っぽの派手な椅子が障害物競走のコースのように並ぶ中で、ガリンダは引き取り手のないスーツケースよろしく、一人ぽつんと座っていた。

「さて、ここに残っているのは、アマがついていない方たちね」マダム・モリブルが小ばかにしたように声をかけた。「誰か付き添いがいないといけませんから、あなたたちには三つある新入生用の大部屋を割り当てましょう。ひと部屋に十五人ずつです。言っておきますが、大部屋に入ったからといって、社会的に不名誉なことはありませんよ」だが、これは明らかに空々しい嘘だった。

ガリンダはついに立ちあがった。「あの、マダム・モリブル、これは手違いです。わたしはアーデュエンナ一族のガリンダと申します。わたしのアマは、旅の途中で足に釘が刺さり、一日か二日遅れて来ることになりました。わたしはごらんのとおり、大部屋に入るような階級ではありません」

「それはお気の毒に」マダム・モリブルは微笑みながら言った。「あなたのアマは、きっと喜んで大部屋のお目付け役となってくれるでしょう。そうねえ、なでしこ部屋はどうかしら。四階の右側にある——」

「いいえ、喜ぶわけありません」と、勇敢にもガリンダは話をさえぎった。「わたし、なでしこであれ何であれ、大部屋なんかで眠りません。マダムは勘違いしていらっしゃいます」

「勘違いなんてしていませんよ、ミス・ガリンダ」とマダム・モリブル。目が大きく見開かれ、目玉が飛び出さんばかりになり、よけい魚に見えてくる。「事故は起こるものですし、到着が遅れることもあります。でも、決めるべきことは決めなければなりません。アマの不在によってあなたが自分で決めることができなかった以上、私には代わりに決める権限があります。いいですね、私たちは忙しいのですよ。さあ、なでしこ部屋であなたと同室になる娘さんたちの名前を呼び——」

「折り入ってお話ししたいことがあります、マダム」ガリンダは必死で食い下がった。「わたしだけのことなら、大部屋であろうと二人部屋であろうとかまいません。でも、わたしのアマにほかの学生まで監督させるのは、お勧めできません。実は、人前ではお話しできない事情があるのです」ガリンダは間髪入れずに、マダム・モリブルよりもうまく嘘をついた。

「ずいぶん強引な人ですね。驚いたわ、ミス・ガリンダ」と、学長は穏やかに言った。

「驚かれるのはこれからです、マダム・モリブル」ガリンダは大胆にも、とびきりの笑顔を作って答えた。

マダム・モリブルは根負けして言った。「勇敢なお嬢さんだこと！　では、今夜私の部屋へおいでなさい。そして、あなたのアマのいたらないところとやらを話してくださいな。耳に入れておくべきでしょうから。それでは、こうしましょう、ミス・ガリンダ。あなたさえよければ、あなたのアマに、あなたともう一人、アマのいない娘さんのお世話をしてもらいます。知ってのとおり、アマのいる学生は全員ルームメイトが決まっていて、あなた一人だけが半端になってしまったのですから」

「それくらいのことなら、わたしのアマにもできると思います」

マダム・モリブルは名簿に目を通した。「いいでしょう。アーデュエンナ一族のガリンダには二人部屋に入ってもらいます。ネスト・ハーディングズからいらした、スロップ家四代目のエルファバはいますか？」

誰も身動きしない。「エルファバ、いますか？」マダム・モリブルは腕輪を直し、首元に指を二本当てて繰り返した。

その娘は部屋の後方にいた。けばけばしい渦巻き模様のついた赤いワンピースを着て、年寄りが履くような不恰好なブーツを履いている、貧相な子。最初ガリンダは、それは光のいたずらだと思った。蔦や苔に覆われた隣の建物に反射した光のせいだと。けれども、エルファバが古くさい布製の旅行かばんを引きずりながら前へ進み出てくると、はっきりとわかった。彼女自身が緑色なのだ。細く尖った顔、腐りかけたような緑色の肌、異国風の長い黒髪。「生まれはマンチキン、子供時代のほとんどをカドリングで過ごす」マダム・モリブルがメモを読みあげる。「まあ、なんて興味深い経歴なのでしょう、ミス・エルファバ。異境の風土や暮らしぶりについてのお話が聞けるのを楽しみにしていますよ。ミス・ガリンダ、ミス・エルファバ、これがあなたたちのお部屋の鍵です。二階の二十二号室」

ガリンダが進み出ると、マダム・モリブルはにっこり笑いかけた。「旅というのは、本当に見聞が広まるものですわねえ」と歌うように言った。ガリンダはぎょっとした。自分が口にした言葉が、災いとなって戻ってきたのだ。膝を曲げてお辞儀をし、そそくさとその場を離れる。エルファバは目線を床に落としたまま、あとに続いた。

2

翌日、足を包帯で三倍にも膨(ふく)れあがらせたアマ・クラッチが到着したときには、エルファバはわずかばかりの荷物を片づけ終えていた。薄っぺらでだらんとしたワンピースが何枚か、ぼろ雑巾みたいに戸棚のフックに掛けてある。まるで、ガリンダの大きすぎる張り骨(フープ)や糊(のり)のきいた腰当て(バッスル)や、肩パッドや肘当てのついた衣装に恥じて、隅で縮こまっているかのようだ。「あなたのアマを仰せつかってうれしく思いますよ。どうぞ気兼ねしないでくださいね」アマ・クラッチがエルファバに向かってにっこり微笑んだ。ガリンダはアマ・クラッチが一人になるときを狙って、世話係の件を断るように言うつもりだったのだが、間に合わなかった。「パパはわたしの世話係をさせるために、おまえにお給料を払っているんだからね」とガリンダがそれとなく釘をさすと、アマ・クラッチは「そんなふうに言われるほどもらっておりませんよ、お嬢様。自分のことは自分で決めさせていただきます」と答えた。

「ねえ」エルファバがかび臭い手洗いに立ったすきに、ガリンダは言った。「おまえ、目が見えないの？　あのマンチキンの娘は緑色なのよ」

「奇妙なことでございますね。マンチキン人は皆、背が低いのかと思っておりましたけど、あの子の背丈は普通ですわねえ。体格はいろいろなんでしょう。あら、緑色が気になるっておっしゃるんですか？　ご一緒に生活されれば、かえってよい経験になるってものでございますよ。お気になさいますな。お嬢様は世間を知っているような気でおられますが、まだ何もご存じないのです。あんがいおもしろいことになるかもしれませんよ。そうですとも、いいじゃありませんか」

「世間のことであれ何であれ、わたしが何を学ぶか決めるのは、アマ・クラッチ、おまえの仕事じゃないわ！」

「そのとおりですよ、お嬢様」とアマ・クラッチ。「このごたごたも、すべてお嬢様が一人でお決めになったことです。私はただ、お仕えしているだけでございます」

そう言われると、ガリンダには言い返す言葉がなかった。昨夜マダム・モリブルと少し話をしたが、それでも逃げ道は見つからなかったのだ。ガリンダは、レースの胴着に水玉模様のふわりとしたスカートといういでたちで、いそいそとマダム・モリブルの部屋へ出かけていった。わたしったらまるで、夕暮れの紫と真夜中のブルーに包まれた美しい幻影のようだわ、と思いながら。マダム・モリブルはガリンダを応接室に案内した。革張りの椅子が何脚かと、長椅子が一脚、必要がないのに火が入れてある暖炉の前に置かれていた。学長はミント茶を入れ、パールフルーツの葉に包んだ砂糖漬けのジンジャーを出してくれた。そして、ガリンダには椅子を勧め、自分は獲物を狙う狩人のように、炉棚の脇に立った。

ぜいたくをいつくしむという上流階級の洗練された慣習に従って、二人はまず黙ってお茶をすすり、菓子をかじった。この機会に、ガリンダはマダム・モリブルをじっくり観察した。顔立ちだけでなく、服装も魚みたいに見える。クリーム色のゆったりしたドレスは、高いフリルのついた襟ぐりから膝まで大きな魚の浮き袋のように膨らみ、膝のところできゅっと締まってそのまま床まで落ち、ふくらはぎと足首を、ごたいそうなドレスにしては少し拍子抜けするほどシンプルなプリーツで覆っている。どう見ても、よく男性の社交クラブにいる巨大な鯉のようだ。心をもった〈鯉〉ではなく、鈍くてくたびれた鯉。

「さて、あなたのアマですが、どうして大部屋を切り盛りするのは無理なのか、聞かせてもらいましょうか」

ガリンダは午後中ずっと頭をひねらせて、答えを準備していた。「あの、学長先生、人前ではお話ししたくなかったのです。実は、アマ・クラッチは去年の夏、パーサ・ヒルズへピクニックに行ったとき、恐ろしい事故にあいました。野生のハーブを採ろうとして、崖から真っ逆さまに転落したのです。何週間も昏睡状態が続き、やっと意識が戻ったと思ったら、事故のことは何も覚えていないと言うのです。もし先生がお尋ねになったとしても、彼女には何のことかさえわからないでしょう。頭を強く打って、記憶喪失になってしまったのです」

「なるほど。あなたにしてみれば、面倒なことですね。でも、それがどうしてお目付け役にふさわしくないということになるのでしょうか」

「頭がおかしくなっているんです。アマ・クラッチは時々、命のあるものとないものを混同します。たとえば、座ったと思ったら、ええと、そう、椅子に話しかけたりするんです。そして、椅子がこんなことを話してたって、わたしたちに伝えるんです。椅子の野望とか、秘密とか――」

「喜びや悲しみを、ですか」とマダム・モリブル。「なんて珍しい話でしょう。家具に感情があるなど、聞いたこともありません」

「それだけならばかげたことですみます。何時間か笑って聞いていればいい。でも、もっと危険な症状が出てきたんです。マダム・モリブル、実は、アマ・クラッチは時々人間が生きていることすら忘れてしまうんです。それに、動物も」ガリンダはここでいったん言葉を切り、それから付け加えた。「〈動物〉さえも」

「お続けなさい」

「わたしは大丈夫です。生まれたときからアマ・クラッチに世話をしてもらっていますから、あれがどんな人か、どんな振る舞いをするのかわかっています。でもアマ・クラッチは時々、人がそこにいることや、自分が助けを求められていること、それに、相手が人であることも忘れてしまうんです。一度など、衣装だんすの片づけをしていたとき、たんすを召使いの上にひっくり返して、その人の背骨を折ってしまったことがありました。自分のすぐ足元で召使いが悲鳴をあげているのを気にも留めないで、寝巻きをたたみながら、母のガウンに話しかけているのです。どうでもいいことをいろいろ質問して」

「なんて興味深い症状なのでしょう」とマダム・モリブル。「あなたにしてみれば、なんとも厄介なことですが」

「ですから、わたしのほかに十四人もの女子学生を預かることなど、とうてい無理だと思ったのです」ガリンダの打ち明け話は続く。「わたしだけでしたら、問題ありません。わたしはあの愚かな老女をそれなりに大切に思っていますから」

「でも、あなたのルームメイトは大丈夫でしょうか。危ない目にあうことになりませんか？」

「い、いいえ、あの人のためにお願いしているのではありません」ガリンダはまばたきもせず、感情のこもっていない目で学長を見た。「あのみすぼらしいマンチキン人は、つらい目にあうのに慣れているようです。うまく順応するか、さもなければ、きっと先生に部屋を変えてほしいと頼みに来ると思います。もちろん、先生があの人の安全のために、別の部屋に移そうとお考えなら話は別ですが」

マダム・モリブルは言う。「私たちが与えた条件に我慢できないと思ったなら、ミス・エルファバは自らの意思でクレージ・ホールを去るでしょう。そう思いませんか？」

〝私たちが与えた条件〟――マダム・モリブルはこの〝私たち〟という言葉で、ガリンダにこの策略の片棒をかつがせようとしている。それを感じ取ったガリンダは、なんとか自分の意思を確保しなければとあせった。しかし、まだほんの十七歳だし、数時間前に仲間はずれの屈辱を味わったばかりだった。マダム・モリブルは、エルファバの外見以外にも何か気に入らないことがあるのかしら。いや、何かある。明らかに何かがある。何だろう？　ガリンダは、何かおかしいと感じた。「そう思いませんか？」マダム・モリブルが、まるで魚が弓なりになってスローモーションで跳ねるように、少し身を乗り出しながら尋ねた。

「ええ、もちろん、できるだけのことはしないといけないでしょうが」ガリンダは精一杯はぐらかした。自分自身が魚になって、巧妙な釣り針に引っかかってしまったような気がする。

応接室の物陰から、チクタクという音とともに何やら小さなぜんまい仕掛けの物体が出てきた。高さは一メートル足らず、光沢のある銅でできていて、前面にプレートがねじで止めてある。そこには飾り文字で〈スミス・アンド・ティンカー社製 機械人間〉と書かれている。ぜんまい仕掛けの召使いは、空のティーカップを集めると、また音を立てながら下がっていった。いつからそこにいたのか、何を聞いていたのか、ガリンダにはわからなかった。チクタク仕掛けの人間なんて、とうてい好きになれないわ。

エルファバは、ガリンダの言葉を借りると、重症の〝不機嫌な本の虫〟だった。背中を丸めずに——あまりに骨ばっているために丸められないのだ——体をV字型に折り曲げて、開いたページの中に尖った緑色の妙な鼻を突っこんでいた。本を読んでいる間はずっと、甲殻類の脚さながらの小枝のような細い指に、髪の毛を巻きつけたりほどいたりしてもてあそんでいる。これほどしょっちゅう指に巻きつけても髪はカールしない。健康なヤマネズミの皮のようなつやがあり、風変わりで薄気味悪くはあるが、美しい髪だ。黒い絹。糸につむがれたコーヒー。夜の雨。ガリンダはさほど隠喩に凝っているわけではないが、エルファバの髪は、それ以外が醜いだけになおさら、はっとするほど印象的だ。

二人が話をすることはあまりなかった。ガリンダは、自分にふさわしいルームメイト候補の上流階級の娘たちと仲良しグループを作るのに忙しかった。たぶん半年先か、遅くとも来年の秋には、部屋を替われるはずだ。そこで、ガリンダはエルファバを一人残してホールへ駆け下りていき、ミラ、ファニー、シェンシェンら、新しい友人たちとのおしゃべりに興じた。寄宿学校を舞台にした子供向けの本そのままに、新しくできた友は前の友よりお金持ち、というわけだった。

最初、ガリンダは自分のルームメイトが誰であるか口にしなかった。エルファバもガリンダと友達になりたそうなそぶりは見せなかったので、ガリンダはとりあえずほっとした。だが、噂(うわさ)は遅かれ早かれ広まるものだ。初めてクラスメイトたちの間で話題に上ったのは、エルファバの服装と、一目瞭然の貧しさだった。見ただけで胸がむかむかするようなその肌の色については、気に留めることさえはしたないとでもいうように、言及もされなかった。「聞いた話ではあの人、ネスト・ハーディングズ出身で、スロップ家の四代目だと学長が言ってたそうよ」とファニーが言った。彼女もマンチキン人だが、スロップ一族のような並の体型ではなく、小柄なほうの家系だ。「スロップ家の名は、ネスト・ハーディングズだけじゃなく、それ以外の土地にもとどろいているわ。わたしたちがまだ小さかった頃、スロップ総督が市民軍を組織して、摂政オズマ(オズマ・リージェント)が敷設していた黄色いレンガの道をめちゃめちゃにしたの。名誉革命が始まる前のことよ。スロップ総督とその奥様、そして孫娘に当たるメリーナを含めた一族の誰にも、肌の異常は見られなかった。それは確からしいわ」異常という言葉で、緑色の肌のことを指しているのは明らかだ。

「でも、一族もずいぶんと落ちぶれたものね！　あの子ったら、あんなみすぼらしい格好をして」とミラ。「あんな安っぽい服、見たことあって？　あの子のアマはクビにすべきよ」

「あの子にアマはいないんじゃないかしら」とシェンシェン。事情を知っているガリンダはだんまりを決めこんでいた。

「カドリングにも住んでいたことがあるそうよ」とミラが続けた。「きっと、家族ごと犯罪者として追放されたんじゃない？」

「それとも、ルビーの相場師だったとか」とシェンシェン。

「でも、それならお金持ちのはずよ」とミラが突っこむ。「ルビーの相場師はぼろもうけしたんだから、ミス・シェンシェン。でも、ミス・エルファバは自分のお金なんて持ってないじゃないの」

「もしかして、信仰上の使命ってわけかもね。自ら清貧に甘んじているとか」とファニーが言い出したが、これはあまりにもばかばかしい考えで、娘たちは頭をのけぞらせてケタケタと笑った。

ちょうどそこへ、コーヒーを飲もうと売店にやってきたエルファバが姿を見せたために、娘たちの笑い声はいっそう高まった。エルファバは知らん顔をしていたが、ほかの女子学生たちがいっせいに目を向け、楽しげな一団に加わりたそうにした。それで、新しく仲良くなったこの四人組はすっかり気分がよくなった。

ガリンダはなかなか勉強に身が入らなかった。シズ大学に入学できたことで、自分の聡明さは証明済みだと考えていた。わたしの美しさと折々に口にする才気あふれる格言が、学問の殿堂を華やかに飾るのよ。きっと大理石の胸像みたいにちやほやされるに決まってる。「ほら、これが〝瑞々しい知性〟よ。すばらしいでしょう？　本当にきれいねえ！」ってね。そう思ってたのに――。

実際、学ぶべきことがまだまだたくさんあるということだけでなく、勉学に励む義務があるということも、ガリンダはまだよくわかっていなかった。新入生の娘たちが第一に望んでいる教育とは、マダム・モリブルや〈動物〉たちが教卓や演壇でまくしたてていることとはまったく別のものだった。娘たちが学びたがっているのは、方程式でも、引用句でも、話法でもない。シズそのものを学びたいのだ。都会の生活。ありふれた人生と、活気のある〈人生〉が完全に入り混じった、鼻につくけれどすばらしい大都会。

アマたちが計画する〝お出かけ〟に、エルファバが一度も参加しなかったので、ガリンダはほっとした。この週に一度のお出かけグループは、軽食をとるために食堂によく立ち寄ることから、仲間内で〝チャウダーとお散歩の会〟と呼ばれるようになった。大学地区は、見渡すばかり秋の色に染まっていた。それは木々の紅葉だけでなく、屋根や尖塔（せんとう）にはためいている男子友愛会（フラタニティ）の色とりどりのペナントのせいでもあった。

ガリンダはシズの建築物を満喫した。おもに大学の保護区域や脇道のあちこちに、現存する最古のギリキン建築がかろうじて残っており、古い泥壁やむき出しの骨組みが、まるで中風の老婆のように、もっと若くしっかりした建物たちに両側から支えられている。また、それらに続いて、見たこともないくらいすばらしい建物群が目もくらむほど壮観に立ち並んでいる。中世グラッドストーン様式、マーシック様式（ごく初期の目立たぬ形式のものもあれば、後期の奇抜なスタイルのものもある）、シンメトリーとシンプルなつくりが特徴のギャランティーヌ様式、けばけばしい葱花（オジー）アーチと壊れた破風（ペディメント）が特徴の新ギャランティーヌ建築、ブルーストーン復興様式、帝国華美様式、それに、産業近代建築。これは、リベラルな新聞の批評家の言葉を借りると「敵意のあるがらくた様式」とでも言うもので、近代志向のオズの魔法使いによって広がった建築スタイルだ。

建築物のほかには、特にこれといって胸が躍るようなことはなかった。ただ、ある日のこと、その場に居合わせたクレージ・ホールの女子学生たちにとって忘れられない出来事があった。運河を隔てたスリー・クイーンズ・カレッジの最上級生の男子学生が、悪ふざけと度胸だめしを兼ね、〈白熊〉のバイオリニストを雇ってきたのだ。そして、昼間からビールをしこたま飲み、ぴったりした綿のズボン下と学生スカーフだけを身につけた格好で、柳の木の下でダンスを踊っていた。しかも、古びてところどころ欠けた妖精の女王ラーライン像を、三本足のスツールの上にのせていたために、わくわくするほど異教的な光景だった。ラーライン像もこの浮かれ騒ぎを微笑みながら眺めているように見える。女子学生とアマたちはショックを受けたふりをしようとするが、うまくいかない。ぐずぐずとその場にとどまりながら、この騒ぎを見物していたが、そのうち仰天したスリー・クイーンズ・カレッジの学生監たちが大慌てでやってきて、騒いでいる学生たちを追い立ててしまった。裸同然だったことも問題だが、冗談にせよ公衆の面前でのラーライン信仰はとんでもなく時代に逆行していて、王党派と見られても仕方がない。オズの魔法使いの治世では、許されない行動だったのだ。

アマたちが珍しく休暇を取り、ティクナー・サーカスで開かれた快楽信仰の集会へ出かけたある土曜の夜、ガリンダは、ファニーやシェンシェンとくだらないことでちょっとした口げんかをしたあと、頭痛がすると言って早めに自室へ引きあげた。エルファバがベッドの上に座って、学校の売店で買った茶色の毛布にくるまり、例によって本の上にかがみこんでいた。髪の毛がカッコ記号のように顔の両側に垂れ下がっている。博物学の本の中に、よくウィンキーの山に住む奇妙な女たちを描いたエッチングの挿絵が出てくるが、ガリンダにはエルファバが、ショールを頭からかぶって風変わりな外見を隠しているその女たちのように見えた。エルファバはりんごの実の部分を食べ終え、芯をかじっている。

「ずいぶん居心地よさそうね、ミス・エルファバ」ガリンダは気を引こうと声をかけた。この三カ月で、ガリンダがルームメイトにまともに話しかけたのはこれが初めてだった。

「そう見えるだけよ」エルファバは顔も上げずに言った。

「暖炉の前に座ってもいい？　気が散るかしら？」

「そこに座られたら、影ができる」

「あら、ごめんなさい」ガリンダは場所を移動する。「影ができちゃだめよね、夢中で本を読んでるときに」

エルファバはすでに本の世界に戻っていて、返事はない。

「いったい何の本を読んでるの？　昼も夜も」

まるで周囲から隔絶した静かな水底から、息をするために浮かびあがってきたかのように、エルファバは答える。「毎日同じ本を読んでるわけじゃないけど、今夜読んでいるのは、初期ユニオン教の牧師の説教録」

「どうしてそんなもの、読もうと思うの？」

「さあ、どうしてかな。自分でも本当に読みたいのかどうかわからない。ただ読んでるだけ」

「でも、どうして？　不可解なミス・エルファバ、どうしてなの？」

エルファバは顔を上げ、ガリンダに向かって微笑んだ。「不可解なエルファバ、か。気に入った」

抑えようとする間もなく、思わずガリンダは微笑み返した。そのとき、強い風が吹いて窓ガラスにひとかたまりの雹がぶつかり、掛け金が壊れてしまった。ガリンダは急いで窓を閉めに行ったが、エルファバは体が濡れないように部屋の隅に逃げこんだ。「ミス・エルファバ、旅行かばんにかける革のひもを取ってちょうだい、わたしのバッグの中にあるから。その棚の上、帽子箱の後ろ――それよ。明日守衛に直してもらうまで、それで留めておくわ」エルファバはひもを見つけた。だが、探しているときに帽子の箱がひっくり返り、色とりどりの三つの帽子が冷たい床に転がった。ガリンダが椅子によじ登って窓を閉めている間に、エルファバは帽子を箱に戻した。「ねえ、その帽子、ちょっとかぶってみたら？」とガリンダ。何か笑えるネタをこしらえて、ミス・ファニーやミス・シェンシェンに教えてやろう。そうしたら仲直りのいいきっかけになるわ。

「お断りするよ、ミス・ガリンダ」とエルファバは言い、帽子を箱にしまおうとした。

「だめよ、かぶってみて」とガリンダ。「ちょっとした気晴らしに、ね。わたし、あなたがきれいなものを身につけているところを見たことないわ」

「きれいなものなんて、身につけないもの」

「いいじゃないの。ここにはわたししかいないし。ほかに誰も見てないんだから」

エルファバは暖炉のほうを向いて立っていたが、肩越しに振り向くと、まだ椅子の上に立ったままのガリンダをまばたきもせずにじっと見つめた。エルファバはレースの縁取りもひも飾りもついていない、くすんだ色のゆったりした寝巻を着ていた。小麦色がかった灰色の布の上で、緑色の顔が輝いているように見え、つやつやした長い黒髪がまっすぐ胸の上まで垂れている。本当に胸があればの話だが。エルファバはどことなく、動物と〈動物〉の間の存在という感じがする。ただ生命をもつだけの存在ではないが、完全な〈生命〉をもつ存在でもないという感じ。予想はつくけれど、実際の知識がない、とでも言えばいいだろうか。いい夢を見なさいと言われても、そもそも夢というものを見た覚えがなくて途方に暮れている子供と同じ。まだ洗練されていないと言ってもいいかもしれないが、それは社会的な意味ではなく、性格的にまだ完成されていない、いまだ自分になりきれていない、そんなところがエルファバにはあった。

「ねえ、帽子をかぶってみて。お願い」とガリンダ。内面の考察なんて、もうたくさんだ。

エルファバは応じた。パーサ・ヒルズの最高級の帽子店で買った、つばのある愛らしい帽子。オレンジ色の花飾りと、垂らし方によって自在に顔が隠せる黄色いレースのネットがついている。似合わない人がかぶったら、それこそぶざまに見えるしろものだ。つい笑い出してしまわないように、唇の内側を噛まなくちゃね、とガリンダは思った。子供向けのお芝居で少年が少女のふりをするときにかぶるような、とびきり少女趣味な帽子なのだ。

ところが——エルファバは砂糖菓子のような帽子をその奇妙に尖った頭にのせると、大きなつばの下から再びガリンダを見た。その姿は、珍しい花のようだった。真珠のような柔らかい光沢を放つ肌が茎で、帽子は咲き乱れる花。「まあ、ミス・エルファバ」とガリンダ。「驚いた。あなた、とてもきれいよ」

「あら、今度は嘘をつくんだ。ユニオン教牧師のところへ行って、懺悔してきなさいよ」とエルファバ。「鏡、ある？」

「もちろんあるわよ。廊下の先の洗面所に」

「あそこはだめ。これをかぶってるところを、ばかな女子たちに見られたくない」

「じゃあ」とガリンダ。「暖炉の灯りをさえぎらない角度から見てみたら、暗い窓にあなたの姿が映るんじゃない？」

二人は雨に濡れた古いガラスにぼんやりと映った姿を見つめた。暗闇に縁どられた緑色の花のようだ。窓に打ちつける激しい雨が向こう側に透けて見える。そのとき、楓の葉が一枚、夜の闇の中から突然現れた。先の尖っていない星のような、あるいは、いびつなハートのような形をしている。それが、ガラスに映ったエルファバの影に貼りついた。ガリンダが立っている角度から見ると、ちょうど心臓のあるところだ。暖炉の火に照らされ、赤く輝いている。

「素敵だわ」とガリンダ。「あなたには、何か一風変わった、エキゾチックな美しさがあるのね。気がつかなかったわ」

「驚きね」とエルファバは言い、ふっと顔を赤らめた――深緑色が赤らむことができるならの話だが。「つまり、驚きであって、美ではない。『あら、そうだったの』っていう驚き。美しさとは違う」

「あなたがそう言うなら、異論はないわ」とガリンダは言い、巻き毛を振ってポーズを決めた。これにはエルファバも笑い出し、ガリンダも笑い声をたてる。思わず笑い返してしまった自分に半ば愕然としながら。エルファバはさっと帽子を脱ぎ、箱に戻すと、再び本を取りあげた。それを見てガリンダは言った。「ところで、美しき姫君は何を読んでいるのでしたっけ？　本気で聞いてるのよ。どうして昔の説教録なんか読んでるの？」

「わたしの父はユニオン教の牧師だった」とエルファバ。「だから、それがいったいどんなものなのか知りたい。それだけ」

「どうして直接お父様に聞かないの？」

エルファバは答えなかった。何かを待ちかまえているような、こわばった表情を浮かべている。まるで今にもネズミに飛びかかろうとしているフクロウのような表情を。

「それで、どんなことが書いてあるの？　何かおもしろいこと、ある？」とガリンダ。ここで話を打ち切りたくない。ほかにすることもないし、嵐のせいで目が冴えてしまい、眠れそうもない。

「いま読んでいる説教は、善と悪について考察したもの」とエルファバ。「本当に善と悪が存在するかどうかについてね」

「ああ、あくびが出ちゃう」とガリンダ。「悪は存在するわよ。退屈って名の悪がね。中でも、牧師っていうのは一番罪深い連中じゃないの？」

「本当にそう信じてるわけじゃないんでしょう」

ガリンダは、自分が言ったことを信じているかどうかなど、いちいち考えたりはしない。会話で肝心なのは流れだ。「あら、あなたのお父様を侮辱するつもりはなかったのよ。きっと、人を楽しませるすばらしい説教をなさるんでしょうね」

「そうじゃなくて、わたしが聞きたいのは、悪が実際に存在すると信じているかってこと」

「自分が信じているかどうかなんて、どうしてわかるの？」

「それは、自分の心に尋ねて、ミス・ガリンダ。悪は存在する？」

「わからない。あなたはどうなの？　悪は存在すると思う？」

「そんなこと、わかりっこない」エルファバは表情を曇らせた。どうやら内にこもってしまったようだ。それとも、再びヴェールのように顔の前に垂れた髪のせいだろうか。

「どうしてお父様に直接聞かないの？　わたしにはわからないわ。お父様ならご存じでしょう、それが仕事なんだから」

「父はたくさんのことを教えてくれた」と、エルファバはゆっくりと言った。「高い教養を身につけていて、わたしに読むこと、書くこと、考えることを教えてくれた。それ以上のこともね。でも、それだけだった。思うに、有能な牧師って、ここの先生たちもそうだけど、問いかけをして相手に考えさせるのが上手な人なんじゃないかな。べつに、自分が答えを持っていなくてもかまわないの。かならずしもね」

「まあ、その言葉、わたしのふるさとの退屈な牧師に聞かせてやりたいわ。何にでも片っ端から答えて、それで料金をとるのよ」

「でも、あなたの言うことにも一理ある」とエルファバ。「悪と退屈のことね。悪と倦怠。悪と刺激の欠如。悪と血のめぐりの悪さ」

「まるで詩みたいな言い方ね。でも、どうして女の子が悪に興味をもったりするの？」

「興味があるってわけじゃない。ただ、初期の説教のどれもが悪を取りあげてるってだけ。だから、わたしは牧師たちが何を考えていたのか、考えているの。それだけ。ときには食習慣や、〈動物〉を食べないことについて書かれていることもある。そしたら、わたしもそのことについて考える。いま読んでることについて考えるのが好きなんだよね。あなたはそうじゃない？」

「わたし、あまり本は読まないの。だから、あまり考えごともしないんだと思う」ガリンダはにっこりした。「おしゃれだったら得意だけどね」

　エルファバから返事はなかった。どんな会話でも自分を褒め称えてもらえるような話題にうまく持っていくことができると自負しているガリンダは、すっかりあてがはずれてしまった。もうひと押ししなければならないのかと苛立ちながら、ぎこちなくこう尋ねた。

「じゃあ、昔の偉い人たちは、悪についてどう考えていたの？」

「正確に答えるのは難しいけど、悪の所在を突きとめようと躍起になってたみたい。山の中に悪の源泉があるとか、悪の煙が流れるとか、悪の血は親から子へと伝わるとか。ちょうど、オズを旅した昔の探検家みたいなものだね。ただし、牧師たちが作った地図は目に見えないし、それぞれかなり異なってるけど」

「それで、悪の所在はどこなの？」ガリンダはベッドに倒れこみ、目を閉じる。

「意見は一致しなかったの。だってそうでしょ？　もし一致していれば、説教を書いて議論する必要はなかったはず。一説では、妖精の女王ラーラインが人間を置いてオズから去ってしまったときに真空状態ができて、そこから悪が生まれたんだって。善が去ると、それが占めていた空間が腐食して悪になり、おそらくそれが分裂して増殖した。つまり、すべての悪は、神性の不在のしるしだというわけ」

「それじゃ、邪悪なものが降りかかってきたとしても、わたしにはわかりっこないわね」とガリンダ。

「初期のユニオン教徒は、今よりはずっとラーライン信仰の要素が強かったせいか、目に見えない堕落のかたまりが、この世界を漂っていたと言ってる。それはラーラインが立ち去ったときに世界が感じた苦しみから発生したものだって。静かで暖かい夜の中に、一箇所冷たい空気が留まっているようなものだね。まったく心根のいい人でも、その空気の中を歩いて感染してしまうと、突然隣人を殺したりするってわけ。でも、悪の空気の中を歩いたことが、果たしてその人の落ち度と言えるのか？　なにしろ目に見えないんだから。いずれにせよ、ユニオン教徒たちがいくら話し合っても、この問題には結論を出せなかったの。今となってはもう、ラーラインの存在を信じる人なんてほとんどいないし」

「でも、今も悪の存在を信じてる人は多いわよね」と、ガリンダはあくびまじりに言う。

「おかしな話ね。神性は去ってしまったのに、その特徴と意味合いは今も残ってるなんて」

「あなた、考えてるじゃない！」とエルファバが大声をあげる。ルームメイトが弾んだ声を出したので、ガリンダは肘をついて体を起こした。

「もう寝るわ。こんな話、わたしにはとっても退屈なんだもの」ガリンダはそう言ったが、エルファバはにんまりと笑った。


　翌朝、アマ・クラッチが昨夜の冒険の話をして、二人をおおいに楽しませてくれた。

「羽とビーズの飾りのついたショッキングピンクの下着だけを身につけた、芸達者な魔女がおりましてね、客に歌を歌いながら、近くのテーブルで顔を赤らめている学生から食料引換券を集めて、胸の谷間に入れるんですよ。それから、その場でちょっとした魔術を披露しました。水をオレンジジュースに変えたり、キャベツをニンジンに変えたり、おびえる子豚にナイフを突きたてて、血の代わりにシャンパンを出したり。そのシャンパンをみんなで飲みました。それから、ものすごく太ってあごひげを生やした男が、キスしようと魔女を追いかけまわすんです。それがもう、おかしくて、おかしくて！　最後に、出演者一同と客がいっせいに立ちあがって、一緒に『公会堂では許されていないもの（でも安っぽい露店では売られているもの）』を歌いました。私たちアマはみんな、羽目をはずして本当に楽しゅうございましたよ」

「まったく」ガリンダが小ばかにしたように言う。「快楽信仰って、ほんとに――ほんとに悪趣味なのね」

「おや、窓が壊れていますね」とアマ・クラッチ。「男の子がよじ登ろうとしたのではないでしょうね」

「そんなわけないでしょう」とガリンダ。「あの嵐の中を？」

「嵐ですって？」とアマ・クラッチ。「はて、何のことでしょう。昨夜は月の光のように穏やかでしたのに」

「へえ、さぞかしお楽しみだったのね」とガリンダ。「快楽信仰に夢中になって、まわりの状況もわからなくなってしまったなんてね、アマ・クラッチ」まだ眠っている、あるいはおそらく眠ったふりをしているエルファバを置いて、ガリンダとアマ・クラッチは朝食をとりに階下へ向かった。廊下を歩いていくと、大きな窓から日光が差しこみ、冷たい石板の床に格子模様を作っていた。ガリンダは天候の気まぐれに思いをめぐらせた。嵐が街の一箇所だけを襲って、ほかの場所は晴れているなんてことがあるのかしら。この世界には、わたしの知らないことがたくさんあるのね。

「あの人ったら、悪についてべらべらとしゃべり続けたのよ」バターのついたパンにプラウフット・ジャムをのせて食べながら、ガリンダは友人たちに言った。「体の中で蛇口が開いて、おしゃべりがとめどなくあふれ出してきたって感じ。そうそう、それからわたしの帽子をかぶらせてみたんだけど、もう死ぬかと思ったわ。行き遅れのまま亡くなったどこかのおばさんが、お墓から抜け出てきたみたい。もう、〈牝牛〉みたいにみっともなかった。あなたたちに話さなくちゃと思って、それだけで耐えたのよ。でなければ、おかしすぎて死んでたわ。ほんと、どんなにおかしかったか！」

「本当に気の毒だわ。わたしたちの代わりに目を光らせているだけでなく、あのバッタのルームメイトと一緒にいる屈辱に耐えなきゃならないなんて！」ファニーがガリンダの手を握りしめ、心をこめて言った。「あなたって人がよすぎるのよ！」

3

初めて雪が降った日の夜、マダム・モリブルが詩の朗読会を催した。スリー・クイーンズとオズマ・タワーの男子学生も招待された。ガリンダは深紅のサテンの夜会服に同色のショールと室内履きを合わせ、羊歯と不死鳥の図柄が描かれた先祖伝来のギリキン製の扇で装った。早めに会場に到着すると、自分の衣装を一番引き立ててくれそうな布張りの椅子を確保し、図書室のろうそくの灯りが自分の姿を柔らかく照らし出すように、その椅子を本棚のほうへ引き寄せた。あとから、一年生だけでなく、二年や三年の女子学生たちが、ひそひそと話しながら入ってきて、クレージ・ホールで一番いい応接室のソファーや長椅子に腰を下ろした。男子学生たちもやってきたが、期待していたほどではなかった。人数もあまり多くなかったし、おずおずと居心地悪そうにしているか、くすくす笑い合っているかだ。それから教授たちが到着した。クレージ・ホールの〈動物〉たちだけでなく、男子校の教授もいて、そのほとんどは人間だ。娘たちは着飾ってきてよかったと思いはじめた。男子学生たちがニキビ面ばかりなのに対し、教授たちは威厳があり、魅力的な微笑みを浮かべていたからだ。

アマたちも何人か来ていたが、奥の衝立の後ろに控えている。せっせと編み棒を動かす音が聞こえ、ガリンダはなんだか心がなごんだ。アマ・クラッチもそこにいるはずだ。

応接室の奥の両開きの扉がさっと開いて、青銅製の機械仕掛けの召使いが現れた。ガリンダがクレージ・ホールへ来た日の晩に見たやつだ。この催しのために整備されたらしく、まだ金属研磨剤の鼻をつくにおいがする。次いで、マダム・モリブルが登場した。漆黒のケープをまとった姿は、目を見張るほど厳粛だ。と、そのケープを床に脱ぎ捨てた（ケープは例の機械人間が拾いあげて、ソファーの背にかける）。夜会服は燃えるようなオレンジ色で、淡水アワビの貝殻が全体に縫いつけてある。ガリンダは思わずうっとりと眺めてしまった。マダム・モリブルはいつもよりさらに気取った口ぶりで来客に歓迎の挨拶をすると、〝詩とその啓蒙的影響〟についてひと言述べ、おざなりの拍手をもらった。

それから、シズの社交サロンや詩人の溜まり場を席巻している、新しい詩形について説明した。「〝ケル〟と呼ばれております」マダム・モリブルは見事な歯並びを見せ、いかにも学長然として微笑んだ。「ケルは短い詩ですが、実に精神を高揚させてくれるものです。十三の短い行と最後に一行の無韻の警句から成り立つこの詩のおもしろみは、韻を踏みながら展開される論と結びの警句が明らかに対比している点にあります。時には内容に矛盾をはらむこともありますが、常に人生を啓蒙し、すべての詩がそうであるように、人生を浄化してくれるのです」そして、霧の中のかがり火のように、ぱっと顔を輝かせる。「特に今宵は、首都の混乱ぶりを耳にして不快な思いをされている皆様にとって、ケルが一服の鎮静剤となりましたら幸いでございます」男子学生は少なくともじっと耳を傾けているように見え、教授たちはうなずいている。だがガリンダの見るところ、女子学生は誰一人として、マダム・モリブルの言う〝首都の混乱ぶり〟が何のことかわかっていないようだ。
三年生の女子学生が、鍵盤楽器で和音をいくつか鳴らした。来客者は咳払い(せきばら)をし、自分の靴に目線を落とす。ガリンダは、エルファバが部屋の後ろから入ってきたのに気づいた。いつものゆったりした赤い普段着を身につけ、頭にはスカーフを巻き、本を二冊抱えている。ひとつだけ空いていた椅子に腰を下ろすと、りんごをかじりはじめる。ちょうどそのとき、マダム・モリブルがもったいぶって大きく息を吸い、朗読を始めた。

清廉への賛歌を歌え
汝(なんじ)ら先見の明のある若者たちよ
汝らの身を正さんとす厳しき掟(おきて)への
謙虚な感謝を胸に進め
兄弟姉妹の友愛における
公益を高めんがため
権威を寿(ことほ)ぐ

男子友愛会（フラタニティ）、女子友愛会（ソロリティ）
悪しき自由を抑えつつ
手を取り合い、進みゆく
暴虐を戒めんとす
寛容なる権威ほど
神聖なるものはなし
鞭もて制圧し、子供の企みをくじけ

マダム・モリブルは頭を下げ、朗読が終了したことを示した。ひそひそと批評する声が聞こえたが、内容は聞き取れない。詩についてよく知らないガリンダは、たぶんこれが詩の正しい鑑賞法なのだろうと思った。そして、隣のシェンシェンに小さな声で話しかけた。シェンシェンは垂直の背もたれがついた椅子の片側に、ドレスを膨らませるようにして座っている。ろうそくから今にも蠟（ろう）が垂れて、レモン色のシフォンの花飾りのついた白いシルクの夜会服をだめにしてしまいそうだ。でも、シェンシェンの家庭は裕福だから、また代わりの夜会服を誂（あつら）えるだろう。ガリンダはそう考え、黙っていた。

「では」とマダム・モリブルが言った。「ケルをもう一篇」

部屋はしんと静まったが、どことなくぎこちない沈黙のように感じられた。

ああ！　悪しき振る舞いには
敬虔（けいけん）のギロチンを
社会を正すには
悦楽や恥ずべき歓楽への
飽満に淫することなかれ
節制を持って慎みを保て
神が神秘の手を下すがごとく
振る舞いを正し
朗々たる声で応えよ
友愛を礎（いしずえ）に
汝が人生を築け
その美徳は身をもて示され
善は世に広がりわたらん
動物は見るべきにして、聞くべきにあらず

再びひそひそ声が広がったが、さっきと違って悪意がこもっていた。ディラモンド教授がわざとらしく咳払いをし、割れた蹄で床を叩いて言った。「それは詩とは言えませんな。プロパガンダだ。もっと言えば、出来のよくないプロパガンダです」

エルファバが椅子を脇に抱えてガリンダの横へそっとやってきて、椅子をガリンダとシェンシェンの間にドスンと置いた。その板張りの座面に腰を下ろし、ガリンダのほうに体を傾ける。「ねえ、どう思う?」

人前でエルファバに話しかけられたのは、これが初めてだった。ガリンダは恥ずかしさでいっぱいになった。「さあ、どうかしら」ガリンダはよそを向いて、消え入りそうな声で言った。

「巧妙なやり方だよね」とエルファバ。「あの最後の行を、あんな気取ったアクセントで読んだら、動物か〈動物〉か判断できないもの。ディラモンド先生が怒るのも当然ね」

教授は激怒していた。批判者を募ろうとするかのように、部屋中を見まわす。「ショックです。ショックを受けました」それから、「大変なショックを受けました」と言い直し、憤然と部屋から出ていった。数学を教えている〈イノシシ〉のレンクス教授も出ていったが、その際にミス・ミラの黄色いレースの長い裾を踏んづけまいとして、年代物の金めっきのサイドボードを押しつぶしてしまった。歴史を教えている〈猿〉のミッコ先生は、すっかり困惑してしまい、身の置き所のない様子で身をこわばらせ、悲しげな面持ちで物陰に座っていた。「確かに」とマダム・モリブルがその場を取り繕うように言った。「いやしくも〈詩〉であるかぎり、人の気分を損ねることもありますわ。それは芸術の権利というものです」

「あの人、頭がおかしいんじゃないの」とエルファバ。ガリンダはぞっとした。エルファバに話しかけられているところを、ニキビ面の男子学生に見られたらどうしよう！　二度と顔を上げて大学内を歩けなくなる。わたしの人生はめちゃくちゃだ。「し―っ、わたし、聴いているのよ。詩が大好きなんだから」ガリンダはきっぱりと言った。「わたしに話しかけないで。せっかくの朗読会が台無しだわ」

エルファバはガリンダに寄せていた体を戻すと、椅子の背にもたれてりんごを食べ終えた。そして二人とも詩の朗読を聴き続けた。詩がひとつ終わるたびに、ぶつぶつ、ひそひそというつぶやきは大きくなっていく。男子学生と女子学生は緊張が解けたようで、お互いを見まわしはじめた。

その夜の最後のケルが「時宜を得た一人の魔女は九人を救う」という謎めいた警句で終わると、マダム・モリブルにまばらな拍手が送られた。それから学長は青銅製の召使いに命じて、まず来客に、次いで女子学生に、最後にアマたちにお茶をふるまわせた。そして、衣擦れのカサカサという音と、淡水アワビの貝殻がぶつかるカチャカチャという音を響かせながら、男性教授と何人かの勇敢な男子学生から賛辞をもらうと、もっと意見が聞きたいからと熱心に同席を勧めた。「本心をお聞かせくださいな。私、少々芝居がかりすぎていたのではないのでしょうか？　いつもそれでしくじりますの。舞台に立つことを考えたこともあるのですが、結局女子教育に携わる道を選んだのです」逃げ切れなかった聴衆が「そんなことありません」などとありきたりの文句をつぶやくと、マダム・モリブルは謙遜した様子でまつげを伏せた。

ガリンダは、相変わらずエルファバの話し相手という恥ずべき状況から抜け出そうともがいていた。エルファバはケルにどんな意味があるのか、何かよいところがあるのかなどと、ケルについて次々に問いかけてくる。「そんなこと知らないわ。わかるわけないでしょう。わたしたち、まだ一年生なのよ」一方、向こうでファニーやミラやシェンシェンが、緊張気味の男子学生のティーカップにレモンを搾ってやっている。わたしも早くあっちへ行かなくちゃ。

「そうね、その意見は学長の意見と同じぐらい意味があると思う」とエルファバ。「それが芸術の真の力なんじゃないかな。たしなめるのではなく、挑戦する意欲をかきたてるのが。そうでなければ、わざわざ詩を作る意味なんてないでしょ」

一人の男子学生が近づいてきた。たいして男前じゃないけれど、何であれ緑色の蛭よりはましだわ。

「はじめまして」ガリンダは、相手が声をかける勇気を奮い起こすのを待たずに言った。

「お会いできてうれしいわ。あなたはたしか、ええっと――」

「はい、ブリスコウ・ホールの者です」と相手は答える。「そして、マンチキン人です。見てのとおり」言われてみれば確かに。背丈がガリンダの肩にも届かない。それでも、見てくれは悪くなかった。もつれた木綿糸のようなくしゃくしゃの金髪、こぼれるような笑顔、いくらかましな肌の色。夜会用のチュニックは野暮ったいブルーだが、全体に銀色の糸で斑点の刺繍が施されている。こざっぱりとしていて、感じがいい。手入れの行き届いたブーツを履き、少しがに股気味に足先を開いて立っている。

「わたし、こういうところが大好きなの」とガリンダ。「知らない人と出会えること。これがシズの一番すばらしいところだわ。わたしはギリキン人よ」もちろん、と付け加えたいところだったが、なんとかこらえた。服装を見れば、彼女がギリキン人だとすぐわかるだろう。マンチキン人の娘はもっと地味な、目立たない服装をしていて、そのためにシズでは召使いと間違われることがよくあった。

「では、どうぞよろしく」とその学生は言った。「マスター・ボックといいます」

「アップランドのアーデュエンナ一族のミス・ガリンダよ」

「で、きみは？」ボックはエルファバのほうを向いて言った。「きみの名前は？」

「わたし、もう行くね」とエルファバは言った。「皆さん、どうぞよい夢を」

「ちょっと待って」とボック。「僕、きみのこと知ってるよ」

「ばか言わないで」エルファバは立ち止まって振り向いた。「わたしのこと、知ってるわけないじゃない」

「きみはミス・エルフィーだろう？」

「ミス・エルフィーですって！」ガリンダは浮かれて言った。「なんて愉快なの！」

「どうしてわたしを知ってるの？」とエルファバ。「マンチキン出身のマスター・ボック？　聞いたことない」

「小さいとき、一緒に遊んだじゃないか」とボック。「僕の父は、きみが生まれた村の村長だった。きみはウェンド・ハーディングズのラッシュ・マージンズで生まれて、ユニオン教牧師の娘だった。きみのお父さんの名前、何て言ったっけ？」

「フレックスだけど」とエルファバ。目を細め、警戒心をあらわにしている。

「そう、敬虔なフレックスパー牧師だ！」とボック。「村では、まだきみのお父さんのことを話してるよ。きみのお母さんのこともね。それと、ドラゴン時計がラッシュ・マージンズへやってきた夜のことも。僕が二つか三つのときで、見に連れていってもらったよ。覚えてないけどね。覚えてるのは、僕がまだ半ズボンをはいてた頃、きみが遊びの輪の中に入ってきたこと。ゴーネットを覚えてる？　僕たちの面倒をみていたおばさん。それから、ブフィーは？　僕の父だよ。ラッシュ・マージンズのこと、覚えてるだろう？」

「そんなの、全部でたらめの当てずっぽうでしょ」とエルファバ。「反論のしようがないじゃない。ねえ、あなたが物心つく前のことを教えてあげようか。生まれたとき、あなたはカエルだったんだよ」（これは意地悪だった。実際、ボックの顔は両生類に似ている。）「ドラゴン時計の生贄に捧げられて、それで人間の男の子に変えられたの。でも、新婚初夜にあなたの奥さんが脚を開いたら、またおたまじゃくしに戻って、そして——」

「ミス・エルファバ！」とガリンダは叫ぶと、パチッと音を立てて扇を開き、恥ずかしさで赤らんだ顔をあおいだ。「なんてことを！」

「べつにいいけど。わたしには子供時代なんてなかったんだから。好きなように言えばいい。わたしはカドリングの、沼地に暮らす人たちの中で育った。だから、ピシャピシャ音を立てて歩くの。わたしとは話したくないでしょう。ミス・ガリンダと話しなよ。こういう場所では、わたしよりミス・ガリンダと話すほうがいい。さて、もう行かなくちゃ」エルファバはおやすみを言う代わりにうなずくと、ほとんど駆け足で去っていった。

「どうしてあんなことを言うんだろう」とボック。その声に戸惑いの色はなく、ただけげんに思っているだけのようだった。「もちろん、あの子に間違いないよ。緑色の女の子なんて、そうそういるもんじゃないし」

「もしかしたら」とガリンダ。「肌の色で自分だと認識されるのがいやなんじゃないかしら。はっきりとは言えないけど、敏感にはなっていると思う」

「肌の色で人に覚えられるのは当然だってことぐらい、わかってるはずだけど」

「でも、わたしが知っているかぎりでは、あなたの記憶は正しいわ。あの子のひいおじいさんは、ネスト・ハーディングズのコルウェン・グラウンドのスロップ総督なんですって」

「じゃあ、間違いないよ」とボック。「エルフィーだ。彼女と再会するなんて、思ってもみなかった」

「お茶のおかわりはいかが？　給仕を呼ぶわ」とガリンダは言った。「ここに座りましょう。マンチキンの話をいろいろ聞かせてちょうだい。好奇心で身震いしちゃう」そして、服の色とよく合う椅子に座り直した。これで最高に美しく見えるはず。ボックも腰を下ろすと、頭を振った。エルファバの出現に当惑したようだ。

ガリンダが部屋に戻ったとき、エルファバはすでにベッドに入っていた。頭の上まで毛布を引きあげ、わざとらしくいびきまでかいている。ガリンダはドシンと音を立ててベッドに入った。このわたしがあんな緑色の娘に拒絶された気分になるなんて、なんだかおもしろくない。

その週はケルの夕べについて、さまざまな議論が交わされた。ディラモンド教授は生物学の授業を中断し、学生に意見を求めた。女子学生たちは、詩に対する生物学的反応とはどういうものか見当がつかず、教授の誘導質問には答えずに、黙って座っていた。すると、ついに教授は怒りを爆発させた。「あの思想の表現とエメラルド・シティでの状況との間に関係があるとは、誰も思わないのですか！」

怒鳴られるために授業料を払っているのではないと考えたミス・ファニーが、語気鋭く言い返した。「エメラルド・シティで何が起きているかなど、わたしたちにはまったくわかりません！　思わせぶりな態度はやめにして、言いたいことがあるのなら、はっきりおっしゃったらどうですか。ぶつぶつメエメエ言うのはやめてください」

ディラモンド教授はじっと窓の外を見つめた。怒りを抑えようとしているのだろう。学生たちは、このちょっとしたドラマにわくわくしていた。ほどなく〈山羊〉は振り向くと、学生たちの予想に反して穏やかな声でこう告げた。オズの魔法使いによって公布された〈動物〉の移動禁止令が、数週間前から施行されている。これは〈動物〉たちの交通機関、宿泊施設、公共サービスの使用を制限するだけではない。当局の言う〝移動〟とは、職業をも含む。この法律により、成年に達した〈動物〉は専門的職業に就くことも、公共機関に就職することも禁じられる。そうなると、働いて賃金を得たい場合、実質的に農場や荒地へ追い返されることになってしまう。

「『動物は見るべきにして、聞くべきにあらず』という警句でケルを締めくくったとき、マダム・モリブルは何が言いたかったのだと思いますか」〈山羊〉は単刀直入に尋ねた。

「みんなを動転させたかったのではないでしょうか」とガリンダ。「つまり、〈動物〉たちみんな、という意味です。でも、先生のお仕事が脅(おびや)かされているわけではないのでしょう？　先生はここにいて、今も授業を続けているのですから」

「では、私の子供たちはどうなるでしょう。子供たちは」

「あら、お子さんがいるのですか？　ご結婚されているとは知りませんでした」

〈山羊〉は目を閉じた。「私は結婚していませんよ、ミス・ガリンダ。でも、するかもしれない。それに、甥(おい)や姪(めい)がいますが、鉛筆を持って論文を書くことができないという理由で、すでにシズ大学で学ぶことを禁じられています。この学問の楽園で、〈動物〉を見かけたことがありますか？」そう言われてみると、確かに一匹も見かけない。

「確かに、ひどいことだと思います」とガリンダ。「なぜ魔法使い陛下はそんな法律を作ったのでしょう」

「本当に、どうしてでしょうね」と〈山羊〉。

「まったく、謎ですわ。わかりません」

「私にもわかりません」〈山羊〉は講壇のほうを向くと、書類を何枚かあちこちへ押しこんだ。そして、低い棚から蹄でハンカチをかき出し、鼻をかんだ。「私の祖母たちはギリキンの農場の乳山羊でした。一生かけて必死に働いて貯めた金で地元の教師を雇い、私に教育を受けさせてくれました。それだけでなく、大学の入学試験ではその先生が口述筆記をしてくれたのです。その努力が、無駄になろうとしています」

「でも、あなたはまだ教えているではありませんか！」とファニーが苛立った声で言った。

「今はまだまだ序の口ですよ」と〈山羊〉は言い、授業を早めに切りあげた。ガリンダは思わずエルファバのほうへ視線を向けた。思いつめたような、妙な表情をしている。ガリンダがさっさと教室から出ていこうとしたとき、エルファバは教室の前方へ歩いていった。そこではディラモンド教授が角の生えた頭を垂れ、こらえきれずに身を震わせていた。

それから数日後、マダム・モリブルが初期の聖歌と異教の賛歌についての特別公開講座を開いた。マダム・モリブルが質問を求めたとき、聴衆をびっくりさせる出来事が起こった。いつもは教室の後ろの席で胎児のようにうずくまっているエルファバが顔を上げ、学長に向かって発言したのだ。

「あの、マダム・モリブル。先週、応接室で朗誦されたケルについて、まだ議論する機会を与えていただいていないのですが」

「議論ですって?」マダム・モリブルは腕輪をはめた手で、優雅にではあるが追い払うような仕草をした。

「はい。ディラモンド先生は、〈動物〉の移動禁止令と考え合わせると、あの詩はあまりいい趣味だとは言えないと考えていらっしゃいます」

「ディラモンド先生、ああ」とマダム・モリブル。「あの方は学者です。詩人ではありません。それに〈山羊〉です。これまでに、ソネットやバラッドを書く偉大な〈山羊〉の詩人がいたでしょうか。残念なことですが、ディラモンド先生はアイロニーという詩の作法をご存じないようですね。ミス・エルファバ、クラスの皆さんにアイロニーの定義を説明していただけますか」

「わたしにはできません、マダム」

「一説では、アイロニーとは、矛盾し合う部分を並べてみせる技術のことです。その場合、意図的な距離を保つことが必要になります。つまり、私情を挟まないことがアイロニーの前提となるわけです。まあ、ディラモンド先生が〈動物〉の権利に関して無心を保つことができないのは、無理のないことかもしれませんがね」

「つまり、ディラモンド先生が異を唱えている『動物は見るべきにして、聞くべきにあらず』というフレーズは、アイロニーだとおっしゃるのですか？」エルファバはマダム・モリブルのほうを見ずに、手元の文書を確認しながら言った。ガリンダとクラスメイトは、二人の応酬を夢中で眺めていた。教室の前と後ろで言い合っているこの二人は、それぞれ相手がかんしゃくの発作を起こして倒れるのを見たら、きっと気をよくすることだろう。

「そうお考えになりたいなら、アイロニーととらえてもさしつかえありませんよ」とマダム・モリブル。

「先生自身はどうお考えなのです？」とエルファバ。

「なんて生意気なことを！」とマダム・モリブル。

「生意気を言うつもりはありません。学ぼうとしているのです。もし学長が、いえ、誰かがこの表現を真実だと考えるなら、その前の退屈で尊大な部分と矛盾しないじゃありませんか。ただの議論と結論であって、アイロニーは存在しません」

「よくわかっていないようですね、ミス・エルファバ」とマダム・モリブル。「自分より賢明な人の視点に立って、その角度から物事を見ることを学びなさい。あなたのように若くて聡明な学生が無知から抜け出せず、お粗末な洞察力という壁に取り囲まれているのを見るのは、そう、とても悲しいことですね」マダム・モリブルは〝聡明な(ブライト)〟という言葉を吐き出すように言った。ガリンダには、それがエルファバの肌の色への卑劣な嫌味だと思えた。その肌は、今日は懸命に人前で発言しているためか、実際つややかに輝いている。

「でも、わたしはディラモンド先生の視点に立とうとしているのです」エルファバは、ほとんど泣きだしそうになりながらも食い下がった。

「詩的解釈ということで言えば、私はあえて、あれは真実かもしれないと言っておきましょう。動物は聞くべきにあらず、なのです」マダム・モリブルはぴしゃりと言い放った。

「アイロニーのつもりでそうおっしゃるのですか？」とエルファバは返したが、顔を手で覆って座ってしまい、その講座が終わるまで顔を上げなかった。

4

後期の授業が始まった。ガリンダのルームメイトは相変わらずエルファバだった。ガリンダはマダム・モリブルにそれとなく抗議してみたが、部屋替えも部屋割りのやり直しもしてもらえなかった。「ほかの学生たちが混乱しますから」とマダム・モリブルは言った。「なでしこ部屋へ移ってもいいというのであれば、話は別ですが。あなたの世話係のアマ・クラッチは、私の見るところ、前にあなたがおっしゃっていた病気からは回復しているようですね。あれなら、十五人の娘さんの監督でも任せられるのではないでしょうか」

「いいえ、とんでもない」ガリンダは慌てて言った。「時々再発するんです。いちいち報告しないだけで。ご心配をおかけしたくありませんから」

「まあ、なんて思いやりがあるのでしょう」とマダム・モリブル。「優しい人ね。せっかく来てくれたのだから、少しお話ししましょうか。秋からの専門課程のことです。ご存じのように、二年からは専攻を選択することになっています。もう考えてみましたか？」

「いいえ、まだほとんど」とガリンダ。「率直に言って、そのうち自然に才能が発揮されて、どれを選ぶべきかわかってくると思っていたんです。自然科学か、芸術か、魔術か、あるいは歴史か。まあ、聖職者の仕事には向いてないと思いますけど」

「あなたのような学生なら、迷って当然でしょうけれど」とマダム・モリブルは言ったが、ガリンダにはたいした励ましにならなかった。「魔術はいかが？　きっといい成績を収められると思いますよ。私自身、魔術に関する知識を持っていることは誇りです」

「考えてみます」とガリンダは言った。以前は確かにおもしろそうだと思っていたのだが、今では魔術への意欲はすっかり薄れていた。呪文を覚え、さらには呪文を理解しなくてはならない、とても退屈で骨の折れる勉強だと耳にしたからだ。

「あなたが魔術を選ぶことになれば、もしかしたら、あくまでもしかしたらですが、新しいルームメイトが見つかるかもしれませんよ」とマダム・モリブル。「ミス・エルファバからはすでに、自然科学に興味があると聞いていますから」

「まあ、そういうことでしたら、よく考えさせていただきます」そう言いながら、ガリンダは胸の中でよくわからない葛藤と闘っていた。マダム・モリブルは、上流階級らしい言葉遣いや豪奢な服装にもかかわらず、少しばかり――なんと言おうか、危険な人物だと思えたのだ。世間向けの笑顔は、まるでナイフや槍が発するギラリとした光でできているようだし、その太く低い声は、まるで遠くで起きた爆発のとどろきを隠蔽しているかのようだ。全体像がつかみきれない、という印象がぬぐえなかった。こうしてマダム・モリブルの応接室に座り、文句のつけようのない完璧なお茶を飲んでいると、どうも落ち着かない気分になり、少なくとも自分の中で何か貴重なもの――品位とでも言えばいいだろうか――が踏みにじられるような気がするのだった。

「と言いますのも、そのうちミス・エルファバの妹さんがシズにやってくるんだそうです」何分か経ってから、マダム・モリブルは話を継いだ。まるでそれまで沈黙などなく、その間に美味しいビスケットなど食べてはいないかのように。「私にはそれを止めることはできません。でも、そうなると、ひどいことになるでしょうね。あなたもいやになると思いますよ。あんな子が来るなんて。きっとミス・エルファバの部屋に入り浸って、面倒をみてもらおうとするに決まっています」そう言うと、力なく微笑んだ。首筋につけた粉香水がふわりと匂った。まるで心地よい香りを自在に発散できるかのように。

「あんな子が来るなんて」ガリンダをドアまで見送りながら、マダム・モリブルは舌打ちし、頭を前後に振った。「うっとうしいことです、本当に。でも、みんなで力を合わせて乗りきっていきましょう。それでこそ、友愛（ソロリティ）ではありませんか？」学長は片方の手でショールをしっかりつかむと、もう一方の手をガリンダの肩にそっと置いた。ガリンダは思わず身震いしてしまった。マダム・モリブルはそれに気づいたはずだが、そんなそぶりはまったく見せない。「ところで、友愛（ソロリティ）という言葉をこんなふうに使うのは、まさにアイロニーですわね。なんて機知に富んでいるのでしょう。もちろん、しかるべき時間と背景が与えられたなら、結局のところ、アイロニーにならない言葉や行動などは存在しないのですが」そして、ガリンダの肩甲骨を、自転車のハンドルであるかのようにぎゅっと握った。

それも、女性の力とは思えないほど強く。「願わくは、そうね、ミス・エルファバの妹さんが自分の姿を隠すヴェールを持ってきてくれますように！　でも、一年も先のことですから。まだしばらく時間があります。魔術のこと、考えておいてくださいね。きっとですよ。では、おやすみなさい、かわいい人。よい夢を」

ガリンダはゆっくりと自分の部屋へ戻った。ヴェールがどうとかあんな意地悪なことを言われるなんて、エルファバの妹とはどんな人なのだろうか。エルファバに尋ねてみたいけれど、どう切り出せばいいのかわからない。そこまで図々しくはなれなかったのだ。

ボック

1

「おーい、出てこいよ」男子学生たちが呼んでいる。「出てこいったら」ががやがやと入り乱れた青年たちがひとかたまりになって、書斎の石油ランプの明かりに背後から照らされながら、ボックの部屋のアーチ型の扉にもたれている。「本にはもう飽き飽きだ。一緒に来いよ」

「だめだよ」とボック。「灌漑理論がよくわからないんだ」

「パブが開いてるってのに、灌漑理論なんてクソくらえだ」アヴァリックという名の長身のギリキン人の青年が言う。「いまさら勉強したって、成績は上がりゃしないよ。試験はほとんど終わっちゃったし、試験官たちだって、もう酔っ払ってるぜ」

「成績のためじゃない」とボック。「ただ、この理論をきちんと理解しておきたいんだ」

「パーブ！　パーブ！　パーブ！」何人かの男子学生たちがシュプレヒコールのように叫びながら、ひと足先にもう出発しているらしい。「ボックなんかほっとけよ、ビールが待ってる。たっぷり熟成したやつが」

「どこのパブ？　一時間ほどしたら僕も行くよ」とボックは言い、椅子に深く腰かけた。足は足台にのせないようにする。そんなことをしたら、クラスメイトたちがこれ幸いと彼を肩にかつぎあげ、一夜の放蕩に連れ出すかもしれない。ボックが小さいから、そんな荒っぽいことをする気になるんだろう。足をしっかりと床に踏みしめていれば、そうやすやすと持ちあがるようには見えないはずだ。

「〈イノシシとウイキョウ亭〉だよ」とアヴァリック。「新しい魔女が来て、ショーをやってるんだ。なかなかいかした女らしいぜ。カンブリシアの魔女だとさ」

「ふうん」ボックはそれほど興味をそそられなかった。「じゃあ、早く行って、ショーを楽しんできなよ。僕も行けたら行くから」

　男子学生たちはほかの部屋のドアをガタガタいわせたり、今は立派な後援者になっている卒業生の肖像画を叩いて傾けたりしながら、ぶらぶらと出ていった。アヴァリックはアーチ型の扉のところに立って、まだ待っている。「野暮なやつらは放っておいて、数人の精鋭だけで〈哲学クラブ〉へ行くかもしれない」と、ボックの気を引こうとする。「あとで、ってことだけどな。なんたって週末なんだから」

「もう、アヴァリック、冷たいシャワーでも浴びてきたらどうだ?」とボック。

「きみも興味があるって言ってたじゃないか。確かに言ったぜ。せっかくの学期末なんだし、羽目をはずしたっていいじゃないか」

「興味があるなんて言うんじゃなかったな。たとえば僕は死について興味がある。でも、実際に経験してみようという気はまだない、そういうことだよ。もう行ってくれ、アヴァリック。仲間に追いつけなくなるよ。カンブリシアのばかげた見世物を楽しんでくればいい。どうせ嘘っぱちの客寄せに決まってるけどね。だって、本物のカンブリシアの魔女は何百年も前に滅んでるんだから。もし実在してたとしての話だけどさ」

アヴァリックはチュニックの上着の二枚目の襟を立てた。襟の裏側には深紅のベルベットの裏地が張ってある。きれいにひげが剃られた細い首筋にその裏地がよく映え、特権階級を示す勲章のように見えた。気がつくとボックは、心の中で自分とこのハンサムな友人を比較していた。やはりこいつにはかなわない、おまけに僕は背も低いし。「まだ何か用かい、アヴァリック」ボックは自分自身にも友人にも苛立ちを感じていた。

「何かあったのか」とアヴァリック。「僕の目はふし穴じゃないぜ。何があった?」

「何もないよ」とボック。

「ほっといてくれ、失せろ、出ていけ、って言うならともかく、何もないよはやめろよ。きみはあまり嘘がうまくない。それに、僕だってそんなにばかじゃない。ギリキン人斜陽貴族の放蕩息子の割にはね」アヴァリックの表情は優しげで、ボックは一瞬、打ち明けてしまいたい誘惑に駆られた。どう言ったものかと思案しながら口を開いたそのとき、オズマ・タワーの鐘が鳴り、時を告げた。すると、アヴァリックがほんの少し横を向いた。僕のことを心配はしていても、僕のことだけを考えているわけではないのだ。ボックは口を閉じ、少し考えてからこう言った。「マンチキン人はよくぼんやりするんだ、それだけさ。嘘じゃないよ。アヴァリック、きみのようないい友人に嘘はつけない。でも、ほんとに何でもないんだ。さあ、もう行って、楽しんでくれればいい。でも、羽目をはずしすぎるなよ」〈哲学クラブ〉についてもうひと言忠告しておこうかと思ったが、やめておいた。ボックの老婆心がかえってアヴァリックを苛立たせ、〈哲学クラブ〉へ向かわせることになりかねない。

アヴァリックはボックに歩み寄り、両頬と額にキスをした。この北部上流階級の習慣が、ボックはとても苦手だ。アヴァリックはウインクし、卑猥な身振りをしてみせると、やっと出ていった。

ボックの部屋からは石畳の小道が見渡せる。その小道を、アヴァリックと仲間たちがジグザグに一気に駆け抜けていく。ボックは窓から離れて暗がりの中に立ったが、よけいな心配だった。友人たちは、もうボックのことなど頭にない。試験も半分以上終わり、二、三日息抜きをしようとしているのだ。試験が終われば、大学構内は閑散とし、残っているのは、もうろくした教授たちと貧しい学生たちだけになる。以前にもその状態は経験済みだ。ボックは夏休みの間ずっと、スリー・クイーンズの図書館でアルバイトをすることになっていた。古い写本をテックの五本毛ブラシでこするよりは、勉強していたいのだが。

小道の向かいには、厩舎(きゅうしゃ)のブルーストーンの壁が続いている。通りを数本隔てた高級住宅街の、ある豪邸が所有するものだ。厩舎の屋根の向こうには、クレージ・ホールの菜園に植えられた果樹のこんもりした頂が見え、その上方には寄宿舎や教室のランセット窓が光っている。結構よくあることなのだが、女子学生がカーテンを引き忘れたときなど、さまざまに肌をはだけた姿を目にすることができる。もちろん、素っ裸というのはこれまでなかったし、万一あっても、ボックは目をそらすか、そらさなくちゃと自分に厳しく言い聞かせただろう。だが、ピンクや白のペティコートやキャミソール、体つきをよく見せるフリルのついた下着、さらさら揺れる腰当て(バッスル)や胸まわりの派手な装飾などは、少なくとも女性の下着についてのいい勉強になった。姉妹のいないボックは、ただ目を見張るばかりだった。

クレージ・ホールの寄宿舎までは距離があるため、女子学生たちの顔までは見分けがつかない。憧れの人の姿をもう一度見たい、そう思ってボックは顔を赤らめた。だめだ、だめだ！　勉強に集中しなくちゃ。試験の成績が悪いと、退学させられてしまうんだぞ！　そんなことになったら、年老いた父ブフィーの期待を、そして自分の村だけでなくよその村の人々の期待をも裏切ることになってしまう。

ちくしょう、人生は過酷だ。大麦の研究だけじゃ満足できない。ボックは突然足台を飛び越え、学生用ケープをつかむと、廊下を勢いよく走り出し、塔の端にある石造りの螺旋階段をぐるぐると駆け下りた。もうじっとしていられない。何か行動を起こさなければ。

ふと、あることを思いついた。

ボックは勤務中の守衛に会釈すると、門を出て左に曲がった。夕闇の中、馬糞の大きな山をできるだけ避けながら道を急ぐ。クラスメイトは夜遊びに繰り出していったので、少なくとも見つかって笑いものになる心配はないし、ブリスコウ・ホールにはもう誰も残っていない。ボックは左へ曲がり、もう一度左へ曲がった。ほどなく厩舎の横の小道に出た。薪の山、膨らんで突き出た鎧戸、鉄製の巻き上げ機のL字型アームが目に入る。ボックは小柄なだけでなく、敏捷だった。指にかすり傷ひとつ負うことなく、厩舎のブリキの樋にぶら下がる。それから、急勾配の屋根を湖ガニのように這い上っていった。

なんだ、こんなことぐらい何週間も前に、いや何カ月も前に思いついてもよかったのに！　しかし、ほかの学生が全員浮かれて外出する夜、ブリスコウ・ホールから自分の姿を見られなくてすむ夜となると、今夜だ。おそらく今夜しかない。何らかの運命が、アヴァリックの誘いを断るよう命じたのだ。その証拠に、厩舎の屋根に上ったボックの耳に、クロウベリーや梨の木の濡れた葉を吹きわたる風が、優しいファンファーレのように聞こえてきた。女子学生たちがホールへ移動しているのが見える。まるで、ボックがちょうどいい位置に来るまで待っていたかのように。まるで僕が来るのを知っていたみたいだ！

近くから見ると、みんなさほどきれいには見えない……。

でも、あの人はどこだ？

美しいかどうかは別にして、女の子たちの姿ははっきりと見えた。サテンのリボンの結び目をほどく指、するりと手袋を脱いで、ずらりと並んだ四十個もの小さな真珠色のボタンをはずす指、互いのレースの中や、男子学生が神話の中でしか知らない秘密の場所を探り合う指！　それに、なんて柔らかそうな髪！　女の子って、なんてすばらしく動物的なんだろう！　無意識のうちに、ボックは両手を閉じたり開いたりしていた。だが、まだほかにも知りたくてたまらないことがある――それに、あの人はどこにいるんだ？

「こんなところでいったい何をしてるの？」

当然ではあるが、ボックは驚いて足をすべらせた。親切にも今夜のこの恍惚感を与えてくれた運命が、その見返りとして今度は僕を殺そうというのだろうか。足場を失い、煙突につかまろうと手を伸ばすが、つかみ損ねる。そのまま子供のおもちゃのように真っ逆さまにころげ落ち、突き出ていた梨の木の枝にぶつかった。このおかげで落下の勢いが弱まり、命拾いをしたようだ。ドサッという音とともに、ボックはレタス畑に着地した。その衝撃で口と鼻から大きな音を立てて空気が漏れる。恥ずかしいことに、お尻の穴からも。

「まあ、すごい」と声がした。「今年は果実が落ちるのが早いこと」

ボックはわらにもすがる思いで、この声の主が愛する人でありますようにと願った。そして、なんとか紳士的に見えるよう体裁をつくろった。メガネはどこかへ飛んでしまっていたが。

「はじめまして」ボックは起きあがりながら、おぼつかなげに言った。「こんな訪問の仕方は不本意なのですが」

ピンク色のパーサぶどうの木の後ろから、声の主が現れた。裸足で、エプロンをかけている。あの人ではない。もう一人のほうだ。メガネがなくてもわかる。「やあ、きみだったのか」がっかりしているのを気取られないように、ボックは言った。

声の主は水切りボウルを持っていた。中には、春サラダ用の、まだ小さく酸っぱいぶどうが入っている。「なんだ、あなたか」そう言って、近づいてくる。「見覚えがある」

「マスター・ボックが参上しました」

「わたしのレタス畑にご参上ってわけね」そして、メガネをインゲンマメの間から拾いあげ、渡してくれた。

「元気かい、ミス・エルフィー」

「ぶどうほど酸っぱくないし、レタスほどしおれてもいない。あなたはどう、マスター・ボック？」

「かなり参ってるよ。大目玉を食らうかな？」

「もしよければ、わたしがなんとかしてあげるけど」

「いいよ、そんなことしなくても。来たときと同じやり方で出られると思うから」ボックは梨の木を見あげた。「やばいな。ちょうどいい大きさの枝を折っちゃったみたいだ」

「木がかわいそう。どうしてこんなひどいことをしたの？」

「だって、びっくりしたんだ」とボック。「選択肢は二つあった。森の精のように木の葉の中をひょいと飛ぶか、あるいはおとなしく厩舎の反対側へ這いおりて、通りに出て、いつもの生活に戻るか。きみならどっちを選ぶ？」

「難しい質問ね」とエルファバ。「でも、こういうときはまず、質問の妥当性を否定することにしてるの。わたしなら、いくらびっくりしたとしても、おとなしく通りのほうへ下りていったりしないし、騒々しく木の間を抜けてレタス畑に飛びこんだりもしない。全身の皮膚を裏返しにして、身軽になって、外の気圧が安定するまで空中に浮かんでる。それから、皮膚がひっくり返ったまま、片足ずつ屋根に下ろしていくの」

「それから皮膚を元に戻す？」ボックはおもしろがって尋ねた。

「そこに誰が立っているか、その人が何を望んでいるか、わたしがその気になるかどうかによるかな。それと、皮膚の裏面の色にもよる。まだやってみたことがないから、何色かわからないんだよね。子豚のような白かピンクだったらと思うと、ぞっとするけど」

「しょっちゅうピンクになるよ」とボック。「特に、シャワーを浴びてるときはね。まるで生焼けの――」そこで口をつぐんだ。冗談が度を越している。「悪かったよ、驚かせて。そんなつもりじゃなかったんだけど」

「果樹のてっぺんを見てたんでしょ？　新芽が出てるか調べるために」エルファバはおもしろがっている。

「そのとおり」ボックはそっけなく答えた。

「あなたの夢の木は見えた？」

「僕の夢の木は、僕の夢の中にある。友達にも、まだよく知らないきみにも話す気はないよ」

「でも、あなたはわたしを知ってる。去年会ったとき、子供の頃に一緒に遊んだって言ってたよね。そう考えると、わたしたちって兄妹みたいなものでしょ。お気に入りの木のこと、わたしには話してくれてもいいと思う。もし、どこにその木が生えているか知ってたら、教えてあげる」

「からかわないでくれ、ミス・エルフィー」

「そんなつもりはないよ、ボック」エルファバは、二人は兄妹みたいなものだという言葉を念押しするように、相手の名に敬称をつけず、優しく呼びかけた。「ミス・ガリンダのことが知りたいんでしょ？　去年の秋、マダム・モリブルの残虐詩朗読会で会ったギリキン人の女の子」

「どうやらきみは、思った以上に僕のことをよく知ってるみたいだね」ボックはため息をついた。「あの人が僕のことを思っていてくれるって期待してもいいのかな」

「まあ、期待ぐらいだったらしてもいいんじゃない？」とエルファバ。「でも、本人に聞いてみたほうがいい。決着がつくでしょ。少なくとも、あの子の気持ちはわかる」

「でも、きみは友達なんだろう？　何か聞いてない？」

「わたしを当てにしちゃだめ。何か知ってると言ったとしても、嘘かもしれない。もしわたしがあなたに恋をしていたら、嘘をついてルームメイトを裏切るかも——」

「きみのルームメイトなの？」

「そんなにびっくりした？」

「いや、ただ、えーと、喜んでるだけだよ」

「ああ、いけない、料理人たちに、アスパラガスといったい何を話しこんでたんだって言われちゃう」とエルファバ。「なんなら、ミス・ガリンダをいつかここへ連れてきてあげる。早いほうがよさそうだね、恋心をきれいさっぱりあきらめるためには。もしそういう結果になったらの話だけど」そして、こう続けた。「でも、さっきも言ったけど、わたしは何も知らない。今夜のプディングに何が入ってるかも予想できないのに、人の気持ちなんか予想できっこない」

そういうわけで、決行は三日後の夜と決まった。ボックはエルファバの手を握りしめ、熱烈に感謝した。あまりに激しく手を振ったので、鼻の上でメガネが上下に跳ねた。「きみは大切な幼なじみだよ、エルフィー。十五年間も会ってなかったけど」ボックはエルファバの後ろ姿に、敬称なしで呼びかけた。その姿は梨の枝の下を通って遠ざかっていき、やがて小道へ消えた。それからボックはなんとか菜園から脱出し、自分の部屋に戻った。そして再び本を開いたが、問題は何も解決していなかった。いや、解決するどころか、むしろ悪化していた。どうしても集中することができない。酔っ払った学生たちがブリスコウ・ホールに帰ってきたときも、ボックはまだ起きていて、みんなが派手にガタガタ音を立てたり、しーっと言ったり、何かにぶつかったり、低い声でバラードを歌ったりするのを聞いていた。

2

試験が終わると、アヴァリックは夏休みを過ごしにふるさとへ帰っていった。ボックはといえば、自分の成績でもどうにか合格できたのか、それとも不合格になるのか、今となってはもうどうでもよかった。ガリンダとのデートは、もしかしたらこれが最初で最後になるかもしれない。何を着ていくか、いつも以上に悩んだが、ヘアスタイルは最近カフェでよく見かける流行のスタイルに決めた(細く白いリボンを頭にぐるりと巻いててっぺんで結び、そこから髪を引っぱり出してくるくるとカールさせる。そうすると、ひっくり返したミルクのボウルから泡がブクブクと噴き出ているように見える)。ブーツは何度も磨いた。ブーツを履くには暑すぎるが、夜会用の靴など持っていない。まあ、これでなんとかなるだろう、なんとか。

約束の日の夜、前回と同じ道をたどって厩舎の屋根に上ると、誰かが果実を採りに来たときに置いていった梯子が壁に立てかけてあった。おかげで、チンパンジーのようにぎこちない動きで木の葉の中を下りていかずにすんだ。最初の数段はそろそろと下りたが、残りは勇敢に飛び降り、レタス畑を避けて着地した。ワームナッツの木の下のベンチに、エルファバが座っていた。なにげなく膝を胸に引き寄せて、裸足を座面の上にのせている。隣にはガリンダの姿もあった。足首を可憐に交差させて座り、サテンの扇で顔を隠しているが、どうもそっぽを向いているようだ。

「これはびっくり！　お客様ね」とエルファバ。「ああ、驚いた」

「こんばんは、お嬢様方」とボック。

「その頭、仰天したハリネズミみたい。いったいどうしたの？」とエルファバ。とりあえずガリンダもちらっとこちらを向いたが、また扇の後ろに隠れてしまった。緊張しているのかな？　どきどきして気を失いそうなんだろうか？

「そうさ、僕には〈ハリネズミ〉の血が流れてるんだ。言わなかったっけ？」とボック。「祖父方の血筋なんだ。祖父はある年の狩猟の季節に、カツレツにされてオズマの従者たちにふるまわれ、美味しい思い出としてみんなの心に残ったんだって。うちにはそのレシピも伝えられてるんだ。アルバムに貼ってあるよ。チーズとクルミのソース添え。うーん、たまらないね」

「本当?」とエルファバ。膝にあごをのせている。「ほんとに〈ハリネズミ〉なの?」

「まさか、作り話だよ。こんばんは、ミス・ガリンダ。また会ってもらえて、うれしいよ」

「こんなこと、いけないことだわ」とガリンダ。「いろいろな理由でね、マスター・ボック。よくおわかりだと思うけど。でも、このルームメイトは、わたしがイエスと言うまで眠らせてくれなかったの。わたしはあなたにまたお会いできてうれしい、とは言えないわ」

「あら、言えばいい。口に出せば、それが本心になるかも」とエルファバ。「ほら、言ってみなさい。この人、そんなに悪くないでしょ。貧乏学生のわりにね」

「わたしのことをこんなに思ってくださってうれしいわ、マスター・ボック」ミス・ガリンダは努めて礼儀正しく言った。「光栄に思います」明らかに、光栄だとは思っていない。むしろ屈辱のようだ。「でも、わたしたちの間に、特別な友情なんてありえないことをわかっていただきたいの。こちらにその気がないことはもちろん、わたしたちがそうなるには、あまりにも社会的な障害が多すぎる。このことを直接あなたにお伝えしようと思って、ここに来ることに同意したの。そうするのがフェアだと思ったから」

「確かにフェアだし、なかなかおもしろそう」とエルファバ。「だから、わたしもここでうろうろしてるってわけ」

「まず、文化の違いという問題があるわ」とガリンダ。「あなたはマンチキン人だったわね。わたしはギリキン人よ。わたしは同じギリキン人と結婚しなくちゃいけないの。それしか道はないのよ、残念だけど」そこでガリンダは扇を下げ、手を上げてボックの抗議をさえぎった。「それに、あなたは農民で農業専攻でしょ。わたしはオズマ・タワー卒の政治家か銀行家がいいの。これが現実よ。それに」とガリンダ。「あなたは背が低すぎる」

「この人がこんなふうに慣習を破ってここまで来たことについてはどう思う？　このおばかさんぶりは、どう？」とエルファバ。

「もう話すことはないわ」とガリンダ。「ここまでにしましょう、ミス・エルファバ」

「ちょっと待って、きみは自分のことを決めつけすぎだよ」とボック。「大胆に言わせてもらうと」

「どこが大胆なの」とエルファバ。「あなたの大胆さなんて、出がらしの葉で入れたお茶みたいなものじゃない。そんなに押しが弱いと、わたしの面目丸つぶれ。ほら、何かおもしろいこと言ってよ。こんなことなら、礼拝堂へ行ってたほうがましだった」

「邪魔しないでくれ」とボック。「ミス・エルフィー、ミス・ガリンダに僕に会うよう勧めてくれたことは感謝してる。でも、二人きりで話をさせてくれないかな」

「二人きりだと、あなたたち、お互いが何を言ってるのかさえ理解できないでしょ」エルファバは静かに言った。「わたし、育ちは違うけど、とりあえず生まれはマンチキンだし、自分で選んだわけではないにしろ、たまたま女の子でもある。あなたたちの仲裁者になるために生まれてきたようなものじゃない？　わたしなしでうまくやれるとは思えない。実際、わたしがいなくなったら、お互いが何を言ってるのかさっぱりわからなくなるに決まってる。この子は金持ち語を話すし、あなたはガチガチの貧乏人言葉を話すでしょ。それに、わたしはこの見もののために、ミス・ガリンダを三日かけてやっと口説き落としたんだから。見る資格はあるはず」

「ここにいてくれたほうが助かるわ、ミス・エルファバ」とガリンダ。「男の人といるときは、付添いが必要でしょ」

「ほらね？」エルファバがボックに言う。

「どうしてもここにいるって言うんなら、とにかく僕に話をさせてくれよ」とボックは言った。「ほんの数分でいいから、僕の話を聞いてくれないか、ミス・ガリンダ。きみの言うとおりだ。きみは名門のお嬢さんで、僕は平民だ。きみはギリキン人で、僕はマンチキン人。きみにはきみの社会のしきたりがあるし、僕にもある。それに、僕の社会のしきたりからすれば、金持ちで、他郷の生まれで、そんなに高望みをしている女の子と結婚するなんて考えられない。僕がここへ来たのは、結婚を申し込むためじゃないよ」

「ほうら、帰らないでよかった。おもしろくなってきたじゃない」とエルファバ。だが、二人から同時ににらまれて、慌てて口を閉じた。

「時々会ってくれないかと頼むために来たんだ。それだけなんだよ」とボック。「友達として会ってほしい。将来のことは考えず、よき友達として、お互いのことを知り合いたいんだ。きみの美しさに惹かれていることは否定しないけど。きみは闇の季節に浮かぶ月、この世を照らす木の果実、天空を舞う不死鳥——」

「まるで予行練習してきたみたい」とエルファバ。

「きみは神話の海」と、すべての希望を賭けてボックは締めくくった。

「詩のことはよくわからないけど」とガリンダ。「でも、あなたっていい人ね」称賛を捧げられ、少し気をよくしたようだ。ともかく、扇の動きは速くなっている。「あなたの言う友情って、どんなものなのかしら、マスター・ボック。わたしたちぐらいの年頃の結婚前の男女の友情なんて。落ち着かないわ。厄介なことになりそうな気がする。特に、わたしに対する気持ちを告白されてしまってはね。わたしがそんな気持ちになることはありえないもの。百万年かかってもね」

「今は、向こう見ずに何でもやってみる時代なんだよ」とボック。「僕たちには今しかないんだ。今のことだけ考えていればいい。僕たちは若くて、生きてるんだよ」

「生きてるって、この場にはあまりそぐわないんじゃない？」とエルファバ。「お芝居のせりふみたい」

ガリンダは扇をさっと閉じると、エルファバの頭をコツンと叩き、再び鮮やかに開いた。その手馴れた優雅な仕草に、ボックとエルファバのみならずガリンダ自身も感心したようだ。「あなた、うるさいわよ、ミス・エルフィー。一緒にいてくれるのはありがたいけど、そういちいち意見を言わなくていいのよ。マスター・ボックの詩の価値ぐらい、自分で判断できるわ。それより、この人のばかげた意見について、ちょっと考えさせて。ああ、天にましますラーライン様、これじゃ何を考えてるのか自分でもわからなくなっちゃう！」

かんしゃくを起こしたガリンダはなおさら美しい、とボックは思った。昔のことわざは本当だったのだ。女の子について、こんなにたくさんのことがわかるようになるなんて！ガリンダの手から扇が落ちそうになっている。これはよい兆候なのだろうか？　もしガリンダが僕に愛情を感じていないというのが本当なら、僕が厚かましく期待していたよりも少しだけ襟ぐりが開いたドレスを着てくるだろうか？　それに、バラの香水までつけている。まだ見込みはあるぞ。そう思うと、彼女の肩と首との境目に口づけをしたいという気持ちがこみあげてきた。

「あなたのいいところは」とガリンダが言っている。「そうね、勇敢よね。それに、こんなことを考えつくなんて、頭がいいと思う。もしマダム・モリブルに見つかったら、わたしたち、どんな目にあうかわからないのに。でも、そのことは知らなかったでしょうから、勇敢というのは取り消すわ。頭がいいだけにしておきましょう。あなたは頭がよくて、そして、ええと、見た目は——」

「ハンサム？」とエルファバがけしかける。

「おもしろいわね」ガリンダはあっさりと言った。「颯爽としてる？」

ボックは表情を曇らせた。「おもしろい？」

「わたしなら、おもしろいって言われるためなら何でもするけど」とエルファバ。「わたしの場合、せいぜいぐっとくるって言われれば大満足。そう言われるときって、たいてい胃がぐっときて吐き気がするって意味らしいけど——」

「きみの言ったことは、全部当たってるかもしれないし、まったく当たってないかもしれない」ボックはきっぱりと言った。「でも、そのうち、僕が粘り強いってことはわかると思う。僕たちの友情の件については、ノーとは言わせないよ、ガリンダ。きみと友達になることは、僕にとってすごく大切なことなんだ」

「ほら、オスの獣がジャングルの中でつがいを求めて吠えてる」とエルファバ。「メスの獣は茂みの後ろでくすくす笑ってるくせに、とりすました顔で『あら、何かおっしゃいましたか？』って聞くの」

「エルファバ！」二人が同時に叫ぶ。

　そのとき、後ろから「まあ、なんてこと！」と声がして、三人はいっせいに振り向いた。声の主は、縞柄のエプロンをつけた中年のアマだ。薄くなりかけた白髪まじりの髪を、頭の後ろでねじって団子に結っている。「こんなところで何をやってるんです？」

「アマ・クラッチ！」とガリンダ。「どうしてわたしがここにいるってわかったの？」

「〈シマウマ〉の料理人が、何やらひそひそ話し声がするって教えてくれたんですよ。まったく、人の目をふし穴だと思っているんですか。で、この方は誰です？　まるでぱっとしない人ですね」

　ボックは立ちあがった。「マンチキンのラッシュ・マージンズ出身、マスター・ボックといいます。ブリスコウ・ホールの学生で、もうすぐ三年になります」

　エルファバがあくびをする。「もう見世物は終わり？」

「まあ、なんてことでしょう！　お客様なら菜園から入ったりしませんから、そちらから押しかけてきたというわけですね。さっさと出ていってくださいな。さもないと守衛を呼んで、つまみ出してもらいますよ！」

「もう、アマ・クラッチったら、騒ぎ立てるのはよしてちょうだい」ガリンダがため息をついて言う。

「そんなに心配しなくても、この人はまだ子供よ」とエルファバが指摘する。「見てよ。まだひげも生えてない。このぶんならきっと――」

ボックは慌てて口を挟んだ。「こんなことするんじゃなかった。罵倒されるためにここへ来たんじゃない。ミス・ガリンダ、きみを楽しませることすらできなかったのなら謝るよ。それから、ミス・エルファバ」できるだけ冷たい声で言う。自分でも聞いたことのないほどの冷ややかな声だ。「きみの好意を信じたのは間違いだった」

「まあ、見てて」とエルファバ。「わたしの経験からすると、本当に物事が間違っていたかどうかなんて、ずっとあとになるまでわからないんだから。とりあえず、近いうちにもう一度来ることにすれば？」

「こんなこと、二度とさせませんよ」とアマ・クラッチが言い、固まったセメントのようにじっと座っているガリンダを引き寄せた。「ミス・エルファバ、こんな破廉恥なことをけしかけるなんて、恥を知りなさい」

「ちょっとふざけただけじゃないの。そりゃ、悪ふざけだったかもしれないけど」とエルファバ。「ミス・ガリンダ、あなたもずいぶん頑固だね。菜園に根を生やして、またこうして男子が訪ねてきてくるのを永遠に待ってるつもり？　あなただってまんざらでもなかったんでしょ？　それとも、わたしの勘違いだった？」

ついにガリンダが、なんとか落ち着きを取り戻して立ちあがった。「親愛なるマスター・ボック」まるで口述するように話しはじめる。「最初から言っているように、わたしへの気持ちはどうぞあきらめてください。それが恋心であれ、あなたの言う友情であれ。でも、あなたを傷つけるつもりはなかったんです。わたしはそんな人間ではありません」これを聞いて、エルファバがあきれたというように目をくるりとまわしたが、今回は口を閉じていた。おそらくアマ・クラッチが肘に爪でも立てたのだろう。「二度とこのような形でお会いするつもりはありません。アマ・クラッチが言ったように、わたしには似つかわしくないことですわ」アマ・クラッチははっきりそう言ったわけではないが、それでも厳しい顔でうなずいている。「でも、礼儀にかなった状況でお会いすることがあれば、マスター・ボック、少なくとも無視するなどという無礼なことはいたしませんわ。それでご満足していただけますわね？」

「満足なんてできないよ」ボックは微笑みながら言う。「でも、そこから始めよう」

「それでは、おやすみなさいませ」アマ・クラッチが全員を代表して言い、娘たちをせきたてた。「どうぞよい夢を、マスター・ボック。もう二度と来ないでくださいね！」

「ミス・エルフィー、あなたってひどい人ね」とガリンダが言うのが聞こえた。エルファバがくるりと振り向き、手を振りながらにやりと笑ったが、それがどういう意味なのかボックにはわからなかった。

3

そして、夏が始まった。とりあえず試験には合格したので、ボックは好きなようにブリスコウ・ホール最後の一年の計画を立てることができた。毎日スリー・クイーンズの図書館に出向き、古文書責任係の巨大な〈サイ〉の監視の下、明らかに千年以上閲覧されたことがない古写本の手入れをした。〈サイ〉が部屋にいないときは、両隣の学生とたわいのないおしゃべりをする。二人は典型的なクイーンズの学生で、律儀なところがある一方、おふざけ好きで、噂話を矢継ぎ早にまくしたてたり、一般人にはわからない難解な話をしたりした。機嫌がいいときの二人と一緒にいるのは楽しいのだが、不機嫌なときは関わりたくなかった。クロープとティベット。ティベットとクロープ。二人の悪ふざけや卑猥な話が度を超したときには、ボックは困惑したふりをした。週に一度はそんなことがあったが、二人はすぐに態度を改めてくれた。午後になると、三人でよくチーズサンドを持って自殺運河（スーサイド・カナル）の土手に行き、白鳥を眺めた。夏季練習で運河を上ったり下ったりしている屈強なボート部の学生たちを見て、クロープとティベットは興奮のあまり気を失い、草の上にうつぶせに倒れた。そんな二人がほほえましくて、ボックは声をあげて笑った。そして、運命が再びガリンダを自分とめぐり合わせてくれる日を待った。

実際のところ、たいして長くはかからなかった。菜園での密会から三週間ほどたった、とある風の強い夏の朝、小さな地震があった。スリー・クイーンズの図書館にちょっとした被害が出て、その修理のためにしばらく建物への立ち入りが禁止された。それで、ティベットとクロープとボックは、売店でサンドイッチを買い、紅茶をガラスのコップに入れてもらってから、運河に出かけ、草の茂った土手のいつもの場所に腰を下ろした。すると十五分後、アマ・クラッチがガリンダとあと二人、女子学生を連れてやってきたのだ。

「たしか、前にも一度、お会いしましたわね」とアマ・クラッチ。ガリンダは遠慮がちに一歩後ろに立っている。こういう場合、互いに挨拶を交わせるように、相手グループの知らない人の名前を聞き出すのは召使いの役目だ。ガリンダ様、シェンシェン様、ファニー様にお目にかかりますのは、ボック様、クロープ様、ティベット様でございます。紹介し終わるとアマ・クラッチは二、三歩下がり、若者たちが言葉をかけ合うのを見守った。

ボックがさっと立ちあがって軽くお辞儀をすると、ガリンダが言った。「では、お約束どおり、マスター・ボック。ご機嫌いかが？」

「元気だよ、ありがとう」とボック。

「桃のように熟れてるよ、こいつ」とティベット。

「ほんとに美味(うま)そうだな。この角度から見ると」一メートルほど後ろに座っているクロープも言った。だが、ボックが振り向いて怖い目でぎろっとにらんだので、二人はしゅんとなり、ふくれっ面をしてみせた。

「きみは？　ミス・ガリンダ」ボックは、ガリンダの整った顔をのぞきこんだ。「元気？　夏にシズできみに会えるなんて、すごくうれしいよ」だが、これは失言だった。上流階級の娘は、夏休みは帰省する。だから、ギリキン人のガリンダは、マンチキン人や平民のようにここに残っていることを、気に病んでいるにちがいないのだ！　ガリンダは扇を持ちあげ、目を伏せた。ミス・シェンシェンとミス・ファニーがそっと肩に触れ、同情の意を示す。だが、黙って引っこむようなガリンダではなかった。

「こちらのお友達、ミス・シェンシェンとミス・ファニーが、夏の盛りの一カ月間、チョージ湖畔に家を借りるの。ネバーディル村の近くの、小さな素敵なお家よ。それで、退屈な長旅をしてパーサ・ヒルズへ帰るのはやめて、そこで休暇を過ごすことにしたの」

「それはいい気分転換になりそうだね」ボックはガリンダに見とれていた。マニキュアを塗った爪の曲線、暗い色をしたまつげ、釉薬(うわぐすり)をかけたようなつやのある柔らかい頬、唇の上にある繊細な肌のくぼみ。夏の朝の光を受けて、ガリンダは危険なまでに美しさを増し、見る者を酔わせた。

「しっかりしろ！」とクロープが言い、慌ててティベットと一緒に立ちあがると、両側からボックの肘を支える。ボックは、なんとか息をすることは思い出したが、それ以上何も言うことが思い浮かばなかった。アマ・クラッチが手提げかばんを両手で持ってぐるぐるまわしている。

「そうそう、僕たち、仕事を見つけたんだよ」とティベットが助け舟を出した。「スリー・クイーンズの図書館で、文献の整理をしてるんだ。文明の掃除人ってとこかな。きみはアルバイトをしているの、ミス・ガリンダ？」

「そんなわけないじゃない」とガリンダ。「勉強ばっかりだったから、ちょっと息抜きしたいの。この一年、本当に大変だったんだもの。わたしの目は、まだ読書疲れから回復していないのよ」

「きみたち二人はどう？」とクロープが、驚くほどほどなれなれしい口調で尋ねた。しかし、二人の娘はくすくす笑っているだけで答えず、後ずさりしていく。この出会いは友達のもので、自分たちのものではないのだ。落ち着きを取り戻したボックは、女子たちがそろそろ歩き出そうとしているのを感じ取った。「そうだ、ミス・エルフィーは？」と言って引きとめようとする。「きみのルームメイトはどうしてる？」

「頑固で扱いにくいわ」ガリンダはとげとげしく言った。今までの社交用のかぼそいささやき声ではなく、普通の声で。「でも、ありがたいことに、あの人何か仕事を見つけたみたい。これでわたしも少し息を抜けるわ。ディラモンド先生の助手として、実験室と図書館で働いてるんですって。ディラモンド先生をご存じ？」

「ディラモンド先生？　ご存じも何も。シズ大学で最も偉大な生物学の先生だよ」

「でも、〈山羊〉だわ」とガリンダ。

「そうだね。僕たちもディラモンド先生に教えてもらえたらなあ。うちの教授たちも、先生の非凡さを認めてるよ。ずいぶん前の話だけど、確か摂政オズマ（オズマ・リージェント）の治世中、それにその前からも、毎年ブリスコウ・ホールに招かれて講演をしていたはずだ。だけど、規制が厳しくなって、それもできなくなった。だから、僕はまだ先生に会ったことがないんだ。去年、詩の朗読会でちらっとだけ姿を見ることができて、うれしかったなあ」

「でも、あの先生のおしゃべりときたらもう、のべつ幕なしで」とガリンダ。「優秀かもしれないけど、わたしたちが退屈しているのに、ちっとも気づいてくれないのよ。それはともかく、ミス・エルフィーはあれやこれやと、忙しそうに働いてるわ。あの子も、のべつ幕なしって感じ。こういうのって、伝染するのね！」

「なんたって実験室だもんな。何でも増殖するんだよ」とクロープ。

「そりゃそうだ」とティベット。「ところで、ボックがまくしたてたとおり、きみってほんとにきれいだね。てっきり、ボックが愛情不足と肉体的な欲求不満から生み出した妄想かと――」

「わかっただろう」とボック。「きみのミス・エルフィーと僕の悪友たちに囲まれたら、友情なんてまったく期待できない。いっそ決闘でもやって、殺し合ってみるかい？　十歩数えて、振り向き、ズドーン。そうすれば、ずいぶん手間が省けるよ」

だが、ガリンダはこのような冗談を快く思わなかった。そっけなくうなずくと、運河に沿ってカーブした砂利道を仲間とともに歩きはじめた。ミス・シェンシェンが、低い弾んだ声で、「ねえねえ、あの人ってかわいいのね。おもちゃみたいじゃない」と言うのが聞こえる。

声がだんだん遠くなっていき、ボックはクロープとティベットをののしろうと振り返った。ところが二人はボックをくすぐりはじめ、三人一緒に昼食の残り物の上に倒れこんだ。この二人が変わるとはとうてい思えない。ボックは二人を正してやりたいという気持ちを捨て去った。それにミス・ガリンダがまったく相手にしてくれない以上、こいつらが子供っぽくからかってこようがこまいが、たいして違いはないじゃないか。

それから一、二週間あと、午後の仕事が休みになったので、ボックは駅前広場へ出かけ、売店で品物を物色しながらぶらぶらしていた。タバコ、恋のお守りの代用品、女性が服を脱いでいる淫らな絵。それに、巻物。燃えるような夕焼けが描かれ、士気を高める一行メッセージがいくつも書かれている。「ラーラインは一人一人の心の中に生き続けている」「オズ陛下の法を守れ、そうすれば法があなたを守る」「正義の女神があまねくオズを行脚（あんぎゃ）したもうことを、名もなき神に祈る」異教、権威主義、古くさいユニオン教のスローガンなど、さまざまだ。

だが、明らかに王党派支持を打ち出したスローガンはひとつも見当たらない。オズの魔法使いが摂政オズマ（オズマ・リージェント）から権力の座を奪ってからというもの、王党派は十六年間という辛苦の年月を、身を潜めながら過ごしている。オズマの家系はもともとギリキン人だから、魔法使いに抵抗を続ける集団がここギリキンの地に存在しても不思議ではない。だが実際のところ、ギリキンは魔法使いの治世の下で繁栄をきわめているため、王党派は沈黙を守っていた。しかも、裏切り者や革命分子には厳罰が与えられるという噂まで流れている。

ボックはエメラルド・シティで発行された新聞を買った——数週間前に出たものだが、このところ新聞の刊行がなく、これが最新号だった。そして、カフェに入って腰を下ろした。エメラルド・シティ防衛軍が、宮廷の庭で反対運動を繰り広げる〈動物〉の活動家たちを鎮圧したという記事があった。地方のニュースを探すと、マンチキンで干魃に近い状態が続いていると、申し訳程度に書かれていた。マンチキンでは時折激しい雷雨が地面を水浸しにするが、水は流れてしまうか、粘土の中へ染みこんでしまって役に立たない。ヴィンカス地方の地下にまだ見つかっていない地底湖があり、その水源があればオズ全体に水が供給できるという。だが、国中に運河をめぐらせるというアイデアは一笑に付された。そんな費用がどこにある！　この問題をめぐっては、総督派とエメラルド・シティの間に大きな意見の隔たりがあった。

オズからの分離独立。ボックの頭に扇動的な考えがよぎる。ふと顔を上げると、エルファバがアマも連れず、一人で立ってボックを見下ろしていた。

「思わず見とれちゃった、ボック」とエルファバ。「恋に悩んでいるときよりずっとそそられる顔つきだった」

「ある意味、恋かも」とボックはつぶやいた。そこではっと我に返り、慌てて立ちあがる。「よかったら掛けないか。付添いなしでも気にしないなら」

エルファバは椅子に座った。少し元気がないようだ。ボックはエルファバのためにミネラル茶を注文した。エルファバは、茶色の紙とひもで包まれた荷物を脇に抱えている。

「妹のために小物を買ってきたの」とエルファバ。「ミス・ガリンダと同じで、きれいな物を身につけるのが好きだから。バザーでヴィンカス製のショールを買ってきた。黒地に赤いバラの模様で、黒と緑の房飾りがついてる。妹に送ってやるの。アマ・クラッチがわたしに編んでくれた縞柄の長靴下も一緒にね」

「きみに妹がいるなんて、知らなかった。妹さんも遊び仲間の中にいたのかな」

「妹は三つ年下なの」とエルファバ。「もうすぐクレージ・ホールにやってくる」

「きみみたいに厄介な人なの？」

「別の意味で厄介な子だよ、ネッサローズは。体が不自由で、とても手がかかる。マダム・モリブルもまだ詳しいところまでは知らないんだ。でも、妹が来る頃にはわたしも三年生になるから、学長に立ち向かう度胸もついてるはず。ネッサローズをつらい目にあわせる人がいたら、ただじゃおかない。これまでだって、十分つらい目にあってきたんだから」

「今はお母さんが世話をしているの？」

「母は亡くなったの。父が面倒をみてる、表向きはね」

「表向きって？」

「父は信仰に凝りかたまった人だから」とエルファバは言い、手のひらを合わせてぐるぐるまわす仕草をした。石臼をどれだけまわそうと、穀物を入れなければ小麦粉など出てきっこない、とでも言うように。

「きみの家も大変そうだね。お母さんはどうして亡くなったの？」

「お産で死んだの。さあ、インタビューはもうおしまい」

「ディラモンド先生のことを教えて。先生の下で働いてるんだろう」

「氷の女王ガリンダのハートを射止めるために、どんなおもしろい作戦を実行してるのか、教えて」

ボックは本当はディラモンド教授のことを聞きたかったのだが、エルファバのこのひと言で脱線してしまった。「僕はあきらめないよ、エルフィー、絶対に！　ミス・ガリンダの姿を見ると、恋しくて胸がいっぱいになる。血が沸騰しそうになるんだ。何も言えなくなって、幻想みたいなことばかり考えてしまう。まるで夢を見てるようなんだ。夢の中を漂ってるような感じ」

「わたしは夢なんか見ない」

「ねえ、少しぐらい希望はあるかな。あの人は何て言ってる？　僕に対する気持ちが変わるかもしれないって、想像ぐらいしてない？」

エルファバは両肘をテーブルについて座っている。顔の前で両手を組み、人差し指の先を合わせて、灰色がかった薄い唇にくっつけている。「あのね、ボック、驚いたことに、わたしもガリンダを好きになってきた。あの子、自分が大好きで夢見がちなところがあるけど、ちゃんと物事を考えようともしてる。実際、いろんなことを考えてる。だから、頭がきちんと働いているときに、うまく誘導すれば、あなたのことを考えてくれるかもしれない——しかも、好意を持ってね。いい、もしかしたらの話だけど。でもどうかな。いつもの女の子、つまり、毎日二時間かけてあの美しい髪を巻いてる女の子に戻ってしまったら、考えるガリンダは内なる小部屋に入って、ドアをぴしゃりと閉めてしまう。それか、考えていることが自分の手に負えなくなって、ヒステリーを起こして退却するか。わたしはどっちのガリンダも大好き。彼女を好きになるなんて、変な感じだけど。できるものならわたしだって自分自身をどこかに置いてきたいけど、どうすればいいかわからないんだよね」

「きみは彼女に厳しすぎるんじゃないかな。それに、お節介がすぎるんだよ」とボックはきつい口調で言った。「もしここにミス・ガリンダがいて、きみが言いたい放題言うのを聞いたら、びっくりするだろうな」

「わたしはただ、友人らしく振る舞おうとしてるだけ。確かに、修業が足りないのは認めるけど」

「僕に対する友情も疑っちゃうよ。きみがミス・ガリンダのことも友人だと考えていて、本人のいないところでこんなふうに友人をこきおろすのならね」

　ボックは苛立ってはいたが、これまでガリンダとありきたりの会話を交わしたときより、今のほうがずっとわくわくしているのを感じた。批判ばかりしてエルファバを怒らせたくない。「もう一杯、ミネラル茶をおごるよ」と有無を言わせぬ口調で言う。実は、父の口調をまねしたのだ。「それで、ディラモンド先生のことを教えてほしいんだけど」

「お茶はいらない。まだ残ってるから。それに、あなたもわたしと同じで、余分なお金なんて持ってないんでしょ」とエルファバ。「でも、ディラモンド先生のことなら教えてあげる。ただし、わたしの言うことにいちいち目くじらを立てないならね」

「頼むよ、僕が悪かった。ほら、今日はいい天気だし、大学からは離れてる。そういえば、どうやって一人で出てきたんだ？　マダム・モリブルが外出を許可したの？」

「どうしたと思う？」エルファバはにやりと笑った。「あなたが菜園と厩舎の屋根を通ってクレージ・ホールに出入りできるなら、わたしにもできるはずだと思ったの。わたしがいなくなったって、どうせ誰も気にしない」

「信じられないな」ボックは思いきって言った。「だって、きみは木造の建物に溶けこみそうには見えないんだもの。さてと、ディラモンド先生のことを話してよ。先生のこと、すごく尊敬してるんだ」

エルファバはため息をつくと、ようやく小包をテーブルの上に置き、長話に備えて座り直した。まず、ディラモンド教授が取りかかっている、自然界の本質に関する研究について話した。教授は、動物の体の組織と〈動物〉の体の組織、そして〈動物〉の体の組織と人間の体の組織との根本的な違いを、科学的方法で明らかにしようとしている。エルファバも使い走りの仕事をしてみてわかったのだが、このテーマに関する文献は、ユニオン教的、あるいはユニオン教以前の異教的観点から説明しているものばかりで、まだ科学的な解明がされていない。「思い出して。シズ大学はもともとユニオン教の修道院だったでしょ」とエルファバ。「だから、大学内の教養あるエリートの間には何でもありの気風があるけど、それでも根底にはまだユニオン教的偏見が残ってる」

「だけど、僕もユニオン教徒だよ」とボック。「でも、べつに矛盾は感じないな。名もなき神は人間だけじゃなく、それ以外のさまざまな生き物にも慈悲を与えてくださる。きみが言ってるのって、初期ユニオン教のパンフレットに盛りこまれた、〈動物〉に対するごく些細な偏見のこと？　その偏見は今も存在していると？」

「ディラモンド先生は明らかにそう考えてる。でも、先生自身もユニオン教徒なんだよ。この矛盾をすっきり説明してくれたら、わたしも喜んで改宗するのに。わたしは〈山羊〉先生を心から尊敬してる。でも、わたしが本当に関心をもってるのは、政治的観点なの。

もし先生が生物学上の構造をいくつか調べて、人間の肉体と〈動物〉の肉体は、目に見えない深いところでは何の違いもないと証明できれば――あるいはここに動物の肉体を加えてみてもいい。この三者の間で何の差異もないとわかれば――わたしが言おうとしてること、わかるでしょ？」

「いや」とボック。「わからないな」

「人間と〈動物〉の間には本来、何の違いも存在しない。そのことをディラモンド先生が科学的に証明できたら、動物移動禁止令は支持されなくなるはず」

「それはまた、とんでもなく楽観的な未来予想だな」とボック。

「考えてみて、ボック」とエルファバ。「どんな根拠があって、魔法使いはこんな禁止令を出し続けられるっていうの？」

「どうやって魔法使い陛下を説得して撤回させるっていうのさ？　陛下はすでに承認会議を無期限に解散してしまっている。反論を受け入れるとは思えないよ、エルフィー。たとえ、ディラモンド先生のような高名な〈動物〉が提言したとしてもね」

「でも、反論を受け入れるべきでしょ。権力者なんだから。自分の認識が間違っていないかどうか考えるのも仕事のはず。ディラモンド先生は、証明ができたら魔法使いに手紙を書いて、法律改正のための陳情運動を始めるんだって。あらゆる手を尽くして、国中の

〈動物〉たちに自分の意図を知らせるはず。先生はばかじゃない」

「僕はなにも、ばかだなんて言ってないよ。でも、確かな証拠は見つかりそうなの？」

「わたしはただの使い走りの学生だから」とエルファバ。「先生の意図さえ、理解できない。わたしは秘書で、口述筆記をしてるだけ。ほら、先生は自分で字が書けないでしょ。蹄ではペンが持てないから。わたしの仕事は、口述筆記をして書いたものを綴じることと、クレージ・ホールの図書館へ駆けこんで調べ物をすること」

「その種の資料を探すなら、ブリスコウ・ホールの図書館のほうがいいと思うよ」とボック。「スリー・クイーンズでもいいと思う。この夏休み、あそこで働いてるんだけど、修道士が動物と植物の生態を観察した記録を納めた書架があるよ」

「そりゃ、わたしはちょっと見かけが普通じゃないけど」とエルファバ。「一応は女の子だから、ブリスコウ・ホールの図書館には入れない。同じくディラモンド先生は〈動物〉だから、少なくとも今は入れない。つまり、その貴重な資料は、わたしたちには使用不可能ってわけ」

「じゃあ」ボックはさりげなく言った。「どういう資料が必要か正確にわかってるんだったら……僕はどちらの書架にも出入りできるからさ」

「そうだ、先生が〈動物〉と人間の違いを解明し終えたら、同じことを男女の違いに適用してみたらどうですかって提言してみよう」とエルファバは言った。それからはっと、ボックが何を言ったか理解し、彼に触れそうなくらいまで手を伸ばした。「ああ、ボック。ボック。ディラモンド先生に代わって、ありがたくあなたの寛大な申し出をお受けします。一週間以内に、最初のリストを渡すね。わたしの名前は出さないで。わたしだけなら、どんなに恐るべき（ホリブル）モリブルが怒り狂ってもかまわないけど、妹のネッサローズにとばっちりがいくのはいやだから」

エルファバはお茶を飲み干すと、包みを取りあげ、ボックが立ちあがるのも待たずに飛び出していった。新聞や小説を読みながらゆっくりお茶を楽しんでいた客たちが顔を上げ、緑色の娘がドアを押して出ていくのを見ている。ボックは椅子に座り直した。自分が何に首を突っこむことになったのかまだよく理解していなかったが、ここで朝のお茶を楽しむ〈動物〉が今朝はいないことに、ゆっくりと、だがはっきりと気づいた。一匹として〈動物〉の姿は見られなかったのだ。

4

ボックは今後の人生において――実際長生きすることになるのだが――この夏このあと

に起こった出来事を、古代の手書き文字が踊る古い本のかびのにおいとともに思い出すことだろう。かび臭い書架で一人で探し物をして、上等皮紙の写本がぎっしり詰まったマホガニーの引き出しの前に張りついて調べ物をした。夏の間中、しとしとと雨が降り続き、ブルーストーンの枠にはめこまれたひし形の窓ガラスが、砂のようにもろくて煩わしい雨粒で何度も曇った。この雨も、マンチキンには届かないだろう。だが、そのことは考えないようにした。

ディラモンド教授の調べ物のために、クロープとティベットも駆り出された。変装して図書館を襲撃しようという二人の企てを、まずはあきらめさせねばならなかった——スリー・クイーンズ学生演劇舞踏クラブの物置部屋に、鼻眼鏡や、髪粉をつけたかつら、高い襟のマントなどがぎっしり収納されているのだ。だが、自分たちの任務の重大さがわかると、クロープとティベットはやる気をみなぎらせて取り組みはじめた。週に一度、二人は駅前広場のカフェでボックとエルファバに会った。例によって霧のような雨が降り続いた数週間、エルファバはフードつきの茶色のマントに全身を包み、ヴェールから目だけをのぞかせて現れた。手には擦りきれた灰色の長い手袋をしていて、地元の葬儀屋から葬式に使ったものを安く手に入れたのだと自慢げに説明した。さらに、竹竿のような脚には、二枚重ねた綿のストッキング。このいでたちのエルファバを初めて見たとき、ボックは言った。「クロープとティベットを説得して、なんとかスパイごっこをやめさせたと思ったら、今度はきみが本物のカンブリシアの魔女みたいな格好でやってくるなんて」

「あなたたちに好かれる格好をする気なんてない」エルファバはそう言いながらマントを脱ぎ、濡れた毛織の生地が体に触れないよう、裏返しにしてたたんだ。カフェに入ってきた客が傘を振って水気を払おうとするたびに、エルファバは身をすくめ、飛び散った雨のしずくがかかりはしないかとおびえるのだった。

「エルフィー、そこまで濡れるのをいやがるのは、宗教的信念なの？」とボックは尋ねる。

「前にも言ったけど、わたしには宗教ってものが理解できないの。信念という概念なら、やっとわかりだしたところだけど。ともかく、真の宗教的信念を持ってる人って、ただの宗教の囚人じゃないの？　どこかへ閉じこめておけばいい」

「それゆえに」とクロープが言う。「きみは水という水をいやがるんだね。きみは気づいていないだろうが、洗礼の水しぶきを象徴してるのかもしれない。となると、何の宗教に対しても、不可知論者として自由に意見を言えなくなるね」

「あなた、自分のことしか考えてないわりには、よくわたしの宗教病に気づいたね」とエルファバ。「さて、今日はどんな収穫があった？」

毎回ボックは、ガリンダもこの場にいればいいのにと思った。この数週間でみんなの間に仲間意識が育まれ、それがとても新鮮に感じられたのだ。気楽でウィットに富んだ仲間の見本のようだ。これまで守ってきた慣習に反して、敬称も使わない。互いに会話に割りこみ、笑い合う。秘密の任務を担っている自分たちが大胆で重要な人間のように感じられた。クロープとティベットは、〈動物〉や禁止令のことにはほとんど関心がない。二人ともエメラルド・シティの出身で、それぞれ収税吏と宮廷警備顧問の息子だ。だが、この任務に対するエルファバの熱い信念が、二人にやる気を起こさせ、ボック自身もさらにのめりこんだ。ガリンダも仲間に加わったら——ボックは想像してみた。上流階級特有の慎みを捨て、秘密の目的を分かち合う喜びに目を輝かせているガリンダを。

「わたし、自分はあらゆる形の情熱を知ってると思ってた」ある晴れた日の午後、エルファバが言った。「つまり、ユニオン教の牧師を父親に持って育つと、神学こそあらゆる思考と信念の基本だと思うようになるの。でも、聞いて！　今週ディラモンド先生が、とてつもない科学的発見をしたんだよ。よくわからないんだけど、レンズを使うみたい。それも二枚。透明なガラスの上に細胞の組織を置いて、後ろからろうそくの炎で照らして、レンズ越しに観察するの。先生は口述を始めると、とても興奮してきて、発見したものを歌にして歌いだした。目にしたものをアリアにしちゃったんだよ！　有機物の構造、色、基本的形態については、レチタティーボで語りかけるように歌った。といっても〈山羊〉だから、紙やすりでこするような、とんでもない声だったけど。でも、その歌い方といったら！　注釈はトレモロで声を震わせながら、解釈はヴィブラートをかけて、推論は音を伸ばすソステヌートで、輝かしい発見を朗々と歌いあげたの！　きっとほかの人にも聞こえてたと思う。それでわたしも作曲科の学生みたいに、先生のノートを読みあげながら一緒になって歌っちゃった」

この発見に気をよくした教授は、もっと集中して文献を探すよう要請してきた。今回の大発見については、政治的に最も有利に発表できる方法が見つかるまでは公表しないらしい。夏の終わりにかけて、エルファバたちは、〈動物〉と動物がどのように創造され、区別されていったかに関するラーライン信者や初期ユニオン教の論文を探しまわった。「ユニオン教修道士、それに異教の僧や尼僧たちのように、まだ科学を知らない人々が、どんな科学的理論を持っていたかを明らかにしようってわけじゃないの」とエルファバは説明した。「そうじゃなくて、ディラモンド先生は、わたしたちの祖先がこの問題をどう考えていたかを明らかにしたいと思ってる。昔の敬虔な宗教家たちがこの問題をどう解釈していたかわかれば、不当な法律を押しつける権利が魔法使いにあるのかどうか、問題提起しやすくなるでしょ？」

それは興味深い作戦だ。

「形式はさまざまだけど、『オジアッド』以前から存在した原始神話がいくつかあるよね」ティベットが金色の前髪を芝居がかった仕草でかきあげながら言う。「最も筋が通ってるのが、伝説上の妖精の女王ラーラインの旅の神話だ。空中を旅するのに疲れたラーラインは砂漠に降り立ち、乾いた砂丘の地中深く隠れていた水源に呼びかけた。水は呼びかけに応じ、たちまちオズの国中から水が豊富に湧き出した。水をたっぷり飲んだラーラインはすっかり酔っ払って、ランシブル山の頂上で長い眠りについた。そして目を覚ましてから、大量に放尿した。それが広大な大ギリキン森林地帯をめぐり、ヴィンカスの東端をかすめてレスト湖に流れこむギリキン川となった。動物は陸生生物(テリカラス)だから、ラーラインやその従者たちより位が下だった。そんな目で見ないでくれよ。陸生生物(テリカラス)の意味ぐらい知ってるさ。ちゃんと調べたんだから。陸上あるいは地上近くで生きるものって意味だろ。

動物は、植物の生い茂る土壌から取ってきた土を丸めて創られた。ラーラインが放尿したとき、動物たちは荒れ狂う流れを洪水だと思い、パニック状態になった。自分たちの新しい世界が水浸しになってしまう、このままじゃ死んでしまう。そう思った動物たちは急流に飛びこみ、ラーラインの尿の中を懸命に泳いだ。このときに怖気(おじけ)づいて岸に戻ったものは動物のままとどまり、重荷を背負わされたり、食用になるために殺されたり、狩りの獲物として追われたり、財産とみなされたり、無垢(むく)な生き物として愛でられたりすることになった。一方、流れを泳ぎきって向こう岸にたどり着いたものには、意識と言葉という贈り物が与えられたっていうわけさ」

「なんともすばらしい贈り物だね。自分の死を意識できるようになるなんて」とクロープがつぶやいた。

「こうして〈動物〉が誕生した。最古の歴史をさかのぼるかぎり、動物と〈動物〉を分かつのは伝統的因習ってわけだ」

「おしっこの洗礼とはね」とエルファバ。「〈動物〉の能力を説明すると同時に、〈動物〉をおとしめる巧妙なやり方じゃない？」

「それで、溺れ死んだ動物はどうなったんだ？」とボックは尋ねる。「彼らこそ、真の敗者じゃないか」

「または、殉教者」

「または、亡霊。今も地下に住みついて、水の供給を邪魔してるから、マンチキンの田畑が干上がってるんだ」

皆でどっと笑った。そして、お茶のおかわりを注文し、テーブルに運ばせた。

「時代は下るけど、もう少しユニオン教的傾向の強い聖典を見つけたよ」とボック。「異教の物語に由来してると思うんだけど、その痕跡は消されてる。洪水が起こったのは天地創造のあと、人類の出現の前だけど、それはラーラインの大量の尿ではなく、名もなき神がたった一度オズを訪れたときに流したおびただしい涙ということになってる。名もなき神は国中に絶えず満ちている悲しみを感じ取り、苦悩のあまり泣き叫んだ。こうしてオズ全体が塩水の氾濫の中に深く沈んでしまった。動物たちは、根こそぎになった木につかまって浮いていた。名もなき神の涙を飲んだ動物は、仲間に対するあふれるような憐憫（れんびん）の気持ちを覚え、漂流物から筏（いかだ）を作った。慈悲の心が仲間を救い、その思いやりによって自覚を持つ新しい種、すなわち〈動物〉に変化したんだ」

「これもひとつの洗礼だね。体の内からの」とティベット。「涙を体内に取りこんで、か。気に入ったよ」

「じゃあ、快楽信仰はどうなのさ？」とクロープ。「魔女や魔術師は、動物に魔法をかけて、〈動物〉を創り出すことができるのか？」

「それについては、ずっと調べてるんだけど」とエルファバ。「快楽信仰の信奉者は、ラーラインであれ名もなき神であれ、何らかの存在が実際にやってみせたことなら、魔術を使って再現できると言ってる。それに、最初に〈動物〉と動物を区別したのはカンブリシアの魔女の魔法だともほのめかしてる。その魔法があまりに強力で持続性があるから、いまだに効果が薄れていないんだって。これって危険なプロパガンダだし、悪意に満ちあふれてる。カンブリシアの魔女が本当にいるのかどうか、それどころか過去に存在していたかどうかなんて、誰にもわからないもの。わたしとしては、ラーライン伝説の一部がひとり歩きして、勝手に発展した話じゃないかって思ってる。とんでもないたわごとだよね。魔術がそれほど強力なものだという証拠なんて、どこにも――」

「神がそれほど強力だという証拠もないよ」ティベットがさえぎった。

「ってことはつまり、神の存在を否定してるってことよね、魔法を否定するのと同じように」とエルファバ。「それは置いておくとして、問題は、本当にカンブリシアの魔女が何世紀も前からずっと続くような魔法をかけたせいだとしたら、元に戻せるかもしれないってこと。あるいは、元に戻せると思われてしまうかも。これも同じくらいヤバい。魔術師たちが魔術や呪文を使って実験している間に、〈動物〉たちはひとつずつ権利を失っていく。誰もそれが明らかな政治的戦略だと気づかないくらい、ゆっくりとね。危険な筋書きじゃない？　ディラモンド先生もまだ気がついてない――」

ここまで言ったところで、エルファバはマントのフードを頭にかぶり、顔を隠してしまった。ボックは「どうかした？」と声をかけたが、エルファバは唇に人差し指を当てただけだ。クロープとティベットは、まるでそれが合図だったかのように、将来はぜひ砂漠の盗賊に誘拐されて、奴隷の足かせだけを身につけた姿でファンダンゴを踊るよう命じられてみたい、などとばかばかしい冗談を言い合いはじめた。ボックの目には、特に不審なものは見えなかった。競馬新聞を読んでいる事務員が二人、レモネードを飲みながら小説を読んでいる品のよいご婦人が数人、あとは、量り売りのコーヒー豆を買っているチクタク仕掛けの召使いとか、老いた教授のまねごとをして何かの定理を解き明かそうと、バターナイフの刃に沿って角砂糖を何度も並べ直している者がいるくらいだ。

数分経って、やっとエルファバは緊張を解いた。「あのチクタク仕掛けはクレージ・ホールで働いてるやつ。たしかグロメティックとか呼ばれてた。恋する子犬みたいに、いつもマダム・モリブルにつきまとってる。見られずにすんだと思うんだけど」

だが、それからエルファバはすっかり落ち着きをなくしてしまい、とても会話を続けられるどころではなくなった。そのため、一同は次回の課題を互いに確認してから、霧深い通りへ散っていった。

5

新学期が始まる二週間前、アヴァリックが辺境伯テンメドウ一族の邸宅からブリスコウ・ホールに戻ってきた。夏を満喫してすっかり日に焼けている。しかも、まだ楽しみ足りないとばかりに、ボックがスリー・クイーンズの学生と友達になったことをからかった。こんな状況でなかったら、ボックはクロープやティベットとの付き合いをやめていただろう。だが、ディラモンド教授の研究に関わっている今、やめるわけにはいかない。ボックは黙ってアヴァリックのあざけりをやりすごした。

　ある日、友人たちとチョージ湖へ出かけたガリンダから手紙が来たと、エルファバが口にした。「信じられる？　あのミス・ガリンダがわたしに、馬車に乗って週末に遊びに来ないかって言ってきた。きっと、あのお嬢様たちと一緒にいて、退屈しきってるんだね」

「でも、ミス・ガリンダだってお嬢様だろう？　どうして退屈するの？」とボックは尋ねる。

「あの集団について細かい説明なんてしたくない」とエルファバ。「でも、我らがミス・ガリンダは、自分で思ってるほどお嬢様じゃないと思う」

「で、いつ行くの、エルフィー？」とボック。

「行かない」とエルファバ。「大事な仕事があるもの」

「ちょっと手紙を見せてよ」

「持ってこなかった」

「持ってきてくれないか」

「どうするつもり？」

「ミス・ガリンダはきみを必要としてるのかも。いつだってきみを必要としてるように見えるよ」

「彼女がわたしを？」エルファバはわざとらしく大きな声で笑った。「まあ、あなたがあの子に夢中なのは知ってるし、そのことについては、わたしもいくらか責任を感じてるけど。わかった、来週手紙を見せてあげる。でも、あなたを喜ばせるためだけに行くつもりはないからね。友達であろうと、なかろうと」

次の週、エルファバは手紙を見せてくれた。

親愛なるミス・エルファバ

お世話になっているファニー家のミス・ファニーと、ミンコス一族のミス・シェンシェンに言われて、あなたに手紙を書いています。わたしたちはチョージ湖のほとりで、すばらしい夏を過ごしています。空気は穏やかに澄み、これ以上ないほど快適なところです。もしよかったら、大学が始まる前に、三、四日こちらで過ごしてみませんか。夏の間中、忙しく働いているのでしょう。少し気分転換したらどうかしら。訪ねてくれるなら、事前に手紙で知らせてもらわなくてもいいので、そのまま馬車でネバーデイルまで来て、そこから歩くか、辻馬車を雇ってください。橋までほんの二、三キロです。バラと蔦に覆われた立派なお家で、〝松林（カプリス・イン・ザ・パインズ）の奇想曲〟と呼ばれています。この地を好きにならない人はいないでしょう！　あなたもぜひ来てください。あえてここには書きませんが、ある事情があって、あなたにぜひ来てほしいと思っています。アマ・クラッチ、アマ・クリップ、アマ・ヴィンプもこちらに来ているので、道中の付添いをどうするかが問題ですが。あなたのいいように決めてください。こちらでゆっくりお話しできることを楽しみにしています。あなたの誠実な友、アーデュエンナ一族のミス・ガリンダより

　三三年　盛夏の昼下がり
　松林（カプリス・イン・ザ・パインズ）の奇想曲邸にて

「やっぱり、行かなくちゃ！」とボックは叫ぶ。「ほら、よく読んでごらんよ！」

「普段あまり手紙を書かない人が書いた手紙みたいね」とエルファバ。

「『あなたにぜひ来てほしいと思っています』って書いてあるじゃないか。エルフィー、きみを必要としているんだ。絶対、行かなくちゃ！」

「そう？　じゃあ、あなたが行けばいい」とエルファバ。

「招待もされてないのに、行けるわけないだろう」

「そのことなら任せて。わたしがミス・ガリンダに手紙を書いて、あなたを招待するように言ってあげる」そう言うと、エルファバはポケットの鉛筆を取ろうとした。

「そんな押しつけがましいまねはやめてくれないか、ミス・エルファバ」ボックはきっぱりと言った。「真面目に考えてくれよ」

「あなた、恋わずらいのために見境がなくなってるんだね」とエルファバ。「ちょっと言い合いになったからって、〝ミス・エルファバ〟に戻すなんてひどい。ちなみに、わたしは行けない。付添いがいないんだから」

「僕が付添いになるよ」

「何ですって！　そんなこと、マダム・モリブルが許すわけないじゃない！」

「じゃあ——こうしたらどうだろう」ボックはあれこれ頭をひねった。「ええと、そうだ、僕の友人のアヴァリックはどうかな。なんといっても辺境伯の息子だから、身分は申し分ないだろ。さすがのマダム・モリブルも、辺境伯の子息の前ではたじたじになるよ」

「マダム・モリブルは、ハリケーンの前でもたじろいだりしない。それに、わたしの気持ちも考えてよ。そのアヴァリックとかいう人と旅行なんてしたくない」

「エルフィー」とボック。「僕に借りがあるはずだ。この夏中、きみを助けてきたじゃないか。クロープとティベットの手まで借りて。今度はお返しをしてくれなきゃ。ディラモンド先生に頼んで、二、三日休暇を取ってくれよ。僕はアヴァリックに頼んでみる。あいつは何かしたくてうずうずしてるんだ。三人でチョージ湖へ行こう。アヴァリックと僕は宿を取るよ。長居はしないつもりだ。ミス・ガリンダが元気だとわかればいいんだから」
「わたしが心配なのはあなた、彼女じゃなくてね」とエルファバは言った。ボックは相手がついに折れたことを見て取った。

　マダム・モリブルは、エルファバがアヴァリックの付添いで旅行に出るのを許さなかった。「私があなたのお父様に叱られてしまいます」とマダム・モリブル。「でも、私はあなたが思っているほど、恐るべき（ホリブル）モリブルではありませんよ。ええ、あなたがつけてくれたあだ名は知っています、ミス・エルファバ。ずいぶん愉快な、子供っぽいことをするのですね！　私はあなたの体を心配して言っているのです。この夏中、えらく根をつめて働いていたでしょう。そのせいで、なんていうか、緑青（ろくしょう）めいてきましたよ。では、妥協案を出しましょう。マスター・アヴァリックとマスター・ボックが同行してくれて、私のグロメティックを世話係として連れていくなら、夏の小旅行を許可します」

エルファバ、ボック、アヴァリックは馬車に乗りこんだ。グロメティックは荷物と一緒に屋根の上にのせられた。エルファバは、時々ボックと目が合うとしかめっ面をしてきたが、アヴァリックのことは無視していた。ひと目見て、虫の好かないやつだと思ったのだ。アヴァリックは競馬新聞を読み終えると、今回の旅行をネタにボックをからかった。

「僕が夏休みに帰郷するときも、なんだかぼんやりしてるとは思ったんだ。恋わずらいだったとはね！　ずいぶん深刻な顔をしてるから、きっと肺病か何かだろうって勘違いしてたよ。僕が発つ前の晩、やっぱり一緒に来ればよかったのに！〈哲学クラブ〉はまさにぴったりの処方箋になったはずだ」

こんないかがわしい店の名を女性の前で言われて、ボックは恥ずかしくなった。だが、エルファバは気を悪くしたふうにも見えない。おそらく、この店のことを知らないのだろう。ボックは話題を変えようとした。

「きみはまだミス・ガリンダに会ったことがなかったね。でも、会えばきっと、素敵な人だと思うはずだよ。保証してもいい」ガリンダもきみを素敵だと思うだろう、とボックは思った。だが、今となってはどうしようもない。ガリンダを窮地から救い出すための代償だとしたら、受け入れるしかないのだ。

アヴァリックは、侮蔑のこもった目でエルファバを見ていた。「ミス・エルファバ」と慇懃（いんぎん）に呼びかける。「その名前からして、きみには小妖精（エルフ）の血が流れているのかな？」

「なんて奇抜な発想なの」とエルファバ。「もしそうなら、わたしの腕はゆでてないパスタのように折れやすくて、ちょっと力を加えただけで砕けてしまうはず。ちょっと押してみる？」そう言うと、春先のライムベリーのような緑色の腕を差し出した。「さあ、どうぞ。こうすれば、この問題はきっぱりカタがつくでしょ。あなたがこれまで人の腕を折ったときに必要だった力と、わたしの腕を折るのに必要な力とを比べれば、わたしの血管を流れてる人間の血と小妖精の血の割合がわかるはず」

「きみに触ったりしないよ」アヴァリックはいろいろな意味をこめて言った。

「わたしの中の小妖精が残念がってる」とエルファバ。「あなたがわたしをばらばらにしてくれたら、小包にしてシズに送り返してもらえるのに。そしたら、無理やり取らされた退屈な休暇から解放される。ついでに、この連れからもね」

「ああ、エルフィー」ボックはため息をつく。「出発早々、そんなこと言わないでくれ」

「上等だよ」アヴァリックがにらみつけた。

「友情がこんなに厄介なものとは思わなかった」エルファバはボックに吐き捨てるように言う。「友達なんかいないときのほうがよかった」

ネバーデイルに到着して宿を決めた頃には、もう午後も遅い時間になっていた。三人は湖沿いの道を歩いて、松林の奇想曲（カプリス・イン・ザ・パインズ）に向かった。

屋根つきのポーチで老女が二人、日差しを浴びながらインゲンマメとレンチマメのさやをむいている。一人はガリンダの世話係、アマ・クラッチだとボックは気づいた。もう一人はミス・シェンシェンかミス・ファニーの世話係だろう。私道を歩いてくる一行を見て、二人は驚いたようだ。アマ・クラッチは身を乗り出し、その拍子に膝の上のインゲンマメがこぼれ落ちた。「まさか」三人が近づいていくと、アマ・クラッチは言った。「ミス・エルファバじゃありませんか。なんてこと。まあ、驚いた」そして、よっこらしょと立ちあがると、エルファバを腕の中に抱き寄せた。エルファバは石膏（せっこう）でできた像のように、体をこわばらせている。

「とにかく、ひと息つかせてくださいな」とアマ・クラッチ。「いったいぜんたい、ここで何をしてるんです、ミス・エルファバ。信じられませんよ」

「ミス・ガリンダに招待されたの」とエルファバ。「この人たちがどうしても一緒に行きたいって言うものだから、わたしも招待を受けざるをえなくて」

「私は何も聞いてませんよ」とアマ・クラッチ。「ミス・エルファバ、その重そうなかばんをこちらへ。何かきれいな服を探してみましょうね。長旅でさぞ疲れたでしょう。もちろん、男性方は村に宿をお取りになるんでしょうね。お嬢様方は、今は湖のほとりにあるあずまやにお出かけですよ」

来訪者たちは小道に沿って歩いていった。ところどころの急な勾配に石の階段が敷かれている。グロメティックは階段を上るのに時間がかかり、後れをとった。だが、誰一人として、この硬い皮膚とぜんまい仕掛けの頭をもつ人形のために立ち止まって手を貸そうとはしなかった。最後に低いホリーフライトの木の茂みをぐるりとまわると、見晴らしのよいあずまやに出た。

あずまやは皮を剝(は)がないままの丸太を組んだもので、六つの面が吹き抜けになっており、小枝を模した複雑な渦巻き模様が施されている。その向こうには、広大なチョージ湖が青々と水をたたえていた。娘たちは階段や籐(とう)の椅子に腰を下ろし、アマ・クリップが三本の針とさまざまな色の糸をせっせと動かして脇目もふらず編み物をしている。

「ミス・ガリンダ!」とボックは叫ぶ。自分が最初に声をかけたかったのだ。

娘たちが顔を上げた。張り骨(フープ)や腰当て(バッスル)のない夏用の薄いドレスを着た娘たちは、今にも鳥になって飛び立っていきそうに見えた。

「嘘でしょう!」ガリンダが口をあんぐりと開けた。「いったい、どういうこと?」

「わたし、こんなにひどい格好なのに!」シェンシェンが甲高い声でそう叫び、かえって素足とむき出しの青白い足首に注目を集めてしまった。

　ファニーは唇の端を嚙んで、にやにや笑いを歓迎の微笑みにごまかそうとしている。

「長居をするつもりはないから」とエルファバ。「ところで皆さん、こちらはギリキンの辺境伯テンメドウ一族のご子息、マスター・アヴァリック。そして、こちらがマンチキン出身のマスター・ボック。二人ともブリスコウ・ホールの学生です。マスター・アヴァリック、ボックの恋い焦がれた表情だけでは判断がつかないようだったらご紹介します。こちらがアーデュエンナ一族のミス・ガリンダ。そして、ミス・シェンシェンとミス・ファニー。みんな、由緒正しき家柄の子女です」

「とてもうれしいけど、本当にいけない人ね」とシェンシェン。「わたしたちのことなんて見向きもしないミス・エルファバが、こんな素敵な驚きを運んでくれるなんて。今までのことは水に流してあげる。はじめまして、男子学生さんたち」

「それにしても」ガリンダが口ごもる。「なぜあなたがここにいるの？　いったい、どうなってるのよ？」

「あなたの招待状のことを、うっかりマスター・ボックにしゃべっちゃって。そしたらボックが、これは名もなき神からのお告げだから行かなくちゃって言い出したの」

　しかし、ここでミス・ファニーがこらえきれなくなり、笑いに身をよじりながら、あずまやの床に突っ伏した。「なんなの？」とシェンシェン。「どうしたのよ？」

「招待状って何のこと？」とガリンダ。

「見せなくてもわかってるでしょ？」とエルファバ。ボックが彼女と知り合ってから初めて、エルファバはうろたえた顔をした。「わざわざ出して見せなくても――」

「わたしに恥をかかせようと、誰かが仕組んだんだわ」ガリンダは笑い転げているファニーをにらみつけた。「わたしが悪ふざけの標的にされるなんて。ちっともおかしくなんかないわよ、ミス・ファニー。できることなら、蹴っ飛ばしてやりたいわ！」

ちょうどそのとき、グロメティックがホリーフライトの茂みの端から姿を現した。おかしな銅製の機械がよたよたと石の階段を上ってくる姿を見て、シェンシェンまでもが柱にもたれてファニーと同様こらえきれずに笑いだした。アマ・クリップでさえ、編み物を脇へ押しやりながら、こみあげる笑いを嚙み殺している。

「いったい、どうなってるの？」とエルファバ。

「あなた、わたしを困らせて楽しいの？」ガリンダが涙声でルームメイトに言う。「友達付き合いをしてくれなんて、お願いしたかしら？」

「やめてくれ」とボック。「やめてくれ、ミス・ガリンダ。お願いだから、もう何も言わないで。きみは動転してるんだ」

「わたしが——書いたの——あの手紙」笑いの発作の合間に、ファニーがやっとの思いで声を絞り出した。アヴァリックがくすくす笑いだす。エルファバは目を見開いて、少し呆然としている。

「わたしに招待状を書いたのは、あなたじゃないってこと?」エルファバはガリンダに言った。

「ええ、あたりまえでしょ。わたしじゃないわ」とガリンダ。怒ってはいるものの、落ち着きを取り戻しはじめていた。しかし、あんな発言のあとではもう取り返しはつかないだろうとボックは思った。「ねえ、親愛なるミス・エルファバ、わたしがあなたにこんな非常識ないたずらを仕掛けようなんて思うはずないじゃない。この人たち、おもしろがってお互いに悪さをし合うの。わたしもよくやられるわ。そもそも、あなたはこんなところに縁のない人だし」

「とにかく、わたしは招待された」とエルファバ。「ミス・ファニー、あなたがミス・ガリンダに代わって、あの手紙を書いたのね?」

「見事に引っかかったわね!」ファニーは得意げに笑い声をあげた。

「ここはあなたの家で、たとえ悪質な冗談にせよ、わたしはあなたの招待に応じたのだから」エルファバは、ファニーの細めた目を見すえながら、淡々とした抑揚のない口調で言った。「家に上がって、荷物を解いてくる」

そして、大またに歩き去った。グロメティックだけがあとに続く。誰も何も言わず、ややもやした空気が漂った。ファニーの笑いの発作は徐々に収まり、しばらく鼻や口から荒い息をついていたが、やがて静かになり、力が抜けたようにだらしなくあずまやの敷石の上に寝ころがった。

「そんなばかにしたような目で見ないでよ」とファニーはとうとう言った。「ちょっとした冗談のつもりだったの」

エルファバは丸一日、部屋にこもっていた。ガリンダが食事を運び、下げに来た。時には、数分間部屋にとどまることもあった。男子たちは女子たちと湖で泳いだり、ボートに乗ったりした。ボックはそれなりに魅力的なシェンシェンやファニーに目を向けようとしたが、二人はアヴァリックに夢中のようだ。

とうとうボックはポーチの隅でガリンダに詰め寄り、話がしたいと頼みこんだ。ガリンダは例によって慎み深い態度で同意し、ブランコに少し間を空けて座った。「あの悪だくみを見抜けなかったのは僕の責任だ」とボック。「エルフィーは招待を受ける気はなかったのに、僕が無理に受けさせたんだ」

「そのエルフィーっていうのはなんなの？」とガリンダ。「この夏の間に、たしなみはどこへ行ってしまったの？」

「僕たち、友達になったんだ」

「そんなこと、言われなくてもわかるわよ。それにしても、どうして招待を受けさせたりしたの？　わたしがあんな手紙、書くはずないでしょう」

「僕にそんなことわかるわけないじゃないか。エルフィーはきみのルームメイトだろう」

「マダム・モリブルが有無を言わさず決めたのよ。選択の余地なんてなかった。このことは覚えておいてちょうだい！」

「知らなかったよ。仲良くやってるように見えたし」

ガリンダは鼻をフンと鳴らし、唇を曲げたが、自分に対してそうしているように見えた。

ボックはこう続けた。「ひどい侮辱を受けたと思うなら、ここを出ていけばいい」

「たぶん、そうするわ。考えてるところなの。エルファバは、ここから出ていったら敗北を認めることになるって言うのよ。でも、もしあの子が部屋から出てきて、みんなと――わたしとも――一緒に行動しはじめたら、それこそ笑えない冗談になるわ。あの人たち、エルファバを嫌ってるのよ」

「きみも同じじゃないか！」ボックが語気を強めてささやいた。

「わたしは別よ。わたしにはあの子を嫌う権利も理由もある。わたしは我慢を強いられてるのよ！　それというのも、あのまぬけなアマがフロッティカの駅で錆びた釘を踏んづけて、初日の説明会に出られなかったせいだわ。アマの不注意で、わたしの大学生活は台無しよ！　魔術が自在に使えるようになったら、あのアマに仕返しをしてやる！」

「エルファバのおかげで僕たちは出会えたとも言えるんじゃないかな」ボックは優しく言った。「エルファバと親しくなったってことは、きみとも親しくなったってことだ」

ガリンダは降参したようだ。ブランコのベルベットのクッションに背をもたせかけて言った。「ボック、不本意だけど、あなたってちょっと素敵ね。ちょっと素敵で、ちょっと魅力的で、ちょっと頭にくるけど、ちょっと病みつきになりそう」

ボックははっと息を飲む。

「でも、あなたはちょっと背が低いわ！」ガリンダはそう話を結んだ。「それに、なんといってもマンチキン人だし」

ボックはガリンダにキスをした。もう一度、そして、もう一度。ちょっとずつ、そっと。

明くる日、エルファバ、ガリンダ、ボック、グロメティックは――もちろんアマ・クラッチも――六時間の旅をしてシズに戻ったが、その間、誰もほとんど口をきかなかった。

アヴァリックはファニーやシェンシェンと楽しむために残った。シズの郊外では、気が滅入るような雨が降っていた。やっと到着したときには、クレージ・ホールとブリスコウ・ホールの威厳ある正面玄関は、霧がかかってほとんど見えなかった。

6

クロープとティベットに会ったとき、ボックはロマンスについて話す時間もなかったし、話す気もなかった。図書館員の〈サイ〉は、夏の間は男子学生たちにも、その仕事のはかどり具合にもほとんど注意を払っていなかったのに、突然、仕事がまるで進んでいないことに気づくと怒りを爆発させ、それからは油断なく見張るようになった。ボックたちはほとんどおしゃべりもせず、上等皮紙にブラシをかけてきれいにし、ヒレアシ油で皮の表紙をこすり、真鍮（しんちゅう）の留め金を磨いた。この退屈な仕事も、あと数日で終わる。

ある日の午後、ボックは手にしていた巻物に目を留めた。いつもなら文献の中身など気にせずに作業を進めるのだが、その挿絵に使われている鮮やかな赤い絵の具に目を引かれた。それはカンブリシアの魔女の絵で、四、五百年ぐらい前のものと思われた。どこかの修道士が、魔術に対する憧れめいた熱意と怖れに創作意欲をかきたてられて描いたのだろう。魔女は、岩だらけの二つの土地をつなぐ地峡の上に立っている。その両側には紺碧の海が広がっていて、白い波頭が目を見張るほどいきいきと、精緻に描かれている。魔女は何かよくわからない獣を抱いているが、その獣はどうやら溺死したか、溺死しそうになったかのように見える。魔女は片方の腕を現実の骨格のつくりではありえないくらい不自然に曲げて、硬い毛に覆われた獣の濡れた背中を愛しげに包みこんでいる。そして、もう片方の手で衣から乳房を出し、その獣に吸わせている。魔女の表情はよく読み取れない。それとも、もともと修道士の手によってぼかされていたのか、あるいは年月による汚れによってぼやけてしまったのか。魔女はみすぼらしい子を抱いている母親のようで、その顔つきは考えこんでいるとも、悲しげともいえる。しかし、表情とはうらはらに、足は狭い岸の地面をしっかり踏みしめて立っている――靴を履いていても、そのことははっきりと見て取れる。銀色の靴だ。その銀貨のような輝きが、最初にボックの目をとらえたのだった。さらに、両の足先はすねに対して九十度の角度で外側に向いている。バレエのポーズのようにかかとをくっつけ、つま先は逆方向に開いていて、まるで鏡合わせのようだ。長い衣は夜明けの空のようなぼやけたブルー。その色彩の鮮やかさからして、この巻物は何世紀もの間開かれたことがなかったにちがいないとボックは考えた。

このイメージは〈動物〉の創世神話を劇的に、そして目的論的にいくつか混ぜ合わせたものではないかと思われた。これはおそらく洪水の場面なのだ。ラーライン伝説なのか、名もなき神の伝説なのか。水位が上がっているところなのか、引いていくところなのか。カンブリシアの魔女が獣の運命を妨害しようとしているのか、それとも成就しようとしているのか？　非常に古く読みづらい字体で書かれているのでボックには解読できないが、これはカンブリシアの魔女の魔法によって〈動物〉が話したり、記憶したり、後悔したりする能力を得たという伝説を裏づけるものかもしれない。あるいは、これほど魔女を鮮やかに描きつつも、その伝説に異を唱えるものかもしれない。どう解釈しようと、この絵には神話の混交主義、つまりさまざまな物語をすべて飲みこもうとする貪欲さが感じられる。おそらく、これを描いた修道士は、カンブリシアの魔女の乳を飲むという洗礼を受けたことによって〈動物〉たちは能力を獲得したのだと警告したかったのではないだろうか。魔女の乳によって力がもたらされたと。

このような分析は、ボックの得意とするところではない。これまでだって大麦の栄養素や病害の勉強だけでやっとだったのだ。とにかく、いけないことだとはわかっているが、この巻物をディラモンド先生に届けなくては。何か価値あることがわかるはずだ。

あるいは――エルファバとの待ち合わせ場所に急ぎながら、ボックは考えた。ケープのポケットの奥に、スリー・クイーンズの図書館から持ち出した巻物がしのばせてある――あるいは、魔女はずぶ濡れの動物に乳を与えているのではなく、殺そうとしているのではないのか？　洪水を鎮めるために、生贄を捧げているのでは？

芸術なんて、さっぱりわからない。

この前、ボックは市場でアマ・クラッチにばったり会い、エルファバに渡してくれとメモを預けた。この善良な世話係は、いつもより愛想がよかった。ガリンダが僕のことを、部屋の中ではこっそり褒めているのだろうか？

シズに戻ってきてから、あの緑色で変わり者の女の子に会うのは、これが初めてだった。エルファバは時間きっかりに約束のカフェに現れた。幽霊のような灰色のドレスを着て、袖が擦りきれた毛糸のカーディガンをはおり、たたむと槍のように見える黒い大きな男物の雨傘を持っている。優雅さのかけらもなくドサッと椅子に腰を下ろすと、エルファバは巻物に目を通した。おそらくボックを見つめるときよりもずっと熱心に巻物を見つめている。だが、ボックの講釈には耳を傾けていたらしく、それは説得力に欠けると考えたようだ。「この絵だけど、妖精の女王ラーラインとは考えられない？」

「うーん、ラーライン独特の華やかな装飾がないよね。たとえば、後光のような金髪とか。

優雅さに欠けてるし、透きとおるような羽もない。魔法の杖も持ってないし」

「この銀の靴も、ちょっと趣味が悪い」エルファバはぱさぱさのビスケットをかじりながらつぶやく。

「決定的な瞬間——つまり、なんて言えばいいのかな——創始の瞬間には見えない。何かを始めようとしているというより、受動的な印象を受けるんだ。この女性は、少なくとも当惑しているようには見えるだろう？」

「あなた、クロープやティベットと長く一緒にいすぎなんじゃない？　大麦の研究に戻りなさい」エルファバは巻物をポケットにしまいながら言う。「最近のあなた、芸術家気取りで、訳のわからないことばかり言ってる。ともかく、この巻物は確かにディラモンド先生に渡すから。あのね、先生は次々と新しい発見をしてるの。二枚のレンズを組み合わせるやり方で、微粒子構造のまったく新しい世界が開けたんだって。一度わたしも見せてもらったけど、ストレスとバイアス、カラーとパルスくらいしかわからなかった。先生ったらとても興奮してる。どうやって先生を休ませるかが目下の問題ね。もう少しでまったく新しい知識体系を打ち立てられそうなんだと思う。でも、毎日の発見から、また数え切れないほど新しい疑問が生まれてくる。臨床的疑問、理論上の疑問、仮説に基づいた疑問、経験的疑問、それに存在論的な疑問まで。毎晩、先生は実験室で遅くまで起きてる。夜に寮の部屋のカーテンを閉めるとき、実験室の明かりがついてるのが見えるもの」

「で、ほかに先生が必要としてる文献はないかな。図書館で働くのもあと二日だけなんだ。大学が始まるから」

「先生ってば、何を聞いても上の空なんだよね。現時点では、今までの発見をつなぎ合わせてるだけだと思う」

「ところで、ガリンダはどうしてる？」とボック。「ひとまずスパイ活動についての話は終わったみたいだから、聞いてもいいだろう？　元気にやってる？　僕のことを尋ねたりする？」

エルファバはボックをつくづくと見つめた。「いいえ、ガリンダの口からあなたの話が出たことはない。とりあえず希望を持たせるために言っておくと、あの子、わたしとはほとんど口をきかないの。ものすごく不機嫌で」

「またいつか会えるかな」

「そんなに大切なことなの？」エルファバはもの憂げに微笑んだ。「ボック、あの子のことがそんなに大切？」

「僕にとって、ガリンダの存在はすべてなんだ」とボック。

「だとしたら、あなたの世界ってずいぶん小さいんだね」

「どう言われようとかまわない。この気持ちはどうしようもないんだ。抑えられないし、否定もできない」

「ばかげてるとしか言いようがない」エルファバはそう言うと、ぬるくなったお茶を飲み干した。「この夏を思い返して、愕然とすることになるかもね。あの子は美人かもしれないけど、いいえ、確かに美人だけど、あなたのほうがあの子の何倍も価値がある」驚いた表情を浮かべたボックを見て、エルファバは両手を上げた。「違う、わたしにとってって意味じゃない。そんなに驚いた顔をしないで！　もう、やめてよ」

だがボックは、その言葉を信じていいのかわからなかった。エルファバは大急ぎで持ち物をまとめると、派手な音を立てて痰壺をひっくり返したり、大きな傘で誰かの新聞を突き刺したりしながら、あたふたと店を飛び出していった。駅前広場を横切るときも、左右を見ていなかったので、年寄りの〈雄牛〉がふらふらと漕いでいた三輪車にあやうくなぎ倒されそうになった。

7

その次にボックがエルファバとガリンダに会ったとき、ロマンチックな思いなど吹き飛んでしまうような出来事が起こった。たまたまアヴァリックと連れ立って、クレージ・ホールの門の外にある小さな三角形の公園を通りがかったときのことだ。門が開いて、そこからアマ・ヴィンプが真っ青な顔で、鼻水を垂らしながら飛び出してきた。それに続いて女子学生の一団が慌てふためいた様子で出てきたのだが、その中にエルファバ、ガリンダ、シェンシェン、ファニー、ミラの姿も見えた。女子学生たちは身を寄せ合って話をしたり、ショックを受けて木の下に立ちすくんだり、抱き合ったり、泣き叫んだり、互いに涙を拭き合ったりしている。

ボックとアヴァリックは、友人のもとへ駆けつけた。エルファバはやせた猫のように、肩をいからせていた。泣いていないのはエルファバだけで、ガリンダやほかの学生から少し離れて立っている。ボックはガリンダを腕の中に抱きしめたいと思ったが、ガリンダは一度ちらりとこちらを見やっただけで、テックの毛皮で覆われたミラの襟元に顔を埋めてしまった。

「どうしたんだ。いったい何があったんだ？」とアヴァリック。「ミス・シェンシェン、ミス・ファニー」

「とても恐ろしいことよ」と二人が叫び、ガリンダがうなずいた。ガリンダの鼻水が、ミラのブラウスの肩の縫い目をだらりと流れていく。「警察が来てるわ、医者も。だけど、もう――」

「なんだって？」とボックは言い、エルファバのほうを向いた。「エルフィー、いったい何があったんだ？」

「嗅ぎつけられた」とエルファバ。目が古いシズ製磁器のようにどんよりしている。「どうやってか知らないけど、あいつらの耳に入ったにちがいない」

ギィーッという音を立てて、再び門が開いた。初秋に咲く青や紫のつる植物の花びらが、建物の壁の上をひらひらと落ちていく。途中で引っかかったり、蝶のように舞ったりしながら、ゆっくりと。そのとき、ケープに身を包んだ三人の警察官と、黒っぽい帽子をかぶった医者が担架を押して出てきた。患者は赤い毛布で覆われていたが、花びらを舞いあがらせていた風が毛布の端を三角にめくりあげた。娘たちがいっせいに悲鳴をあげ、アマ・ヴィンプが駆け寄って毛布を直す。だが、白昼の日差しの下で、誰もが見てしまった――肩をねじり、頭をのけぞらせたディラモンド教授の変わり果てた姿を。まるで食肉処理場に迷いこんだとでもいうように、のど元をすっぱりと切り裂かれており、凝固した黒い血によってまだかろうじて首がつながっている状態だった。

ボックはぞっとして気分が悪くなり、その場にしゃがみこんだ。先生が死んでいるのではなく、ひどい怪我（けが）をしているだけで、治りますように。しかし、警察官も医者も、急ぐ様子はまったくなかった。もう急ぐ理由がないのだ。ボックは地面に尻をついて壁にもたれかかった。〈山羊〉の先生に会ったことがないアヴァリックは、片手でボックの手を握りしめ、もう一方の手で自分の顔を覆っている。

やがてガリンダとエルファバがボックのそばに座りこみ、長い間すすり泣いていた。なんとか言葉が発せられるようになると、ようやくガリンダが事の顚末を語りはじめた。

「昨日の夜、わたしたちがベッドに入ると、アマ・クラッチがカーテンを閉めようとしたの。いつものように。そしたら、窓に少し顔を寄せて、独り言みたいにこう言ったの。『おや、まだ明かりがついてますよ。〈山羊〉先生は今晩もお仕事なんですね』それから、手前の庭のほうをのぞきこんで、『あら、おかしいわね』と言ったの。わたしはべつに気にも留めず、ベッドに座って見ていただけだけど、エルファバが『何がおかしいの、アマ・クラッチ？』と尋ねた。するとアマ・クラッチはカーテンをぴったり閉めて、ちょっと変な声でこう言ったの。『いいえ、何でもありませんよ。ちょっと下へ行って、変わったことがないか見てきますね。ほら、さっさとベッドにお入りくださいな』そして、おやすみを言って出ていった。本当にアマ・クラッチが下へ行ったのかどうかはわからないわ。わたしたちは眠ってしまったから。でも、朝になっても、アマ・クラッチはお茶を持ってきてくれなかった。いつ、いつだってお茶を入れてくれてたのに。いつだって！」

ガリンダは泣きくずれた。それから両膝をついて体を起こすと、白い肩飾りと白い房がついた黒い絹のドレスを引き裂こうとした。エルファバが砂漠の石のように乾いた目をして、話を続けた。

「わたしたちは朝食がすむまで待ってから、マダム・モリブルのところへ行って、アマ・クラッチがいなくなったと話したの。すると、アマ・クラッチは夜の間に具合が悪くなったから、診療所で休んでいると言われた。最初は会いに行くことを許してもらえなかったけど、ディラモンド先生が一時間目の授業に現れなかったから、わたしたちは診療所へ行って、思いきって中に忍びこんだの。アマ・クラッチは診療所のベッドにいた。顔がパンケーキの山の最後の一枚みたいにゆがんでいて、なんだか変だった。わたしたちが『アマ・クラッチ、アマ・クラッチ。いったい何があったの？』と声をかけても、何も答えないの。目は開けてるのに。わたしたちの声が聞こえていないみたいだった。眠ってるのか、あるいはショックを受けてるんだろうって思った。でも、息遣いは正常だし、顔色もよかった。顔はゆがんでたけど。それからわたしたちが部屋を出ようとしたとき、アマ・クラッチは顔をサイドテーブルのほうに向けたの。

薬の瓶とレモン水が入ったカップの横に銀のお盆が置いてあって、その中に錆びた長い釘があった。アマ・クラッチは震える手を伸ばしてその釘をつまみあげると、優しく手のひらにのせて話しかけたの。こんなふうに。『はいはい、去年あなたが私の足を突き刺すつもりなどなかったことはよくわかっていますよ。私の関心を引きたかっただけなのよね。もう少し愛されたくて、それでこんな悪さをしたんでしょう。〈釘〉さん、心配はいりませんよ。好きなだけ愛してあげますからね。私はこれからちょっとお昼寝しますが、目が覚めたら、どうしてあなたがフロッティカ駅のプラットホームを支えることになったのか、教えてくださいね。昔は、前にあなたが話してくれたあの薄汚いホテルで、平凡な釘として〈冬季休業〉の看板を留めていたのでしょう。そう考えると、ずいぶんな出世ですからねえ』」

だが、ボックはこんなたわごとなど聞いていられなかった。教職員たちがショックでうろたえながら、死んだ〈山羊〉に祈りを捧げているというのに、生きた〈釘〉の話なんかに耳を傾けていられない。〈動物〉の霊が安らかな眠りにつくようにと祈る声も耳に入らなかった。死体が荷車で運ばれていくのも見ていられなかった。動かぬ〈山羊〉の顔をひと目見たら、教授にその生き生きした人格をもたらしていたものが、すでに消え失せてしまったことは明らかだったから。

学友たち

1

それが殺人であることは、死体を見た誰の目にも明らかだった。首のまわりの毛は、ぞんざいに洗った絵筆のように固まってこびりついており、琥珀色の目はうつろに見開かれていた。表向きは、教授が拡大レンズを壊し、それにつまずいて頸動脈を切ったということになっていたが、そんな話は誰も信じていなかった。

事件について何か知っていそうなのは、アマ・クラッチだけだ。だが、エルファバたちが美しく紅葉した落ち葉や皿に盛った季節はずれのパーサぶどうを持って面会に行っても、アマ・クラッチはただ微笑んでいるだけだった。ぶどうをむしゃむしゃ食べては、落ち葉とおしゃべりをする。誰も見たことのない病気だった。

グリンダ——殉教者となった〈山羊〉教授に初めて会ったときの非礼を遅まきながら詫

びる気持ちから、ガリンダは自分自身を、教授がそのとき呼んだようにグリンダと名乗ることにした――彼女は、そんなアマ・クラッチを見て、口もきけなくなるほどショックを受けたようだ。それ以来見舞いにも行かないし、この哀れな老女の病状を話題にしようともしない。それで、エルファバが日に一度か二度、こっそり病室へ様子を見に行った。ボックは、アマ・クラッチの病状を一過性のものと考えていた。だが、そのまま三週間が経った。いまだ同じ部屋に住んでいるエルファバとグリンダに世話係がいないのは心配だとマダム・モリブルが言い出し、二人とも大部屋に入ったらどうかと提案した。グリンダにはもはや直談判に行く気力もなく、異議も唱えずこの降格を受け入れた。解決策を考え出したのはエルファバだった。自分のことはともかく、グリンダの尊厳を少しでも守らなければと思ったのだ。

そういうわけで、十日後、ボックは〈雄鶏とかぼちゃ亭〉のビアガーデンに座り、エメラルド・シティから週半ばにやってくる馬車を待っていた。マダム・モリブルがエルファバとグリンダに同行を許さなかったので、馬車から降りてくる七人の乗客のうち、どれがネッサローズとその乳母か、自分で見分けなければならない。体が不自由であることはひと目見ただけではわからない、あらかじめエルファバからそう聞かされていた。馬車のステップが安定していて地面が平らだったら、ネッサローズは優雅な身のこなしで降りてくることもできるから、と。

ボックは二人を出迎え、挨拶した。ばあやは煮込んだスモモのような、赤みをおびてたるんだ顔をしていた。老いた肌は、口の両端や肉づきのいい目尻を除いて、今にもはがれ落ちそうだ。カドリングの過酷な環境で暮らした二十年近い歳月のせいで、すっかり無気力かつ投げやりになっており、ふつふつと怒りをたぎらせていた。この年になれば、暖炉のある暖かい部屋で居眠りしてるのが当然ってもんじゃないのかね。「小さなマンチキン人に会えるなんて、うれしいこと」と、ばあやはぶつぶつとボックに言う。「昔に戻ったようだわ」そして振り向くと、物陰に向かって声をかけた。「さあ、お嬢様、早く降りていらっしゃい」

前もって知らされていなかったら、ネッサローズがエルファバの妹だとわからなかっただろう。その肌は緑色でもなければ、血のめぐりが悪い上流階級の娘のように青白くもなかった。ネッサローズは優雅に、ゆっくりと、かかとをつま先と同時に鉄製のステップに下ろすという変わった足の運びで、馬車から降りてきた。奇妙な歩き方なので、少なくとも最初は彼女の足に注意が向き、体には目がいかなかった。

ネッサローズはすさまじいほどの気力でバランスを取りながら地面に降りると、ボックの前に立った。何もかもエルファバが言ったとおりだ。あでやかで、ピンク色で、麦の茎のようにほっそりしていて、そして腕がない。大学のショールが、体への衝撃を和らげるようにうまく折りたたまれて肩にかけられている。

「こんにちは」ネッサローズは軽く頭を下げて挨拶した。「旅行かばんは馬車の上なの。取っていただける？」エルファバの声はざらついているが、妹の声はなめらかでしっとりしている。ボックが調達した一頭立ての馬車へと、ばあやがネッサローズを優しく連れていく。背中をしっかりと手で支えてもらい、その手に体重をかけて後ろに反らないとうまく動けないようだ。

「このたびばあやは、勉学にいそしまれるお嬢様たちのお世話をすることになりました」馬車に揺られながら、ばあやがボックに言った。「お母様はずっと前に亡くなられて、水浸しのお墓で眠っておられますし、お父様は正気を失ってしまわれましたし。ええ、それはもう、ご立派な一族だったんですよ。でもご存じのとおり、ご立派な一族ってものは落ちぶれ方もあっぱれでしてね。なんといっても、気がふれるってのが一番華やかな落ちぶれ方でしょうねえ。長老のスロップ総督はまだまだご存命で、鋤（すき）の刃のようにしゃんとしておいでです。娘ばかりか孫娘までにも先立たれてしまわれましたけれど。エルファバ様がスロップ家の四代目でしてね。いつの日か総督の名をお継ぎになるでしょう。マンチキン人なら、こういう話はご存じですね」

「ばあや、噂話はやめてちょうだい。魂が痛むわ」とネッサローズ。

「あらお嬢様、ご心配はいりませんよ。このボックは古い友人も同然なんですから」とばあや。「カドリングの沼地で暮らしてる間に、会話の術なんて忘れちまいましたよ。あそこのカエルみたいな住民の生き残りたちと、声を合わせてゲロゲロ言ってたんですから」

「恥ずかしくて、頭痛がしそう」ネッサローズが愛らしく言う。

「でも、僕は子供の頃のエルフィーを知ってるんですよ」とボック。「ウェンド・ハーディングズのラッシュ・マージンズ出身なんです。あなたとも会ったことがあるんじゃないかな」

「もともとあたしは、コルウェン・グラウンドで暮らすほうが好きでした」とばあや。「スロップ家二代目、レディ・パートラ様のお世話をしておりましたからね。でも、折にふれてラッシュ・マージンズをお訪ねしておりました。だから、あなたがまだ小さくて、ズボンもはかずに走りまわっていた頃にもお会いしているかもしれませんね」

「はじめまして」とネッサローズ。

「ボックです」

「ネッサローズ様です」この娘に自己紹介させるのはあまりに気の毒だとでもいうように、ばあやが言った。「本当は来年シズに来る予定だったんですよ。けれど、こちらのギリキン人の世話係がおかしくなってしまったとかで、このばあやにお呼びがかかったわけなんですが、大切なネッサローズ様を置いていけやしません。それで、ご一緒にお連れしたのです」

「残念で不可解な病です。回復してくれるといいのですが」とボック。

クレージ・ホールに着くと、ボックの目の前で姉妹は再会を果たした。それは心温まる、喜びに満ちたひとときだった。マダム・モリブルがグロメティックに命じて、スロップ姉妹とばあや、それにボック、グリンダにお茶とクッキーをふるまわせた。最近グリンダの口数が少なくなったのを心配していたボックは、ネッサローズのエレガントなドレスに鋭い視線を向けて品定めをしているグリンダを見て、ひとまず安心した。姉妹そろって普通でない外見をしてるなんて、しかも服装の趣味がこんなに違うのはどういうわけかしら、とでも考えているのかもしれない。エルファバはいつも暗い色の地味な服を着ているが、今日などは黒に近い濃い紫だ。ネッサローズは、苔のような、エメラルドのような、萌黄（もえぎ）色のバラのような緑色の絹のドレスに身を包んでいる。バランスを取りながらソファーの上のばあやの隣に座り、ティーカップやバターを塗った薄焼きクッキーを口元まで運んでもらっている。緑色のエルファバは、もう一方の隣に座り、ネッサローズが頭を後ろへ傾けてお茶を飲むたびに、背中を支えてやっている。その姿はまるで、ネッサローズの服を彩るアクセサリーのように見えた。

「何もかも、まったく異例なのですが」とマダム・モリブル。「特殊な方々に入っていただく部屋がそうそうあるわけではないので、仕方ありません。ミス・エルファバとミス・ガリンダ——今はグリンダでしたか？ なんて斬新なんでしょう——お二人はこれまでどおりということにして、ミス・ネッサローズ、あなたは乳母と一緒に、あのかわいそうなアマ・クラッチが使っていた続き部屋に入ってください。狭いけれど、こぢんまりとして居心地がいいと考えてくださいな」

「でも、アマ・クラッチが戻ってきたらどうなるんです？」とグリンダ。

「まあ、そんな」とマダム・モリブル。「若いということは、こんなにも希望が持てるものなのですね！ 感動しましたわ」そして、さらに非情な声で続けた。「以前あなたから聞いた話では、アマ・クラッチはあの異常な症状を長年にわたり繰り返し引き起こしているということでしたね。今度のことは、病状が悪化して慢性化したとしか思えないのですが」そう言うと、ゆっくりと魚のようにビスケットをぱくぱくと食べた。両頰が、革のふいごのように膨らんだりしぼんだりしている。「もちろん、望みを捨ててはいけませんよ。でも、あまり期待するのもどうでしょう。残念ですが」

「でも、祈ることはできますわ」とネッサローズ。

「ええ、それはもちろん」と学長。「育ちのよい人なら、口に出すまでもないことですわね、ミス・ネッサローズ」

　ボックがネッサローズとエルファバの表情をうかがうと、二人とも顔を赤らめていた。グリンダが断りを言って席を立つ。グリンダが去っていくのを見ると、ボックの胸にいつも激しい痛みが生じるのだが、今回はそれほどでもなかった。来週の生命科学の授業でまた会えるとわかっていたからだ。新たに〈動物〉の雇用禁止令が出されたため、大学はすべてのカレッジの学生を一堂に集めて講義を行うことにしたのだ。シズ大学初の男女合同の授業でグリンダに会える。ボックは待ちきれない思いだった。

　それにしても、グリンダは変わった。明らかに変わってしまった。

2

　グリンダは確かに変わった。自分でも気づいていた。シズにやって来たときは、虚栄心が強いだけのうぶな女の子だったが、今の自分ときたら、腹黒い恩知らずのかたまりだ。たぶん、わたしが悪いのだ。ばかげた病気をでっちあげたら、アマ・クラッチはそのとおりになってしまった。わたしに生まれつき魔術の才能があったということなのだろうか。

今年、グリンダは魔術を専攻することにした。マダム・モリブルは約束を守らず、ルームメイトを変えてくれなかったが、それは自分への罰として受け入れた。今のグリンダにはどうでもいいことだった。ディラモンド教授の死に比べたら、ほかの多くのことは取るに足りないことに思えた。

といっても、マダム・モリブルを信用しているわけではない。グリンダがあのばかげたでっちあげの嘘を話した相手はほかにいないのだから。これ以上あの人に自分の人生を操られたりはしない。悪気なく犯してしまった罪については、まだ誰にも打ち明ける気になれなかった。グリンダの苛立ちをよそに、あのうるさいノミ男のボックは、今もなんとか関心を引こうとつきまとってくる。グリンダはボックにキスを許したことを後悔していた。なんて愚かなことをしてしまったのだろう！　だが、何もかも昔の話だ。まわりに何て言われようが、もはやどうでもいい。今ではミス・ファニーたちの本当の姿に気づいていた。浅はかで利己的な俗物。この人たちと親しく付き合うことはもうないだろう。

そういうわけで、グリンダにとってエルファバはもはや人目をはばかるお荷物ではなくなり、真の友人となってくれそうな相手となった。あの壊れた人形のような妹が来たことが、大きな妨げにならなければだが。グリンダはエルファバをせっついて、ようやくその重い口から妹についての話を聞き出したのだった。ネッサローズの到着によって仲間が一人増えることに心構えをしておきたかったのだ。

「妹はわたしが三歳のとき、コルウェン・グラウンドで生まれた。わたしたちの家族は、しばらくの間だけコルウェン・グラウンドに戻ってたの。ひどい日照りの年だった。母が亡くなったあと、父から聞いた話では、ネッサローズが生まれたとき、それまで枯れていた近くの井戸水がたまたま一時的に湧き出したとか。村人たちは異教のダンスを踊ったり、人間の生贄を捧げたりしてたんだって」

グリンダは、しぶしぶながらもぶっきらぼうに話を続けるエルファバを見つめた。

「両親の友人に、カドリング人のガラス吹きがいた。でも、扇動的な快楽信仰とお告げを下す時計にあおられた群衆が彼を襲い、殺してしまったの。名前はタートル・ハート」エルファバは両方の手のひらを硬く古びた黒い靴の甲に押しつけ、目線を床に向けている。「両親がカドリングへ伝道に行くことにしたのも、二度とコルウェン・グラウンドにもマンチキンにも戻らなかったのも、そのせいだと思う」

「でも、あなたのお母様は出産のときに亡くなったんでしょう」とグリンダ。「どうして伝道に行けたの？」

「母が死んだのは、それから五年後のこと」エルファバは、恥ずかしい話でもするかのように、服のひだを見つめながら言う。「母は弟を産んだときに亡くなったの。父がシェルと名づけた。タートル・ハートにちなんで、だと思う。亀（タートル）の甲羅（シェル）ってこと。それで、シェルとネッサローズとわたしは、ばあやと父のフレックスに連れられて、カドリングの集落から集落へ沼地を渡り歩いた。父は説教をして、ばあやがわたしたちに勉強を教え、育て、家を切り盛りしてくれた。まあ、家庭といえるほどのものじゃなかったけど。そうこうするうちに、魔法使いの手下がルビーの鉱脈を手に入れようと、湿地帯の干拓を始めた。知ってのとおり、うまくいかなかったけど。するとやつらは、カドリング人を捕らえて殺したの。カドリング人を保護すると称して収容所に集め、餓死させてね。湿地帯を奪い取り、ルビーをかき集めると、やつらは撤退した。父はこの事件のせいで頭がおかしくなってしまった。ルビーといっても、これほどの犠牲を払うほどの量じゃなかったのに。ヴィンカス川から豊富な水をはるばる引いてきてマンチキンに供給するための運河もまだできてないでしょ。干魃も、何度か改善の兆しはあったけど、いまだに続いてるし。〈動物〉たちは祖先が暮らしてた土地に呼び戻されてる。これは、農民に自分たちも何かを支配しているんだという気持ちを持たせるための策略で、意図的に人々を辺境へ追いやろうとしてるの。グリンダ、これが魔法使いのやり方なんだよ」

「あなたの子供時代の話をしてたんだけど」とグリンダ。

「ええ、これで全部。個人の生い立ちを政治と切り離して考えることはできないもの」とエルファバ。「何を食べてたとか、何をして遊んだとか、そんなことが知りたいの？」

「ネッサローズがどんな人か知りたいのよ。シェルのことも」とグリンダ。

「ネッサローズは意志が強い。体はいくぶん不自由だけど」とエルファバ。「すごく頭がよくて、自分は聖者だと思ってる。父親の信心深さを受け継いだみたい。でも、人の世話をするのは得意じゃない。自分のことさえ一人でできたためしがないんだから。無理のないことだけどね。わたしは父に言われて、子供時代はずっとあの子の世話をしてた。ばあやが死んだら、あの子はどうなるのか。たぶん、またわたしが面倒をみることになるんだろうけど」

「まあ、それは大変ね」グリンダはつい口をすべらせてしまう。

だが、エルファバは険しい顔でうなずいただけだった。「ほんと、そのとおり」

「じゃあ、シェルは？」グリンダは続けて尋ねた。また新たな傷に触れることになるかもしれないと思いながら。

「男性、白人、健康体」とエルファバ。「今は十歳ぐらいのはず。この先も家にいて、いずれ父の世話をすることになると思う。ごく普通の男の子。ちょっと頭が鈍いかも。でも、あの子はわたしたちが受けた恩恵を受けられなかったから」

「恩恵って？」グリンダはせっついた。

「短い間だったけど、わたしたちには母がいた。浅はかで、お酒に溺れて、想像力豊かで、気まぐれで、向こう見ずで、勇敢で、強情で、頼りになる女性。わたしたちには母メリーナがいた。でも、シェルにはばあやしかいなかった。できるだけのことはしてくれたけど」

「それで、誰がお母様のお気に入りだったの？」とグリンダ。

「さあ、誰だったか」エルファバはそっけなく言った。「わからない。シェルだったかも。たぶんそう、男の子だし。でも、母は弟を見ることもなく死んだから、元気な男の子が生まれたという小さな慰めすら知らずじまいだった」

「お父様のお気に入りは？」

「ああ、それなら簡単」エルファバはいきなり立ちあがると、棚の本を探しはじめた。さっさと退散してこの話題を打ち切ろうと言わんばかりだ。「ネッサローズだよ。あの子に会えばわかるはず。誰だってあの子を気に入るもの」エルファバはさよならと言うように緑色の指を軽く振り、するりと部屋を出ていった。

グリンダには、ネッサローズが自分のお気に入りになるとは思えなかった。とても手がかかりそうだ。ばあやは過剰なほど世話を焼くし、エルファバは妹が快適に暮らせるように部屋を整えようとあれこれとせわしなく気を遣った。ネッサローズの美しい肌に日が当たらないように、カーテンはその角度ではなくこの角度にして。ネッサローズが本を読めるように、オイルランプをもう少し上向きにしない？　しーっ、ネッサローズがベッドに入ったから、もうおしゃべりはやめよう。あの子はすごく眠りが浅いの。

ネッサローズの一風変わった美しさに、グリンダは少々圧倒された。服装の趣味もよかった（特に飾り立てているわけではないのに）。しかし、少し変わった癖があるため、外見よりもそちらに注意が向くのだった――不意に敬虔な思いに駆られ、頭を垂れて目をしばたたかせるのだ。それはきわめて感動的な姿ではあったが、同時に苛立ちを覚えるものでもあった。ネッサローズがその豊かな精神世界の中で他人にはわからない突然の啓示を受けて流す涙を、いちいち拭いてやらねばならないのだ。

グリンダはひたすら勉学に専念しはじめた。魔術を教えているのは、あやしげな新米教師ミス・グレイリングだ。魔術に対してほとばしるような敬意をもっているものの、生まれもった能力はほとんどないことがすぐに明らかになった。いつも「一番の基本は、呪文は変化をもたらす手順にすぎないということです」と言っているが、鶏肉をトーストに変えようとして、代わりにコーヒーの出がらしがレタスの葉にのって出てきたりした。それを見た学生たちは、ディナーに招待されても決して受けまいとひそかに心に決めた。一度教室の後ろでこっそり見守っていたマダム・モリブルが、頭を振って舌打ちした。一度や二度は、我慢できずに口出しをした。「私は魔法の達人ではありませんけどね。でも、ミス・グレイリング、あなたは物事を結びつけて説明する、という手順を怠っているのではありませんか。私はただ尋ねているだけですよ。私にやらせてみてくださいな。私は女性魔術師の養成にこの上ない喜びを感じているのですから」そう言われると、ミス・グレイリングは先ほどの実演の残骸の上に座って、あるいはバッグを放り出して、しょんぼりと恥ずかしさと悔しさを嚙みしめるしかなかった。娘たちはくすくす笑い、たいして役に立たない授業だと思った。

だが、一概にそうとも言えなかった。ミス・グレイリングが下手くそだったおかげで、学生たちは失敗を恐れずに自分でやってみようという気になったのだ。それに、ミス・グレイリングは、学生がその日の課題をやり遂げたときには、惜しみない称賛を送った。グリンダが初めて物を透明にする呪文を使って、ほんの数秒ではあるが糸巻きを消すことに成功したときも、ミス・グレイリングはうれしそうに手を叩き、何度も飛んだり跳ねたりして靴のかかとを壊してしまった。それほど喜んでもらえると、うれしくもあり、励みにもなった。

「別に反対するわけじゃないけど」とエルファバが言う。その日、エルファバ、グリンダ、ネッサローズ（当然ばあやも）は、自殺運河（スーサイド・カナル）のそばのパールフルーツの木の下に座っていた。「でも、不思議だと思わない？　もともと厳格なユニオン教の大学として設立されたのに、どうして教壇で堂々と魔術を教えていられるの？」

「そうはいっても、魔術は本来、宗教的なものでも非宗教的なものでもないのよ」とグリンダ。「そうでしょう？　それに、快楽信仰的なものでもない」

「呪文をかけたり、物体を変化させたり、何もないところから出現させたり。そんなのはただの余興じゃないの」とエルファバ。「茶番だよ」

「そうね、茶番みたいに見えるでしょうね。ミス・グレイリングの手にかかると、下手な茶番だわ」とグリンダ。「でも、魔術を使うことが目的じゃないの。魔術は実用的な技術なのよ。たとえば──そうね、読み書きと同じなのよ。大切なのは、読み書きの能力があるかないかではなく、何を読み、何を書く（スペル）かでしょう？　だじゃれじゃないけど、どんな呪文（スペル）をかけるかが問題なのよ」

「父は激しく非難してたわ」ネッサローズが、揺るぎない信仰を持つ者特有の静かな口調で言う。「父はいつも、魔術は悪魔の手品だと言ってた。そして、快楽信仰は信仰の真の目的から大衆の目をそらすものにすぎないって」

「いかにもユニオン教徒らしい理屈ね」グリンダは気分を害してはいなかった。「でも、一理あると思う。ペテン師や大道芸人のことを言ってるのならね。でも、魔術もそうだとはかぎらない。グリカスにいる魔女たちはどう？　マンチキンから買い入れた牛に魔法をかけて、崖っぷちまで歩いていかないようにしてるそうよ。グリカス中の崖に柵をつくるわけにはいかないもの。魔法はその地域に根ざした技術であって、地域社会の繁栄に貢献してる。何も宗教に取って代わろうってわけじゃないのよ」

「取って代わろうっていうつもりはないかもしれないけど」とネッサローズ。「でも、その傾向があるとしたら、警戒する義務があるんじゃないかしら」

「ああ、警戒というなら、そうね、わたしは飲み水を警戒するわ。毒が入ってるかもしれないもの」とグリンダ。「だからといって、水を飲むのをやめたりしない」

「わたしは、それほど重大な問題だとは思わないけど」とエルファバ。「魔術なんて、大したものじゃない。ほとんど自己完結した世界だし、そこから外に届くことなんてないもの」

グリンダは必死で集中し、エルファバが残したサンドイッチを持ちあげて運河のほうへ移動させようとした。けれども結局、サンドイッチが爆発してマヨネーズが焦げ、ニンジンとオリーブが粉々に飛び散っただけだった。ネッサローズは笑いすぎてバランスを崩して倒れこみ、ばあやが抱え起こさなければならなかった。サンドイッチまみれになったエルファバが、そのかけらをつまんで口に入れたので、皆あきれ果て、笑い転げた。「こんなのただのこけおどしでしょ、グリンダ」とエルファバ。「魔法には存在論的に興味深いことなんてない。かといって、わたしはユニオン教を信じてるわけじゃない。わたしは無神論者で、反精神主義者なの」

「そう言って、わたしたちにショックを与えて、あきれさせようというのね」ネッサローズがとりすまして言った。「グリンダ、姉さんの言うことを真に受けちゃだめよ。いつもこうなんだから。たいていは父さんを怒らせるために言うんだけど」

「ここに父さんはいない」エルファバが妹に言い聞かせる。

「だから、わたしが父さんの代わりに腹を立ててるのよ」とネッサローズ。「ユニオン教を鼻であしらうのも結構だけど、その鼻だって名もなき神から授かったものじゃないの。おかしな話でしょ、グリンダ。まったく、大人げないんだから」ネッサローズは本気で腹を立てているようだ。

「ここに父さんはいないんだよ」エルファバが、今度はなだめるような口調で言う。「だから、父さんの妄想について、そんなに躍起になってみんなに弁護しなくていい」

「姉さんは妄想って言うけど、わたしにとっては信仰なの」ネッサローズは冷ややかに、きっぱりと言った。

「ところであなた、魔術の腕は悪くないじゃない。初心者にしては」エルファバはグリンダに顔を向けて言った。「わたしのお昼ごはんからこれだけのゴミの山を作るなんて」

「それはどうも」とグリンダ。「あなたにぶちまけるつもりはなかったのよ。でも、どう？　うまくなったでしょ。人前でこれだけできたんだもの」

「本当にびっくりしたわ」とネッサローズ。「父さんだったら、まさしく魔術のこういうところを非難したでしょうね。まさに見せかけばかりの華やかさっていうところ」

「同感。口の中にまだオリーブの味が残ってる」エルファバはそう言うと、袖についていた黒いオリーブのかけらを指先でつまみあげ、妹の口元に向けて差し出す。「ネッサ、ひと口どう？」

だが、ネッサローズは顔をそむけ、黙って一心に祈っていた。

3

それから数日後、ボックは生命科学の授業の休み時間にエルファバの視線をとらえて合図を送り、廊下の隅で会った。「新任のニキディック先生をどう思う？」とボック。

「あの先生、声が聴き取りにくい」とエルファバ。「でもそれは、わたしが今もディラモンド先生の講義を聴きたいと思ってるのと、先生の死をまだ信じられないでいるせいかもしれない」その顔には、受け入れがたい現実に対する暗いあきらめの気持ちがにじんでいる。

「そのことで、きみに聞きたいことがあるんだ。ディラモンド先生の大発見について、何もかも話してくれたよね。先生の実験室は、もうすっかり片づけられてしまったの？　何かめぼしいものが見つかるんじゃないかと思うんだけど。きみは先生の口述筆記をしてたんだよね？　そのメモの中に、何かヒントになるもの、少なくとも研究を進めるうえでの取っかかりになりそうなものがあるんじゃないかな」

エルファバはこわばった表情でボックを見つめた。「わたしがそのことを考えなかったと思う？　もちろん、先生の遺体が見つかったその日に、実験室を隅々まで調べた。南京錠と封鎖の呪文がかけられて、中に入れなくなる前にね。ボック、わたしをばかだと思ってる？」

「いや、ばかだなんて思ってないよ。それで、何が見つかったんだい？」

「先生の発見は、ちゃんと隠してある」とエルファバ。「わたしの科学的知識はまだまだ不十分だけど、なんとか自分で究明していくつもり」

「つまり、僕に教える気はないってこと？」ボックはショックを受けた。

「そんなに興味をもってたわけじゃないでしょ。それに、何も証明できてないんだし、あなたに話したところで意味がある？　ディラモンド先生も、そこまではまだ研究を進めてなかったと思う」

「僕はマンチキン人だ」ボックは誇らしげに答えた。「いいかい、エルフィー、きみの話を聞いて、魔法使いが何を企んでるか、なんとなくわかってきたんだ。やつは〈動物〉たちを農場に閉じこめようとしてる——そうやって、不満をもつマンチキン人の農民たちのためにいかにも何かしてやってると思いこませて、そのうえで、役にも立たない新しい井戸を強制的に掘らせる気なんだ。なんて汚いやり方だ。でもこのことは、僕をここへ送り出してくれたウェンド・ハーディングズの町にも関わる問題なんだ。僕には、きみが知ってることを知る権利がある。二人で協力すれば、解決策が見つかるかもしれないし、何かを変えられるかもしれないじゃないか」

「あなたは失うものが多すぎる」とエルファバ。「やっぱり、わたし一人でやる」

「やるって、何を？」

だが、エルファバは頭を振っただけだ。「何も知らないほうがいい。あなたのためを思って言ってるの。ディラモンド先生を殺したのが誰であれ、先生の発見を公にしたくなかったわけでしょ。あなたまで危険な目にあわせるなんて、そんなの友達とは言えない」

「僕がここで引き下がったら、それだって友達とは言えないよ」とボックは言い返す。

だが、エルファバは教えようとはしなかった。授業の残り時間ずっと、ボックはエルファバの隣に座り、何度かメモを渡してみたが、すべて無視された。ボックはあとになって、もしあのまま何事も起こらなかったら、二人の友情は行き詰まっていたかもしれないと思った。だが、まさにこの授業中に、新参者が襲われるという珍事件が起きたのだ。

ニキディック教授が生命の力について講義をしていた。伸び放題のあごひげを真ん中で分けて、その先端を両手首に巻きつけながら、尻すぼみな口調で話している。そのため、教室の後ろにいる学生は、どの文章も前半分しか聴き取れない。講義内容を理解できている学生はまったくといっていいほどいなかった。教授がチョッキのポケットから小瓶を取り出し、「生物学的意思の抽出」とかなんとかつぶやくと、最前列の学生だけが背筋を伸ばして目を見開いた。ボックとエルファバ、それに残りの学生たちの耳には、ボソボソいう声しか聞こえない。「スープには少しソースをボソボソボソ、まるで創造が完了していないかのようにボソボソボソ、感覚ある者すべての義務であるにもかかわらずボソボソボソ、それで後ろで居眠りをしている学生の目を覚ますためボソボソボソ、ごらんなさい、どうということのないささやかな奇跡ですが、好意でボソボソボソ」

教室内が興奮に包まれ、全員が目を覚ましていた。教授は煙が充満しているような瓶の栓を抜くと、痙攣(けいれん)するような動きをした。すると、タルカムパウダーのような塵(ちり)がふっと噴き出て、瓶の首の上空に紫煙のようにゆらゆらと上がっていく。教授が二、三度両手であおぐと、空気の流れが上へと渦を巻きはじめた。煙柱はそのままの状態を保って、上方へ移動していく。学生たちが「おおーっ」と言いそうになったが、こらえた。ニキディック教授が指を一本立てて、シッと合図したのだ。その理由はわかっていた。いっせいに息を吸いこんだりしたら、空気の流れが変わり、麝香の香りを漂わせながら浮かんでいる粉が流れてしまうだろう。だが、そこで学生たちは微笑まずにはいられなくなった。教壇の上の壁に、よくある儀式用の鹿の角と飾りひものついた真鍮のトランペットが飾られていて、その間にオズマ・タワーの四人の創立者の肖像画が掛かっていた。昔の服に身を包み、いかめしい顔で現在の学生たちを見下ろしている。もし、この〝生物学的意思〟が創立者の誰かにとりついたなら、男女の学生が大教室で一緒に学んでいるのを見て、なんと言うだろうか。ほかにもどんなことを言うだろう。みんなわくわくして待ちかまえていた。

だが、そのとき教壇の脇にあるドアが開き、空気の流れが乱れた。一人の学生が、戸惑った表情で教室の中をうかがっている。スエードの脚絆に白い綿のシャツという奇妙な格好で、浅黒い顔と手には青いダイヤの模様の入れ墨がある。誰もそれまでこの学生を、それどころか、こんないでたちの人間を見たことがなかった。ボックはエルファバの手をぎゅっと握りしめ、「ごらん、ウィンキーだよ!」とささやいた。

確かにそう見える。変てこな儀式服を着た、ヴィンカス出身の学生。遅刻したうえに間違ったドアを開けてしまい、すっかりまごついて申し訳なさそうな顔をしている。だが、ドアはすでに背後で閉まり、内側から鍵がかかってしまった。おまけに、前方の列には空いた席はない。きっとこれ以上目立ちたくないと思ったのだろう、そのまま教壇脇のドアにもたれてその場に座りこんだ。

「くそっ、せっかくの授業が台無しだ」とニキディック教授。「ばか者、なぜ時間どおりに来んのか？」

花束ほどの大きさの輝く塵は、ドアから入ってきた風に乗り、上方へ向かった。もう一度思いがけず演説ができる機会を今かと待っている、大昔に亡くなった偉人たちの列を素通りして、代わりに一対のねじれた鹿の枝角を包みこむと、しばらくそのままそこに漂っていた。「さて、あの偉人たちから名言を聞くことはもはや望めません。ですから、これ以上この貴重な物質を実習で無駄にするのはやめることにします」とニキディック教授。「研究はまだ未完成でボソボソ。きみたちが自分で発見してくれたらボソボソボソ。私はきみたちのボソボソ批判するつもりはボソボソボソ」

そのとき突然、壁の上で枝角がブルブルと震えはじめたかと思うと、身をねじるようにしてオーク材の壁板からはずれ、ガタンと音を立てて床に転がった。それを見た学生は口々に叫び声をあげ、腹を抱えて笑いだす。ニキディック教授が一瞬、この騒ぎが何なのかわからんという顔をしたものだから、なおさらだ。教授が振り返ると、ちょうど二本の角は体勢を立て直したところで、戦闘準備ができた闘鶏のように、武者震いしながら教壇の上で身構えている。

「おい、私をにらむのはやめたまえ」ニキディック教授は本を片づけながら言った。「おまえたちに何かやるよう頼んだ覚えはない。責めるなら、あの学生を責めるんだね」そう言って、ヴィンカス人の学生を指さした。その当人が大げさなほど目を見開いて身をすくめていたので、ひねくれた上級生たちは、これはすべてやらせではないかと疑いはじめた。

二本の枝角は尖った先端を下にして立ち、カニのようにトコトコと教壇の上を横切った。学生たちがいっせいに甲高い声をあげて立ちあがる。枝角はヴィンカス人の学生の体を這いあがると、鍵のかかったドアに押さえつけた。一本の角がV字になった部分で首を押さえこんで動きを封じ、もう一本の角が後ろへのけぞって顔を突き刺そうとする。

ニキディック教授が慌てて駆けつけようとしたが、関節炎の膝が言うことを聞かず、その場に倒れた。だが教授が起きあがる前に、前列にいた二人の男子学生が教壇に駆けあがり、枝角をつかんで格闘を始め、とうとう床に組み伏せた。ヴィンカス人の学生は訳のわからない言葉を叫んでいる。

「クロープとティベットだ！」ボックはエルファバの肩を揺

すって言う。「見て！」魔術専攻の学生たちが全員椅子の上に飛びあがり、獰猛な角に呪文をかけようとする。クロープとティベットはというと、角をつかんでは逃げられ、またつかむということを繰り返していたが、ついに一方の枝角をへし折り、もう片方もへし折った。角の破片は教壇の上に散らばり、ぴくぴくしたままそれ以上動かなくなった。

「ああ、あいつ、気の毒に」とボック。ヴィンカスの学生はがっくりと座りこみ、青いダイヤの入れ墨がある手で顔を覆って泣きじゃくっている。「ヴィンカスから来た学生を見たのは初めてだよ。それにしても、とんだ歓迎を受けたものだね」


ヴィンカス人の学生が襲われた事件は噂になり、さまざまな憶測を生み出した。翌日の魔術の授業で、グリンダはミス・グレイリングに説明を求めた。「ニキディック先生の『生物学的意思の抽出』とかいう講義のことですが、どうして生命科学に分類されているのですか？　よくできた魔術のように思えるのですが。科学と魔術は、どこが違うのでしょう」

「そうね」とミス・グレイリングは言い、わざわざこの機を見計らったように髪を直しはじめた。「皆さん、いいですか。科学は、自然を系統立てて分析します。少なからず宇宙の法則に従って機能しているパーツに分解して、自然を考えるわけです。でも、魔術は正反対の働きをします。ばらばらにするのではなく、つなぎ合わせるのです。分析というより統合ですね。以前から存在していたものを明らかにするのではなく、新しいものを創造するのです。真の熟練者の手にかかると、魔術は」――ここでミス・グレイリングはヘアピンで頭を突いてしまい、悲鳴をあげた――「まさに芸術です。実際のところ、優れた芸術、あるいは最高の芸術と言えるでしょう。絵画、演劇、詩の朗唱といったただの芸術とは比べものになりません。世の中に存在しているものを描写したり表現したりするのではなく、対象そのものになるのです。なんという気高い使命でしょう」ミス・グレイリングは自分の言葉に酔い、はらはらと涙を流しはじめた。「世の中を変えたいという願い以上に、崇高なものがあるでしょうか。理想郷を思い描くのではなく、実際に変化するように命じるのですから。不恰好なものを修正し、出来そこないを作り直し、宇宙に存在するほころびを正すのです。魔術によって、生きられないはずのものが生き延びるのです」

お茶の時間になっても、グリンダの心にはまだ感動の余韻が残っていた。また、おもしろい話だとも思ったので、スロップ家の姉妹に報告した。すると、ネッサローズが言った。

「何かを創造できるのは名もなき神だけよ、グリンダ。ミス・グレイリングが魔術を創造と混同してるのなら、あなたの道徳心が汚されかねないわ」

「そう言われても」グリンダは、自分が想像で作りあげた病で床に臥している アマ・クラッチのことを考えていた。「わたしの道徳心なんて、もともとたいしたものじゃないもの」

「じゃあ、魔術が人の役に立つっていうのなら、自分の性格を直してみればいいじゃない」ネッサローズはきっぱりと言った。「そういうことに魔法を使うのなら、いい結果になると思うけど。あなたの才能を魔術に使うのよ、魔術に使われるのではなく」

ネッサローズは、もったいぶった物言いをして相手をひるませるこつを心得ているようだ。グリンダはネッサローズの言葉を肝に銘じながらも、すでにたじろいでいた。

だが、エルファバがこう言った。「グリンダ、あなたはいい質問をした。ミス・グレイリングはもっときちんと答えるべきね。あの悪夢のような枝角の事件、わたしには科学というより魔術に見えたもの。あのヴィンカスの子は気の毒だったけど！　来週、ニキディック先生に質問してみたらいい」

「そんな勇気のある人、いる？」とグリンダ。「ミス・グレイリングは、変な人だからまだいいわ。でも、ニキディック先生は、ボソボソと支離滅裂なことをしゃべるっていう愛すべき癖はあるけど、すごく高名な学者なのよ」

翌週の生命科学の授業では、ヴィンカスから来た新入生に皆の注目が集まった。新入生は早めにやってきて、教壇からなるべく離れた二階席に座った。ボックは、定住農民が遊牧民に対して決まって持つ不信感を抱いていた。けれども、新入生の目に宿る知性の輝きは認めざるをえなかった。アヴァリックがボックの隣の席にすべりこんできて話しかける。

「あいつ、王様なんだってさ。金も王座も持たない王。貧しき貴族。つまり、彼の部族の中でってことだけど。オズマ・タワーに在籍中で、名前はフィエロ。混じりっけなしのウィンキーだよ。文明に触れて、どう思ってるんだろうね」

「先週のあれが文明なら、ふるさとの野蛮な暮らしを恋しがってるはず」エルファバがボックのもう一方の隣の席から言った。

「あのばかげた入れ墨、どういうつもりなんだ」とアヴァリック。「好奇の目を引くだけなのにさ。それに、あの肌の色。まっぴらごめんだね」

「ひどいことを言うね」とエルファバ。「わたしに言わせれば、それこそまっぴらごめんな意見」

「ああ、もう」とボック。「やめてくれ」

「うっかりしてたよ、エルフィー、肌の色はきみの問題でもあったね」

「わたしのことは放っておいて。お昼を食べたばかりなんだから。あなたといると消化不良を起こしそう、アヴァリック。お昼に食べた豆、あなたと相性が悪いみたい」

「僕、席を変わろうかな」とボックは言ったが、ちょうどそのときニキディック教授が入ってきた。学生たちはいつもどおり敬意を表すために起立してから、がやがやとしゃべりながら席についた。

それから数分間、エルファバは手を振ってニキディック教授の注意を引こうとしたが、席が後ろすぎたために教授は気づかず、もごもごと話を続けている。ついにエルファバはボックのほうへ身を乗り出して言った。「休憩時間になったら、先生が気づくように前の席へ移る」教授はクラスの全員が見守る中、よく聞き取れないまま前置きを終えると、一人の学生に教壇の横のドアを開けるよう合図した。先週、フィエロがよろけながら入ってきたドアだ。

一人のスリー・クイーンズの学生が、お茶を出すときに使うようなキャスター付きの台を押して入ってきた。その上にはライオンの子が一匹、身を縮めてちんまりとうずくまっている。二階席からでも、おびえきっているのが感じられた。つぶしたピーナッツ色の尻尾を小さなムチのように前後に振り、両肩を丸くすぼめている。まだたてがみらしきものもなく、とにかく小さい。けれども、黄褐色の頭をあちこちに向けている様は、まるで敵の様子をうかがっているようにも見える。口を開け、ウォーとおびえた声で小さく吠えた。大人ぶって吠えてはいるが、やはりそこはまだ赤ん坊だ。教室にいた学生たちはすっかり心を奪われ、口々に「かわいい！」と声をあげた。

「まだ子猫みたいなものです」とニキディック教授。「名前はゴロゴロにしようと思っていましたが、のどを鳴らすよりは震えてばかりいるので、ブルブルにしておきましょう」

子ライオンはニキディック教授の顔を見ると、台のぎりぎりの端まで後ずさった。

「今朝の課題はこれです」とニキディック教授。「ディラモンド先生のご研究から取りあげましょう。先生は少々偏った興味をお持ちでボソボソボソ。これが〈動物〉か、それとも動物か、わかる人はいますか？」

エルファバが指名されるのも待たず、二階席で立ちあがると、はっきりと大きな声で答えた。「ニキディック先生、これが〈動物〉か動物か、わかる者はいるかという質問ですね。このライオンの母親ならわかるはずです。母ライオンはどこにいるのですか」

学生たちから、おもしろがるようなざわめきが起こった。「統語意味論の罠(わな)にはまりましたな」教授が愉快そうに言う。それから、二階席があったことに初めて気づいたかのように、前より大きな声を出した。「よくできました、お嬢さん。では、質問の仕方を変えましょう。この検体の性質に関して、誰か仮説を立ててみてください。そして、そう判断した理由を述べてください。目の前にいるのは、まだ幼い獣です。たとえ言葉を操る能力を持っているとしても、そうなるまでにはまだ時間がかかります。話す能力はあるとしても、まだ言葉を操れない状態の場合、それでもこれは〈動物〉だと言えるでしょうか」

「先生、質問を繰り返します」とエルファバが声を張りあげる。「まだほんとに幼い獣ではないですか。母親はどこにいるのですか？　こんなに早く、どうして母親と引き離されたのでしょう。お乳も飲めないじゃないですか」

「今取りあげている学問上の問題に対して、的外れな質問ですね」と教授。「だが、若い人は何かにつけ感傷的になるものです。母ライオンは、不運にも時限爆弾の事故で死んだ、とでも言っておきましょう。議論が円滑に進むように、この母親が〈ライオン〉かライオンかを知る手立てはないとします。そもそも、きみたちも聞いていると思いますが、〈動物〉たちは新しく施行された法律の下での暮らしを避けるため、野生に戻りつつありますからね」

エルファバは途方に暮れて席についた。「まともなこととは思えない」と、ボックとアヴァリックに言う。「科学の授業のために、母親のいないライオンの子供をこんなところに引っぱり出してくるなんて。見てよ、あんなにおびえて。震えてるのは寒さのせいじゃないはず」

ほかの学生たちも思いきって意見を言いはじめたが、教授はひとつずつ却下していった。その論点は、獣が幼い段階で言葉をもっていない場合、あるいは状況から判断する手がかりがない場合、〈動物〉か動物かを区別することはできない、というものらしい。

「この議論には政治的なにおいがぷんぷんする」エルファバが声を張りあげた。「生命科学だと思ってたけど、時事問題の授業だったの？」

ボックとアヴァリックはエルファバを黙らせた。あいつは目立ちたがり屋だという悪い評判が立ちはじめていたのだ。

学生たちが論点を理解したあとも、教授は延々とこの話題を引っぱっていたが、ついに皆の前に向き直った。「では、脳の中の言語を司る部分を麻痺させたら、痛いという概念、ひいては痛みの存在そのものを取り除くことができると思いますか？　最初にこの小さな子ライオンにやってみた実験では、興味深い結果が見られましたよ」そう言うと、ゴムの頭がついた小さなハンマーと注射器を手に取った。ライオンはすっくと立ちあがると、ウーッとうなり声をあげた。そして、後ずさりして床の上に飛び降り、ドアに向かって突進した。だが、ドアは先週と同じように閉まって内側から鍵がかけられている。

このとき、立ちあがって叫びはじめたのは、エルファバだけではなかった。十人以上の学生が教授に向かって大声で抗議した。「痛みですって？　痛みを取り除く？　見てください、あんなにおびえているじゃないですか。すでに痛みを感じているんです。やめてください！　頭がおかしいんですか？」

教授は動きを止め、ハンマーをぐっと強く握りしめた。「学習の機会をこんなふうに拒否されるとは、もってのほかだ！」と、むっとして言う。「きみたちは一時の感傷に身をまかせ、観察もせずに軽率な結論に飛びついているのですよ。その獣をこちらへよこしなさい。さあ、お嬢さん、私を怒らせたいのですか」

だが、クレージ・ホールの二人の女子学生が命令を無視し、爪を立てている幼いライオンをエプロンに放りこむと、二人で抱えて部屋から逃げ出した。教室は大騒ぎになり、ニキディック教授は大またに教壇から下りていった。エルファバがボックのほうを向いて、

「あら、科学と魔術の違いについての、グリンダのいい質問をしそびれちゃった。今日の授業、まったく違う方向へ進んでしまったから」と言ったが、その声は震えていた。

「ライオンが心配でたまらなかったんだね」ボックは胸がじんとした。「エルフィー、震えてるじゃないか。こんなこと言って気を悪くしないでほしいんだけど、きみ、興奮しすぎてほとんど蒼白になってるよ。さあ、教室を抜け出して、駅前広場のカフェでお茶でも飲もう。前みたいにさ」

4

偶然出会った仲間同士の付き合いというのは、最初は遠慮と先入観が邪魔をし、やがて

は反感と裏切りで終わるが、その間にしばし楽しい時間があるものだ。ボックにとって、夏にまだガリンダと呼ばれていた娘に抱いた恋心は、意味があるものだと思えた。それがあったからこそ、仲間たちとより成熟した心地よい関係を築くことができたのだ。彼らはお互いに、生涯の友として運命的な結びつきを感じはじめていた。

男子学生がクレージ・ホールに入ることは許されておらず、女子学生が男子校に入ることも同様だったが、シズの中心街が談話室や講義室の延長となり、男女の交流の場を与えてくれた。週の半ばの午後や週末の朝、仲間たちはワインの瓶を片手に運河の土手に集まったり、カフェや学生用の酒場に出かけたり、シズの街を歩きまわって優れた建築物について議論したり、教師のやりすぎを笑ったりした。ボックとアヴァリック、エルファバとネッサローズ（ばあや付き）、そしてグリンダ。そこにファニー、シェンシェン、ミラ、あるいはクロープとティベットが仲間に加わることもあった。クロープがフィエロを連れてきてみんなに紹介したせいで、ティベットが一週間ほどふくれっ面をしていたのだが、ある夜フィエロがいつもの控えめで礼儀正しい物腰でこう言った。「そうなんです、僕はだいぶ前に結婚してるんです。ヴィンカスではみんな早婚なんですよ」これを聞いて一同は大騒ぎし、自分たちはまだまだ子供だと感じた。

もちろん、エルファバとアヴァリックはことあるごとに辛辣（しんらつ）な言い合いをしたし、ネッサローズは信仰について大演説をして皆を苛立たせ、クロープとティベットはきわどいことを言っては一度ならず運河に投げこまれた。だがボックは、グリンダへの恋心がいくらか治まってきたことにほっとしていた。グリンダはピクニック用の敷物の端に自信に満ちた顔で座り、話題が自分に及ぶのをうまくかわしている。ボックが愛したのは、自分に魅力があることを知っていて、そんな自分を愛している少女だったのだが、その少女はどこかへ消えてしまったようだ。それでもボックは、グリンダという友人を得られて幸せだと思っていた。そう、ひと言で言えば、ボックが愛したのはガリンダであり、そのガリンダは今やグリンダという、ボックにはよく理解できない女性になってしまった。そういうことだ。

彼らは仲間として絆（きずな）でつながれていた。

女子学生たちは皆、マダム・モリブルをできるだけ避けていた。ところがある寒い夜のこと、グロメティックがスロップ姉妹を呼びに来た。ばあやが慌てて新しいエプロンを腰に巻き、ネッサローズとエルファバをせきたてて、三人で階下の学長の応接室へ向かった。

「あのグロメティックって、虫唾（むしず）が走るわ」とネッサローズ。「いったい、どうやって動いてるのかしら。ぜんまい仕掛けなのか、魔法なのか。それとも両方の組み合わせ？」

「ばかげた想像かもしれないけど、わたしが思ったのは、中に小人が入ってるんじゃないかとか、小妖精(エルフ)の軽業師(かるわざし)の一家が入っていて、手足を一本ずつ動かしてるんじゃないかとか」とエルファバ。「グロメティックがそばに来るたび、なんだか手がハンマーを求めてむずむずするんだよね」

「わたしにはわからないわ」とネッサローズ。「手がむずむずするって、どんな感じか」

「二人とも、お静かに。あれにも耳はあるんですよ」とばあや。

マダム・モリブルは経済紙に目を通しながら余白に印をつけていたが、二人が来たことに気づくと、もったいぶって言った。「お時間は取らせません。あなた方のお父様から手紙と小包が届いています。私の口からお知らせしたほうが親切かと思いまして」

「何かあったのですか?」ネッサローズが顔を曇らせた。

「学長に手紙を出すんだったら、わたしたちにも書いてくれればいいのに」とエルファバ。

マダム・モリブルはエルファバを無視した。「お父様はネッサローズの体調と勉強の進み具合を尋ねてこられたのです。また、オズマ・チペタリウスの帰還を祈って断食と苦行に入るから、二人にそう伝えてほしいと書いてあります」

「まあ、それはそれは」ばあやが大好きな話題に飛びついた。「もうずいぶん前のことになりますけれど、魔法使い陛下が宮廷を乗っ取って摂政オズマ(オズマ・リージェント)を幽閉したとき、あたしたちはみんな、聖なる幼いオズマ姫が陛下に天罰を下すだろうと思ったものですよ。でも、オズマ姫はさらわれて、ラーライン様みたいにどこかの洞穴の中で凍りついてるっていうじゃありませんか。そのオズマ姫を溶かすだけの気骨が、フレックスパー様にあるのかどうか。オズマ姫がお戻りになられるときが訪れたのでしょうかねえ？」

「いいですか」マダム・モリブルはばあやに冷たく一瞥(いちべつ)をくれると、姉妹に向かって言った。「あなた方にここへ来てもらったのは、この人にこんな眉唾ものの世間話をさせるためでも、偉大な魔法使い陛下を誹謗(ひぼう)させるためでもありません。摂政オズマ(オズマ・リージェント)から陛下へ、平和的に権力の委譲が行われたのです。摂政オズマ(オズマ・リージェント)の健康状態が自宅軟禁のときに悪化したのは単なる偶然の一致で、それ以外の何ものでもありません。あなた方のお父様の力で、さらわれた王家のご息女を深い眠りから目覚めさせることができるかどうかは――そうね、お父様は精神を病まれているとは言えないまでも、かなり変わっておられるということは、あなた方も認めていましたね。ともかく、断食中のお父様のご健康をお祈りしますわ。ただし、これだけは言っておきます。クレージ・ホールでは、いかなる扇動的な行動も笑って見逃すわけにはいきません。お父様には王党派としてのお望みがいろいろとおありでしょうが、それをこの寮内に持ちこまないでください」

「わたしたちが身を捧げているのは、陛下でも王家のご存命の方々でもなく、名もなき神です」ネッサローズが誇らしげに言った。

「わたしはこの件に関しては、何の感情ももっていません」とエルファバ。「確かに父は見込みのない大義を信奉してはいますが」

「なるほど」と学長。「それは結構なことです。では、小包を渡しましょう」エルファバに小包を手渡して、こう付け加えた。「でも、ネッサローズにだと思いますよ」

「開けてちょうだい、エルフィー姉さん」とネッサローズ。ばあやも身を乗り出してのぞきこむ。

エルファバはひもをほどき、木の箱を開けた。中に詰められたトネリコのおがくずの下から、靴の片方を取り出し、それからもう片方を引っぱり出す。銀色の靴？　それともブルー？　それとも赤？　あるいは、キャンディのようなつや出しが塗ってあるのか。何色と言うのは難しいが、そんなことはどうでもよかった。とにかくまばゆいばかりに美しい。マダム・モリブルでさえ、そのきらびやかさに息をのんだ。靴の表面は無数の光の反射と屈折で脈打っているようだ。暖炉の火のもとでは、いつか拡大鏡で見た泡立つ血球のように見えた。

「お父様はその靴を、オッベルズのはずれに住む歯無しの鋳掛屋（いかけや）の女から買ったと書いておられます」とマダム・モリブル。「そして、ご自分で作られた銀色のガラス玉で飾られたそうです。誰かから作り方を習われたとか――？」

「タートル・ハートですよ」ばあやがぼそっと言った。

「そして――」マダム・モリブルは手紙を裏返すと、目を細めて読んだ。「あなたが大学へ出発する前に、何か記念になるものを贈るつもりだったが、アマ・クラッチの急病という突発的な事態になってしまって……かくかく、しかじか……何も用意できなかった。それで今回、愛娘ネッサローズの美しい足が、温かく、濡れることなく、美しく保たれるように、愛をこめてこの靴を送る、ということです」

エルファバはおがくずを指でかきまわしてみた。箱の中にはほかに何も入っていない。自分宛のものは何も。

「すごくきれい！」ネッサローズが叫ぶ。「エルフィー姉さん、履かせてちょうだい。まあ、なんてきらきらしてるの！」

エルファバは妹の前にひざまずいた。ネッサローズは背筋を伸ばし、顔を輝かせて、オズマに負けないくらい威厳に満ちて座っている。エルファバは妹の足を持ちあげると、普段用の室内履きを脱がせ、代わりにまばゆく輝く靴を履かせた。

「父さんったら、なんて優しいの！」とネッサローズ。

「あなた様はご自分の足で自由に歩けるんですからいいじゃないですか」ばあやがエルフ

ァバにそうささやき、老いた手をエルファバの肩甲骨の上にいたわるように置いたが、エルファバはその手を振り払った。

「ほんとにきれい」エルファバは低い声で言った。「ネッサローズ、あなたのために作られたんだね。信じられないくらいぴったり」

「ああ、エルフィー姉さん、気を悪くしないでね」ネッサローズが自分の足元を見下ろして言う。「気を悪くして、わたしの小さな幸せをぶち壊さないで。姉さんはこんなきらきらしたものなんて欲しがらないだろうって、父さんは考えて……」

「もちろん、欲しくなんかない」とエルファバ。「あたりまえでしょ」


その夜、仲間たちは門限破りの危険を冒して、もう一本ワインを注文した。ばあやが舌打ちして気をもんでいたが、みんなと同じように自分の分け前をきれいに飲み干してしまっている以上、異論は聞き入れられなかった。フィエロが、七歳のときに近くの部族の少女と結婚したいきさつを話した。あまりにあっけらかんと話すので、みんなはぽかんと口を開けて聞いていた。花嫁を見たのは、あとにも先にも二人が九歳のときに一度きりで、しかもそれは偶然だったと言う。「でも、二十歳になるまでは、本当の夫婦にはならないつもりだ。今はまだ十八だし」と付け加えた。フィエロがまだ自分たちと同じく純潔らしいとわかって安堵（あんど）したメンバーは、さらにもう一本ワインを注文した。ろうそくの炎が風でちらちらと揺れた。外では秋の小雨が降っている。部屋の中は乾燥していたが、もう歩いて帰ることを考えたのか、エルファバがマントを引き寄せた。父親に無視されたショックからはすでに立ち直り、ネッサローズと一緒に、父フレックスのおかしな思い出話をはじめた。何も気にしてはいないと、自分自身にもほかのみんなにも証明するかのように。あまり酒を飲み慣れていないネッサローズが、珍しく笑い声を立てた。

「わたしはこんな体なのに、というより、こんな体だからかもしれないけど、父はわたしを『僕のきれいなペット』と呼ぶのよ」人前で自分から腕がないことを口にしたのは初めてだった。「父はよく、『ここまでおいで、僕のペット、そしたらりんごをひと切れあげるよ』と言ったわ。わたしは一生懸命歩いていったものよ。ばあやもエルフィーも母もそばにいなくて、誰も支えてくれないときは、倒れそうになりながらよろよろと歩いていって、父の膝に倒れこむの。それから体を起こしてにっこり笑うと、父はわたしの口に、小さく切ったりんごを放りこんでくれた」

「お父様はあなたのことはなんて呼んでたの、エルフィー?」とグリンダが尋ねる。

「ファバラよ」ネッサローズが口を出した。

「家ではね。家の中だけ」とエルファバ。

「そうそう、あなた様はお父様の『ちっちゃなファバラ』でしたっけね」笑いの輪から少しはずれて座っていたばあやが優しい声で、まるで自分に言い聞かせるように言う。「ちっちゃなファバラ、ちっちゃなファバラ、ちっちゃなファバラ」

「わたしのことは一度もペットと呼ばなかった」エルファバは妹に向けてグラスを上げて言った。「でも、父が本当のことを言ってたのは、みんなだってわかるでしょ。ネッサローズは家族のペットなの。このすばらしい靴がその証拠」

ネッサローズは顔を赤らめて祝杯を受けた。「でも、わたしが父さんの気を引いたのはこんな体だからだけど、姉さんは歌で父さんの心を虜（とりこ）にしてたじゃない」

「父さんの心を虜にした？　まさか。必要な役割を果たしてただけ」

だが、ほかのみんなが黙ってはいない。「きみ、歌が歌えるの？　じゃあ、ぜひ歌ってみてよ。よし、もう一本追加だ。もう一杯いこう。椅子を後ろへどけて。帰る前に歌ってよ！　さあ！」

「みんなも歌うなら、歌ってもいいけど」エルファバは偉そうに言う。「ボック、あなたはマンチキンのスピニエルね。アヴァリックはギリキンのバラード。グリンダも何か歌ってよ。ばあやは子守唄ね」

「僕たち、いかがわしい輪唱なら歌えるよ。きみが歌ったら、その次は僕らだ」とクロープとティベット。

「じゃあ、僕はヴィンカスの狩りの歌を」とフィエロ。皆がうれしそうに笑ってフィエロの背中を叩く。そこでエルファバはしぶしぶと立ちあがり、椅子を脇へどけた。咳払いをし、両手で口を覆ってひと声出してから、歌いはじめる。久しぶりにまた、父のために歌うかのように。

バーのマダムが、騒いでいる年輩の客を布巾でぴしゃりと叩いて黙らせる。ダーツで遊んでいた客も手を休めた。部屋の中が静まりかえる。エルファバは即興で短い歌を作って歌った。まだ見ぬものへの憧れの歌、時空を越えたはるかかなたの世界の歌。見知らぬ人たちも、目を閉じて聴き入っている。

ボックも同じようにして聴いていた。声はまあまあってとこか。エルファバの歌が想起させる世界が目に浮かぶ。不正や、よくある残虐行為、独裁統治、貧困を招く厳しい干魃がいっせいに襲いかかってきて人々を苦しめることのない世界。いや、僕の評価は間違っていた。エルファバの歌声はすばらしい、いい。落ち着いていて、感情がこもってはいるけれどわざとらしくない。ボックは最後まで聴いていた。歌声は、酒場の敬意に満ちた静寂の中へ消えていく。のちにボックはこう思った——その歌は嵐のあとの虹のように、あるいは、風がだんだん収まっていくように消えていき、あとには静寂と、可能性と、安堵が残った、と。

「次はあなたの番、約束でしょ」エルファバがフィエロを指さして声をあげる。けれども誰も歌おうとしない。エルファバの歌がすばらしすぎたのだ。ネッサローズがばあやにうなずきかけ、目尻から流れる涙を拭かせた。

「エルファバは信仰をもっていないと言うけど、死後の世界のことをあんなに感情をこめて歌いあげるんだから……」とネッサローズは言う。これには、誰も反論しようとしなかった。

5

あたり一面が霜で真っ白になったある朝早く、グロメティックがグリンダにメモを持ってきた。アマ・クラッチがこの世を去ろうとしているという。グリンダとルームメイトたちは急いで診療所に駆けつけた。

そこには学長が待っていて、娘たちを窓のない小部屋に案内した。アマ・クラッチはベッドの中でのたうちながら、枕カバーに話しかけていた。「我慢しなくていいんですよ」と荒い呼吸で言う。「私がおまえにしてやれることといったら。おまえがおとなしいのをいいことに、この脂っぽい髪をそのきれいな織物の上にのせたり、アップリケのついたレースの縁をかじったりすることぐらい！　されるがままになってるなんて、おまえはほんとにばかなんだから！　ご奉公なんて無駄ですよ！　でたらめなんですから。そう、でたらめなんですよ！」

「アマ・クラッチ、アマ・クラッチ、わたしよ」とグリンダ。「ねえ、聞こえる？　わたしよ、あなたのかわいいガリンダよ」

アマ・クラッチは頭を左右に振った。「まだそんなことを言うなんて、ご先祖様への侮辱です！」再び枕カバーに目を向けて続けた。「レスト湖の岸に生えているおまえのご両親の綿の木が収穫されたのは、おまえにこうして敷物みたいなまねをさせて、汚い年寄りのよだれでベトベトにさせるためじゃありませんよ！　おかしいじゃありませんか！」

「アマ・クラッチ！」グリンダはすすり泣いた。「うわごとはもうやめて！」

「ほらね、そう言われたら何も言い返せないでしょう」アマ・クラッチは満足げに言った。

「正気に戻ってちょうだい。逝ってしまう前に、もう一度だけ！」

「ああ、お優しいラーライン様、これはひどすぎます」とばあや。「お嬢様方、もしあたしがこんなふうになったら、毒を盛ってくださいましね」

「アマ・クラッチはもうだめ。わたしにはわかる」とエルファバ。「カドリングでいやというほど見てきたもの。もう望みはない。グリンダ、言っておきたいことがあるなら、早く言いなさい」

「マダム・モリブル、席をはずしていただけませんか？」とグリンダ。

「そばにいて、支えになってさしあげます。それが学生に対する義務ですから」学長はハムのような手を腰に当て、きっぱりと言った。だが、エルファバとばあやが立ちあがり、学長を部屋から廊下へ追い出すと、ドアを閉めて鍵をかけた。ばあやはその間中ずっと、「ご親切はよくわかりますよ、学長先生、でも、その心配はご無用です。ほんとに大丈夫ですから」と言い続けていた。

グリンダはアマ・クラッチの手を握った。アマ・クラッチの額からは汗の玉が噴き出ていて、まるでじゃがいもにつく水滴のようだ。グリンダの手を振り払おうとするが、もうその力も残っていない。「アマ・クラッチ、おまえは死んでしまうのね」とグリンダ。

「わたしのせいだわ」

「そんなこと言わないの」とエルファバ。

「だって、本当のことなのよ」グリンダは頑として言った。「本当なのよ」

「本当かどうかはどうでもいい」とエルファバ。「くだらないことをべらべらしゃべるのはやめなさいって言ってるの。死にかけてるのは、アマ・クラッチなんだよ。あなたが名もなき神に懺悔してどうするの。ほら！　何かできることがあるでしょ！」

　グリンダはアマ・クラッチの両手をいっそう強く握りしめた。「魔法で正気を取り戻させてあげる」と、歯を食いしばって言う。「アマ・クラッチ、わたしの言うとおりにしない！　わたしはまだおまえの雇い主で、主人なんだから。言うことを聞かなきゃだめよ。さあ、この呪文を聞いて、お行儀よくしなさい！」

　アマ・クラッチは歯ぎしりし、目をぎょろつかせ、あごを不自然にねじった。まるでベッドの上空に漂う目に見えない悪霊を退治しようとするかのように。グリンダは目を閉じ、口を動かす。自分でも意味がわからない言葉が、とぎれとぎれの音となって、白くなった唇から次々とつむぎ出されてくる。「いつかのサンドイッチみたいに、アマ・クラッチを爆発させないでよね」エルファバがつぶやいた。

　グリンダはその言葉を無視したまま、ぶつぶつと呪文を唱え、体を揺すり、息を弾ませていた。目を閉じたアマ・クラッチのまぶたが激しく動く。まるで眼窩が眼球を噛み砕いているかのように。「マギコルディアム　センサス　オヴィンダ　クレンクス」と最後にひときわ大きく唱えて、グリンダは呪文を終えた。「これでだめならお手上げよ。香炉とかベルとかの道具が一式そろってても、同じことだと思う」

アマ・クラッチがわら布団の上でのけぞった。目の縁から血がひと筋流れる。だが、焦点を合わせようとするかのような激しい目の動きは収まっていた。「まあ、お嬢様」アマ・クラッチはつぶやいた。「ご無事でしたか。それとも、私はもう死んだのでしょうか」

「まだ死んでないわよ」とグリンダ。「ええ、アマ・クラッチ、わたしは元気よ。でも、おまえは逝ってしまうのね」

「はい、逝かせていただきます。ほら、〈風〉の音が。聞こえませんか？」とアマ・クラッチ。「これでいいんですよ。おや、ミス・エルファバもいるんですね。さようなら、お嬢様方。そのときが来るまで、〈風〉にあたってはいけませんよ。でないと、どこか違うところに吹き飛ばされてしまいますからね」

グリンダは言う。「アマ・クラッチ、おまえに言っておきたいことがあるの。謝らないといけないことが――」

だが、エルファバが身を乗り出して、アマ・クラッチの視線からグリンダをさえぎった。

「アマ・クラッチ、逝ってしまう前に教えて。誰がディラモンド先生を殺したの？」

「ご存じでしょう」とアマ・クラッチ。

「はっきり言ってほしいの」とエルファバ。

「ええ、私は見ましたよ。何もかもではありませんけどね。事件が起きた直後のことで、ナイフがまだそこにありました」アマ・クラッチは息を整えた。「ナイフには血がべっとりついていました。乾く間もなかったんですね」

「何を見たの？　教えて、重要なことなの」

「ナイフが宙に浮いて、〈風〉がディラモンド先生を連れ去りに来て、ぜんまい仕掛けのあれがくるりと向きを変えるのを見ました。〈山羊〉先生の時間はそこで止まったのです」

「グロメティックね、そうでしょ？」エルファバはつぶやくように言い、老女からはっきりとその言葉を聞き出そうとした。

「そう、そのとおりですよ、お嬢様」とアマ・クラッチ。

「じゃあ、グロメティックはおまえを見たの？　おまえのほうを向いたの？」とグリンダは叫ぶ。「それでおまえはおかしくなったの？」

「そうなる定めだったんですよ」アマ・クラッチは穏やかに言った。「だから、文句は言いません。それに、もうこの世を去るときが来たんです。だから、このまま逝かせてください。どうか、手を握ってくださいませ」

「でも、悪いのはわたしなのよ――」とグリンダ。

「もう何もおっしゃいますな、私の大切なガリンダ様」アマ・クラッチは優しくそう言うと、グリンダの手を叩いた。そして、二、三度大きく息を吸って、吐いた。娘たちはなぜか召使い階級のギリキン人のようにただ黙ってそこに座っていた。その理由はあとになっても説明できなかったのだが。部屋の外では、マダム・モリブルがゆっくりと床板の上を行ったり来たりしている。そのとき、二人の耳に〈風〉の音が、あるいは〈風〉の遠いこだまが聞こえたような気がした。アマ・クラッチは逝った。そのゆるんだ口元から流れ出したひと筋のよだれを、その老女に尽くしきった枕カバーが吸いこんだ。

6

葬式は、別れを告げて送り出すだけの簡素なものだった。礼拝堂ではグリンダの親友たちが二列になって座り、仕事仲間のアマたちが二階の席を占めた。それ以外は空席だった。埋葬布に包まれた遺体が、油を塗った投下口を滑って焼却炉に入ってしまうと、会葬者と仕事仲間はマダム・モリブルの私室へ引きあげた。そこで茶菓がふるまわれたのだが、学長が金をかけないよう指示したのは明らかだった。お茶の葉は古く、おがくずのように味気ない。ビスケットは硬く、サフラン・クリームもタモノーナ・ママレードもついていない。グリンダが「ほんの少しのクリームさえないんですか？」と非難がましく言うと、マダム・モリブルはこう答えた。「いいですか、この最悪の食料不足の中、私は経費削減に努めているのですよ。節度ある買い物をして、質素に暮らすようにしてね。でも、あなたの無知は、私にすべての責任があるわけではありません。国民が陛下に絶対服従しさえすれば、豊かな暮らしができるんですけどね。知らないのですか、この国は飢饉寸前の状態で、ここから三百キロほど離れたところでは、牛が餓死しているのですよ。そんなわけで、市場ではサフラン・クリームにとんでもない高値がついているんです」グリンダが席を立とうとすると、マダム・モリブルは指輪をいくつもつけた、その柔らかい丸々とした指でグリンダを捕らえた。その感触にグリンダはぞっとした。「あなたにお話ししたいことがあるんです。ミス・ネッサローズ、ミス・エルファバもご一緒に」と学長。「お客様が帰られたあとでね。残っていてください」

「みっちりお説教されるのかしら」グリンダはスロップ姉妹にささやく。「きっと怒鳴りつけられるんだわ」

「アマ・クラッチが言ったことは、ひと言も話しちゃだめだからね。正気に戻ったことも」エルファバがせっぱつまった口調で言う。「いいね、ネッサ？　ばあやも」

皆、うなずいた。ボックとアヴァリックが、立ち去る際に、リージェンツ・パレードにあるパブでもう一度集まろうと持ちかけた。グリンダたちは学長との話が終わったら行くことにした。〈桃と腎臓亭〉で、アマ・クラッチのためにもっと心のこもった追悼会をするのだ。

数少ない参列者が解散したあと、グロメティックだけがカップやお菓子のくずを片づけている。マダム・モリブルが自ら暖炉の火に灰をかぶせた。ほら、私ってこんなにさばけた人間でしょう、とわざとらしく皆に見せつけるかのように。そして、グロメティックを追い払った。「またあとでね。クローゼットかどこかで、油でも差していなさい」グロメティックは――そんなことが可能であるのならば――気を悪くした様子で出ていった。エルファバは、頑丈な黒いブーツのつま先でグロメティックを蹴とばしたいという衝動を必死でこらえた。

「あなたもよ」とマダム・モリブルがばあやに命じる。「しばらく息抜きでもしていなさいな」

「とんでもございません」とばあや。「ばあやはネッサ様のそばを離れませんよ」

「いいえ、だめですよ。彼女の面倒はお姉さんがちゃんとみますから」と学長。「ねえ、ミス・エルファバ？　あなたは慈悲の魂をもっておいでですからね」

エルファバは口を開きかけた――魂という言葉がいつも彼女の心を逆なでするのを、グリンダは知っていた――が、そのまま口を閉じると、顔をドアのほうへ向けてうなずいた。

ばあやは何も言わずに立ちあがり出ていったが、ドアが閉まる前にこう言った。「どうこう言える立場じゃないですがね、それにしても、クリームもないなんて。お葬式だっていうのにねえ」

「もう、いいかげんにしてほしいわね」ドアが閉まると、マダム・モリブルが言った。だが、それが召使いに対する批判なのか、共感を得ようとして口にした言葉なのか、グリンダには判断がつきかねた。学長は気を取り直して、スカートやしゃれた上着の切りこみや飾りひもを整えた。オレンジ色の銅のスパンコールのついた上着を身につけた姿は、まるで巨大な布張りの金魚の女神がぬっと直立しているようだ。いったい、この人はどうやって学長にまで昇りつめたのだろう？　グリンダは不思議に思った。

「アマ・クラッチは灰になってしまいましたが、気を強くもって乗り越えていきましょう、いえ、乗り越えていかなければならないのです」とマダム・モリブルは切り出した。「そこで皆さん、悲しいでしょうが、アマ・クラッチが最後にどんな話をしたか聞かせてください。これは悲しみから立ち直るのに効果的な治療法なのですよ」

娘たちは顔を見合わせたりはしない。グリンダは、ここは自分が話すべきだろうと思い、息を吸いこんで口を開いた。「うわごとばかり言っていました。最後まで」

「驚きではありませんね。頭のおかしいお年寄りのことですから」とマダム・モリブル。「ところで、どんなたわごとを言っていましたか？」

「わたしたちには意味がわかりませんでした」とグリンダ。

「〈山羊〉先生の死について、何か言っていたのではありませんか？」

グリンダは答える。「えっ、〈山羊〉先生ですか？　さあ、わたしにはなんとも――」

「頭がおかしくなっていたのだとしても、あの重大な瞬間を思い出したのではないかと思ったのです。死に瀕した人間は、最後の瞬間に人生を振り返って、当時は理解が及ばなかったことを理解しようとするといいます。無益な努力ですよ、もちろん。でもアマ・クラッチが、〈山羊〉先生の死体、血、そしてグロメティックという、あの日に出くわした光景に頭を悩ませていたのは間違いないですから」

「まあ」グリンダは弱々しい声で言った。その隣ではスロップ姉妹が身動きしないように息を詰めている。

「あの恐ろしい朝、私は早くに目覚めました。早朝に瞑想しているものですから。すると、ディラモンド先生の実験室に明かりがついてるのに気づいたんです。それで、老先生を元気づけようと、お茶を入れたポットをグロメティックに持っていかせました。そこでグロメティックが、壊れたレンズの上に倒れている先生を発見したのです。先生がつまずいて頸動脈を切ってしまったのは明らかでした。この悲しい事故は、学究的な情熱（傲慢さとは言わないまでも）と、哀れむべき常識のなさによって引き起こされたようなものです。

休息ですわ、誰でも休息が必要なのです。どんなに聡明な人であろうと、休まなくてはいけません。グロメティックは混乱しつつも脈を探りましたが、もうこと切れていました。おそらく、アマ・クラッチがやってきたのはちょうどこのときだったのではないでしょうか。動脈から噴き出す血を浴びたグロメティックを見たのでしょうね。アマ・クラッチが現れたのはあまりに突然のことで、もっと言えば、よけいなことでした。ですが、亡くなった人を悪く言うのはよしましょう」

グリンダは新たにあふれてきた涙をこらえた。アマ・クラッチが何かいつもと違うことに気がついて、様子を見に出かけたのはその前夜のことだったとは口にしなかった。

「多量の血を見たショックが引き金となって、アマ・クラッチは病気を再発したのではないかとずっと考えていました。ついでに言っておきますが、なぜ私がグロメティックを下がらせたのか、もうおわかりでしょう。あれは、先生の死に関わっているとアマ・クラッチに思われたのではないかと、今もしきりに気にしているのですよ」

グリンダはためらいがちに言う。「マダム・モリブル。アマ・クラッチは、本当はわたしがお話しした病気になどかかってはいなかったのです。あの病気はわたしのでっちあげです。でも、病気になるよう命じたことはありませんし、病気になるように仕向けたこともありません」

エルファバは、好奇心があらわにならないよう注意しながら、マダム・モリブルをじっと見つめている。ネッサローズは何度もまばたきをする。グリンダの言ったことを知っていたとしても、マダム・モリブルの表情はまったく変わらなかった。ロープでつながれたボートのように落ち着き払っている。「でしたら、やはり私の見解が正しかったということになりますね」と学長ははっきりと言った。「ミス・グリンダ、あなたのそのきわめて社交的な小さな頭の中には、想像力が、そして未来を予見する力すらあったのです」

学長が立ちあがると、スカートが麦畑をわたる風のようにさらさらと音を立てた。「私が今から言うことは、くれぐれも内密にしてください。従っていただけますね？　よろしいですか？」学長は、グリンダたちが呆然として何も言えないでいるのを承諾と受け取ったようだ。全員をじろりと見下ろす。学長がなぜ魚のように見えるのか、グリンダは突然理解した。ほとんどまばたきをしないのだ。

「名前を申しあげるのもはばかられる身分の方から、私は重要な任務を託されています」と学長。「オズ国内の治安維持に欠かせない任務です。もう何年もこの任務を遂行すべく働いてきましたが、やっと機が熟しました。これ以上ない適材がこの手にそろったのです」そう言うと、娘たちをなめるように見まわした。適材とは、この三人のことなのだ。

「この部屋で話したことを、よそでしゃべることはできません」と学長。「話したいとか、話そうと思うこともできません。それは不可能なのです。このきわめて重要な極秘任務に関しては、私があなたたち一人一人を決して破ることのできない繭に包みます。いいえ」学長はエルファバの抗議に対して手を上げて制止した。「あなた方に異議を唱える権利はありません。すでに決まったことです。私の言うことを聞いて、従ってもらいます」

グリンダは、何かで包まれている感じや、縛りつけられる感じ、呪文をかけられたときのぞっとする感じがするかどうか確かめてみた。けれども、感じられるのは怖れと自分の幼さだけ。どちらも似たようなものかもしれないが。ほかの二人をちらりと見ると、まばゆいばかりの靴を履いたネッサローズは椅子の背にもたれ、怖れからか興奮からか、鼻孔を膨らませている。かたやエルファバは、いつもと変わらぬ無感動で不機嫌な表情を浮かべていた。

「あなた方はここで、子宮の中のような、狭い巣の中のような環境で、女の子ばかりに囲まれて暮らしています。ああ、ばかな男の子たちとつるんでいるのは知っていますが、男なんて、たいしたものではありません。たったひとつのことしかできないくせに、それすら頼りにならないのですから。あら、話がそれてしまいましたね。あなた方は国の現状について、ほとんど何も知らないのです。どれほど不穏な空気が高まっているか、わかっていないのです。地方共同体は一触即発の状態にあり、民族間の対立は激化し、銀行家は農民と、職工は商人と対立しています。オズは煮えたぎっている火山みたいなもので、今にも噴火して、その毒のあるマグマで私たちを焼き払おうとしているのです。

我らが陛下には十分にお力があるように思えるでしょう。でも、本当にそうでしょうか？　陛下は内政を掌握なさっていますし、イブやジェミコーやフリアンの搾取者どもとの為替レートの交渉にも長けています。没落していった無能なオズマ一族が思いもよらなかったほどの勤勉さと有能さで、エメラルド・シティを支配しています。陛下がいなかったら、私たちはとっくの昔に猛火に一掃されていたでしょう。まったく、感謝の念に堪えません。強力な支配者は、過酷な状況下において奇跡をもたらすものです。穏やかな物腰の中に、厳しいムチを忍ばせよ、というわけです。気を悪くしましたか？　でも、やはり権力の表舞台には男性が適していませんこと？

確かにそのとおりですわね。でも、物事は常に外から見えるとおりとはかぎりません。しかもここ数年、陛下の術策にも限界があることが明らかになってきました。愚かで無分別な民衆蜂起があちこちで起こっています。十年もしないうちに元に戻ってしまうような政治改革のために、頑強なばかりで愚鈍な民衆が喜んで殺されています。こうした革命運動は、意味のない人生に大きな意味を与えてくれるというわけです——そうではありませんか？　それ以外に理由は思いつきません。いずれにせよ、陛下は諜報員を必要としています。長い目で見て、手足となって働いてくれる人を求めているのです。采配力のある人、進取の気性がある人を。

要するに、女性の手が必要なのです。

あなた方三人をお呼び立てしたのはこうしたわけです。あなた方は、まだ一人前の女性ではありませんが、じきにそうなります。思ったより早くそのときは来るかもしれません。あなた方の行動については気になるところもありますが、それでも私はあなた方を選びました。あなた方はそれぞれ、目に見える以上の能力を秘めています。ミス・ネッサローズ、あなたはここへ来てまだ間がないので、私にはまだよくわからないところもありますが、その人目を引く信仰癖から抜け出すことができたら、恐ろしいまでの支配力を発揮することでしょう。肉体的な障害は何ら問題ではありません。ミス・エルファバ、あなたはいつも皆から距離を置き、私がこうして拘束の呪文をかけているときでさえ、そこにむっつりと座って私のひと言ひと言をせせら笑っていますね。あなたの内面の力と意志がきわめて強い証拠です。尊敬の念を禁じえません。こうして私に盾つこうとしているときでさえね。あなたは魔術にまったく関心を示さないし、あなたに生まれつき魔術の才能があるとも思いません。でも、あなたの卓越した一匹狼的反抗心は役に立つかもしれない。ええ、そうですとも。そうすれば、あなたは満たされない怒りを抱えて生きていかなくてもすむのですよ。そして、ミス・グリンダ、自分でも予期していなかったでしょうが、あなたは魔術の才能に秀でています。私にはちゃんとわかっていましたけれどね。あなたの魔術への関心がミス・エルファバにも影響すればよいと思っていましたが、そうでなかったということは、やはりミス・エルファバが鉄のような性格を持っていることのさらなる証明となりましょう。

あなた方の目を見れば、私のやり方に疑問を持っていることぐらいわかります。『わたしをエルファバと同室にさせるために、恐るべき（ホリブル）モリブルはアマ・クラッチの足に釘が刺さるように仕向けたのではないのか』とか、『都合よくアマ・クラッチを階下へおびき出して、ばあやとネッサローズをここへ来させるために、アマ・クラッチを追い払い、〈山羊〉の死体を発見するように仕向けたのではないのか』などと、見当違いなことを考えているのではないでしょうか。もしそうなら、私の能力を買いかぶっていますわ」

学長はここで息をつき、顔を赤らめるそぶりを見せた。実のところ、学長の場合、赤らめようともうまくいかず、温めすぎたミルクに浮かぶ膜のような、気持ちの悪い顔になっていたのだが。「私は身分の高い方に仕える召使いにすぎません。私には、才能ある人材を育てるという特別な才能があります。教育者という天職に就き、私なりに務めを果たしてきました。こうして微力ながら歴史に貢献しているのです。

何が言いたいかというと、あなた方に自分の将来について考えてもらいたいのです。あなた方を、そうですね、〈三人の達人(アデプト)〉とでも名づけ、洗礼のようなものを施したいのです。そしてゆくゆくは、オズの各地で活躍する影の政府工作員に任命したいと考えています。いいですか、私にはその権限が与えられているのです。その靴ひもをなめるのも恐れ多いお方からね」だが、それにしてはまんざらでもないように見えた。本当は、その謎に包まれたお偉方に自分が直々に目をかけられるのは当然、とでも思っているかのように。「たとえば政府の最高機関の秘密構成員のようなものです。匿名の平和大使になって、未開地域の反乱分子を鎮圧する手助けをするのです。もちろん、まだ何も決まっていませんから、あなた方には意見を言う権利があります。といっても、私に対してだけですよ。私がかけた呪文のとおり、お互いに相談したり、ほかの人に話したりしてはいけません。とにかく、考えてみてください。私としては、そのうちギリキンのどこかにこの〈達人〉の一人を任命したいと思っています。ミス・グリンダ、あなたは社交界では真ん中あたりの階級ですし、はっきりした野心をもっていますから、辺境伯の舞踏会にまぎれこむこともできれば、豚小屋のような場所でくつろぐこともできるでしょう。ああ、そんないやそうな顔をしないで。あなたには上流階級の血は半分しか流れていませんし、それもさほど高貴な血統ではないでしょう。ミス・グリンダ、〈ギリキンの達人〉となることに魅力は感じませんか？」

　グリンダは黙って聞いていることしかできなかった。「では、ミス・エルファバ」とマダム・モリブル。「十代の子らしく、家名を継ぐことに反抗しているようですが、それでもあなたは、間違いなくスロップ家の四代目です。それに、あなたの曾祖父、スロップ総督はもうろくしていらっしゃいます。遠からず、あなたがコルウェン・グラウンドの身代を受け継ぐ日が来るでしょう。ネスト・ハーディングズにあるあのごたいそうなお屋敷をね。それに、〈マンチキンの達人〉にもなれるのですよ。その不運な肌の色にもかかわらず、というより実際はその肌の色のおかげで、あなたは気骨のある態度や因習に逆らう態度を身につけたのでしょう。人に嫌悪感を与えないかぎりは、その態度も少しは魅力的ですよ。きっと任務に役に立つでしょう。きっとね」

「そして、ミス・ネッサローズ」マダム・モリブルは続けて言った。「あなたはカドリングで育ったのですから、乳母と一緒にそこへ帰るのはどうでしょうか。カドリングでは、例の沼地をピシャピシャ歩きまわるカエルのような民族の多くが殺戮され、社会情勢は混乱をきわめています。しかし、少なからず人口はまた増えるかもしれませんし、ルビー鉱床に目を光らせる人物が必要です。南部の地方を監督していただきたいのです。あなたが熱狂的な信仰から足を洗えば、条件は完璧に整います。どのみち、上流社会での生活は期待できませんものね。腕がないのですから。そんな体ではダンスなどできないでしょう？　ヴィンカスについては、少なくともあなた方が生きている間は、〈達人〉を派遣する必要はなさそうです。基本計画によれば、あの荒れ果てた土地には、警戒が必要なほど人は住んでいないようですから」

ここで学長はひと息つき、娘たちを見まわした。「ええ、皆さん。あなた方がまだ若いことはよくわかっていますし、この話があなたたちを悩ませることもわかっています。でも、これを逃れられぬ苦役などとは考えないでください。チャンスだと思うのです。そして、自分の胸に聞いてみてください。内密にではあっても重要で責任ある地位について、自分がどう成長していくのか。自分の才能はどんなふうに花開くだろうか。どれほどオズの役に立てるだろうか、と」

エルファバが足をひねり、サイドテーブルの端にぶつけた。紅茶碗と受け皿が床に落ちて壊れる。

「あなたの考えていることぐらい、お見通しですよ」とマダム・モリブルは言い、ため息をついた。「それで私の仕事もやりやすいわけですが。さあ、皆さん、あなた方には今の話を口外できないよう呪文をかけてありますから、もう行ってよろしいですよ。私の言ったことを考えてみてください。この件について話し合おうなんて妙な気は起こさないほうがいですよ。そんなことをしたら、頭痛と腹痛に苦しむことになりますからね。あなた方にはどうすることもできません。次の学期が始まったら、一人ずつこの部屋へ呼びますから、返事を聞かせてください。もし、国が難局に立ち向かっているときに、助力を拒むというなら……」マダム・モリブルは両手を握りしめて、大げさに絶望するまねをしてみせた。「まあ、あなた方の代わりはいくらでもいますけどね」

その日の午後は、陰鬱な天気になった。北の空には、ブルーストーンの尖塔の向こうまで紫色の厚い雲が垂れこめている。気温は朝から十度も下がり、パブへ向かう娘たちはショールをしっかりと体に巻きつけていた。ほこりっぽい風に震えながら、ばあやが大声で言った。「それで、あたしには聞かせられない話って、いったいあのお節介な年増女は何の話をしたんです?」

しかし、娘たちは答えることができない。グリンダは目を合わせることさえできなかった。「アマ・クラッチのために、シャンパンで献杯しましょう」エルファバがやっと言った。「〈桃と腎臓亭〉に着いたら」

「本物のクリームをひとさじいただけたら、あたしゃそれで満足ですよ」とばあや。「それにしても、あのみっともない年増女、あそこまでケチるなんて。死者への冒瀆(ぼうとく)ですよ」

　だが、グリンダは、かけられた呪文が思っていた以上に深く影響していることに気づいた。この件について話すことができないだけではなかった。それについて話す言葉さえも忘れはじめていたのだ。考えようとしても言葉が浮かんでこないし、記憶をたどろうとしても思い出せない。あの提案、何か提案されたのかしら。あやしげな提案、国家の機関で？　何かするんだわ、えーと、舞踏会でダンスをする？　そんなわけないわね。笑い、シャンパンのグラス、ハンサムな男性がカマーバンドをはずし、糊のきいたシャツの袖口をわたしの首筋に押しつけながら、涙の形をしたルビーのイヤリングをそっとかじる……穏やかな物言いの中に、厳しいムチを忍ばせよ。それとも、提案ではなくて、予言だったかしら？　将来についてのちょっとした好意的な励まし？　わたしは一人で、ほかの人は聞いていなかった。マダム・モリブルは直接わたしに話しかけたんだわ。わたしに……そうそう、潜在能力があるっていうすばらしい証。身を立てるチャンス。しとやかな物腰で、大物の男と結婚せよ。男は夜会用のタイをベッドの枠に掛けると、ダイヤの飾りボタンを自分の鼻でそっと押しながらわたしの美しい首のラインに沿って転がす……これは夢だ。マダム・モリブルがこんなことを言うはずがない！　悲しみのあまり、頭がぼうっとしてるんだわ。かわいそうなアマ・クラッチ。あの親切で控えめな学長が、人前では話しにくいと思って、ひそかにお悔みの言葉をかけてくれたのね。でも、脚の間に男の舌が……ひとさじのサフラン・クリーム……

ネッサローズが「グリンダを支えて！　わたしにはできないから、わたしは――」と言って、ばあやの胸にぐったりもたれかかった。同時にグリンダも気を失う。エルファバが力強い両腕を差し出し、倒れかかるグリンダを受け止めた。グリンダは本当に意識を失ったわけではなかった。しかし、思いもよらない情欲を体験したあとで、鷹のようなエルファバの顔が不愉快なほど近づいてくると、嫌悪に身を震わせると同時にのどを鳴らしたいような気持ちになった。「しっかりして、ここで倒れちゃだめ」とエルファバ。

「我慢するの、さあ――」グリンダはそのまま倒れてしまいたかった。だが、商人たちがその日最後の魚を安く売りさばいている市場の隅の、りんごの荷車の陰に倒れる場所などありそうもない。「気をしっかり持って」エルファバはのどの奥から声を振り絞っているようだった。「さあ、グリンダ、あなたは気絶するようなばかじゃないでしょ。しっかりして！　あなたのことが大好き。だから、立ってちょうだいよ、もう！」

「ねえちょっと」かび臭いわらの上にドサッと降ろされると、グリンダは言った。「そんなに大げさなこと言わないで」それでも、気分はよくなっていた。まるで病気の波が引いたように。

「お嬢様たち、いいですか、そんな窮屈な靴をお履きになるから、気が遠くなったりするんですよ」ばあやがぷりぷりしながら、ネッサローズの豪華な靴を脱がしている。「分別のある人は、皮か木でできた靴を履きますよ」そう言いながら、しばらくネッサローズの足の甲をさすっていた。ネッサローズはうめいて背中を丸めたが、すぐに呼吸が落ち着いてきた。

「ようこそオズへお戻りなさいました」しばらくしてばあやが言った。「いったい、学長の部屋でどんなおやつをいただいたんです？」

「ねえ、みんなが待ってる」とエルファバ。「ここで道草してる暇はない。それに、雨が降り出しそう」

〈桃と腎臓亭〉ではほかの仲間たちが、メインフロアから階段を数段上がった小部屋のテーブルを占領していた。まだ日が高いというのに、すでに相当飲んだようだし、涙も流していたようだ。アヴァリックは奥の壁にもたれ、片腕をフィエロの肩にまわし、両脚をシェンシェンの膝の上に投げ出して座っている。ボックとクロープは何やら議論をしていて、ティベットはファニーに長ったらしい歌を歌っている。だがファニーのほうは、ティベットの太ももにダーツの矢をねじこんでやりたいというような顔をしていた。「やあ、お嬢様方」アヴァリックがぼんやりした口調で言い、起きあがろうという格好だけ見せた。

一同は歌ったり、しゃべったり、サンドイッチを注文したりした。アヴァリックは大量の硬貨をぽんと投げ出すと、アマ・クラッチをしのんで、大皿いっぱいのサフラン・クリームを頼んだ。硬貨の山は奇跡を生んだ。食料貯蔵庫でサフラン・クリームが見つかったのだ。それを見たグリンダは不安に駆られた。といっても、自分でもなぜだかわからなかった。皆でふんわり盛りあがったクリームをすくって互いの口に入れ合ったり、クリームで何かの形を作ったり、シャンパンと混ぜたり、小さなかたまりにして投げ合ったりした。そのうちにとうとう支配人がやってきて、「出ていけ！」と言われてしまった。皆はぶつぶつ文句を言いながらもそれに従った。全員がそろうのはそれが最後になるとは知らずに。知っていたら、もっと長く居座っていたことだろう。

店にいる間に激しく降った雨はすでに上がっていたが、通りにはまだ水が流れる音が大きく響いていた。街灯の明かりがきらきら輝き、敷石の隙間の銀色がかった黒い水たまりの中で踊っている。物陰に盗賊や腹をすかせた浮浪者が潜んでいるかもしれないと、一行は寄り添って立っていた。「いいことを思いついた」アヴァリックが、体が自在に動くわら人形のように両足を別々の方向に向けて言う。「今夜〈哲学クラブ〉へ行こうっていう勇敢なやつはいないか？」

「まあ、そんなこと、いけませんよ」今日はあまり飲んでいないばあやが言う。

「わたし、行きたいわ」ネッサローズがいつも以上に体を揺らしながら、訴えるように言った。

「どんなとこかも知らないくせに」ボックがくすくす笑いながら言い、しゃっくりをした。

「かまわないわ。今夜は別れたくないんだもの」とネッサローズ。「わたしたち、仲間でしょ。仲間はずれにしないで。わたし、まだ帰りたくない！」

「落ち着いて、ネッサ。ほら、いい子だから」とエルファバ。「あなたやわたしの行くようなところじゃないよ。さあ、帰ろう。グリンダ、あなたもね」

「わたしには、もうアマはいないのよ」グリンダは目を大きく見開き、エルファバに指を向けながら言った。「だから、自分で何でも決めるわ。〈哲学クラブ〉へ行って、噂が本当かどうか確かめてくる」

「ほかの人たちは好きにしたらいいけど、わたしたちは帰るよ」とエルファバ。

グリンダはエルファバのほうに近づいた。エルファバは決めかねているボックに向かってこう言っている。「さあ、ボック、あんな汚らわしい場所へ行きたくないでしょ。友達に言われたからって、行きたくもないところへ行く必要はないんだから」

「僕のことなんてわかっていないくせに」ボックはそう言ったが、まるで馬をつなぐ杭に向かって話しかけているようだった。「エルフィー、僕が何をしたいかなんて、きみにわかるわけないだろう？　決めるのは僕だ」

「一緒に行こう」フィエロがエルファバに言う。「お願いだよ。もっと丁寧に頼まなきゃだめか？」

「わたしも行きたいわ」グリンダはすがるように言う。

「じゃあ、おいでよ、グリンダちゃん」とボック。「ひょっとしたら、僕たちが選ばれるかもしれないよ。頼むよ、幼なじみのよしみじゃないか。といっても幼なじみなんかじゃないけどさ」

あとの者は、居眠りをしている御者を起こして馬車を雇った。「ボック、グリンダ、エルフィー、早く来いよ」アヴァリックが窓から叫ぶ。

「ボック、よく考えて」エルファバが強い口調で言う。「怖気づいたのか？」

「僕はいつも考えてるよ。でも、考えてるばかりで、人生を感じたことも、生きたこともない」ボックはうめくように言った。「たまには生きてみてもいいじゃないか。一度でいいからさ。背が低いからって、僕は子供じゃないんだよ、エルフィー！」

「もう立派な大人なのね」とエルファバ。今夜はいやに優しいじゃないの、とグリンダは思った。そして、馬車に乗りこもうと身をひるがえした。だが、エルファバがその肘をつかまえて、自分のほうを向かせた。「だめ」とささやく。「わたしたち、エメラルド・シティへ行くの」

「わたしはみんなと一緒に〈哲学クラブ〉へ――」

「今晩行くの」とエルファバ。「おばかさん、セックスで時間を無駄にしてる暇なんてないんだから！」

ばあやがすでにネッサローズを遠ざけていた。御者が手綱を引く音がして、馬車がゴトゴトと動きはじめる。グリンダはよろめいてこう言った。「ちょっと、何ですって？何て言ったの？」

「聞こえたでしょ、二度は言わない」とエルファバ。「いい？今晩、あなたとわたしはクレージ・ホールへ戻って、荷造りをする。そして、出発する」

「でも、門には鍵がかかってるわ」

「庭の壁を越えればいい」とエルファバ。「魔法使いに会いにいくの。どんなことがあっても、どんなことをしても」

7

自分がついに〈哲学クラブ〉へ向かっていることが、ボックには信じられなかった。どうか、ここぞというところで吐いたりしませんように。明日起きたとき、すべてを、あるいは、せめて肝心なところだけでも覚えていますように。しかし、先ほどからこめかみのくぼみがズキズキと痛みはじめていた。

〈哲学クラブ〉はシズで最もいかがわしい店として有名だが、建物自体は目立たぬものだった。正面の窓には羽目板が張られていて、中の様子はうかがえない。店の前の道では〈猿〉が二匹うろつき、事前に厄介な客を追い払おうと目を光らせている。アヴァリックが馬車から降りてくる仲間の数を慎重に数えた。「シェンシェン、ボック、クロープ、ティベット、僕、フィエロ、ファニー。全部で七人だね。馬車一台によくこれだけ乗れたもんだ。とても乗れそうに思えないけど」そして、御者に代金を払い、よくわからないがアマ・クラッチに敬意を表して、チップを渡した。それから、黙ってたむろしている一行の先頭に立った。「さあ、僕らはちょうどいい年頃だし、ちょうどいい感じに酔っ払ってる」そう言うと、窓口の人影に向かって声をかける。「七人、上客が七人だよ、ご主人」

ガラスの向こうから顔が近づいてきて、上目遣いにアヴァリックを見た。「あたしはヤックルと申しまして、そんな結構な身分の者じゃあありませんよ。今夜はどうなさいます、お兄さん方？」ガラス越しに話しているのは乱杭歯(らんぐいば)の老婆で、てかてかした白っぽいピンクのかつらをかぶっているが、そのかつらは西の方向へずれて、灰色の頭皮が見えている。

「どうなさいますだって？」とアヴァリックは言い、さらに勇んで言った。「何でもありだよ」

「チケットのことですよ、男前さん。バネつき床でお楽しみなさるか、それとも、古いワイン蔵で商売女と遊ぶのがいいですか」

「何もかもだ」とアヴァリック。

「店の規則はご存じですね？　ドアに鍵をかけて、払った分だけ遊ぶという決まりになってます」

「七人分だ。早くしてくれ。僕たちはばかじゃないんだぞ」

「ばかだなんて、めっそうもございません」と汚らしい老婆は言う。「では、どうぞ。何であれ、誰であれ、どうぞお楽しみあれ」老婆はユニオン教の聖女の絵のごとく、しおらしげな物腰で言った。「入る者は救われるでしょう」

ドアがぱっと開き、一行は不ぞろいなレンガの階段を下りていった。階段の下には紫のマントに身を包んだ小人がいて、チケットを確認した。「うぶな皆さん、どこからおいでなすった？　街の外からですかい？」

「僕たちは皆、大学生だ」とアヴァリック。

「では、ごった混ぜってことですな。皆さんのチケットはダイヤの七です。ごらんなさい、赤いダイヤが七つ印刷されております。ほら、ここに」と小人。「飲み物は店のおごり。

裸の女の子のショーを観て、踊るのも自由です。一時間ごとにあっしがこの表のドアを閉めて、また次のを開けますから」そう言いながら、大きなオーク製のドアを指さす。鉄の掛け金に二本の巨大な木の閂が通してある。「皆さん一緒に入るか、どなたも入らないか。どちらかにしておくんなさい。それが店の決まりで」

女の歌手が『オズマのいないオズなんて』をふざけて歌いながら、オウム色の羽の襟巻きで自分の体をくすぐっている。小妖精――本物の小妖精だ！――の小さな楽団が、ブリキの楽器でピーピーガタガタと伴奏している。ボックは初めて小妖精を見た。ラッシュ・マージンズからそう遠くないところに小妖精の居留地があるのは知っていたが。「なんて気味が悪いんだ」少しずつ前へ寄りながらつぶやく。まるで毛のない猿みたいだ。赤い小さな帽子をかぶっているだけで丸裸だが、特に性別を見分けられるような特徴もない。ぞっとするような緑色だ。ボックは思わず振り返り、ほら、エルフィー、きみの子供たちみたいだね、と言おうとしたが、エルファバの姿はなかった。そうだ、エルファバは来なかったんだ。どうやらグリンダも。ちぇっ。

仲間たちは踊った。こんなに雑多な集団を見るのは、ボックにはずいぶん久しぶりのことだった。〈動物〉、人間、小人、小妖精、それに未完成な、あるいは実験段階の性別を持つチクタク仕掛けの機械たち。体格のいい金髪の少年の一団が、安物のスカッシュ・ワインが入ったタンブラーを配ってまわっている。その酒はただなので、みんなで飲んだ。

「これ以上大胆なことがしたいのかどうか、わからないわ」やがてファニーがボックに言った。「ほら、見て。あの破廉恥な〈ヒヒ〉なんて、もうほとんど裸よ。今夜はこれくらいにしといたほうがいいわ」

「そう？」とボック。「僕はもっといたいけど、きみが不安だって言うんなら」やった！　逃げる口実ができたぞ。実はボック本人も不安になっていたのだ。「じゃあ、アヴァリックに言ってこよう。あそこでシェンシェンにちょっかいを出してる」

ところが、二人がダンスフロアの群衆をかき分けてアヴァリックのところに行く前に、小妖精たちが金切り声をあげはじめ、歌手が尻を突き出して言った。「さあ、カップルを作る時間よ。紳士、淑女の皆さん！　さあ、始めましょう。いいこと？　やるといったらやるのよ」歌手は手の中のメモをちらりと見た。「黒のクラブの五、黒のクラブの三、赤のハートの六、赤のダイヤの七、それから黒のスペードの二――ハネムーン中のお二人さんだそうよ、ロマンチックじゃない？」と言ってからから。「さあ、皆さん、とこしえの至福の入り口へ向かいましょう」

「アヴァリック、いやだよ」とボック。

だが、ヤックルと名乗った老婆がホールの人ごみをかき分けながら歩いてきた。入り口のドアには一時的に鍵がかけられてしまったようだ。老婆は指名されたカードの持ち主を記憶しており、にやにやしながらその客たちを前へ連れ出した。「乗る人、乗られる人、おそろいですね。さあ、夜もふけてまいりました。パーッとやりましょう！　お葬式じゃないんですから。せいぜいお楽しみになってくださいよ！」そういえば葬式だったんだ。ボックはふと思い出し、愛情深く控えめだったアマ・クラッチの霊に加護を祈ろうとした。しかし、引き返せる時間はとうに過ぎていた。そんなものがあったとしても。

仲間たちは押し流されるようにしてオーク材のドアから部屋を出て、少し坂になっている廊下に沿って進んだ。壁には一面に赤と青のベルベットが張られている。ここでも耳障りなダンス音楽の陽気な曲が鳴り響いている。ティムの葉を炒っているにおいが漂ってくる。甘く、とろけそうなにおい。その紫がかった葉の先が反りかえるのが見えるようだ。ヤックルが道案内をし、そのあとに二十三人の客が続く。不安と高揚と好色さが入り混じった表情を浮かべながら。さらに、小人が後ろからついてくる。ボックは動揺しながらも、できるだけ状況を把握しようとした。腰までの長靴を履いてケープをまとい、二本足で歩いている〈虎〉。黒い仮面をつけた二人の胴元とその仲間たち——そろって仮面をつけているのは、恐喝から身を守るためか、それとも淫らな気分をあおるためだろうか？　イブとフリアンから商用でシズにやってきた商人たちの一行。模造の装身具で飾り立てた、かなり年のいった女性が二人。ハネムーン中のカップルはグリカス人だ。僕たちがこのグリカス人のようにぽかんと口を開けていなければいいけど。まわりを見まわすと、夢中になっているのはアヴァリックとシェンシェンだけのようだ。それとフィエロも。だが彼は状況がよく飲みこめないまま、はしゃいでいるのだろう。ほかの仲間たちは、かなり滅入った顔をしていた。

一行は暗く小さな円形劇場へ入っていった。客用に六つに仕切られた小部屋が用意されている。上方の天井は真っ暗で見えない。ろうそくの炎が揺らめき、音楽が壁の亀裂からうつろに響いてきて、この世のものとは思えぬ不気味な雰囲気をかもし出していた。仕切られた小部屋は舞台を囲むように円を描いて並んでおり、舞台には黒い幕が下りていた。小部屋は木の縦格子と細長い鏡で仕切られている。客たちは全員、仲間や夫婦単位ではなく、ばらばらになって部屋に入れられた。香が焚いてあるのだろうか？　そのにおいを嗅ぐと、ボックの心がさやのごとく二つに割れて、軟弱な、どうにでもなれという気持ちが出てくるようだった。柔らかく傷つきやすい性質、胸に秘めていた意思、自己の放棄。なにがなんだかわからないという思いがだんだん強くなり、それが逆にどんどんすばらしいことに思えてきた。なぜ今まで、あんなに警戒していたのだろう。ボックはスツールに座っていた。小部屋の中では、ほかの客たちが不自然なほど接近して座っている。黒い仮面をつけた男、それまで気づかなかった〈クサリヘビ〉、肉のにおいのする熱い息をボックの首に吹きかけている〈虎〉、美しい女子学生——それともハネムーン中の花嫁だろうか。あれっ、小部屋全体が、まるでバケツをゆっくり揺するように前へ傾いた？　何はともあれ、客たちはそろって中央の舞台のほうに近づいた。なんだか、ヴェールを掛けて生贄を捧げる祭壇のようだ。心臓と胃の間あたりにむらむらと欲望が湧きあがり、さらにその下の器官が硬くなり、ボックは襟元に続いてベルトもゆるめた。笛と口笛の音楽がゆるやかになっていく。それとも、そう感じるだけだろうか。とてもゆっくりと息をしながら、まわりを眺めて待っているうちに、自分の中の秘密の領域が解放されて、何もかもどうでもよくなっていたせいかもしれない。

小人が前より濃い色のマントを着て、舞台に姿を現した。舞台上からはすべての小部屋が見渡せるが、客たちはよその部屋を見ることはできない。小人は身を乗り出して、あちこちの小部屋に手を差し出し、歓迎の挨拶をしたり手招きしたりしている。ある小部屋から一人の女を、別の部屋から一人の男（ティベットか？）を選んで舞台に上げ、ボックのいる部屋からは〈虎〉に上がってこいと合図した。自分が選ばれなかったことをほんの少しだけ残念に思いながらボックが見ていると、小人は煙の出ている小瓶を三人の鼻の下に当て、それから服を脱がせた。舞台には手かせや足かせ、香油と皮膚の軟化剤をのせた盆、暗くて中に何が入っているかわからない箱が置いてある。小人は三人の弟子の頭に黒い目隠しを巻いた。

〈虎〉は四つん這いになり、不安のためか興奮のためか、頭を前後に振りながら低くうなり声をあげている。ティベット——ほとんど意識を失っているが、やっぱりそうだ——は舞台の床に仰向けに寝かされた。〈虎〉はティベットをまたいだままじっとしている。小人が助手たちと一緒にティベットを持ちあげ、両手首を〈虎〉の胸にまわして縛り、両足首をその腰にまわしてくくりつける。ティベットは丸焼きにされる豚のような姿で〈虎〉の腹にぶら下がっていた。その顔は〈虎〉の胸毛に埋もれて見えない。

女は巨大なボウルを傾けたような、傾斜のある椅子に座らされた。その体のよく見えない部分に、小人がいい香りのする液体を塗りこむ。それから小人は、〈虎〉の胸毛の中で身をよじってうめいているティベットを指した。「Xを名もなき神であると仮定せよ」と言い、ティベットの脇腹をつついた。次いで〈虎〉の横腹を乗馬用のムチで打つと、〈虎〉は力を振り絞って前へ歩き、女性の脚の間に頭を入れた。「Yを洞窟の中の〝時を刻むドラゴン〟であると仮定せよ」と小人は言い、再び〈虎〉をムチで打った。

それから小人は女を貝殻の形の椅子にひもで縛りつけ、ほのかに輝く軟膏を乳首に塗ると、乗馬用のムチを渡した。女はそのムチで〈虎〉の脇腹や顔を打つ。「そして、Zをカンブリシアの魔女であると仮定せよ。今宵、魔女の存在を我らの目で確かめようではないか」客の群れが、自分たちも参加者だと言わんばかりに舞台ににじり寄っていく。火遊びという誘惑にかられた群衆は、自分たちの服のボタンを引きちぎり、唇を噛みながら、前へ前へと身を乗り出す。

「以上が我々の方程式の変数でございます」部屋がさらに暗くなると、小人が言った。

「では、人々の目から隠された、真の知の探求をはじめるとしましょう」

8

シズの産業資本家たちは、早い段階からオズの魔法使いの権力が強まるのを警戒し、シズとエメラルド・シティを結ぶ鉄道を元の計画どおりには敷設しないと決めていた。そのため、シズからエメラルド・シティまではゆうに三日はかかる。ただし、これは天候に恵まれ、しかも馬をひっきりなしに変えることができる裕福な人の話。グリンダとエルファバの場合、一週間以上もかかる長旅となった。寒々とした、冷たい風にさらされた一週間だった。秋風が乾いた悲鳴をあげて木々から葉をはぎ取り、今にも折れそうな枝がカタカタと音を立てた。

二人はほかの三等車の乗客と同じように、宿の厨房(ちゅうぼう)の上の奥の部屋で休んだ。ひとつの硬いベッドで、身を寄せ合って眠る。暖を取り、励まし合うためだが、グリンダは身を守るためでもあると自分に言い聞かせた。真夜中に馬丁たちが下の厩舎で馬をなだめたり、甲高い声で叱りつけたりするし、女中たちが騒々しく行ったり来たりする。最初グリンダは怖い夢から覚めたときのようにはっとし、エルファバにすり寄ったものだ。エルファバは夜通し眠っていないらしかった。日中は、馬車の硬い座席で長い時間を過ごすのだが、エルファバはグリンダの肩にもたれ、うとうとしていた。外の景色は少しずつ新鮮さと変化を失っていく。木々はまっすぐ伸びるエネルギーを温存しているのか、曲がりくねっていた。

しばらく行くと、低木の生えた砂地が農村に変わっていった。草が食べ尽くされた牧場に、ぽつんぽつんと牛の姿が見える。肩のあたりの肉はげっそりと落ち、鳴き声ももの哀しく聞こえる。農地には空虚さが漂っていた。一度、戸口に立っている農婦がグリンダの目に入った。両手をエプロンのポケットに突っこみ、雨を降らせようとしない空に対する悲しみと怒りを顔ににじませている。農婦は馬車が通り過ぎるのをじっと見つめていた。自分も馬車に乗ってどこかへ行きたい、いっそ死んでしまいたい、この死骸のような農地から出ていけるのならどこへでも。そんな思いが表情からは読み取れた。

さらに進むと、景色から農場は消え、打ち捨てられた製粉所や荒れ果てた田舎の大きな家が見えてきた。そして突然、エメラルド・シティが目の前に屹然と姿を現した。強引で、支配者のひと言がすべてを決める街。オズの真ん中の何の変哲もない平原に、地平線から盛りあがるように蜃気楼みたいな街が出現するなんて、まったく考えられない。目にした瞬間から、グリンダはこの街が嫌いになった。ずうずうしい成り上がり者の街。そう言えるのは、ギリキン人としての優越感がむくむく頭をもたげているせいだろう。そう思うとうれしかった。

馬車が北側の門のひとつを通り抜けると、あたりには再び生活の喧騒が戻ってきた。しかし、大都会のせいか、シズに比べると束縛はゆるやかだが自らに厳しい街に思えた。エメラルド・シティの生活は楽しそうには見えない。楽しい生活は都会にはふさわしくないとでもいう感じだ。自尊心の高さは、公共スペースや儀式が行われる広場、公園、建物の正面、反射池にも表れている。「なんて幼稚なの、アイロニーってものがないわね」とグリンダはつぶやく。「見た目の華やかさと自己主張ばかり！」

だが、エルファバは建築物にはまったく関心を示さなかった。前に一度だけ、シズへ行く途中にエメラルド・シティを通ったことがあったのだ。その目はもっぱら人々に向けられている。「〈動物〉がいない」とエルファバは言った。「とにかく、目につくところには。たぶん、地下に潜ったのね」

「地下ですって？」グリンダの頭の中に、伝説上の恐ろしい生き物が思い浮かぶ。ノームの王様とその地下集落、グリカスの鉱山で働く小人。あるいは、昔の神話に出てくる、風も通らない墓の中でオズの世界を夢見ている〝時を刻むドラゴン〟など。

「身を隠してるってこと」とエルファバ。「見て、グリンダ、みすぼらしい格好をした人がいる。でも、本当に貧しいのかな。オズで飢えてる人なんているの？　干魃で農業がうまくいかなくてオズに出てきたとか？　それとも単に、人口過剰？　人の数にも入らない厄介者ってこと？　よく見て、グリンダ。これは重要な問題よ。カドリング人は何も持ってなかったけど、この人たちよりはずっと——ずっと——」

馬車が大通りから枝分かれした小道に入っていくと、多数の貧困者が、トタン板や段ボールを重ねたものを屋根がわりにして暮らしていた。その多くは子供たちだが、小柄なマンチキン人や小人、飢えと疲労で腰の曲がったギリキン人もいる。馬車はゆっくりと進んだので、それぞれの顔までよく見えた。歯が抜けて、ふくらはぎから下がない若いグリカス人が、箱の中に切り株のような膝をついて物乞いをしている。カドリング人もいる。

「見て、カドリング人だ！」そう言ってエルファバがグリンダの手首をつかんだ。グリンダが目を向けると、ショールをはおった赤茶色の肌の女が、首から提げた布の中にいる子供に小さなりんごを与えている。売春婦のような格好をしたギリキン人の娘が三人。子豚のようにキーキー叫んで駆けまわりながら、一人の商人にぶつかって財布をすり取ろうとしている子供たちの一団。古着を手押し車に積んで売り歩いている商人。鍵のかかった安全な格子の下に商品を並べて売っている売店の主人。そして、民間兵――そう呼べるものならだが。四人組になって、二、三区画ごとに、ぎこちなく剣を携え、棍棒を振りかざしながら歩きまわっている。

グリンダとエルファバは御者に料金を払うと、着替えを入れた荷物を持って、宮廷に向かって歩きだした。宮廷は離れたところから眺めたときに全体が美しく見える造りになっている。いくつものドームや尖塔がそびえ、緑の大理石でできた控え壁(バットレス)が高く張り出し、埋めこみ型の窓には青い瑪瑙(めのう)のスクリーンがはまっている。最も目を引くのは、玉座の間(ま)がある中央の塔の、ゆるやかにカーブした大きな張り出し屋根だ。純金の金箔(きんぱく)で覆われており、夕方近くの薄暗がりの中で燦然(さんぜん)と輝いていた。

それから五日後、二人は門番、受付、渉外担当秘書の検問を通過し、さらに数時間待たされたあとで、ようやく謁見担当総司令官との三分間の面接にこぎつけた。エルファバが厳しい表情で顔をゆがめ、こわばった唇の間からやっとの思いで「マダム・モリブル」と言葉を発した。「明日の十一時に」と総司令官。「イクス駐在大使と婦人国防社会栄養普及団長との間の四分間を与える。正装で来るように」そう言うと、規定が書かれた紙片を手渡した。だが二人は正装用ドレスを持ってこなかったので、無視するしかなかった。

翌日の三時（ここでは何もかも時間どおりには運ばない）、イクス駐在大使が動揺した不機嫌な顔つきで玉座の間から出てきた。グリンダは、汚れてぺちゃんこになった旅行用の帽子の羽飾りをふわりとさせようと何度も直していたが、それも八十回目になるとため息をついて言った。「ねえ、言うべきことは、あなたが言ってくれるんでしょ？」エルファバはうなずいた。グリンダの目には、エルファバは疲れておびえてはいるけれど、頼もしく見えた。まるで骨と血の代わりに、鉄とウイスキーでできているみたいだ。待合室のドアから、謁見担当総司令官が姿を見せた。

「四分間ですぞ」と総司令官。「来いと言われるまでは進み出てはいかん。話しかけられるまでは話しかけてはいかん。質問に答えるとき以外は決して口をきいてはいかん。魔法使い様のことは『陛下』とお呼びするように」

「まるで王様とお話しするようですね。王室はもうずっと前に――」そう言いかけたエルファバをグリンダは肘でつついて黙らせた。まったく、この人ったら、時々常識も何もわきまえなくなるんだから。やっとここまでこぎつけたのに、青臭い急進思想のせいで追い返されたんじゃたまらないわ。

謁見担当総司令官はまったく気に留めなかった。秘術の印や象形文字が彫られた背の高い両開きのドアに二人が歩み寄ると、こう言った。「ウィンキー北部のウガブ地区で暴動が起こったという報告が入り、今日は魔法使い様のご機嫌がうるわしくない。私だったら、それなりの覚悟をしておくがね」そうして、無表情な二人のドア係がドアを開け、二人は中へ入っていった。

ところが玉座は見当たらない。その代わり、控えの間が左方向に伸びている。そこを進んでアーチ型の出口を抜けるとまた控えの間があり、それが今度は右方向に伸びている。その向こうにも、そのまた向こうにも、控えの間が続いていた。まるで向かい合わせに置かれた鏡に映る廊下を見ているようだ。どんどん内側へと伸びていく。あるいは、中へ行くほど狭くなっていくオウム貝の小部屋を通っているみたい、とグリンダは思った。二人は十室ほどの控えの間を通り抜けていった。進むごとに前の部屋より少しずつ小さくなっていき、どの部屋も上方にある鉛枠の窓から差しこむ凝固したような光に照らされていた。そしてついに最後の控えの間を抜けると、洞窟のような円形の広間が現れた。間口の広さより天井までの高さのほうが高く、礼拝堂みたいに暗い。古風な鉄のスタンドがいくつも立っていて、その上で山のような形をしたろうそくが燃えていた。空気がよどんでいて、少しほこりっぽく感じられる。魔法使いの姿はない。ただ、円形の壇の上に玉座があり、はめこまれたエメラルドがろうそくの光を受けて鈍く輝いていた。

「ちょっと用を足しに出ていったんじゃない？」とエルファバ。「まあ、待ってましょう」

招き入れられてもいないのに中へ進む気にはなれず、二人は入り口でたたずんでいた。

「四分間しかないのなら、この時間はなしにしてほしいわね」とグリンダ。「だって、あそこからここまで来るまでに、もう二分は経ってるわよ」

「今となっては――」とエルファバは言いかけて、急に「しーっ！」と制した。

グリンダは口を閉ざした。何も聞こえないようだが、確信はない。暗がりの中に、目に見える変化はなかった。だが、エルファバは警戒するポインター犬のように、あごを突き出し、顔を上に向けて鼻孔を膨らませ、黒い目を細めたり見開いたりしている。

「何？」とグリンダ。「どうしたの？」

「音が――」

グリンダには何も聞こえない。聞こえるのは、ろうそくの炎から立ちのぼる熱い空気が、天井の黒い垂木(たるき)の間の冷え冷えとした暗闇に混ざっていく音だけ。それとも、これは絹のローブの衣擦れの音？　魔法使いが近づいてきているのだろうか？　グリンダはきょろきょろとまわりを見まわした。確かにかすかな音がする。フライパンの中でベーコンが焼けるような、シューシューという音。そのとき、玉座のほうから強い風が吹き、ろうそくの炎が突然横になびいた。

それから、壇の上に大粒の雨が激しく落ちてきた。激しい振動とともに、人工の雷鳴がとどろく。ティンパニの音というより、やかんがいくつも落ちたような音を立てながら。そして玉座の上に、光の骸骨が踊るように現れた。最初グリンダは稲妻かと思ったが、光る骨がつながったものだとわかった。なんとなく人間の形をしているようだ。少なくとも哺乳類には見える。やつれた手のように見える肋骨(ろっこつ)が中央からしなるように開き、嵐の中から声が聞こえてきた。声は頭蓋骨からではなく、激しい嵐の中心、つまり光る骸骨の肋骨の内側のちょうど心臓にあたる部分から発せられている。

「わしが恐るべきオズ大王だ」声が告げると、嵐が部屋を揺らした。「そなたらは誰だ」

グリンダはエルファバをちらりと見た。「さあ、エルフィー」と言って肘でつつく。だが、エルファバはおびえきっている。ああ、やっぱり、雨のせいだわ。激しい雨にあうと、いつもこうなんだから。

「そーなーたーらーは、だーれーだ?」オズの魔法使いか何か知らないが、その声が怒鳴りつけた。

「エルフィー」グリンダはささやいたが、反応はない。「もう、まったく役に立たない人ね。よけいなことをしゃべるか、黙りこむかのどちらかなんだから。陛下、お許しくださればば申しあげます。わたくしはフロッティカ出身のグリンダと申します。母方がアップランドのアーデュエンナ一族です。そして、お許しくだされば申しあげますが、こちらはエルファバ。ネスト・ハーディングズのスロップ家の四代目です。ご謁見をたまわりますこと、どうぞお許しくださいませ」

「許さんと言ったらどうする？」と魔法使い。

「まあ、ずいぶん子供みたいなことを言うのね」グリンダはそっとつぶやいた。「エルフィー、お願いよ、ここに来た理由なんてわたしには見当もつかないんだから、あなたが話して！」

だが、魔法使いのくだらない返答が、エルファバを一瞬にして恐怖から抜け出させたようだ。部屋の隅にとどまったまま、グリンダの手を支えに握りしめながら、エルファバは言った。「陛下、わたしたちはシズのクレージ・ホールの学長、マダム・モリブルの教え子です。きわめて重大な情報を持ってまいりました」

「あら、そうだったの？」とグリンダ。「教えてくれてありがと」

雨は小降りになったようだが、部屋はまだ日食のように暗かった。「マダム・モリブルか。あの逆説の鑑」と魔法使い。「重大な情報とは、あの女に関するものか？」

「いいえ」とエルファバ。「つまり、伝え聞いたことをあれこれと解釈するのは、わたしたちの務めではないということです。噂は信用できませんから。でも――」

「噂は役に立つぞ」と魔法使い。「風がどちら向きに吹いているか教えてくれる」すると、娘たちに向かって風が吹いた。エルファバが水しぶきを避けて跳びのく。「さあ、娘たち、噂を聞かせよ」

「いやです」とエルファバ。「わたしたちがここに来たのは、もっと重要な用があるからです」

「エルフィー！」とグリンダ。「牢屋に放りこまれたいの？」

「何が重要かをそなたが決めるのか。何様のつもりだ！」魔法使いが怒りの声をあげた。

「わたしには事の重要性がよくわかっています」とエルファバ。「わたしたちは陛下に呼ばれて噂話をするためにここに来たのではありません。重大な用件があって来たのです」

「わしがここに呼んだのではないと、どうしてわかる？」

確かに、そんなことはわからなかった。特に、何があったにしろ、マダム・モリブルの部屋でお茶を飲んでからは。「少し抑えなさいよ、エルフィー」グリンダはささやく。

「あいつ、怒ってるわ」

「それがどうしたの？」とエルファバ。「わたし、頭にきてるんだから」そしてまた大きな声で言う。「陛下、わたしは、偉大な科学者かつ思想家だった人物が暗殺されたという情報を持ってまいりました。この人物が成し遂げつつあった重大な発見と、それに対する弾圧に関する情報も。わたしは正義の追求に並々ならぬ関心をもっていますし、陛下もそうに違いありません。ですから、ディラモンド教授の驚くべき発見をお知らせすれば、陛下が最近〈動物〉の権利について下された決定をくつがえしてくださるだろうと――」

「ディラモンド教授だと？」と魔法使い。「そなたの言う用件とは、そんなことなのか？」

「すべての〈動物〉たちに関わることです。組織的にその権利を奪われ――」

「ディラモンド教授の名は聞いたことがあるし、その仕事についても知っておる」光る骸骨の姿で、魔法使いはばかにしたように言う。「あやつは下等生物から派生した、人間のなりそこないではないか。〈動物〉の教授などに何ができる？　不確かな政治的概念に基づく経験主義者、ペテン師、大ばか者。口だけは達者で、べらべらとごたくを並べる。おおかた、そなたはやつの熱意にほだされたのであろう。〈動物〉の情熱とやらにな」そう言うと、骸骨はジグを踊った。それとも、嫌悪感のあまり身をくねらせたのか。「教授が何に関心をもち、何を発見したかは聞いておる。だが、そなたの言う暗殺とやらについては知らんし、関心もない」

「わたしは感情に突き動かされているわけではありません」エルファバはきっぱりと言うと、袖から紙の束を引っぱり出した。腕に巻きつけていたようだ。「陛下、これはプロパガンダではありません。教授が『意識傾向に関する理論』と名づけた、優れた論文です。教授の発見をお読みになれば、きっと驚嘆されるでしょう！　まともな考えをもつ統治者なら、教授の意図を無視できないはず――」

「わしがまともな考えをもっていると思ってくれるのはありがたいが」と魔法使い。「その場にそれを置くがよい。わしに近づきたくはなかろう？」光る操り人形はにやりと笑い、腕を伸ばした。「なあ、お嬢さん？」

エルファバは紙の束を落とした。「結構です、陛下」エルファバは甲高い、もったいぶった声で言った。「陛下はまともな考えをもつ方とお見受けいたします。そうでなければ、わたしは陛下を敵にまわさねばなりません」

「なんてことを言うの、エルフィー」とグリンダ。そして、声を大きくして言った。「陛下、これはわたしたち二人の考えではありません。わたしはこの件に関しては何も関わりございません」

「どうか、ご配慮を」厳しくも優しく、誇り高くも哀願するようにエルファバは言う。エルファバが何かを頼んでいるところを見たのはこれが初めてだ、とグリンダは思った。

「どうか、ご配慮を。〈動物〉たちの苦境は耐えがたいものになっています。ディラモンド教授の暗殺だけではありません。このたびの強制帰還もそうです。自由なはずの〈獣〉が奴隷に成り下がっているのです。宮廷の外に出て、この惨状をご自身の目でごらんになるべきです。皆、この次は虐殺か、それとも共食いかと、不安に駆られて噂しています。これはただの若さゆえの怒りではありません。お願いです、陛下。感情に流されて申しあげているのではないのです。今行われていることは、人の道に反して――」

「人の道に反するという言葉を使う者とは、話をしないことにしておる」と魔法使い。「若い者が言うと滑稽に聞こえるし、年寄りが口にしたら卒中の前触れだ。それに、説教がましくて保守的でもある。そして、道徳的な生活を最もありがたがり、また恐れている中年の場合は、ただの偽善にすぎん」

「人の道に反するという言葉を使わないなら、間違っていることをなんと言い表せばいいのでしょう？」とエルファバ。

「謎めいているはどうかな。少し気を静めなさい。いいかね、緑色の娘よ。何が間違っているかを判断するのは、小娘や学生、一般市民のすることではない。それは指導者の仕事であり、そのために我々が存在しておるのだ」

「でも、わたしがもし、何がいけないことか判断できなかったら、平気で陛下を暗殺してしまうかもしれません」

「わたしは暗殺など考えもしませんし、その意味さえ存じません」とグリンダは大声で言った。「ああ、もういや。わたし、生きてるうちにお暇させていただきます」

「待て」と魔法使い。「そなたらに尋ねたいことがある」

二人は立ちすくんだ。そのまま数分間、じっと。骸骨は肋骨を指で弾き、まるで細いハープの弦のようにかき鳴らした。川底で小石が転がるような音楽が奏でられる。次に光る歯を何本かあごからはずし、曲芸のようにぽんぽんと宙に投げた。それから玉座に放り投げると、歯はキャンディのような色にきらめいて炸裂した。雨が床の排水溝に流れこんでいることに、グリンダは初めて気がついた。

魔法使いが話しはじめる。「マダム・モリブルは工作員であり、噂好きであり、昔なじみであり、仲間であり、教師であり、協力者である。なぜ彼女がそなたらをここへよこしたのか、その理由を言いたまえ」

「学長に命じられたわけではありません」とエルファバ。

「そなたは、ゲームの駒という言葉の意味も知らないのか」魔法使いは甲高い声で言う。

「あなたは抵抗という言葉の意味をご存じですか?」エルファバは言い返す。

だが、魔法使いは笑っただけで、その場で二人を殺しはしなかった。「あの女はそなたらに何をさせようとしておるのだ？」

グリンダは口を開いた。もう潮時だ。「子女にふさわしい教育を授けようとなさってます。やり方は大げさですが、マダム・モリブルは有能な管理者です。学長というのは簡単な仕事ではありませんから」エルファバが奇妙な目つきでにらんでいる。

「あの女がそうしろと――？」

グリンダにはその意味がよくわからなかった。「わたしたちはまだ二年生で、専門課程に進んだばかりです。わたしは魔術を、エルファバは生命科学を専攻しています」

「なるほど」魔法使いは何やら考えこんでいるようだ。「来年卒業したら、どうするつもりなのかね？」

「わたしはフロッティカに戻って、結婚するつもりです」

「そなたは？」

エルファバは答えない。

魔法使いはくるりと背を向けると、大腿骨を折り取り、それで玉座をティンパニのように何度も叩いた。「まったく、だんだんばかばかしくなってきた。これじゃまるで、快楽信仰の見世物みたい」とエルファバは言い、一、二歩前に進み出た。「すみません、陛下、そろそろ時間切れですが」

魔法使いは振り返った。頭蓋骨が燃えている。激しさを増していく雨の中でも、その炎は消えない。「最後にもうひとつだけ言っておこう」魔法使いは痛みに耐えるかのように、うめき声を絞り出した。「古(いにしえ)のオズの英雄物語、『オジアッド』からの引用だ」

娘たちはじっと待った。

オズの魔法使いは朗唱を始めた。

氷河のようによろよろと歩みながら、年老いたカンブリシアは
むき出しの空を血が出るまでこすり
太陽の皮をはがし、熱いまま食べ
鎌のような月をその辛抱強い小袋に詰めこみ
満月に姿を変えた石を生み出す
こうして、ひとつひとつ世界を造り変えていく
変わりなく見えるがそうではない、と老女は言う
見たとおりに見えるがそうではない、と

「誰に仕(つか)えるか、よく考えるのだ」そう言うとオズの魔法使いの姿は消えた。床の排水溝

がゴボゴボ音を立て、突然ろうそくが消えた。二人は来た道を戻るしかなかった。

馬車に乗ると、グリンダはうまい具合に進行方向を向く座席に落ち着き、ほかの三人の乗客にエルファバの席を奪われないようにした。「姉が来るんです」と嘘をつく。「姉の席を取っているんです」この一年あまりの間に、わたしはなんと変わったことだろう。肌の色の違うあの子を見下していたわたしが、今では血を分けた姉妹だと名乗っているなんて！　大学生活は、思いもよらぬほど人を変えてしまう。パーサ・ヒルズの住民の中で魔法使いに会ったことがあるのは、おそらくわたし一人だろう。自分の力ではないし、自分の意思で行ったわけでもないけれど、間違いなく宮廷で魔法使いに会った。そして、まだ生きている。

でも、たいしたことはできなかった。

そのとき、やっとエルフィーがやってきた。肘を張り、いつものように骨ばった細い上体を悪天候から守るためにケープにくるまって、敷石の上を駆けてくる。人ごみをかき分け、上品そうな通行人にぶつかりながらエルファバが近づいてくると、グリンダは馬車のドアを押し開けて言った。「ああ、よかった。間に合わないかと思ったわ。御者はもう出発したがってそわそわしてる。お昼ごはんは手に入った？」

エルファバはグリンダの膝の上に、オレンジを二個と、硬くなった大きなチーズ、それにパンをひとかたまり放り投げた。パンは古くなっているらしく、ツンとするようなにおいが馬車の中に立ちこめる。「今夜の宿に着くまで、あなたの分はこれでなんとかなるでしょ」とエルファバ。

「えっ、わたしの分って？」とグリンダ。「どういうこと？　あなたの分はもっといいものを手に入れたっていうの？」

「たぶん、もっとひどいもの」とエルファバ。「でも、しなくちゃならないこと。あなたにさよならを言いに来たの。一緒にクレージ・ホールへは戻らない。自分ひとりで勉強できる場所を見つけるつもり。わたしはもうマダム・モリブルの――学生にはならない。二度と」

「そんな、そんなのだめよ」グリンダは叫ぶ。「あなたを行かせるわけにはいかない。わたしがばあやに生きたまま食べられちゃう！　ネッサローズは死んでしまうわ！　それにマダム・モリブルだって――ああ、エルフィー、だめよ。行かないで！」

「みんなには、わたしに無理やりここへ連れてこられたって言いなさい。わたしのやりそうなことだって、みんな信じるはず」エルファバは馬車の踏み台に立っている。グリガスト人の太った女の小人が事情を察したらしく、より居心地のいいグリンダの隣の席に移ってきた。「わたしのことは捜しても無駄だからね、グリンダ。捜しても見つからないところへ行って身を隠すから」

「どこへ？　カドリングへ戻るの？」

「それを言ったら、意味がないじゃない」とエルファバ。「でも、あなたに嘘はつかない、グリンダ。つく必要がないもの。まだどこへ行くかわからない。まだ決めてないの。だから嘘をつく必要もない」

「エルフィー、馬車に乗ってちょうだい。ばかなことはやめて」グリンダは泣き叫んだ。

御者が手綱を持ち直して、エルファバに降りろと怒鳴った。

「あなたは大丈夫」とエルファバ。「もう旅には慣れたでしょ。来た道を帰るだけだもの」そう言うと、顔をグリンダの顔に押し当て、キスをした。「がんばって、できるかぎり」と小声でささやき、もう一度キスをした。「がんばって、グリンダ」

御者が手綱を鳴らし、大声で出発を告げた。グリンダは首を伸ばして、エルファバが人ごみの中へ戻っていくのを見送った。あんなに目立つ肌の色をしているのに、その姿はあっという間に、エメラルド・シティの街で路上生活を送る浮浪者の群れの中にまぎれてしまった。あるいは、愚かな涙がグリンダの視界を曇らせたのだろうか。エルファバはといえば、もちろん泣いてなどいなかった。馬車の踏み台から降りるときに慌てて顔をそむけたのは、涙を隠すためではなかった。涙が出ていないことを隠すためだったのだ。だが、グリンダの胸の痛みは本物だった。

第三部　エメラルド・シティ

シズ大学を卒業して三年ほどが過ぎた、夏の終わりのじめじめした午後。同郷の知人とオペラを観る約束をしていたフィエロは、その前に聖グリンダ広場にあるユニオン教の礼拝堂に立ち寄った。

学生時代、ユニオン教に傾倒したわけではなかったが、古い礼拝堂の小部屋によく飾られているフレスコ画を鑑賞する楽しみを覚えた。聖グリンダの肖像画は見つかるだろうか。アーデュエンナ一族のグリンダ・アップランドはフィエロより一年早く卒業し、それ以来会っていない。聖グリンダの肖像画の前にろうそくをともしながら同じ名前の女性を想っても、神を冒瀆(ぼうとく)することにならなければいいが。

ちょうど礼拝が終わったところで、多感そうな青年や黒いスカーフをかぶった老女の集団がゆっくりと歩み出てきた。フィエロは、会衆席で竪琴(たてごと)を弾(ひ)いている女性が巧みな指さばきでディミヌエンドを弾き終わるのを待って、近づいていった。「すみません、私は西方の地から来た者ですが」黄土色の肌と部族の入れ墨を見れば、誰の目にも明らかだろう。「聖堂守とか番人とか、そういう人が見当たりませんし、案内冊子も置いてないようなのでお尋ねしますが、聖グリンダの聖画像がどこにあるか、ご存じありませんか？」

竪琴弾きは厳粛な表情のまま答えた。「最近はどの聖画像も魔法使い陛下の貼り紙で覆われておりますから、運よく見つかるかどうか。私は旅まわりの音楽家で、こちらへはたまにしか来ないのです。でも、一番後ろの列に行ってごらんなさい。聖グリンダに捧げられた祈禱室があります。というか、以前はあったのです。見つかればよろしいですね」

行ってみると、そこは窓の代わりに矢を射るための細い隙間があるだけの墓場のような空間だったが、ピンク色っぽい聖所灯に照らされて、くすんだ聖グリンダの肖像が少し右に傾いた状態で飾られていた。だが、センチメンタルなだけで素朴なたくましさもなく、期待はずれだった。しかも、水害を受けたらしく、聖女の衣には洗剤を間違って使ったときにできるような白い大きなしみがあった。フィエロは聖グリンダにまつわる伝説も覚えていないし、聖女が自分の魂と崇拝者の教化のために苦しみの中で死んでいったという感動的なエピソードも知らなかった。

水底のような暗闇の中から目を向けると、礼拝堂に一人の悔悟者がいた。頭を垂れて一心に祈っている。フィエロは祈禱室から立ち去ろうとしたまさにそのとき、それが誰であるかに気づいた。

「エルファバ!」

女はゆっくりと頭をめぐらした。レースのショールが肩に落ちる。髪を頭の上で巻き、象牙の髪留めでとめている。まるでとても遠いところからフィエロのほうへ近づいてくるかのように、一、二度ゆっくりとまばたきをした。エルファバが信仰をもっていたとは知らなかったが、祈りに集中していたところへ急に声をかけたのだ。おそらく、相手が誰なのかわからないのだろう。

「エルファバ、フィエロだよ」そう言いながら戸口のほうへ歩いていき、立ちふさがった。すると光をさえぎる形になり、女の顔が見えなくなった。「なんとおっしゃいましたか?」という声が聞こえた。フィエロは自分の耳を疑った。

「エルフィー、フィエロだよ、シズ大学で一緒だったろ。懐かしいエルフィー、元気だった?」

「あの、お人違いだと思いますが」その女性はエルファバの声で言う。

「エルファバだろう? スロップ家の四代目の。この呼び名で合っていればだけど」フィエロは陽気に笑った。「人違いなものか。アージキ族のフィエロだよ。覚えてるだろう? ほら、ニキディック先生の生命科学の授業の!」

「勘違いなさってるんじゃありません？」語尾に不機嫌さを漂わせているところなど、間違いなくエルファバだ。「静かに祈りを捧げたいのですが、よろしいかしら？」女はショールをかぶり、こめかみのあたりを覆うように手直しした。横から見たあごは、サラミでも切れそうなほど鋭い。薄暗い光の中でも、人違いではないとフィエロは確信した。

「いったいどうしたんだ？」とフィエロ。「エルフィー、いや、ミス・エルファバと呼んだほうがいいのかな。こんなふうに僕をかついで追い払うつもりか。きみだよ、間違いない。ごまかそうったってだめだよ。何を考えてるんだ？」

女は言葉では答えなかったが、早く出ていってくれと言わんばかりに、これ見よがしにロザリオの珠を数えはじめた。

「僕は出ていかないよ」とフィエロ。

「静かに瞑想したいのですが」女は穏やかに言う。「聖堂守を呼んで、あなたを追い出してもらいましょうか」

「じゃあ、外で待ってる。お祈りにはどれくらい時間がかかるんだ？　三十分？　一時間？　終わるまで待ってるよ」

「では、一時間後に、通りを渡ったところで。小さな噴水のそばにベンチがあります。五分間だけお話ししましょう。五分だけですよ。それで人違いだったとわかるでしょう。ささいな間違いですが、わたしにとってははなはだ迷惑なので」

「邪魔をして悪かったね。それじゃ、一時間後に――エルファバ」どういうつもりか知らないが、このまま逃がすものか。とりあえずその場は引き下がることにして、フィエロは会衆席の後ろにいた竪琴弾きに近づいた。「この建物には、正面入り口のほかにも出入り口があるのですか？」アルペジオをかき鳴らしていた竪琴弾きは、曲の切れ目まで弾くと、首を曲げて目を横に動かした。「女子修道院に通じる通用口があります。本来、外部の人は入れないのですが、そこから使用人が出入りする路地に出られます」

フィエロはしばらく柱の陰にたたずんでいた。四十分ほど経った頃、マントを着た人影が礼拝堂に入ってきた。杖（つえ）をついてよろよろ歩きながら、まっすぐエルファバがいる会衆席へ向かった。二人が言葉や何かを交わしたかどうかは遠すぎて確認できなかった（おそらく、この新来者も聖グリンダの信奉者にすぎず、一人で祈りを捧げたかっただけだろう）。その人物は長居せず、こわばった関節でできるかぎり急いで出ていった。

フィエロは慈善箱に献金を入れた。硬貨だと音が響くので札にした。貧困者が多く住みつく都市の一角では、フィエロは比較的裕福な地位にあるため、慈善の寄付をしないわけにはいかないのだ。もっとも、今寄付をする気になったのは、善意というより後ろめたさからだったが。それから通用口を抜け、一面に草が茂る修道院の庭に出た。庭の向こうでは、車椅子に乗った老女たちが、フィエロに気づかずに笑い合っている。エルファバもこの修道女の一人なのだろうか。修道女とは、世捨て人の共同体という、最も逆説的な組織で暮らす者たちなのだと、フィエロはふと思い出した。とはいえ、沈黙の誓いも、加齢による衰えとともに明らかに無効になってしまったようだ。でも、エルファバがたった五年であんなに変わってしまうはずがない。そう考えたフィエロは、使用人用の通用口を通って路地に出た。

三分後、エルファバが同じ通用口から姿を現した。僕を避けようとしてる！　いったいなぜ？　最後に彼女と会ったのは、そう、はっきりと覚えている！　アマ・クラッチの葬式の日だ。皆で酒場に繰り出し、酒を飲んだ。その後エルファバはよくわからない使命を胸にエメラルド・シティへ行き、二度と帰ってこなかった。フィエロはというと、あのあと〈哲学クラブ〉に引っぱっていかれて、目を見張るような喜びと恐怖を体験したのだった。その後、エルファバの曾祖父のスロップ総督がシズやエメラルド・シティにスパイを派遣し、彼女を捜させているという噂が立った。エルファバ自身からは葉書もことづてもなく、手がかりもまったくなかった。ネッサローズは当初、慰めようもないほど沈みこんでいたが、そのうち自分にこれほどの別れの悲しみを味わわせた姉を恨むようになった。そして、いよいよ深く信仰にのめりこんでいったので、友人たちもネッサローズを避けるようになった。

今夜はオペラはやめようとフィエロは思った。仕事仲間には明日、約束をすっぽかして待ちぼうけを食わせたことを謝ろう。今はエルファバを見失うわけにはいかない。エルファバはせかせかと通りを歩いていき、たまに肩越しに振り返っては後ろを確認している。誰かにあとをつけられていると思っていて、誰かをまこうとしているのなら、今が一日で最もいい時間だ。日が翳(かげ)ってきたからではなく、まだ光が差しているから。沈みゆく夏の太陽がアーチ型の通路に降り注ぎ、庭園の壁に目がくらむほどの光を投げかけている中、エルファバはいくつもの角を曲がって進んでいく。

フィエロは長年にわたって、似たような状況でこっそり動物のあとをつける訓練を積んでいた。オズの国の中で、千年平原ほどギラギラとした太陽が人間をさいなむ場所はない。こういう場合は動物の形を認識するのはあきらめ、目を細くしてその動きを追うほうがいいと、フィエロはわかっていた。また、ひっくり返ったりよろめいたりせずに脇道に身を潜める術や、とっさにかがみこむ術も心得ていた。ほかにも、獲物がまた動きはじめたことを知る手がかり——驚いた鳥が飛び立ったとき、音に変化があったとき、風が乱れたときなど——を見つける方法も知っている。僕をまくことなど、エルファバにはできやしない。僕があとをつけていることとさえ気がつかないだろう。

フィエロは、くねくねと何度も道を曲がりながら、洗練された街の中心部から低賃料の倉庫が並ぶ地域までやってきた。そこでは貧困者たちが、薄暗い倉庫の入り口を悪臭漂うねぐらにしていた。エルファバは軍の駐屯地のすぐ近くの、板を打ちつけただけの穀物取引所の建物の前で立ち止まると、内ポケットを探って鍵を取り出し、ドアを開けた。

フィエロはそのすぐ後ろから、昔のように呼びかけた。「ファバラ！」エルファバは振り返るわずかの間に驚きを抑え、表情を取り繕った。だが、遅すぎた。彼のことを知っていると顔に表れており、エルファバ自身もそれに気づいていた。エルファバが重いドアを閉めてしまう前に、フィエロは足を差し入れた。

「何か厄介なことにでも巻きこまれてるのか？」

「ほっといて」とエルファバ。「お願いだから」

「何か困ってることがあるんだな。中へ入れてくれよ」

「わたしを困らせてるのはあなた。入ってこないで」この言い草はまさしくエルファバだ。わずかに残っていた疑念も消し飛んだ。フィエロは肩でドアを押した。

「べつに悪さをするつもりはないよ」ドアを開けようと力を入れながら、フィエロはうめくように言った。エルファバの力が強かったのだ。「何かを盗もうとか、強姦（ごうかん）しようってわけじゃない。僕はただ、こんなふうに無視されたくないだけだ。なぜなんだ？」

これを聞いて、エルファバは手を離した。その弾みでフィエロは階段の漆喰を塗ってないレンガ壁にぶざまにぶつかり、喜劇役者みたいに派手にしりもちをついた。「あなたって、ものすごく優雅で上品な人だと思ってたけど」とエルファバ。「変な病気でも拾ったか、無作法の勉強でもしたの？」

「ひどいなあ」とフィエロ。「きみにかかると、誰だってがさつな田舎者にさせられてしまうんだよ、否応なくね。そんなに驚くなよ。僕は今だって優雅に振る舞えるし、上品にもなれる。ものの三十秒もあればね」

「シズにいると、そうなっちゃうんだね」エルファバは眉をつりあげて言う。からかっているだけで、実際は驚いてなどいない。「何なの、その大学院生みたいな気取った物言いは。上質の麝香のような無垢な魅力を振りまいてた、あの純朴な少年はどこへ行ってしまったの？」

「きみも元気そうだね」フィエロは少し傷ついて言った。「それで、きみはこの階段に住んでるのか？　それとも、もう少し居心地のいい場所がある？」

エルファバはぶつぶつ言いながら、ネズミの糞と梱包材用のわらの切れ端にまみれた階段を上がっていった。汚れた灰色の窓ガラスから、どんよりした夕暮れの光が差しこんでいる。階段の踊り場で、一匹の白い猫が帰りを待っていた。猫特有の高慢で不満げな顔つきだ。「モーキー、モーキー、さあ、おいで」エルファバがすり抜けざまに声をかけると、猫はいそいそと最上階のアーチ型の戸口までついてきた。

「きみの使い魔？」とフィエロ。

「まあ、おもしろいことを言う」とエルファバ。「じゃあ、わたしはそのうち魔女って呼ばれそう。それも悪くない。さあ、モーキー、ミルクだよ」

部屋は広く、生活に必要なものしか置いていないようだ。もとは貯蔵室であるため、扉は両開きで、外に向かって開くようになっている。穀物の袋を、通りに置いた巻き上げ機で引っぱりあげて、受け取りや分配をしていたのだろう。自然光は、幅十センチほどの天窓のひびの入った二枚のガラスを通してしか入ってこない。床には鳩の羽と、血の混じった白い糞が落ちている。木箱が十個ばかり、椅子代わりに円形に並べられている。丸めた携帯用寝具。衣類はトランクの上にたたんで置いてある。壁には釘が打たれ、いろいろな物が掛けてある。奇妙な羽が数枚と、骨の破片、ひもに通した歯、ビーフジャーキーのように干からびて茶色くねじれたドードー鳥の爪。芸術として飾っているのか、はたまた何かのまじないなのか。それから、サルヤナギ材のテーブル——なかなか見事な家具じゃないか！　弓なりに反った三本の脚は先へいくほど細くなり、先端には鹿の蹄に似せた優美な彫刻が施されている。白い斑点のついた赤いブリキの皿が何枚かと、布に包んでひもをかけてある食材。ベッドの横に積み重ねられた本。ひもにつないだ猫のおもちゃ。中でも最も印象的で、なんともおぞましいのは、天井の垂木に掛けてある象の頭蓋骨だ。しかも、頭蓋のてっぺんに開けた穴には、淡いピンクのバラの花束が挿してある。まるで瀕死の動物の脳が破裂したみたいじゃないか――学生時代、エルファバがどんなことに興味を持っていたか思い出しながら、フィエロはそう考えずにいられなかった。それとも、象に宿っていると言われている魔力に敬意を表しているのだろうか。

その下には、未加工の楕円形のガラス盤が吊るしてある。引っかき傷がついていて、欠けているが、鏡として使っているのだろう。映り具合はよくなさそうだが。

「ここがきみの家？」猫に餌を与えながらまだフィエロを無視し続けるエルファバに、フィエロは声をかけた。

「質問はしないで。そうすれば嘘をつかないですむから」とエルファバ。

「座ってもいいかな？」

「それも質問でしょ」そう言いながらも、エルファバはにやりと笑っていた。「じゃあ、十分だけ。あなたのことを話して。どうして、よりによってあなたが、そんなに垢抜けてしまったの？」

「人は見かけだけではわからないよ」とフィエロ。「そりゃ、服装に少しは金をかけられるようになったし、言葉遣いにも気を配ってる。だけど、一皮むけば今もアージキ族の少年のままだ」

「どんな生活をしてるの？」

「何か飲み物をもらえるかな。酒じゃなくていい。のどが渇いてるだけだから」

「水道は引いてないの。使わないから。ミルクはあるんだけど、古くなってるかもしれない。まあ、モーキーだったらまだ飲めると思うけど。そうだ、そこの棚の上にお酒が一本あったはず。よかったら飲んで」

エルファバはエール・ビールを少しだけ小さな土瓶に取ると、残りをフィエロに渡した。

フィエロは最低限のことだけをかいつまんで話した。幼くして結婚した妻のサリマが、大人になって次から次へお産をし、今では三人の子供がいること。かつて公共事業局水道施設本部だったキアモ・コの建物——摂政オズマ（オズマ・リージェント）の時代にフィエロの父親が奇襲攻撃で占領し、今では部族長の住む城かつアージキ族の砦（とりで）となっている建物——のこと。毎年春と夏は千年平原で狩りをしたり祝宴を開いたりして暮らし、秋と冬はキアモ・コに定住して暮らすという、部族の目まぐるしい二重生活のこと。「アージキの王様が、エメラルド・シティでビジネスを？」とエルファバ。「銀行関係ならシズに行くはずだし。この街でビジネスといえば、軍関連ね。いったい、何をやるつもり？」

「もう僕のことはいいだろう」とフィエロ。「僕だって隠し事をしたり、人の目を欺いたりしてるかもしれない。たとえうわべだけで、べつにやましいことがなくてもね」地味な取引契約の話をしても、この旧友に感銘を与えることはないだろう。自分の仕事がドラマチックでもスリルに富んだものでもないので、フィエロは気おくれしていた。「でも、なんとかやってる。きみはどうなんだ、エルフィー？」

エルファバはしばらく口をつぐんでいた。干からびたソーセージと色が変わりはじめたパンを包みから取り出し、オレンジ二個とレモン一個を持ってくると、テーブルの上にぞんざいに並べた。蛾が飛び交う中で、エルファバは人間というより影のように見えた。緑色の肌は、春の若葉のように奇異なまでに柔らかく、そして銅箔のようになめらかに見えた。手首をつかんでその動きを止めたい。フィエロはかつてないほど強い衝動に駆られた。話してくれなくてもいい、ただじっとしていてほしい。きみを見つめられるように。

「どうぞ食べてちょうだい」やがてエルファバは口を開いた。「わたしはお腹がすいてないの。だから、どうぞ食べて」

「教えてくれないか」フィエロは懇願した。「きみがシズを去ったときのいきさつを。まるで朝霧のように姿を消してしまったね。なぜ、どこへ行って、何があった？」

「ずいぶん詩的だこと」とエルファバ。「詩って、自己欺瞞の最高の表現方法だと思う」

「話をはぐらかさないでくれ」

だが、エルファバは動揺していた。指がぴくぴく痙攣(けいれん)している。猫を呼んで膝にのせたが、猫はすぐに焦(じ)れて飛び去っていった。「ねえ、もうやめましょう。ここへは二度と来ないで。新しい住みかを探すのはいやなの。こんなにいい部屋、なかなか見つからないんだから。約束してくれる？」

「約束するかどうか、考えるだけは考えてみる。でも、それ以上のことは約束できない。だって、そうだろう？　まだ何も教えてもらってないんだから」

エルファバは急いで言った。「シズに幻滅したからかな。ディラモンド先生の死が、ものすごくショックだったの。みんな悲しんではいたけど、関心はもってなかった。誰一人として。ともかく、あそこはわたしがいるべき場所じゃなかった。ばかな女の子ばかりだったし。まあ、グリンダのことは好きだったけど。あの子、どうしてる？」

「連絡を取ってないんだ。宮廷の行事や何かで、偶然会えればいいんだけどね。聞くところによると、パルトスの準男爵と結婚したらしい」

エルファバは心外に思ったらしく、背中をこわばらせた。「ただの準男爵？　せめて男爵とか、子爵じゃなくて？　それはがっかり。じゃあ、昔の夢は実現しなかったってわけか」冗談を言ったつもりだろうが、その言葉はぎこちなく、笑えなかった。「子供はいるの？」

「さあ。ねえ、質問してるのは僕のほうだ」

「わかってる。でも、宮廷の行事ですって？　あなた、魔法使い陛下の一味なの？」

「陛下はほとんど人に会わないらしい。僕も会ったことはない」とフィエロ。「オペラを観に来ても、携帯用の衝立の後ろで聴いてるだけなんだって。正式の晩餐会でも、自分一人だけ、大理石を彫って作った格子の後ろにある別室で食事をするらしい。一度宮廷の廊下を歩いてたとき、いかにも貫禄ある男性の横顔を見かけたことがある。もしそれが魔法使いだったとすれば、会ったのはそれ一度きりだ。それよりきみだよ、きみ。どうして僕たちと連絡を絶ったりしたんだ？」

「あなたたちのことが大好きだったから」

「どういうこと？」

「何も聞かないで」夏の青い夕闇の中で、エルファバは手を櫂のように動かして、苦しげに言った。

「いや、聞きたい。あれからずっと、ここに住んでたのか？　五年間ずっと？　何か勉強してるのか？　それとも、仕事をしてる？」フィエロはむき出しの腕をこすりながら、あれこれ思いをめぐらせた。エルファバはいったい何をしようとしているんだ？　「〈動物〉解放連盟に関わってるのか？　それとも政府に盾つく人道主義組織のどれかとつながりがあるとか？」

「わたしは人、道、主、義、者とか人、道、主、義、的なんて言葉は絶対に使わないことにしてるの。だって、自然界で最も凶悪な罪を犯すことができるのは人間でしょう？」

「またはぐらかした」

「それがわたしの仕事だから」とエルファバ。「ほら、これがヒントよ、親愛なるフィエロ」

「もっと詳しく説明してくれよ」

「地下に潜ったの」エルファバは静かに言った。「今も地下で活動してる。五年前に別れて以来、わたしを見つけた人はあなたが初めて。さあ、わたしがなぜこれ以上話せないのか、なぜ二度と会えないのか、わかったでしょ。あなたはたぶん、わたしのことを疾風部隊に密告するでしょうね」

「まさか！　あのガチガチの軍人野郎どもに？　そう思ってるなら、僕のことをまるでわかってないね」

「どうしてわかるっていうの？　わかるはずないじゃない」エルファバは指を組み合わせた。緑色の棒のパズルのようだ。「やつらはあの軍靴で、貧しく弱い人たちの住む地区をくまなく行進してる。朝の三時に住民たちを恐怖に陥れ、反対分子を引っぱっていき——

ついでに印刷機を斧(おの)で叩(たた)き壊し——真夜中に反逆罪で形ばかりの裁判にかけ、明け方には処刑する。この美しい偽りの街をくまなく捜索して、月に一回、犠牲者という作物を収穫する。恐怖による支配。今だって通りに集結してるかもしれない。わたしはまだあとをつけられたことはないけど、あなたのあとをつけたかも」

「きみのあとをつけるのは、きみが思ってるほど難しくないよ」とフィエロ。「きみはまくのがうまいと思ってるだろうけど、それほどでもない。コツを教えてあげよう」

「確かに、あなたはコツを知ってるようね。でも、教えてもらうことはできない。わたしたちが会うことはもう二度とないんだから。危険すぎるもの。わたしだけじゃなく、あなたも。あなたたちのことが大好きだから連絡を絶ったというのは、そういうこと。疾風部隊は、機密情報を集めるためなら友人や家族も拷問にかける。あなたには妻と子供がいるんでしょ。わたしはあなたのただの大学時代の友人で、一度だけ偶然ばったり出会った、それだけ。わたしのあとをつけたなんて、感心しちゃう。でも、二度としないで。わかった？　もしまたあとをつけたりしたら、わたしは引っ越す。今すぐ荷物をまとめて、三十秒後には行方をくらますこともできるんだから。そういう訓練を受けてるの」

「そんなひどい仕打ち、やめてくれよ」とフィエロ。

「わたしたちは古い友人だけど」とエルファバ。「でも、特に親しいというわけじゃない。

今回こうして出会ったことを感傷的に受け取らないで。あなたに会えたのはうれしいけど、また会いたいとは思わない。くれぐれも気をつけて。ろくでなしのお偉方とはあまり懇意にならないほうがいい。革命が起こったら、政府におべっかを使ってた者たちは容赦なく殺されるから」

「きみは、たしか二十三歳だよね？　その年で革命家気取りだっていうのか？　きみらしくない」

「ええ、そうね」エルファバは同意した。「らしくない――わたしの新しい生活にぴったりの言葉。わたしはこれまでだってずっとらしくなかったから、らしくないのがわたしらしいの。あなたはわたしと同じ年だっていうのに、部族の王としてご活躍ってわけね。さあ、お腹はいっぱいになった？　そろそろ帰ってちょうだい」

「いやだ」フィエロはきっぱりと言った。あの手を握りしめたい――これまでエルファバに触れたことがあっただろうか。いや。フィエロは思い直した。そういえば、一度だってなかった。

　そんな気持ちを読み取ったかのように、エルファバは言った。「あなたは自分のことをよくわかってる。でも、わたしのことはわかってない。知ることはできないの。できないと言ったら、できない。そんなことは許さないし、あなたには無理なの。幸運を祈ってる（ゴッドスピード）。

ヴィンカスでもこう言うのかな。呪いの文句じゃないの。幸運を祈ってる、フィエロ」

　エルファバはフィエロにオペラ観賞用のケープを渡すと、握手のために手を差し出した。

　フィエロはその手を握り、相手の顔をじっと見つめた。その顔に一瞬、隠されていた思いが浮かんだ。そのあまりのひたむきさに、フィエロはぞくりとすると同時にかっと熱くなり、目まいを覚えた。


「ボックはどうしてるのか知ってる？」次に会ったとき、エルファバが尋ねた。

「きみのことは、何も教えてくれないんだろう？」フィエロはテーブルの上に足を投げ出してくつろいでいる。「囚人みたいに閉じこもってるのが好きなくせに、どうして僕がもう一度ここに来るのを許してくれたんだ？」

「ボックのことは結構好きだった。それだけ」エルファバはにやりと笑った。「あなたに会えば、ボックのことを聞き出せるかと思ったの。ほかの人たちのことも」

　フィエロは知るかぎりのことを話してやった。まったく思いもよらないことだが、ボックはミス・ミラと結婚した。ミラはネスト・ハーディングズへ連れていかれたが、そこがいやでたまらず、自殺未遂を繰り返している。「毎年ボックからラーラインマス・カードが来るんだけど、それが傑作なんだ。ミラの自殺未遂の顛末が、まるで家族の年次報告みたいに書いてある」

「そういえば、わたしの母も同じような境遇だった。どんな思いで人生を送ってたんだろう」とエルファバ。「有力者の豪邸で何不自由なく育てられたのに、突然とんでもなく辺鄙な土地で厳しい生活を送ることになった。どんなにショックだったか。母さんの場合、コルウェン・グラウンドからラッシュ・マージンズへ、さらにそこからカドリングの湿地帯に連れてかれた。これほど過酷な苦行もないんじゃない？」

「この母にしてこの娘あり、だな」とフィエロ。「こんな隠れ家みたいな部屋でひっそりとかたつむりみたいに暮らしてるけど、きみだってそれなりにいい身分を捨ててきたんだろう？」

「あなたを初めて見たときのこと、覚えてる」エルファバは夕食用に作っていた野菜と根菜類のサラダに酢をふりかけながら言った。「大教室で、あの、なんとかいう先生……」

「ニキディック先生だろ」フィエロは赤くなった。

「あなたの顔には、とてもきれいな模様があった。あんな模様、それまで見たことがなかった。みんなの印象に残ろうとして、わざとあんなふうに登場したの？」

「僕の名誉にかけて、いいや、ほかにやり方があったら、絶対そうしてたよ。恥ずかしかったし、怖かった。まったく、あの魔法にかかった枝角に殺されるかと思ったよ。僕を助けてくれたのは、やんちゃなクロープとおしゃべりなティベットだった」

「クロープとティベット！　ティベットとクロープ！　すっかり忘れてた。あの二人は今どうしてる？」

「ティベットは〈哲学クラブ〉で羽目をはずしてから、すっかり変になってしまったんだ。クロープはたしか美術品競売会社に就職して、今でも劇場の舞台装置を抱えてあちこち飛びまわってる。時々何かの折に見かけることがあるけど、特に話はしないんだ」

「あら、気に入らないご様子ね！」とエルファバが笑う。「ほかのみんなと同じで、わたしもあっちのほうの好奇心が強いから、〈哲学クラブ〉ってどんなところだろうってずっと思ってた。あのね、生まれ変わってもまたみんなに会えたらいいなって思う。もちろん、グリンダにも。あのいけすかないアヴァリックにもね。あの人はどうしてる？」

「アヴァリックとは話をするよ。あいつは一年のほとんどを辺境伯の領地で過ごしてるけど、シズにも家を持っている。エメラルド・シティに出てくるときは、二人で同じクラブに滞在することにしてるんだ」

「今でも、気取り屋のがさつ者？」

「おや、今度はきみが気に入らないご様子じゃないか」

「みたいね」二人は夕食を食べた。フィエロは、エルファバに家族のことを聞かれるのではないかと身構えた。だが、互いに相手の家族のことには触れないようにしていた。フィエロにとってはヴィンカスの妻や子供のこと、エルファバにとっては反体制派政治活動の仲間のこと。

次に来るときは襟の開いたシャツを着てこよう、フィエロはそんなことを考えていた。そうすれば、青いダイヤの模様が顔から胸まで続いているのが見えるだろう……エルファバはこの模様が好きみたいだから。

「まさか秋の間ずっとエメラルド・シティにいるつもり?」寒さが忍び寄ってきたある晩、エルファバが言った。

「妻には手紙を書いた。いつまでかはわからないけど、仕事の都合でしばらくこっちにいなくちゃならなくなったって。あいつはなんとも思わないさ。文句なんて言えるわけない。薄汚い隊商宿の娘から一転、アージキ族の王の幼な妻になったんだ。妻の家族はばかじゃなかったってことだな。あいつは食べ物も、召使いも、ほかの部族の攻撃から身を守れるキアモ・コの堅固な石塀も手に入れた。三人目の子供が生まれてから、ちょっと太りはじめてる。実際のところ、僕が家にいようがいまいが、どうでもいいのさ。そうそう、妻には五人の妹がいるんだけど、そろって僕の家に転がりこんできてるんだ。まるでハーレムだよ」

「嘘でしょ！」エルファバはハーレムと聞いていくぶんどぎまぎしていたが、好奇心をそそられたようだ。

「まあね、実際には違うよ。サリマからは一、二度、妹たちは喜んで僕の夜の相手をするつもりだと言われたけどね。大ケルズ山脈を越えたら、オズのほかの地域ほど、そういうことはタブーじゃなくなるんだ。だから、そんなにあきれた顔をしないでくれ」

「あきれずにはいられないもの。そんなこと、したの？」

「そんなことって、どんなこと？」フィエロはとぼける。

「奥さんの妹たちと寝たの？」

「いや、寝てないよ」とフィエロ。「べつに高尚な倫理基準をもってたからでも、関心がなかったからでもない。サリマが抜け目のない妻だから、それだけだ。結婚生活では、何もかもが戦略なんだ。そんなことしたら、今以上に妻の言いなりになってしまってただろうね」

「結婚って、そんなにひどいもの？」

「結婚してみないとわからないだろうけど。ああ、ひどいものだよ」

「わたしだって結婚してる。相手は男性じゃないけど」

フィエロは驚いて眉を上げた。エルファバは両手で顔を押さえた。そんな彼女を見たのは初めてだった。自分が口にした言葉に驚いたのだ。エルファバはちょっと顔をそむけると、咳払いをして鼻をかんだ。「いやだ、涙が。熱くて火傷しちゃう」突然怒ったように叫ぶと、慌てて古い毛布を取りに行き、しょっぱい涙が頬をつたう前に目元をぬぐった。

年老いた女のように前かがみになり、片手を調理台について立っている。毛布が顔から床まで垂れている。「エルフィー、エルフィー」フィエロは心を揺さぶられ、よろめきながらエルファバの背後に立ち、その体を抱きしめた。二人をあごから足首まで隔てている毛布は、今にも炎となって燃えあがりそうだ。あるいはバラに、あるいはシャンパンと芳香の泉に姿を変えるかもしれない。おかしなことだ。体はこんなにも緊張しているのに、心の中にこんなにも豊かなイメージが湧いてくるなんて……。

「やめて」エルファバは叫んだ。「だめ、いや。わたしはハーレムの女じゃない。わたしは女じゃない。人間でもない。だから、だめ」だがその腕は、まるで風車がまわるように、まるであの魔法にかかった枝角のように、ひとりでに動いた。フィエロを殺すためではなく、壁に押しつけ、愛で釘づけにするために。

モーキーは珍しく気を遣ったのか、窓の敷居に上がると、二人から目をそらした。

使われなくなって久しい穀物取引所の上の部屋が、二人の愛の巣となった。東の空から秋がゆっくりと忍び寄ってきていた。今日は暖かいと思ったら、次の日は日差しが強く、そうかと思うと次の日から四日間、冷たい風が吹き小雨が続いた。

何日も会えない日が続くこともあった。「わたしには任務がある。やらなきゃならない仕事があるの。信じてくれないのなら、あなたの前から姿を消す」とエルファバ。「グリンダに手紙を書いて、煙とともに姿を消す呪文を教えてもらおう。冗談めかしてるけど、本気で言ってるんだからね、フィエロ」

フィエロ＋フェイ。エルファバがパイ皮を伸ばしたときに振った粉の上に、フィエロは書いた。フェイ。猫にさえ聞かれまいとするかのように、エルファバが小声でささやいて教えてくれた、彼女の暗号名。組織の中では、誰も仲間の本名を知らないのだ。

明るいところでは、エルファバは決して裸身を見せようとしなかった。が、フィエロが昼間に訪れることはまずなかったので、どうということはなかった。約束の日の夜、エルファバは裸身の上に毛布をはおって座り、政治理論や道徳哲学の評論を読んでいた。「本当に理解してるわけじゃなくて、詩を読むみたいな感覚で読んでるの」あるとき、そんなことを言った。「言葉の響きが好きなの。まあ、わたしの時代遅れの偏った世界観が、読んだものによって変わるとは思えないけど」

「生き方によって、変わってくるんじゃないか？」明かりを落とし、服を脱ぎながらフィエロは言う。

「こういうこと、わたしは初めてだと思ってるでしょう」エルファバはため息をついた。「わたしにとっては初体験なんだって」

「最初のとき、出血しなかっただろう」とフィエロ。「だから、そんなこと思ってないよ」

「あなたが考えてること、わかってる。だけど、あなただってどれほど経験があるっていうの？　大ケルズの族長の中の族長、千年平原最強の狩人である、キアモ・コのアージキ族の王、フィエロ閣下」

「僕はきみの意のままだよ」フィエロは真面目な顔で言った。「幼な妻をめとってから、裏切ったことは一度もない。今までは、だけど。きみは妻とは違うんだ。きみの反応は妻とはまったく違う。同じことをしてる気がしない。きみはもっと謎めいてる」

「わたしは存在してないの」とエルファバ。「だから、あなたがしてることは裏切りじゃない」

「じゃあ、早く裏切りじゃないことをしよう。もう待てない」そう言うと、エルファバの肋骨（ろっこつ）から平らな腹部へ手をすべらせた。エルファバはいつも、彼の手を薄く感じやすい胸に導くが、腰から下には触れさせない。二人はひとつになって動いた。緑の草原に青いダイヤがきらめくように。

フィエロは昼間、あまりすることがなかった。アージキ族の族長としては、エメラルド・シティの商業の中枢部と強い結びつきを作っておくことが政治的な利益になるのはわかっている。だが、アージキの現状では、首長会議や財界人のサロンに顔を出しておけば十分だった。それ以外の時間は、聖グリンダをはじめとする聖人のフレスコ画を探しながら街をぶらついた。エルファバ・ファバラ・エルフィー・フェイは、あのとき聖グリンダ広場の修道院の隣の聖グリンダ礼拝堂で何をしていたのか、決して話そうとはしなかった。

ある日、フィエロはアヴァリックに連絡を取り、昼食をともにした。食後にストリップショーを見に行こうと誘われたが、理由をつけて断った。アヴァリックは相変わらず頑固で、皮肉屋で、背徳者で、男前だった。エルファバに話して聞かせるほどの噂話はたいしてなかった。

風が木々から葉を散らしていく。疾風部隊がいつものように〈動物〉やその協力者を捕らえては無理やり街の外に引きずり出していく。ギリキンの銀行の金利が急騰しており、投資家にはよいニュースだが、変動金利で借り入れをしている者にとっては厳しい事態だ。都心の一等地がいくつも抵当流れになった。商店は早くもラーラインマスの緑や金のイルミネーションを飾りつけ、不況下で財布のひもが固くなっている市民を店内へ誘っている。

フィエロの胸に、どうしてもエルファバと一緒にエメラルド・シティの街を歩きたいという思いが募った。恋人同士がそぞろ歩くのに、これほど美しい場所はない。特に夕暮れどき、青紫色の空を背景に店々の金色の灯りがともりはじめる頃は格別だ。僕は今まで恋をしたことがなかった。今それがわかった。恋はフィエロを謙虚にし、臆病にした。会いたいのに会えない日が四日、五日と続くと、耐えられなくなった。

「アージ、マネク、ノアにキスを送ります」週に一度サリマに出す手紙の最後に、フィエロはそう書いた。妻は返事を書くことができない。理由はいくつかあるが、なんといっても文字を習ったことがないのだ。妻から返事が来ないことが、この裏切り行為に対する暗黙の了解のように思えた。サリマにキスを送るとは書かなかった。チョコレートがその代わりをしてくれるように願った。

フィエロは毛布を自分のほうへ引っぱりながら寝返りを打った。今度はエルファバが自分のほうへ引っぱり返す。部屋の中はとても寒く、湿っているようにさえ感じられた。モーキーは二人の激しい脚の動きに耐えながらそばにくっついていた。ぬくもりを分けてもらうために、そして、猫なりのやり方で愛情を伝えるために。

「愛しいフェイ」とフィエロ。「わかってると思うけど、僕はきみのやってることに手を貸すつもりはない。図書館の延滞料引き下げ運動であれ、猫の首輪反対運動であれね。でも、僕だって常に世の中の情勢には気をつけてる。それで、どうもカドリング人が、再び進軍してきた市民軍に支配されてるらしい。少なくとも社交クラブのラウンジでは、新聞を読んだりパイプをくゆらせたりしながら、みんながそんな話をしてる。どうやらひとつの部隊が虐殺と焼き払いの命令を受けて、カドリングのクホイエまで侵攻しているらしいんだ。きみのお父さんと弟さん、それにネッサローズは、今もカドリングにいるのか？」

エルファバはしばらく答えなかった。どう答えようか考えこんでいるだけでなく、おそらく何が思い出せるかと考えているのだ。その表情は困惑を通りこして、怒っているようにさえ見えた。「クホイエには十歳ぐらいのとき、しばらく住んでた。沼地の上に作られた、奇妙な小さな町。道の数と同じくらい運河がある。屋根は低くて、窓には格子か鎧戸がはまってた。プライバシーを守りながらも、換気をよくするためにね。湿気が多くて、やたらと植物が生い茂ってて、薄いキルトの枕みたいな大きな丸いヤシの葉が、風が吹くたびにぶつかり合って、音を立てるの。ティルルルル、ティルルルルって……」

「今はもう、クホイエの町は見る影もない状態らしい」フィエロは注意深く言った。「僕の聞いた噂が正しければだけど」

「いいえ、父さんはもうあそこにはいない。ありがたいことにね。誰に感謝すべきかわからないけど、とにかくよかった」エルファバは続けて言う。「状況が変わってなければの話だけど。クホイエの純真な人たちは、布教活動にはあまり反応しなかったの。父さんとわたしを家に招き入れて、湿ったお菓子と生ぬるいミント茶をふるまってくれた。わたしたちはヤモリやクモを隅へ追い払いながら、かびの生えた薄っぺらいクッションに座った。そして、父さんが名もなき神の寛大さについて、長々と説教する。よその国の人々に対しても、どんなに御心を示してくださっているかってね。それから、その証拠だと言ってわたしを指さすの。わたしはにっこりとぶざまに笑って、賛美歌を歌う——父さんが認めた音楽は賛美歌だけだった。わたしは情けないほど内気で、自分の肌の色が恥ずかしくてたまらなかった。でも父さんは、これは価値のある仕事だとわたしに言い聞かせた。クホイエの優しい住人たちはいつも決まって、わたしたちをもてなす気持ちから、父さんの言うことに従って、言われるままに名もなき神へ祈りを捧げた。でも、心からの祈りじゃなかった。自分たちはなんて無力なんだろうって、わたしははっきりと感じてた——父さんよりもっとがっかりしながらね」

「で、きみの家族は今どこにいるんだ？　お父さんとネッサローズ、それに弟さん——名前は？」

「シェル。それで父さんは、自分の使命はカドリングのもっと南の、本当の未開地へ行くことだと考えたの。わたしたちはオッベルズの小さなあばら屋を転々とした。オッベルズの掘っ立て小屋（ホーベルス）って呼んでた。本当に荒涼とした、ぞっとするような未開地で、血なまぐさい美しさに満ちてた」

フィエロがいぶかしげな顔をしたのを見て、エルファバは続けた。「もう十五年も二十年も前のことだけど、エメラルド・シティの投機家たちが、オッベルズにルビーの鉱床を発見してね。最初は摂政オズマ（オズマ・リージェント）の支配下で、クーデターのあとは魔法使いの支配下で、醜い争奪戦が繰り広げられた。摂政オズマ（オズマ・リージェント）の時代には、搾取といっても、まだ殺人や残虐行為までは行われなかったんだけどね。技師たちは象を使って砂利を運び、泉を埋め立て、塩分を含んだ地下水の深さ一メートルほどのところに入り組んだ露天採鉱システムを完成させた。父さんは、この湿地帯の小さな村に生じた混乱こそ、伝道にもってこいの状況だと考えたの。父さんは正しかった。カドリングの人々は下手くそな声明文を出して魔法使いに歯向かい、トーテム像に加護を祈ったけど、武器といえば投石器しか持ってなかった。それで、みんな父さんのもとに集結したの。父さんは村人たちを改宗させ、彼らは新しく信仰を得た者特有の熱情に浮かされて闘いを繰り広げた。そしてすべてを失い、消滅してしまった。ユニオン教の恩恵のおかげ、ってわけ」

「ずいぶん辛辣（しんらつ）だね」

「わたしは道具で、自分の父親に利用されたの。ネッサローズは自由に動けなかったから、わたしよりはましだった。父はわたしを、信仰の証（あかし）として使った。こんな異常な見た目の女の子がいること、しかもその子がけなげに歌を歌う姿を見て、カドリングの人たちはいくらか父を信用した。名もなき神がこんな女の子でも愛しているのなら、我々まともな人間のことは、もっと気にかけてくださるだろうって」

「じゃあ、お父さんが今どこにいようと、どんな目にあっていようと、どうでもいいってことか？」

「どうしてそんなことが言えるの？」エルファバは怒って立ちあがった。「わたしはあの頭のおかしい、偏屈な、老いぼれたろくでなしを愛してる。あの人は自分が説いていることを心の底から信じてた。黒水池に仰向けに浮かんだカドリング人の死体を見ても、その体のどこかに改宗の入れ墨がありさえすれば、その人は生き残った者より幸いだと考えた。自分があの世（アザー・ランド）の名もなき神の御許へ行くための片道切符を与えてやったと思ったから。いい仕事をしたんだと」

「きみはそう思わない？」フィエロはそれほど宗教的とはいえない人生を送ってきたので、エルファバの父親の牧師としての使命感について、偉そうなことは言えないと感じていた。

「たぶん、いい仕事をしたんだと思う」エルファバは悲しげに言った。「わたしにはわからない。でも、わたしにとっては違った。集落から集落へ、わたしたちは改宗を説いてまわった。一方で、集落から集落へ、土木技師の集団がやってきて、村人の生活を破壊した。オズの国のどこからも抗議の声はあがらなかった。誰も村人たちの声に耳を傾けなかった。誰もカドリングのことなんか気にかけてなかったから」

「でも、お父さんがそもそもカドリングへ行くことになったきっかけは何だったの？」

「父さんと母さんには、カドリング人の友人がいたんだけど、その人がわたしたちの家で死んだの。カドリング人の行商人で、ガラス吹きだった」エルファバはつらそうに顔をしかめて目を閉じ、それ以上話そうとはしなかった。フィエロはその指の爪にキスをした。親指と人差し指の間のV字型の部分に唇を当て、レモンの皮のように吸う。エルファバは、フィエロがもっといろんなところにキスができるように、仰向けに横たわった。

しばらくして、フィエロは言った。「でも、エルフィー・ファバラ・フェイ、本当にお父さんやネッサローズ、弟さんのことは心配じゃないの？」

「父は達成できるはずのない理想を追いかけてる。そうすることで人生での失敗を正当化してるの。しばらくの間、行方不明になったオズマの血を引く最後の子供が帰ってくるなんて予言までしてた。今はもう終わったけど。弟のシェルは、たぶん十五になったはず。

あのね、フィエロ、家族のことと、今期の作戦のことを同時に気にかけるなんてできないの。おとぎ話に出てくる魔女みたいに、そこにあるほうきに乗ってオズをひとめぐり、なんてことはできない！　わたしは地下に潜ることを選んだ。だから、家族を気にかけるなんてことはできないの。でも少なくとも、今後ネッサローズがどうなるかはわかってる」

「どういうこと？」

「ひいおじいさんがぽっくり逝ったら、ネッサが次のスロップ総督になる」

「きみが継ぐんだとばかり思ってたけど。きみのほうが年上だろう？」

「わたしはもういないから。魔法で煙とともに消えてしまった。だから、そのことは忘れて。それに、ネッサローズにとってもそのほうがいい。あの子はきっと、ネスト・ハーディングズの女王のような存在になる」

「ネッサローズは魔術を専攻してたらしいよ、シズ大学で。知ってた？」

「いえ、知らなかった。すごいじゃない。あの子って、金色の文字で『道徳的に最も優れた者』って書かれた台座にのってるようなものでしょ。そこから飛び降りて、自分は本当はとんでもない意地悪女なんだと認めれば、〈東の悪女〉になれるかもね。ばあやとコルウェン・グラウンドの献身的な使用人たちが、あの子を支えてくれる」

「きみは妹思いだと思ってたのに！」

「これが愛情だってわからない？」エルファバはばかにしたように言う。「わたしはネッサを愛してる。あの子は厄介で、鼻持ちならないほどひとりよがりで、ほんとにいやな子よ。それでも、わたしはあの子のためなら何でもする」

「ネッサがスロップ総督になるのか」

「わたしよりずっとふさわしい」エルファバは冷ややかに言った。「なんといっても、靴の趣味がいいし」

　ある夜のこと、天窓から差しこむ満月の光が、眠っているエルファバをまぶしいほどに照らしていた。フィエロは目を覚まし、用を足そうと室内用便器のほうへ歩いていった。モーキーが階段でこそこそとネズミのあとを追っている。フィエロはベッドまで戻ると、恋人の姿を眺めた。今夜は緑色というより、真珠のような光沢をおびている。この前、エルファバにシルクのショールを持ってきた。ヴィンカスの伝統的な縁飾りがついていて、黒地にバラの模様が描かれている。腰に巻いて結んでやったら、それ以来、それが愛し合うときの衣装になった。今宵（こよい）、エルファバは眠りながら、それを少しずつ引っぱりあげている。フィエロは、その脇腹の柔らかな曲線、はかなげな膝、ほっそりした足首をほれぼれと眺めた。部屋の中にはまだ香水のにおいが漂っている。それに、松脂（まつやに）のような動物のにおい、神秘的な海のにおい、息が詰まるような甘い髪のにおいが愛の営みによって混じり合い、におい立っている。フィエロはベッドの縁に座り、恋人を眺めた。陰毛は黒というよりは紫に近く、細かく縮れてつやがあり、サリマのとは違っている。脚の付け根に妙に色の濃い部分がある。フィエロは眠気を感じながら、しばし考えた。自分の青いダイヤの模様が、行為の最中にエルファバの肌に写ったのだろうか？　それとも何かの傷跡だろうか？

そのとき、エルファバが目を覚ました。月明かりの中で、体に毛布を引き寄せる。そして、夢うつつで彼に微笑みかけ、「イェロ、わたしの英雄（ヒーロー）」と呼んだ。その声はフィエロの心をとろけさせた。

だが、機嫌を損ねると、エルファバは手がつけられなくなる。

「あなたが何も考えずにがつがつ食べてるそのポークロールが、〈豚〉から切り取られた肉だってことも十分ありえるんだから」あるとき、そうフィエロに嚙（か）みついた。

「自分の食事が済んだからって、僕の食欲がなくなるようなことを言うのはやめてくれ」フィエロはやんわりと抗議した。ふるさとでは自由な生活をしている〈動物〉はあまり見かけなくなっていたし、シズで何匹か知り合った知能をもつ生き物たちも、あの晩〈哲学クラブ〉で一緒だった者は別として、ほとんど印象に残っていない。〈動物〉たちの苦境にも、たいして心は動かなかった。

「だから、恋なんかしちゃいけないの。何も見えなくなってしまう。恋は邪悪で、心を乱す」

「食べる気がしなくなった」フィエロはポークロールの残りをモーキーに与えた。「いったい、きみに邪悪さの何がわかるっていうんだ？　反逆者の組織の中でちょい役を演じてるだけじゃないか。ただの新米だろ」

「男の邪悪さならわかってる。その力が愚行と無分別を生み出すの」

「じゃあ、女の場合は？」

「女は男より弱いけど、その弱さの中には狡猾さと、それと同じくらい強固な倫理的確信が潜んでる。女の活動範囲は狭いから、実害はたいしたことない。でも、親密になればなるほど、油断がならなくなる」

「じゃあ、僕の邪悪さは？」フィエロは深入りしすぎて居心地悪さを感じていた。「それから、きみのは？」

「フィエロの邪悪なところは、善の可能性をばかみたいに信じてること」

「で、きみは？」

「警句で物事を考えること」

「きみのはずいぶん軽い悪だな」突然、少しばかりむかっ腹が立ってきた。「きみは秘密組織でそんなことをしてるのか？　気の利いた警句をひねり出してる？」

「大きな計画が進行中なの」珍しくエルファバはそう口にした。「わたしは中心的役割じゃないけど、目立たないところで手助けする。本当なんだから」

「何の話だ？　クーデターか？」

「気にしないで。あなたに迷惑がかかることはないから、ご心配なく」こういう言い方をするのが、エルファバのいやなところだ。

「暗殺か？　将軍でも殺すのか？　豚殺（ビッグ・ブッチャー）し将軍とか？　そしたらきみはどうなるかな。聖人に奉られる？　革命の聖人？　それとも活動中に殺されて、殉教者になる？」

エルファバは答えようとしなかった。細い頭を苛立（いらだ）たしげに振ると、バラ模様のショールを部屋の向こう側に投げつけた。それが怒りの原因であるかのように。

「きみが豚殺（ビッグ・ブッチャー）し将軍を狙ったとき、罪のない周りの人間が命を落としたらどうする？」

「さあね。犠牲者のことまでかまっていられない。そんな宇宙論みたいな、人知を超えた崇高な運命なんか信じないことにしてるの。目の前にある運命も理解できてないんだから、そんな崇高な運命なんて考えても意味ないでしょ。でも、もし殉教というものがあるとするなら、殉教者になれるのは、自分が何のために死のうとしているかを理解していて、それを自ら選んだ場合だけ」

「じゃあ、今回の計画では、罪のない犠牲者が出るということだね。自ら選んだわけではないのに、巻きぞえを食う人が」

「ええ……偶発事故は起こるかもしれない」

「きみの血気盛んな仲間内では、悲しみとか、後悔とかいった感情はないのか？　間違いなんかないのか？　悲劇という概念は？」

「フィエロ、不満ばかり言ってるおばかさん、悲劇はそこらじゅうで起こってる。小さなことに気をとられてはいられないの。活動中に巻きぞえを食うのは本人の落ち度で、わたしたちのせいじゃない。わたしたちは暴力を信奉してるわけじゃないけど、その存在を否定はしない。まわりに暴力の影響があふれてるのに、否定なんかできる？　そういう否定は罪だと言える。もし何でも――」

「おや、まさかきみの口からその言葉を聞くとは思わなかったな」

「否定？　罪？」

「いや、わたしたち、だよ」

「どうして、この言葉が――」

「クレージ・ホールの一匹狼が、組織的人間に変身したのか？　会社のためなら労を惜しまない女性社員に？　チームプレーヤーに？　我らが孤高の女王だったきみが」

「あなた、誤解してる。作戦はあるけど、工作員は存在しない。勝負はあるけど、プレーヤーは存在しない。わたしには仲間なんていない。自分だってないの。本当のところ、これまでも自分なんてなかった。でも、今それは関係ない。わたしはより大きな生命体の、ひとつの筋肉の痙攣にすぎないってこと」

「へえ、それは驚きだ！　最も個性的で、最も独立していて、最も現実的なきみが……」

「あなたもみんなと同じように、わたしの容姿をあてこすってからかうのね」

「僕はきみの容姿が大好きだし、すばらしいと思ってるよ、フェイ！」

　その日、二人はそれ以上言葉を交わさずに別れた。フィエロはその夜を賭博場で過ごし、大負けした。

　次にエルファバに会ったとき、フィエロは緑色のろうそくと金色のろうそくを三本ずつ持っていき、部屋をラーラインマス用に飾りつけた。「宗教的な祭日を祝う人の気が知れない」エルファバはそう言いつつも、態度を和らげて、「でも、きれいなろうそくね」と認めた。

「きみには魂がないんだな」と、フィエロはエルファバをからかう。

「そのとおり」エルファバは真面目な顔で答える。「バレてたとは思わなかった」

「冗談で言ってるんだよね」

「とんでもない」とエルファバ。「わたしに魂があるっていう証拠がある？」

「魂がないのなら、良心だってないはずだろう？」フィエロはそう尋ねて、しまったと思った。前回は道徳上の言い合いをして喧嘩(けんか)別れになってしまったから、今日は重たい話は避けて、関係を修復しようと思っていたのに。

「鳥には過去や未来という概念はないけど、雛(ひな)に餌を運んで育てるでしょう。良心っていうのはね、フィエロ、わたしの英雄(ヒーロー)、魂とはまた別次元、時間の次元にある意識にすぎない。あなたが良心と呼んでるもの、わたしなら本能と呼ぶ。鳥はわけもわからないまま、雛に餌を運んでる。命あるものはいつか死ななければならない、なんてめそめそ嘆いたりせずにね。わたしもそれと同じで、食べ物や公正さや安全を求める本能に突き動かされて、活動してる。わたしは群れの中の一匹にすぎない。一枚の木の葉のように、人の記憶にも残らない存在ってこと」

「きみがテロリストの一員だと考えると、今のは犯罪についての、これまで聞いたことがないほど極端な意見だ。きみは個人としての責任をすべて放棄してる。そんなの、名前もない神のうかがい知れない御心に個人の意思を捧げてる陰鬱な人たちとたいして変わらないじゃないか。個人という概念がないとするなら、個人としての責任もないということになる」

「どちらがより悪いと思う？　個人という概念を抑圧するのと、実際に生きてるリアルな人間を拷問や投獄や飢えで抑圧するのと。考えてみて。街中が炎に包まれて、住民が焼け死んでるときに、美術館にある一枚の高価で感傷的な肖像画をなんとか救い出せないかと苦悩する？　全体を見て物事を判断してよ！」

「だけど、罪のない第三者、たとえば鼻持ちならない社交界のご婦人だって、肖像画じゃなくてリアルな人間じゃないか。きみのたとえは問題をすりかえているし、軽んじてる。犯罪に対する身勝手な言い訳だ」

「社交界のご婦人は、生ける肖像画として公の場に身をさらすことを自ら選択した。だから、そのように扱われても仕方がない。当然の結果なの。それを否定するのは、この前の話に戻るけど、あなたの悪いところ。助けられるのなら、社交界のご婦人であれ、最近の弾圧政策のもとで大いに繁栄している産業界の大物であれ、罪のない第三者を助ければいい。でも、もっとリアルな人たちを犠牲にはしないで。もし救えなかったとしても、それはそれで仕方ない。何にでも犠牲はつきものだから」

『リアル』とか『もっとリアル』という考え方は、僕には納得できないね」
「納得できない？」エルファバは意地悪そうに微笑んだ。「わたしがまた姿を消したら、わたしは今よりもリアルじゃなくなるんだよ」そう言って、彼とセックスするまねをしてみせた。フィエロは顔をそむけた。激しい嫌悪感がこみあげてきたことに驚きながら。

その夜遅くに二人は仲直りしたが、突然エルファバがひどい汗を流して苦しみはじめた。介抱しようとするフィエロの手を拒み、「もう行って。わたしはあなたにはふさわしくない」とうめくように言う。しばらくして苦痛が治まると、再び眠りにつく前にこうささやいた。「心から愛してる、フィエロ。あなたにはわからないでしょうね。ある種の才能や、善を求める性向をもって生まれたら、まともには生きられない」

エルファバは正しかった。フィエロには理解できなかった。乾いたタオルでエルファバの額を拭いてやり、添い寝をした。天窓には霜が降りている。寒くないように、二人の体を冬のコートで覆った。

身が引き締まるように寒いある日の午後、フィエロは家族への罪滅ぼしに小包を送った。子供たちには光沢のある木のおもちゃ、サリマには宝石のついた首飾りを入れて。貨物列車は北まわりで大ケルズ山脈を越えていくので、ラーラインマスのプレゼントがキアモ・コに届くのは春になってしまう。でも、もっと早く送ったことにしておけばいい。雪が降らなければ、贈り物が届くまでにはフィエロも山の要塞の家に帰っているだろう。あの狭くて天井の高い部屋で、落ち着かずにいらいらしながら過ごすのだ。だが、この心遣いは喜ばれるはずだ。感謝されて当然じゃないか？　サリマは冬になると決まってふさぎこむ（春は気難しく、夏はアンニュイに、秋には感傷的になる）。この首飾りが少しは妻を元気づけてくれるだろう。

フィエロはコーヒーを飲みに近所のカフェに立ち寄った。ほどよく人通りの少ない場所にあって、ボヘミアン的な雰囲気ではあるが高級な店だ。ところが店主が申し訳なさそうにこう告げてきた。いつもなら火鉢で温められて高価な花が咲き乱れている冬の庭園が、昨夜爆破テロの標的になったのだと。「このあたりの住民はうろたえていますよ。こんなことになるなんて、思ってもみませんでしたから」店主はフィエロの肘に触れながら言った。「魔法使い陛下が市民の不安を解消してくれたとばかり思っていたのに。何のための夜間外出禁止令や封じこめ政策だったんでしょうな」

フィエロは意見を言う気になれなかった。すると店主は沈黙を同意と取ったようだ。

「テーブルをいくつか、二階にある私用の応接間へ移したんです。私の家族の思い出の品に囲まれてお茶を飲むのがおいやでなければ、どうぞ」そう言うと、先に立って案内した。

「壊れたところを修理しようと思っても、腕のいいマンチキン人がなかなか見つからなくて。こういう細かい仕事にかけては、やっぱりマンチキン人が一番です。でも、サービス業をやっていた知り合いは、ほとんど東の農場へ帰ってしまいました。暴力を恐れて——ええ、ほとんどはチビですからね。あの体つきを見たら、暴力を振るいたくなるのも無理はないと思いませんか？　そろいもそろって臆病だし」店主はここでいったん言葉を切った。「マンチキン人の親戚はおりませんよね？　でなけりゃ、こんなこと言いませんよ」

「妻はネスト・ハーディングズの出身だが」フィエロは嘘をついてみた。白々しかったが、効果はあった。

「本日はチェリー・チョコレート・フラッペがお薦めでございます。新鮮で美味しゅうございますよ」店主はしまったと思ったのか、堅苦しい態度を取り戻し、古い高い窓のそばに置かれたテーブルの椅子を引いた。フィエロはその椅子に座ると、外を眺めた。一枚の鎧戸が腐食してゆがみ、完全には外側に開けられなくなっていたが、外の景色は十分に眺めることができた。家々の屋根の輪郭、凝った装飾が施された煙突、高い窓に置かれた濃い色の冬すみれの植木鉢、大空の支配者のごとく急降下しては空を切り裂くように舞いあがる鳩。

店主は特殊な家系の人間らしい。何世代にもわたってエメラルド・シティで暮らしてきたために、独立した人種が生まれたようだ。家族の肖像画を見ると、誰もが明るい薄茶色の鋭い眼をしていて、男も女も額の生え際が上品に後退している（さらに、子供たちの生え際の毛も抜かれていた。こうした髪型が、権力欲の強いエメラルド・シティの中産階級の間で流行になっていたのだ）。ピンク色のサテンの服を着て、縮れ毛の愛玩犬を抱いて作り笑いを浮かべる少年たちに、大人のように濃い口紅をつけて大きく胸元のあいた（まだあどけない平らな胸であることを暴露しているにすぎない）ドレスを着た少女たちの肖像。それを見たフィエロの胸に、突然、離れた寒い土地で暮らす子供たちへの想いがこみあげてきた。記憶の中のアージ、マネク、ノアは、特別な家族生活の事情に傷ついてはいるものの——傷つかない子供がいるだろうか——この新興成り金一族の温室育ちの子供よりはずっと健全であるように思えた。

だが、これは意地の悪い見方かもしれない。絵画に対しての印象であって、実際の子供たちを見たわけではないのだ。注文したものが運ばれてくると、フィエロはこのおぞましい絵画から、そして応接間にいるほかの客から目をそむけて、窓の外を眺めた。

階下の冬の庭園でコーヒーを飲んでいたときは、蔦（つた）で覆われたレンガ塀や灌木（かんぼく）の茂みが見えたものだ。ときには、驚くほど美しい大理石の青年の裸像も。しかし、こうして上の階から見ると、塀の向こうの住宅地まで目に入った。一部は厩舎で、別の一部は公衆便所らしい。また、爆発で壊れた壁がかろうじて見えた。崩れてぽっかりと穴があいた部分に、ねじ曲がった有刺鉄線の金網のようなものが立てかけられている。壁の向こうには校庭が見えた。

フィエロが目を向けていると、隣接した学校のドアのひとつが押し開けられ、少人数の集団が姿を現した。身震いしたり体を伸ばしたりしながら、陽光の中へ出てくる。フィエロは目を凝らして見てみた。初老のカドリング人女性が二人と、カドリング人の若者が数人いるようだ。若者たちの伸びかけの口ひげが、赤銅色の肌に青い影を落としている。カドリング人が五、六、七人。それに、よくわからないが、ギリキン人の血が混じっているらしい体格のいい男が二人。それに熊の一家。いや、違う、〈熊〉だ。小さめの〈赤熊〉だ。母親と父親、それにまだ幼い子供が一匹。

子供の〈熊〉は、階段下に転がっているボールと輪っかを目ざとく見つけて駆け寄った。カドリング人たちは輪になって歌を歌い、ダンスを始めた。初老の女性たちも若者たちと手をつなぎ、膝が痛むような足取りで、前に、後ろにと踊りながら、反時計まわりに動いている。まるで時計の文字盤の上を、針が時間の流れとは逆方向に進んでいるみたいだ。体格のいいギリキン人の男たちはタバコを分け合いながら、壁の壊れた部分に立てかけられた金網越しに外を見ていた。彼らに比べると、〈赤熊〉たちは元気がない。父親は砂場の木の枠に腰を下ろし、目をこすったりあごの下の毛を梳いたりしている。母親は子供が退屈しないようにボールを蹴ってやったり、夫のうなだれた頭をなでたりと、行ったり来たりしている。

フィエロはコーヒーをすすると、少し前へ身を乗り出した。捕らえられているのは十二人か。鉄線の柵で自由と隔てられているだけなのだから、全員で突破しようとすればいいじゃないか。なぜ同じ人種や同じ生物同士で固まっているのだろう。

十分後、再びドアが開き、一人の疾風隊員が出てきた。きちんと身なりを整え――そう、フィエロもついに認めざるをえなかったのだが――いかにも恐ろしげだ。赤レンガ色の制服に緑色のブーツ。エメラルド色の十字がシャツの胸を四等分しており、縦の線は脚の付け根から糊のきいた高い襟元まで延び、横の線は両脇を結ぶように胸の上を走っている。まだほんの若造で、ブロンドの巻き毛が冬の日差しを受けてほとんど白に近い色に見える。男は学校の玄関先のベランダに、両脚を広げて仁王立ちしている。

窓が閉まっているので、フィエロの耳に声は届かなかったが、どうやら兵士が何か命令を下したらしい。〈熊〉の両親が体をこわばらせる。子供は泣きだして、ボールをしっかり抱きしめた。ギリキン人の男たちはベランダに近寄ると、立ち止まってじっと様子を見ていた。カドリング人たちは命令が聞こえなかったかのように、ダンスを続けていた。腰を振り、腕を肩の高さに上げ、両手を動かして手旗信号でも送っているようだ。といっても、フィエロにはその意味は推測するしかない。それまでカドリング人を見たことがなかったのだ。

疾風部隊の兵士が声を荒らげた。腰の革ひもに警棒を下げている。子熊が父親の後ろに隠れ、母親がうなり声をあげたように思えた。

どうして力を合わせないんだ、とフィエロは考えた。自分がそんなことを考えるとは思ってもなかった。どうして団結しないんだ。きみたちは十二人で、相手はたった一人じゃないか。団結して反抗しないのは、それぞれ違う種族だからか？　それとも、建物の中に仲間がいて、きみたちが自由を求めて脱走したら、拷問を受けるからか？

すべて憶測にすぎない。フィエロにはその場の力関係はわからなかったが、ともかく目が離せなくなっていた。気がつくと、片方の手のひらを広げて窓ガラスに押し当てていた。下では〈熊〉たちが立ちあがって列に加わろうとしなかったため、兵士が警棒を振りあげ、子熊の頭めがけて振り下ろした。フィエロの体がびくっとひきつり、飲み物がこぼれる。カップは壊れ、陶器の破片がてかてかした杉綾模様のオーク材の床に散らばった。

店主が緑色のベーズを張ったドアの後ろから現れた。舌打ちをして急いで窓のカーテンを閉めたが、すでにフィエロは一部始終を見てしまっていた。自分も千年平原で狩りをして動物を殺したことがあるというのに、すっかりたじろいでしまった。目をそむけ、視線を上に向けると、校舎の窓に薄いブロンドの髪をした丸い顔がいくつも見えた。口をぽかんと開けた二、三十人の子供たちが、我を忘れて校庭で起こったことを見つめている。

「あいつら、隣人のことなんて少しも気にかけちゃいないんですよ。商売をして、請求書の支払いをして、家族を養っている人たちがいるってのに」店主が吐き捨てるように言う。「美味しいコーヒーを飲んでるときに、あんなばかげた騒ぎを見ちゃいけません」

「おたくの冬の庭園が破壊されたのは」とフィエロ。「誰かが庭の壁を壊してあの校庭に入り、囚人たちを救い出そうとしたからじゃないですか」

「そんなこと、間違っても口にしちゃいけませんよ」店主は小声で釘を刺した。「この部屋にいるのは、あなたと私だけじゃないんですから。誰が、どんな理由で、何をしようとしているのか、私にはわかりませんよ。私はただの一市民ですから、自分の商売のことだけ考えるようにしてるんです」

こぼしてしまったチェリー・チョコレートのおかわりが運ばれてきたが、フィエロは手をつけなかった。〈熊〉の母親の悲痛な叫び声が聞こえる。だがしばらくして、厚いダマスク織りのカーテンの外はしんと静まりかえった。僕があの場面を目撃したのは、単なる偶然だったのだろうか、とフィエロは考えた。今では店主を見る目が変わっていた。それとも、世の中を新しい目で見る準備ができた瞬間から、世の中の真相がひとつずつ明らかになっていくということなのだろうか？

ここで目にしたことをエルファバに話したいと思ったが、フィエロは自分でも言葉にできない理由で思いとどまった。二人の愛情のバランスを考えると、なんとなく、エルファバは彼とはまったく別のアイデンティティを必要としているように思われた。もし僕がエルファバの大義を信奉するようになったら、去っていってしまうかもしれない。そんな危ない橋を渡る気にはなれなかった。しかし、〈熊〉の子供の頭が叩き割られる場面が脳裏を離れない。フィエロはエルファバをいつにもまして強く抱きしめ、言葉を使わずに深い想いを伝えようとした。

ほかにも気づいたことがあった。エルファバは気持ちが動揺しているときほど、愛の行為に奔放になる。そろそろ「来週まで会えない」と言い出す頃だと、フィエロは予期できるようになった。エルファバはより放埒（ほうらつ）に、より淫らに振る舞った。数日間姿を消す前の、清めの儀式なのかもしれない。ある朝、フィエロがコーヒーに入れるために猫のミルクを少しもらっていると、顔をしかめながら敏感な肌にオイルをすりこんでいたエルファバが、緑色の大理石のような肩越しに振り返って言った。「また二週間後にね、わたしの愛しい人。父の口癖を借りるなら、わたしのペットちゃん。今度は二週間、一人でやらなければならないことがあって」

フィエロの胸に、突然痛みが走った。エルファバが自分のもとから去ろうとしているような気がする。まずは二週間から始めるつもりではないのか。「いやだ!」とフィエロ。「そんなのいやだ、フェイフェイ。だめだ、長すぎる」

「わたしたち、そうしなくちゃいけないの」エルファバは続けて言う。「わたしたちって言っても、あなたとわたしのことじゃない。わかってると思うけど、わたしたちが何をしようとしてるか教えることはできない。この秋の作戦の最終計画が大詰めを迎えていて、その一環として、ある事件が起きる。これ以上は言えない。ともかく、わたしはいつでも組織の要請に応じられるようにしておかなくちゃならないの」

「クーデターか?」とフィエロ。「それとも暗殺? 爆弾? 誘拐? 何をするつもりなんだ? 詳しい話はしなくていいから、どんなことをするかだけ教えてくれ」

「教えられない」とエルファバ。「だって、わたしも知らないんだから。自分の役目を伝えられて、そのとおりに動く。わかってるのは、いろんな役割がパズルのように組み合わさった複雑な作戦だってことだけ」

「それで、きみの役割は矢なのか？」とフィエロ。「それともナイフ？　導火線？」

エルファバは説明した（フィエロは納得しなかったが）。「あなた、愛しい人。わたしはこんな色だから、人ごみの中に出かけていって悪事を働くことはできない。何かしようとしてもすぐ気づかれてしまう。警備隊が、ネズミを狙うフクロウのようにわたしを見張ってる。わたしの姿を見かけるだけで、警戒を募らせるんだから。といっても、わたしの役割は小間使いみたいなもので、影でちょっと手助けするだけ」

「そんなこと、やらなくていいじゃないか」

「自分勝手なことを言うのね」とエルファバ。「それに臆病ね。あなたを愛してる。でも、この件に関しては、あなたの言い分は間違ってる。あなたはわたしのつまらない命を失いたくないだけ。わたしのしていることが正しいか、正しくないか、道徳的に判断しようとさえしてくれない。あなたに道徳的になってほしいと言ってるわけじゃないし、あなたがそのことについてどう思おうと気にしない。ただ、これだけは言っておく。あなたの反論にはまったく根拠がない。言い争ってもどうにもならないの。それじゃ、また二週間後に来て」

「で、その作戦とやらは、そのときまでに終わってるのか？　誰が決めるんだ？」

「まだどんな内容かも聞いてないし、誰が決めるかなんてわからない。だから聞かないで」

「フェイ――」突然、フィエロはその暗号名がいやになった。「エルファバ。きみの行動を陰で操ってるのが誰か、本当に知らないのか？ それが魔法使いじゃないって、どうして言えるんだ」

「部族の王のくせに、こういうことにはほんとに疎いんだから！」とエルファバ。「もし魔法使いに操られてたら、絶対にわかるはず。前にあの意地悪ばばあのマダム・モリブルに操られてたときだってわかったもの。クレージ・ホール時代に、嘘偽りのない言葉とごまかしとの見分け方を学んだの。これについては何年も経験を積んでるんだから。信用してよ、フィエロ」

「誰がボスか、ボスじゃないか、自信をもって言えるのか？」

「父さんはあの名もなき神の名前さえ知らなかった」そう言うとエルファバは立ちあがり、つつましく彼に背中を向けて、お腹と両脚の間にオイルを塗りはじめた。「重要なのは、誰がじゃなくて、なぜするのかってこと」

「きみはどうやって連絡を受けるんだ？ どうやって指示を与えられるんだ？」

「そんなこと言えない。わかってるでしょう」

「言えるさ」

エルファバはくるりと向き直って言った。「胸にオイルを塗ってくれない？」

「僕はそこまでばかな男じゃない、エルファバ」

「いいえ、おばかさんよ」エルファバは愛しげに笑った。「さあ、塗って」

真昼の日差しが差しこんでいる。風が音を立てて吹き荒れ、床板が揺れた。ガラスの向こうの空は、めったに見ないピンクがかった青色だった。エルファバは寝巻きを脱ぐように、羞恥心を脱ぎ捨てた。古い床板に差しこむ透明な光の中で両手を上げる。まるで、闘いのときが迫り、恐れの気持ちがたかぶる今になって、やっと自分の美しさに気づいたように。そう、自分なりに美しいのだと。

エルファバが恥じらいを捨てたことに、フィエロは怖れさえ感じた。

ココナッツオイルを手のひらにとって温めてから、その手をエルファバの小さな感じやすい胸の上に当て、しなやかで柔らかい小動物のようにすべらせた。乳首が立ち、赤みが差す。フィエロはすでに服を身につけていたが、ゆるやかに抵抗するエルファバに夢中で体を押しつけた。片手を背中にすべらせると、エルファバはうめき声をあげて体を反らせた。でも今回は、差し迫った欲望からではないのかもしれない。

フィエロの手はさらに下へ向かい、尻の間を探り、さらにその奥へと侵入し、筋肉が締まって曲線を描いている部分にいとおしげに触れた。薄い毛が網目状の陰を作り、渦を巻いている。フィエロは相手の抵抗の仕草を読み取りながら、的確に手を動かしていった。「わたしには四人の仲間がいる」突然エルファバはそう言い、体をよじった。フィエロの手を振りほどこうとするのではなく、ただその手を止めようとするためだった。「四人の同志がいる。この班のリーダーが誰なのか、誰も知らない。変装の呪文で声と姿を変えて、すべてが秘密裏に行われる。もしわたしがこれ以上知ってたら、疾風部隊がわたしを捕まえて、拷問にかけて口を割らせるかもしれない。そうでしょう？」

「きみたちの目的は何なんだ？」フィエロは息をつき、キスをし、これが初めてであるかのように、またズボンをゆるめ、エルファバの曲がりくねった耳の穴に舌を這わせた。

「魔法使いを殺すこと」エルファバは答えて、脚を彼の体にからめた。「わたしは矢じりじゃないし、投げ矢でもない。ただの矢の軸、もしくは矢筒――」エルファバはさらにオイルを手のひらに出した。そして、二人ですべるように日差しの中へ倒れこむと、オイルを使ってフィエロの体をきらめかせ、身もだえさせ、これまでにないほど奥深くまで導いた。

「今になって、あなたが宮廷側のスパイだとわかったりして」すべてが終わったあと、エルファバはつぶやいた。

「違うよ」とフィエロ。「僕はまっ、とうな人間だよ」

ある週に少し雪が降ったと思ったら、次の週にはもっと降った。ラーラインマスの祭日が近づいてきた。ユニオン教の礼拝堂は、昔の異教信仰の最も華やかな部分を取り入れ、手を加えて、恥ずかしげもなく緑と金色で飾り立てられている。緑のろうそく、金色の銅鑼、グリーンベリーで作ったリース、金めっきした果物。マーチャント・ロウ沿いの商店は、流行の服や実用的ではない高価な装身具を陳列し、互いに（教会にさえ）張り合って店先を飾り立てている。ショーウィンドウには、翼のついた馬車に乗った妖精の女王ラーラインと、その補佐役で位の低い妖精プリネラを模した張り子の人形が飾ってある。プリネラはその大きな魔法のバスケットから、きれいに包装した贈り物をまき散らしている。

フィエロは何度も自分の胸に問いかけていた。僕は本当にエルファバに恋をしているのだろうか？

どうして今になってこんな疑問を抱くようになったのだろうとも考えていた。二カ月もの間、激しい情事を重ねてきたのに。それに、僕は恋とはどんなものか、わかっているのだろうか。そもそも、エルファバに恋しているかいないかなんて、そんなに重要な問題なのだろうか。

子供たちとむっつりサリマ――あの丸々太った文句たれ女――に、さらに贈り物を選んだ。少しばかりサリマが恋しかった。エルファバへの気持ちは、サリマへの気持ちと対立し合うものではなく、補い合うもののように思えた。これほど何もかも違う女はいないだろう。サリマが幼くして結婚したために育むことができなかったアージキ山岳民族の女性特有の誇り高き自立性を、エルファバは備えていた。そして、エルファバは（珍奇とは言わないまでも）一風変わった土地で生まれ育ったというだけでなく、女性にしては一歩も二歩も進んだ人物で、時にはまったく別の生き物のように思えることもあった。あの最後の逢瀬を思い出しただけで、フィエロは激しく勃起してしまい、それが収まるまで店に並べてある女物のスカーフの後ろに身を隠していなければならなかった。

サリマのために、三枚、四枚、結局六枚ものスカーフを買ってしまった。スカーフなど身につけないのに。そして、よく身につけているエルファバにも六枚買った。

店員は動作の鈍いマンチキン人だった。背が低くて、椅子の上に立たなければレジに手が届かない。店員はフィエロの後ろの客に向かって、「マダム、少々お待ちくださいませ」と声をかけた。フィエロは次の客のためにカウンターの前の場所を空けようと、横を向いた。

「マスター・フィエロじゃないの！」グリンダが叫ぶ。

「ミス・グリンダ」フィエロもびっくりして叫んだ。「これは驚いた」

「たくさんのスカーフだこと」とグリンダ。「ほら、クロープ、いらっしゃいな！」

そう、クロープもいた。まだ二十五になっていないはずだが、少し二重あごになっている。羽のついたふわふわした品物が並んだ棚から、気まずそうに顔を上げた。

「お茶でも飲みましょう」とグリンダ。「そうよ、そうしましょう。あの小さな店員さんにお勘定をすませたら、すぐ出るわよ」大きく膨(ふく)らんだスカートをはいたグリンダが動くと、バレリーナの群れのような衣擦(きぬず)れの音がした。

フィエロの記憶の中のグリンダは、これほど浮ついた女性ではなかった。たぶん、結婚すると人は変わるものなのだろう。視線をクロープに移すと、グリンダの背後であきれたように目をくるりとまわした。

「サー・チャフリーの勘定につけておいてね。これも、それからこれも」グリンダはカウンターの上に品物を山のように積みあげた。「フローリンスウェイト・クラブの部屋まで届けてちょうだいね。夕食のときに使うから、今すぐに誰かに運ばせてもらえる？　そう、よかった。ありがとう。さあ、あなたたち、行くわよ」

グリンダはフィエロの腕をつかむと、外へ連れ出した。クロープは愛玩犬のように後ろからついてくる。フローリンスウェイト・クラブは通りをほんの一、二本隔てたところにあった。荷物は自分たちで難なく運べただろう。グリンダは大はしゃぎで、オーク・パーラーへの大階段を派手な音を立てて下りていく。その音があまりに大きかったので、女性の宿泊客たちがそろって非難めいた顔で見あげていた。

「さあ、クロープは向こうに座って、お母さん役をしてね。注文が来たら、お茶を注いで。フィエロはここ、わたしの右隣にどうぞ。奥さんに悪いと思うなら別だけど」

フィエロたちはお茶を注文した。グリンダはフィエロの存在に少し慣れて、興奮が収まってきたようだ。

「それにしても、ここで出会うなんて思いもよらなかったわ」グリンダはビスケットをつまみあげては、また戻した。それも、続けざまに八回も。「わたしたち、ほんとにシズでは優秀で、模範生だったわよね。そうそう、フィエロ、あなたは王様だったわね。陛下って呼ばなきゃだめかしら？　今まではそう呼べなかったけど。まだあの子供のような奥さんと結婚してるの？」

「もう大人になったよ。子供が三人いるんだ」フィエロは警戒しながら言った。

「奥さんもここに来てるんでしょう？　お会いしたいわ」

「いや、妻は大ケルズの冬の家にいる」

「じゃあ、あなた、浮気をしてるのね」とグリンダ。「だって、とても幸せそうだもの。相手は誰？　わたしの知ってる人？」

「きみに会えたのがうれしいだけだよ」とフィエロ。実際、うれしかった。グリンダはすばらしい。少し太ったようだ。はかなげだったあの頃の美しさは、今、盛りを迎えているが、下品な感じはない。娘というよりは女性、女性というよりは人妻と呼ぶのがふさわしい。髪はボーイッシュに短く切ってあり、とてもよく似合っていた。巻き毛の中にティアラのような髪飾りをつけている。「きみは今や魔術師か」

「いいえ、魔術なんてほとんどだめよ」とグリンダ。「あの給仕の女の子に、スコーンとジャムを大急ぎで運ばせてみましょうか？　だめ、そんなの無理。そりゃ、休暇シーズンに、挨拶状に百枚いっぺんにサインするくらいのことはできるわ。でも、そんなのたいした才能じゃないでしょ。魔術なんて、大衆紙がやたらと騒ぎ立ててるだけよ。そんなに魔術がすごいものだったら、魔法使い陛下が魔法を使って反対勢力をやっつけてるはずでしょう？　いいえ、わたしはチャフリーのよき伴侶になることで満足してるの。あの人、今日は取引所で金融関係の用事を片づけてるわ。そうそう、ほかに誰がこの街にいるか知ってる？　とっても興味深いわよ。クロープ、話してあげて」

クロープはいきなり話を振られて驚き、お茶にむせた。グリンダが待ちきれずに話しはじめる。「ネッサローズよ！　信じられる？　ロウワー・メニピン通りの邸宅にいるわ。この十年ほどの間によく話題に上るようになった場所よ。あの子に出会ったのは、えーっと、クロープ、どこだったかしら？　コーヒー百貨店だったか――」

「アイスガーデンじゃ――」

「いいえ、思い出した。スパングルタウン・キャバレーよ！　フィエロ、あのね、わたしたち、あの懐かしいシリペードを見に行ったの。覚えてる？　覚えてないわね。その顔を見ればわかるわ。ほら、魔法使い陛下が気球に乗って空からやってきてクーデターを指揮した日に、〈歌と情感のオズ祭〉で歌ってた女性歌手よ！　今でも数え切れないぐらいカムバック・ツアーをやってるの。ちょっと下品でわざとらしかったけど、それでもすごくおもしろかった。その会場で、わたしたちより上席にネッサがいたの！　おじい様と一緒だったわ。それとも、ひいおじい様かしら？　あの方がスロップ総督かしらね？　たぶん百歳は越えてるわね。あの子がいるなんてびっくりしたけど、おじい様の付添いで来てただけだったみたい。音楽をあまりよく思ってないから、幕間はずっと顔をしかめて祈ってた。乳母もいたわよ。それにしても、いったい誰が想像したかしら。フィエロ、あなたはアージキ族の王様で、ネッサローズは次期スロップ総督、アヴァリックはもちろんテンメドウ一族の辺境伯、そしてしがないこのわたしはといえば、パーサ・ヒルズで最も値打ちのない称号と最も高額の株式ポートフォリオを持つ、サー・チャフリーの妻なんですもの」ここでグリンダは息を継ぎ、話し終えたかに思えたが、すぐまた優しく話しはじめた。

「そうそう、クロープ、フィエロにあなたのことを話してあげなさいよ。ほら、知りたくてうずうずしてるわよ」

確かに、フィエロは聞きたいと思った。機関銃のようなおしゃべりからひと息つけるだけでもいい。

「この人、シャイなの」グリンダがさらに続ける。「ほんと、シャイで、シャイで。いつだってそうなんだから」フィエロはクロープと顔を見合わせ、口元がぴくぴく笑いだしそうになるのをこらえた。「この人ったら、診察所が入ってる建物の最上階に、ロフト風のすごくモダンな小さなお城を持ってるのよ。想像できる？　すばらしい眺めなの。エメラルド・シティで最も美しい眺めじゃないかしら。それも一年のうちでこの時期だったらもう最高よね！　あと、趣味で画家っぽいこともしてるんですって。そうよね？　絵を描いたり、あちこちでオペレッタの舞台背景を描いたりしてるのよ。若い頃はわたしたちみんな、世の中はシズを中心に動いてると思ってた。今ではここにも本格的な劇場があるのよ。陛下のお力によって、この街はずっと国際都市になった。そう思わない？」

「きみに会えてよかったよ、フィエロ」とクロープ。「きみのことも聞かせてくれよ。さあ、早く。じゃないと、また話しそびれちゃうぞ」

「まあ、ひどい人ね。そこまで言わなくてもいいじゃない」とグリンダ。「フィエロにあなたの浮気のことをバラすわよ——ふふ、心配しないで。わたし、そこまで意地悪じゃないわ」

「何も言うことはないんだ」とフィエロ。初めてシズに行ったときよりも、もっと口が重くなっていると感じたし、もっとヴィンカス人らしくなった気がしていた。「今の生活に満足してるよ。必要なときは一族を率いてる。そんなことはめったにないけどね。子供たちは健康だし、妻は——うーん、どう言えばいいか……」

「多産系」グリンダが助け舟を出す。

「そうそう」フィエロはにやっと笑った。「妻は多産系で、僕は妻を愛している。ということで、あまりゆっくりもしてられないんだ。街の向こう側で取引関係の会合があって、人と待ち合わせてるんだ」

「ぜひ、また会いましょうね」とグリンダ。急に悲しげで、寂しげに見えた。「ああ、フィエロ、わたしたちはまだ老いてはいないけど、古い友達と言えるぐらいには年をとったわよね。ねえ、わたし、社交界に出たばかりの浮ついた小娘みたいに、慎みを忘れて一人でしゃべってしまったわ。ごめんなさい。それだけ、学生時代がすばらしい思い出だということよ。奇妙なことや悲しいことはあったけど。何もかもあの頃とは変わってしまった。今だってすばらしいけど、あの頃とは違う」

「そうだね」とフィエロ。「だけど、もうきみとは会えないと思う。時間がないんだ。僕はキアモ・コへ戻らないといけない。去年の夏からずっと、留守にしてるから」

「ねえ、今ならわたしたちみんな、エメラルド・シティにいるのよ。わたし、チャフリー、クロープ、ネッサローズに、あなた。それに、アヴァリックが近場にいれば、声をかけてもいいわね。みんなで集まって、上のわたしたちの部屋で静かに食事をしましょうよ。わたし、もうぺらぺらおしゃべりしないって約束するから。ねえ、お願い、フィエロ陛下、そうしていただければ、この上ない光栄ですわ」グリンダは首をかしげ、指を一本、優雅にあごに当てた。上流階級の言葉を使ってなんとか嘘偽りのない気持ちを表現しようと苦心しているのだと、フィエロにはわかった。

「もし参加できそうだと思ったら、知らせるよ。でも、悪いけど当てにはしないでくれ」とフィエロ。「きっとまた、別の機会があるさ。いつもはこんなに年が押し迫るまで街にはいないんだよ。今年は例外なんだ。とにかく、子供たちが待ってるからね。グリンダ、きみ、子供はいるの？」

「チャフリーの二つのクルミはね、焼いたみたいに干上がってるの」グリンダの言葉に、クロープがまたお茶にむせた。「行く前に教えて――急いでいるのはわかるけど――親愛なるフィエロ、エルファバから何か連絡はなかった？」

だが、エルファバが話題に上ることを予期していたフィエロは、顔色ひとつ変えずにこう言った。「久しぶりに聞く名前だね。どこかで姿を見かけたって話があるのか？　ネッサローズが何か言ってたとか？」

「ネッサローズは、いつか姉さんに会うことがあったら、顔につばを吐きかけてやるって言ってた」とグリンダ。「だから、ネッサローズが信仰を失わないようにみんなで祈りましょう。だって、そんなことになったら、心の広さも優しさも失ってしまって、つばを吐くだけじゃすまなくなるわよ。あの子、きっとエルファバを殺すわ。見捨てられて拒絶されたうえ、頭のおかしい父親に、おじいさんだかひいおじいさんだかに、弟、乳母、それにあのお屋敷と使用人の面倒までみる羽目になってしまって——一人じゃ抱えきれないわよね、手がないんだから！」

「エルファバなら、一度見かけたような気がする」とクロープ。

「ええっ」フィエロとグリンダが同時に叫び、グリンダが続けた。「そんなこと何も言ってなかったじゃない、クロープ」

「確かなことじゃないからさ。宮廷のそばの反射池沿いを走る路面列車に乗ってたときだ。雨が降ってた。もう何年も前のことだよ。大きな傘と格闘してる人がいたんだ。あやうく飛ばされそうになってた。突風が吹いて傘がひっくり返ったもんだから、雨のしぶきを避けようと、顔をうつむけてた。その顔が緑色だったから、そうじゃないかと思ったんだ。ほら、濡(ぬ)れるのをひどくいやがってただろう?」

「エルファバは水アレルギーだった」とグリンダ。「どうやって身体を清潔にしてたのか、ルームメイトのわたしにも、ついにわからずじまいだったわ」

「オイルじゃないかな」とフィエロ。二人がフィエロの顔を見る。「その、ヴィンカスではさ」フィエロは口ごもりながら言った。「年寄りは水の代わりにオイルで肌をこするんだよ。だから、エルファバもそうしてるんじゃないかって、ずっと思ってたんだ。わからないけど。で、グリンダ、もし今度会うとしたら、いつがいい?」

グリンダは小さなハンドバッグの中をかきまわし、手帳を捜した。クロープがその隙にすかさず身を乗り出し、フィエロに言った。「きみに会えてほんとによかったよ」

「僕もだ」フィエロは本気でそう思っていることに驚いた。「またケルズのほうに来ることがあったら、ぜひキアモ・コに立ち寄ってくれ。そのときは、前もって知らせてくれよ。そこには一年の半分しかいないから」

「あなたの好みにぴったりじゃない、クロープ。手に負えないヴィンカスの野獣たち」とグリンダ。「いろんな服飾がありそう。革製のサンダルとか、房飾りとか。あなたも気に入るんじゃないかしら。といっても、山男になったクロープなんて想像できないけど」

「山男にはならないだろうな」とクロープが認める。「四、五区画ごとにしゃれたカフェでもあるなら別だけど。土地も人が住むように整備されてないようだし」

フィエロはクロープと握手をした。そこでふと、気の毒なティベットが見る影もなくなってしまったという噂を思い出して、クロープにキスをした。それからグリンダの体に腕をまわし、きつく抱きしめた。グリンダは腕をフィエロの腕にからめ、ドアまで見送った。

「クロープは追い払っておくから、わたしにだけ会いに戻ってきて」グリンダが小声で言う。早口のおしゃべりは消えてなくなり、深刻な口調になっている。「うまく言えないけど、あなたがそばにいてくれると、過去がより神秘的で、それでいて理解しやすいものに思えてくるの。まだまだ学ぶべきことがあると感じられるのよ。わたし、贅沢(ぜいたく)にふけって生きていきたいわけじゃないの、決して！　わたしたち、昔からの友人よね」グリンダはフィエロの手を両手で握った。「あなたの人生に何かが起こってるわね？　わたし、見かけほどばかじゃないのよ。いいことと悪いことが同時に起こってるのね。たぶん、力になれると思う」

「きみはいつも優しいね」とフィエロは言い、馬車を呼び止めるようドア係に合図した。

「サー・チャフリーに会えなくて残念だった」

フィエロは大理石が敷かれたエントランスを歩いてドアを出たところで振り返り、グリンダに向けて帽子をちょっと持ちあげた。ドアの内側でグリンダは（去っていくフィエロの姿がよく見えるように、ドア係がドアを押さえていたのだ）、穏やかで、すべてをあきらめたような表情を浮かべていた。しかし、深みのない無能な女には見えなかった。むしろ、気品に満ちた女性と呼ぶのがふさわしいかもしれない。「もし、エルファバに会うことがあったら」グリンダが明るい声で言う。「わたしが会いたがっていたって伝えてね」

フィエロが再びグリンダに会うことはなかった。フローリンスウェイト・クラブを訪ねることもなかった。また、ロウワー・メニピン通りにあるスロップ家の屋敷にも近づかなかった（そうしたい気持ちは山々だったのだが）。ダフ屋を呼び止めて、四回目を迎えるシリペードの盛大なカムバック・ツアーの切符を買おうともしなかった。気がつくと、聖グリンダ広場の聖グリンダ礼拝堂に出かけていた。時々、隣の修道院から聖歌や祈りの言葉がミツバチの羽音のように聞こえてきた。

やっと二週間が過ぎた。街はラーラインマスを間近に控え、賑わっている。フィエロはエルファバに会いに行った。もしかしたら姿を消してしまったかもしれないと思いながら。

しかし、エルファバはいた。相変わらず毅然として、愛情にあふれた様子で、フィエロのために野菜のパイを焼いている最中だった。愛猫モーキーが粉の中に足を突っこんで、部屋中に足あとをつけてまわっている。ぎこちなく会話を交わしていた二人だが、モーキーが野菜スープの入ったボウルをひっくり返すのを見て、笑い合った。

フィエロはグリンダのことは話さなかった。話す気になれなかった。エルファバが昔の仲間を寄せつけまいとしてきたのは知っているし、今は五年がかりで準備をした命がけの組織活動に関わっているのだ。フィエロは無政府主義に反対だった（まあ、何事もとりあえず疑ってみるのだ。疑うほうが信念を持つよりエネルギーを使わずにすむ）。〈熊〉の子供が殴り殺されるのを見てからでさえ、部族のためを考えると、宮廷の権力者サイドとは冷静で慎重な関係を保っておかねばならないと思っていた。

また、フィエロはエルファバの人生をこれ以上複雑にしたくなかった。それに、二人の間に波風を立てたくないという自分勝手な気持ちが、噂話をしたいという欲求より勝っていたのだ。それで、ネッサローズと乳母がこの街にいることも、以前からずっといたことも、話さなかった（それに、たぶんもうすでにこの街を出たかもしれないと、心の中で都合よく理屈をつけていた）。

「ねえ」その夜、エルファバが言った。霜が天窓におかしな模様をつけていて、その向こうに星が見える。「ラーラインマス・イブまでに、街を出ていってくれない？」

「何かとんでもないことが起きるのか？」

「言ったでしょ。わたしには全貌はわからないって。教えてもらえないんだから。知るべきじゃないの。でも、たぶん、とんでもないことになる。だから、早く出ていったほうがいい」

「行かないよ。きみになんと言われようと」

「わたし、実はこっそり通信教育で魔術を勉強してたの。魔法の杖をひと振りして、あなたを石にしてやる」

「僕を硬くしてくれるって？　とっくに硬くなってるよ」

「いやだ、やめてよ」

「ああ、悪い女性だ。また僕を魔法にかけたんだな。ほら、見て、こんなに――」

「フィエロ、もう、やめてったら。わたし、真面目に話してるんだから。ラーラインマス・イブはどこにいるつもり？　あなたが巻きこまれることはないって確認しておきたいの。ねえ、教えて」

「じゃあ、ラーラインマス・イブは一緒に過ごせないのか？」

「任務が入ってるの」エルファバは険しい顔で言う。「次の日には会える」

「ここできみを待ってるよ」

「だめ。うまく足跡を消してきたつもりだけど、今になって誰かがわたしを捕まえにここへやってくるかもしれない。だから、だめ。宿でお風呂にでも入っていて。そう、ゆっくり水風呂に浸かってなさい。わかった？　出歩いちゃだめ。どのみちイブまでには雪が降るみたいだし」

「せっかくのラーラインマス・イブだぞ！　一人寂しくバスタブの中で過ごすなんてごめんだ」

「じゃあ、お金で女の子を買って、わたしが気にするかどうか試してみたら？」

「気にもしないって口ぶりだな」

「とにかく、人が集まるところへは行かないで。劇場とか、人ごみとか。レストランもだめ。お願い、約束してくれる？」

「もっと具体的に話してくれたら、気をつけやすくなるんだけど」

「この街から出ていってくれるのが、一番安心なんだけど」

「何もかも話してくれたら、一番安心なんだけど」

「やめて、だめったらだめ。もういい。べつに、あなたがどこにいるか知りたいわけじゃない。ただ、あなたに無事でいてほしいだけ。無事でいてくれる？　外出はしないで。異教のばか騒ぎには近づかないで」

「礼拝堂へ行って、きみの無事を祈るっていうのはどう？」

「だめ」エルファバがあんまり険しい顔をしたので、フィエロはもうからかえなかった。

「どうして僕がそんなに警戒しないといけないんだ？」とエルファバに尋ねたが、半ば自分に問いかけていた。僕の人生に、守るに値するものがあるのだろうか？ ふるさとの山で待っている、よき妻か？ 古いスプーンのように役に立ち、六歳のときから結婚におびえ続けて心が干からびてしまった妻。あるいは、アージキ族の王である父になつかず、そばに寄ってこない三人の子供たちか？ それとも、五百年もの間あちこち移動しながらいつも同じ議論をし、同じ群れを追い、同じ祈りを捧げ、心労でやつれてしまった一族の者たちか？ そして、この自分。浅はかで、目的もなく、言葉遣いや趣味も垢抜けず、世の中に対してこれといって優しい気持ちも持てないこの自分はどうだ？ こんな人生に、守るべき何かがあるというのか？

「愛してる」とエルファバ。

「そう、それだ。それが答えなんだ」フィエロはエルファバに、そして自分自身に答えた。

「僕もきみを愛してる。だから約束するよ、気をつけるって」

ああ、気をつけるよ。自分のことも、きみのことも。

それで、フィエロは再びエルファバのあとをつけた。愛はすべての人を狩人にする。エルファバは信心深い女みたいに黒のロングスカートに身を包み、つばの広い、先のとがった円錐形の帽子の中に髪をまとめあげている。濃い紫と金色のスカーフを首に巻き、口元まで覆っていたが、その愛らしい鼻先まで隠すにはもう少し布が必要なようだ。手には、本来の好みよりもっと品のいい、ぴったりした優雅な手袋をしている。手先を機敏に動かす必要があるのではとフィエロは不安になった。足はグリカスの鉱夫が履いているような、つま先が鋼でできたブーツにすっぽり収まっていた。

肌の色を事前に知らなかったら、緑色だと気づかないだろう。こんなに薄暗い、雪の降りしきる午後は。

エルファバは後ろを振り向かなかった。つけられているかどうか、気にしていないようだ。街の中にあるおもな広場を歩いてまわっている。ほんの短い時間、修道院の隣にある聖グリンダ礼拝堂に入っていった。初めて二人が会った礼拝堂だ。おそらく、最終的な指令を受け取っているのだろう。フィエロを（ほかにつけている者がいるなら、その誰かを）まく気はないようで、一、二分で再び姿を現した。

もしくは、考えたくもないが、導きと力を与えたまえと神に祈っていたのだろうか？

それからエルファバはロウ・コーツ橋を渡り、オズマ・エンバンクメント沿いをぶらつき、ロイヤル・モールの荒れ果てたバラ園を斜めに横切った。雪に悩まされているようで、ケープを何度もしっかりと体に巻きつけている。黒いストッキングとばかでかいブーツに包まれた細い脚のシルエットが、雪の降りしきるオズ鹿苑（ろくえん）（もちろん今は〈鹿〉も鹿もいなくなっている）のまっさらな空間に浮かびあがった。頭を垂れ、無謀な騒乱で命を落とした英雄たちの記念碑やオベリスクの前を通り過ぎていく。フィエロはエルファバへの愛、あるいは少なくとも愛と錯覚するに足るほど大きな不安を抱きつつ考えた——何十人もの英雄たちの目が見下ろしているが、誰もエルファバには気づいていない。固定された台座から互いに視線を交わしながらも、革命が自分たちの間を運命へ向かって歩んでいくことに気づいてはいないのだ。

けれども、エルファバの標的がオズの魔法使いであるはずがない。魔法使いの暗殺者に選ばれるには、自分はあまりにも経験が浅く、目立ちすぎると言っていたのは真実にちがいない。陽動作戦をもくろんでいるのか、あるいは皇帝の座を継ぐ可能性のある人物か有力な側近の命を狙っているのだろう。というのも、魔法使いは今夜、宮廷近くの人民芸術技術協会で開催される、反王党派と修正論者による〈闘争と美徳の展覧会〉で開会の辞を述べることになっているのだが、エルファバはシズ通りの端まで行くと脇道にそれ、宮廷から遠ざかっていったのだ。ゴールドヘイヴンと呼ばれるこぢんまりした高級住宅地に入っていき、大金持ちの邸宅の前に立っている警備の傭兵（ようへい）たちや、ほうきで雪を舗道に掃き出している厩番（うまやばん）の少年たちの前を通り過ぎ、靴音を立てながら舗道の上を歩いていく。顔を上げも下げもせず、肩越しに振り返ったりもしない。フィエロは百歩ほど後ろをついていきながら、雪の中をオペラ用のケープを着て大またに歩いていく自分のほうがずっと目立つだろうと思った。

ゴールドヘイヴンの端に、小さなブルーストーンの宝石のようなレディーズ・ミスティーク劇場がある。その前にある狭いけれどエレガントな広場には、街灯から街灯へ、おびただしい数の白色灯や金と緑のスパンコールが吊るされていた。劇場では祭日を祝うオラトリオなどの演目が組まれていたが、正面の掲示板には〈売り切れ〉とだけ書かれていて、まだ開場前のようだ。人々が集まりつつあり、露店では背の高い陶器のグラスに入れたホットチョコレートが売られている。不遜な若者の集団がふざけて昔のユニオン教の聖歌をもじった歌を歌い、年輩の人々が眉をひそめている。雪があらゆるものの上に降り積もる。白色灯にも、劇場にも、群衆にも。ホットチョコレートの中に落ちては溶け、レンガの上に落ちては凍りつく。

勇敢にも、そして愚かにも――自分で決意したわけでも、選択したわけでもなく――フィエロは近くの私立図書館の階段を上がっていき、群衆にまぎれてしまったエルファバの姿を追おうとした。劇場の中で暗殺が行われるのか？　あるいは放火によって、罪のない享楽者が栗のように焼かれるのか？　標的は一人で、犠牲者はもう定められているのか、それとも大勢の人を巻きこむ騒乱や大惨事になるのか？　犠牲者が多いほど、被害が大きいほど、作戦は成功というわけだろうか。

自分が何のためにそこにいるのか、フィエロにはわからなくなっていた。エルファバを止めたいのか、大惨事が起こったときに人々を助けたいのか、巻きぞえを食って怪我をした人を介抱したいのか、それとも、これから起こることを自分の目で確かめたいだけか。エルファバのことをもっとよく知りたいがために。愛しているのか、愛していないのか、その答えがわかるかもしれない。

エルファバは群衆の中を、誰かを捜しているかのように歩きまわっていた。フィエロはなぜか、彼がここにいることにエルファバは気づいていないと確信していた。標的を見つけるのに気をとられて、僕のことなど目に入らないのか？　それとも、風が雪のとばりを揺らしているため、恋人が同じ野外の広場にいても感じられないのだろうか？

疾風部隊の一団が劇場と隣の学校の間の小道から現れ、劇場正面のガラス扉の前に陣取った。エルファバは石造りのあずまやのような、古い羊毛市場の階段を上っていく。ケープの下に何か持っているのが、フィエロにはわかった。爆弾か。それとも魔術の道具？　広場のどこかに仲間がいるのか？　隊列を組んでいるのだろうか？　群衆の数が増えてきた。開演の時間が迫っているのだ。ガラス扉の中では、人々をスムーズに入場させるために、劇場支配人が支柱を並べ、ベルベットのロープを張っている。金持ち連中のように押したり突いたりしながら公共の場に入ろうとする人はいない。

一台の馬車が、広場の向かいの建物の角を曲がってきた。人があまりに多くて劇場の扉の前に横づけにはできなかったが、できるだけ近いところに止まった。誰かお偉方がやってきたと察して、群衆は少し静かになった。神出鬼没の魔法使い陛下が予告なしにやってきたのだろうか。人工毛皮の帽子をかぶった御者がさっとドアを開け、手を差し出して乗客が降り立つのを助けた。

フィエロは息をのんだ。エルファバの身体が化石のようにこわばる。この人物が標的なのだ。

雪の降りしきる道に、黒い絹と銀のスパンコールを波打たせて、巨大な女性が降り立った。堂々と威厳に満ちたその姿は、まぎれもないマダム・モリブルだ。一度しか会ったことのないフィエロでさえ、それとわかった。

エルファバは彼女を殺すつもりなのだ。とっくに知っていたのだ。一瞬のうちにすべてが明らかになった。もしエルファバが捕らえられ、裁判にかけられたとしても、申し分のない動機がある。エルファバはクレージ・ホールの学生時代から頭がおかしくて、ずっとマダム・モリブルに恨みを抱いていたのだと。完璧だ。

しかし、マダム・モリブルが魔法使いと手を組んで、陰謀を企てているなどということがありうるのか。あるいは、より重要な標的から注意をそらすための陽動作戦なのだろうか？

エルファバのケープがぴくりと動いた。その中で、何かの準備をしているように手が上下に動いている。マダム・モリブルはうなるような声で群衆に挨拶していた。この人物が誰なのか知らない者もいるだろうが、群衆は、べつに巨体の女性の登場でなくとも、何らかの見ものに出くわしたことを喜んでいる。

クレージ・ホールの学長は、チクタク仕掛けの召使いの腕をとって劇場のほうへ四歩進んだ。エルファバが羊毛市場の下の階段から少し身を乗り出す。尖ったあごをスカーフから突き出し、鼻先をまっすぐ標的のほうに向けている。まるで、のこぎりのように鋭い自分の身体を武器にして、マダム・モリブルをずたずたに切り刻んでやろうとするかのように。その両手は今もケープの下で何かを探っている。

ところがそのとき、マダム・モリブルが通り過ぎようとしていた建物――劇場ではなく、隣接するマダム・ティスステイン女子神学校――のドアが突然開き、上流階級の子女らしき生徒の集団が出てきた。ラーラインマス・イブなので、学校で何か行事でもあったのだろうか。フィエロが見やると、エルファバはひどく驚いた顔をしていた。少女たちは六歳か七歳ぐらいで、まだ女性らしさが形作られておらず、ふわふわとしたクリーム状の小さなかたまりのようだ。毛皮のマフに手を入れ、毛皮の襟巻きにくるまれ、毛皮で縁取りされたブーツを履いている。笑ったり歌ったりして、将来そうなるであろう上流階級の大人さながらに騒々しく、行儀が悪い。少女たちの真ん中には、妖精プリネラの扮装をしたパントマイムの役者がいる。例によって中身は男で、道化のようなふざけた化粧をして、大きなつけ胸をして、かつらと派手なスカートを身につけ、麦わら帽子をかぶっている。手に持ったバスケットからは、アクセサリーや飾り物がのぞいている。「あーら、奥様」男は甲高い作り声でマダム・モリブルに話しかけた。「妖精プリネラが、通りがかった幸運な方に、プレゼントを差しあげておりますのよ」

一瞬、フィエロは、女装した男がナイフを取り出し、少女たちの目の前でマダム・モリブルを殺すのではないかと思った。けれども、そうではなかった。エルファバたちは前もって標的の動きをきちんと偵察していたのだろうが、十分ではなかったのだ――これはまさに想定外の出来事であり、妨害だった。今宵、学校の行事があることまでは予測できていなかったのだ。まして少女の群れが出てきて、スカートをはいて裏声でしゃべる役者に騒々しくプレゼントをねだるなどとは。

フィエロは振り返ってエルファバを見た。その顔は信じられないという思いにゆがんでいる。子供たちが邪魔で、予定していた行動を起こせない。その手に負えない小さな群れは、学長のまわりを駆けたり、プリネラをからかったり、誰彼かまわず飛びついてプレゼントをつかもうとしている。少女たちは偶然の産物だった。要人どもの、暴君どもの、人殺し将軍どもの、騒々しくもあどけない娘たち。

フィエロには、エルファバの葛藤がよくわかった。両手をもみ合わせている。とにかくやってしまおうか、それともやめておくべきか——何をしようというのであれ。

マダム・モリブルはといえば、まるで追悼記念日のパレードの山車のごとく、前へ歩を進めていた。自分のために開かれた扉に堂々と足を踏み入れ、安全な場所へ入っていく。

劇場の外では、子供たちが雪の中で歌い踊っている。群衆があちこちへ押し寄せる。エルファバはもみくちゃになり、とうとう柱にもたれて座りこんでしまった。五十メートルほど離れたところにいるフィエロにもわかるほど、自己嫌悪に激しく震えている。フィエロはどうにでもなれという気で、エルファバのほうへ歩きだした。しかし、やっと階段までたどり着いたときには——あとにも先にもこのときだけは——エルファバはフィエロの目の前から姿を消しおおせていた。

聴衆は列をなして劇場の中へ入っていく。子供たちは喜びと強欲さに顔を輝かせながら、通りで声を張りあげて歌っている。マダム・モリブルを乗せてきた馬車が劇場の正面に移動し、乗客が出てくるまでの長い待ち時間をつぶしはじめた。フィエロは不安を覚えて立ち止まった。もしかしたら、何かこれに代わる計画でもあるのだろうか。エルファバは何かほかのものを隠し持っていたのではないか。劇場が爆破されるのではないか。

そのうち、見失っていた数分の間にエルファバが疾風部隊に捕らえられたのではないかと心配になってきた。いくらなんでも、あんなに短い間にどこかに連れ去ることができるだろうか？　もしエルファバが行方不明者の一人になってしまったら、どうしたらいいのだろう？

一瞬のうちに、フィエロは街の反対側へ戻りはじめた。幸いなことに、客待ちをしていた馬車がいる。フィエロは御者に、第九地区の軍の駐屯地に隣接した、倉庫が並ぶ通りに行くよう命じた。

心の底から動揺しながら、フィエロは穀物取引所の上の、エルファバの小さな住みかに戻ってきた。階段を上っているとき、急に腹の調子がおかしくなったが、なんとかこらえて室内用便器にたどり着いた。水っぽい排泄物(はいせつぶつ)が音を立ててほとばしり出る。冷や汗の出た顔を両手で覆った。猫がたんすの上に座り、こちらをにらみつけている。腹を空(から)にし、便器をきれいに洗い流すと、ざっと身なりを整えた。それから、ミルクをボウルに入れてモーキーをなだめようとしたが、猫はひと口も飲もうとしなかった。

フィエロは干からびたクラッカーを数枚見つけると、みじめな思いで口に入れた。そして、空気を入れ換えようと、天窓を開ける鎖を引っぱった。すると雪のかたまりがいくつかころげ落ちてきて、そのまま溶けずに残った。このいまいましい部屋は、それほどに寒いのだ。フィエロは火をおこそうと、ストーブの鉄のふたを開けた。

火がつき、ぱっと燃えあがる。壁に影が映り、いかにも影らしく揺らめいた。ところが、この影たちはすばやく部屋を横切って、フィエロの目の前にやってきた。何が起こったのか確認する間もなかった。ただ、男が三人、四人、五人。黒い服を着て、顔に黒い炭を塗り、頭を色付きのスカーフで包んでいる。フィエロがエルファバとサリマに買ってやったようなスカーフだ。わかったのはそれだけだった。一人の肩に金色に輝く肩章がついている。疾風部隊の上官だ。棍棒が目に入った。それが、馬の蹴(け)りのように、雷に打たれて落ちてくる木の枝のように、頭に振り下ろされる。痛みがあるはずだが、驚きのあまり何も感じない。あれは血だろうか、白い猫の体にルビー色の飛沫(しぶき)がほとばしる。たじろいで見開いた猫の目が、ふたごの月のように、緑がかった金色に光った。なんてラーラインマスにぴったりの色なんだ。猫は開いていた天窓から飛び出し、雪の夜の中へ消えていった。

食事中に呼び鈴が鳴ったときには、一番年の若い修道女が修道院の戸口まで出ていくことになっていた。もっとも、彼女は今かぼちゃのスープとライ麦パンの残り物を片づけているところだったし、ほかの修道女たちはすでに瞑想にふけるような面持ちで、階上の礼拝堂へ移動をはじめている。一瞬、呼び鈴に答えるべきかどうか迷った。あと三分遅かったら、自分もお祈りに没頭しており、呼び鈴の音はそのまま無視されていただろう。正直言って、戸口まで出ていくぐらいなら、皿を洗い桶に浸けてしまいたかった。けれども、めでたい日には慈悲の心を持たなければという思いから、ようやく重い腰をあげた。

修道女が扉を開けると、石造りのポーチの暗い片隅に、猿のようにうずくまっている人影が見えた。その向こうでは、降りしきる雪が、隣接する聖グリンダ教会の正面にさざ波のような模様をつけている。そのため教会は、逆さまでこそなかったが、水に映った像のように見えた。通りに人影はなく、ただ、ろうそくに照らされた教会から聖歌隊の声が漏れてきているだけだ。

「何でしょう?」若い修道女はそう声をかけたが、はっと思い出したようにこう付け加えた。「よきラーラインマスを」

そのとき、奇妙な緑色の手首についた血と、すがるようなまなざしが目にとまる。それを見たとたん、この聖なる日に、この生き物を中へ迎え入れなければならないと感じた。だがちょうどそのとき、修道院長が銀鈴を鳴らすような低い声でプレリュードを歌いはじめるのが聞こえた。先輩の修道女たちも専用の礼拝堂に集まっている。新入りの修道女にとって、ここに来てから初めての大きな典礼行事であり、一瞬たりとも見逃したくなかった。

「わたしと一緒にいらっしゃい」と声をかけると、その生き物——自分より一つか二つ年上の若い女性のようだ——は、なんとか立ちあがり、足の悪い人のようにぎくしゃくと歩きだした。ひどい栄養失調のために筋肉が自在に動かなくなり、手足が今にも折れそうな人のように。

新米の修道女は、娘の手首の血を洗い流そうと洗面所に寄った。きっと、祝日の夕食のために鶏か何かの首をはねたときに飛び散った血がついただけに決まってるわ、自殺なんていう哀れなことをしようとしたんじゃなくて。けれども、娘は水を見ると後ずさりし、ひどくおびえて不満げな顔をした。それで修道女は洗い流すのはやめ、乾いたタオルで拭いてやった。

階上では修道女たちが交唱聖歌を歌いだした。早く行かなくちゃ！　新米修道女は一番手っ取り早い方法を選択した。みじめな娘を冬の客間へ引っぱっていったのだ。そこでは引退した老女たちが、ぼんやりかすんだ記憶とともに余生を送っている。控えめに置かれたマージニウムの鉢植えのきつい香りが、加齢と失禁のにおいを消していた。老女たちは独自の時間を生きていたし、階上の礼拝堂に車椅子を運びあげるというのも無理な話だった。

「さあ、とりあえずここに座っていてくださいね」修道女は娘に言う。「あなたが何を必要としているのか、わたしにはわかりません。隠れ場所なのか、食べ物なのか、お風呂なのか、それとも許しなのか。でも、ここにいれば暖かいし、濡れることもなく、安全で静かです。わたしは零時すぎに戻ってきます。今日は祭日でしょう。夜通し礼拝が続くんですよ。では、待っていてくださいね。希望をもって」

修道女は、何かに追われているような、とりつかれているような娘を柔らかい椅子に座らせ、毛布を持ってきた。ほとんどの老女たちは頭を胸にくっつけ、いびきをかいて居眠りをしている。緑と金色の実と葉の飾りがついたよだれかけに、だらりとよだれが垂れている。何人かはロザリオをつまぐって祈っている。夏の間は開け放たれている中庭も、冬になるとガラス戸が閉められ、まるで水族館の四角い水槽のようだ。中庭に降る雪を眺めていると、決まって皆、穏やかな気持ちになる。

「ほら、雪が降っていますよ。名もなき神のように清らかな白い雪が」新米の修道女は、神に仕える身としての義務を思い出して言った。「神のご加護に感謝しながら、ゆっくりお休みなさい。ここに枕もあります。このスツールに足をのせるといいでしょう。これから私たちは上で名もなき神を讃えて歌を歌うのです。あなたのために祈りを捧げておきますね」

「やめて——」と緑色の幽霊のような客人は言い、頭を枕にもたせかけた。

「喜んでお祈りいたしますね」と、いささか有無を言わせぬ調子で言うと、修道女は部屋を飛び出していった。行列聖歌にはなんとか間に合いそうだ。

しばらくの間、冬の客間は静まりかえっていた。新しい魚が放りこまれた水槽のようだ。外では雪が機械で撒かれているかのように降りしきる。穏やかに、見る者の心を奪うように、サーッというかすかな音を立てながら。部屋の気温が下がったのか、マージニウムが少し花を閉じた。石油ランプの煙が黒く悲しげなリボンのように漂っている。中庭を挟んだ向かいの部屋では——雪と二つの窓で隔てられてぼんやりとしか見えないが——ほかの尼僧よりは日付の感覚がはっきりしている老いた修道女が、ラーラインに捧げるいかがわしい異教の賛歌を口ずさみはじめた。

一人の老婆が、車椅子をじりじりと進めながら、震えている新客に近づいてきた。身を乗り出してくんくんとにおいを嗅ぐ。青と象牙色の格子柄の毛布の中から、老いさらばえた両手を出して肘掛けにのせた。その手を差し伸べ、エルファバの手に触れる。
「ああ、かわいそうに。この娘は病気だよ。疲れきってる」と老婆。それから、新米修道女と同じように、傷口を探して手首に触れる。傷はない。「傷がなくたって、この娘は苦しんでるよ」と満足げに言う。ほとんど毛の抜けてしまった頭が、かぶった毛布の下からのぞいている。「かわいそうに、この娘は気を失ってる。すっかり気が弱ってる」老婆は少し体を揺すると、エルファバの両手を自分の手の間に挟んだ。まるで温めてやろうというように。だが、老いて血のめぐりが悪くなり、自分自身さえ温められない体で、人を温めることなどできるのだろうか。老婆はなおも言いつのる。「この娘は出来そこないだ」とつぶやく。「すべての人によき祝日を与えたまえ。さあ、この老いぼれたおっかさんの胸においで。老いぼれた尼が、何もかも治してあげよう」だが老婆には、夢を見ることも眠ることもできない悲しみからエルファバを救い出すことはできなかった。できることと言えば、若い花びらを包みこむ萼（がく）のように、エルファバの手を自分の手で固く握りしめていることだけだった。「さあ、大切な娘（こ）よ、もう何も心配いらないよ。気のふれたこのマザー・ヤックルの胸でお休み。マザー・ヤックルが家へ連れて帰ってあげようね」

（下巻に続く）

解説〔上〕

『オズの魔法使い』から『ウィキッド』へひろがる世界

児童文学研究家
ちばかおり

『オズの魔法使い』──アメリカで最も知られたファンタジー一九九五年にグレゴリー・マグワイア（一九五四〜）によって発表された『ウィキッド』（*Wicked: The Life and Times of the Wicked Witch of the West*）は、アメリカ児童文学の古典『オズの魔法使い』に着想を得て書かれた小説です。彼にとって初の大人向け小説で、二〇〇三年にブロードウェイでミュージカル化されたことで人気を博しました。

『オズの魔法使い』にはなぜ悪い魔女と善い魔女がいるのか。なぜ一方の魔女は排除されなければならなかったのか。排除された側から見た善と悪とは。マグワイアは児童文学の古典『オズの魔法使い』を題材に取って、オズの西の悪い魔女にエルファバという名前を与え、エルファバの視点からオズの世界を見たらどうなるのかを描きました。ドロシーやかかし、ブリキの木こり、臆病ライオン、オズの魔法使い、そして善い魔女グリンダといったおなじみの面々が登場するだけでなく、『オズの魔法使い』にわずかに登場しただけの脇役も意外と重要な役柄で出てきます。

児童文学の懐かしいキャラクターとの再会に思わず気持ちは高まりますが、内容はあくまで大人向きで、冒頭シーンから文章のテイストが『オズの魔法使い』とは、全く違うことに気付かされます。

異世界を旅する物語

この『ウィキッド』の元になった『オズの魔法使い』(*The Wonderful Wizard of Oz*)は、一九〇〇年にライマン・フランク・ボーム(一八五六～一九一九)によって書かれ、発表当時から大変評判になりました。現在でもアメリカで最も有名な物語の一つと称されています。

物語はカンザスの大平原から始まります。少女ドロシーは、ある日愛犬トトと一緒に家ごと竜巻に飛ばされ、オズという不思議な世界に降り立ちます。ドロシーは家に帰る方法を教えてもらうため、エメラルド・シティのオズの魔法使いに会いに出発します。旅の途中で出会った知恵を求めるかかしや、温かい心が欲しいブリキの木こり、勇気を得たい臆病ライオンもまた、自分たちの願いを叶えるべくドロシーとエメラルド・シティを目指すのです。『オズの魔法使い』は、見知らぬ世界に迷い込んだ主人公が、自分の家に帰るまでを描く〝行きて帰りし物語〟という神話や民話の構造になっており、摩訶不思議(まかふしぎ)な魔法の世界オズへの旅は、今で言う異世界冒険ものです。竜巻が異世界への入り口になるところが、いかにもアメリカらしいと言えるでしょう。

豊かなアメリカへ――エメラルド・シティ

ドロシーが降り立つのは小人(こびと)たちが住む東の国マンチキンの国でした。色鮮やかな花が咲き乱れ、黄金色の畑と深い森の間に、マンチキン達の青く丸い家が点在しています。現実の世界であるカンザスが人も風景も全て灰色だと表現されているのと対照的に、オズの国はマンチキンを青、西の荒地ウィンキーを黄色、南の国カドリングは赤、オズの魔法使いが治めるエメラルド・シティは金とエメラルド。そこへ至る道も黄色のレンガとカラフルです。

W・W・デンスロウ（一八五六～一九一五）による『オズ』の挿絵も、文章に合わせて美しいカラーの石版画で印刷されました。当時の児童書としてもかなり凝った作りで、二十四色もの版が使われており、現代の標準的なオフセット印刷と比べるとどれほど贅沢(ぜいたく)な

"You must give me the Golden Cap."

作りかがわかります。表紙はエメラルドカラーでオズの世界の美しさが表現されました。『オズの魔法使い』が書かれた十九世紀末、アメリカでは飛躍的に産業が発展を遂げ社会経済が大きく変化していました。十八世紀末にイギリスから独立を果たすと、大陸の西へ南へ、元から住んでいた民族を排除しながら領土を広げていきました。南北戦争後、急速に資本主義を発展させ、一八九〇年にフロンティアの消滅が宣言されると、アメリカは目を海外に転じ、豊かな

『オズの魔法使い』初版本（1900 年）よりグリンダに謁見するドロシー（右）、西の悪い魔女と空飛ぶサル（左）。当時は児童文学が黄金時代を迎えようとしており、豪華な本が次々に世に送り出された。『オズの魔法使い』の美しい印刷はその先駆的存在となった。（W・W・デンスロウ画）

領土と資源を背景に超大国として頭角を現していきます。

工業や農業科学・技術の急発展は、大規模農業や資本家に富をもたらし、小規模な生産者は締め出され、都市へ人口が流入しました。ドロシーの叔父や叔母のような西部開拓地の小農家の窮状とは裏腹に、都市では繁栄を謳歌(おうか)していました。この十九世紀末、まさにアメリカの帝国主義が拡張していく時代に『オズの魔法使い』は書かれました。経済発展に沸き、未来を単純に信じられた当時のアメリカの気分は、まさに色鮮やかなオズの国や夢が叶うエメラルド・シティだったのかもしれません。

邪悪（ウィキッド）なものとして生きる

『ウィキッド』の冒頭は、ドロシーたち一行がエメラルド・シティへ向かう様子を魔女が上空から見ているところから始まります。彼女こそが西の魔女と呼ばれたエルファバです。

時は少し遡ります。ドロシーを乗せた家は、竜巻に乗って偶然にも東の魔女と呼ばれていたエルファバの妹ネッサローズの上に落ちました。長いことマンチキンを圧政で苦しめていたネッサローズが死に、人々はドロシーに感謝をします。ネッサローズが履いていた不思議な光を放つ靴は、善い魔女によってドロシーに差し出されます（『オズの魔法使い』では靴をあげるのはグリンダではなく北の善い魔女です）。

「東の悪い魔女」と呼ばれるようになってしまった妹の非業の死に、怒りで身を震わせながら、エルファバはドロシーが履いている靴を取り返すと決意します。エルファバとネッサローズは幼い頃から貧しさを分かち合い、エルファバは身体の不自由な妹を支えて生きてきました。ところがシズ大学で起きたある事件をきっかけに、二人は異なる道を選びます。信仰心の厚いネッサローズがなぜ東の悪い魔女とされたのか、強く賢い一方で傷つきやすく不器用なエルファバが、なぜもう一人の悪い魔女「ウィキッド」として生きたのか、その過程が下巻で明かされます。

『オズの魔法使い』の原作者ライマン・フランク・ボーム（Lyman Frank Baum）。主人公エルファバの名前はボームの名前の頭文字L・F・Baから付けられた。

原作者ボームと女性の権利運動

『オズの魔法使い』の原作者ボームはアメリカ、ニューヨーク州シラキュースに近い町チッテナンゴで、石油採掘、不動産業で成功を収めたボーム家の九人兄姉の七番目に生まれました。裕福な家庭に育ち、弟と二人で雑誌を創刊するなど若い頃から文章に親しんできました。彼は生涯に『オズの魔法使い』を始め、小説、詩、戯曲などを手がけました。

ボームと同居していた義母は女性の権利運動の指導者だったマチルダ・ジョスリン・ゲイジ（一八二六〜一八九八）です。マチルダは政治的、経済的、宗教的、社会的に全ての人が自由になるために闘った人で、十九世紀後半というネイティブアメリカンへの迫害の嵐が吹き荒れた時代に、彼らの権利擁護にも熱心に取り組みました。彼女は「私は生まれながらにして抑圧を憎んでいた」と語っていますが、それは『ウィキッド』のエルファバの想いとも重なるように感じます。

ボームの描く女性像に注目してみると、ドロシーは幼い少女ながら、成人男性であるかかしや木こりなどを従え、時には叱咤激励するリーダー役を務めます。オズシリーズ第二作目『オズの虹の国』では少女軍が反乱を起こしてオズの城を占領し、最終的にオズマ姫が軍を制圧して男女平等を唱えて王位に就くなど、伝統的に男性の活動とされる分野に女性を配置していて、ボーム自身も時代を先取りした考えの影響下にあったことが窺えます。

ひろがる『オズの魔法使い』の世界

『ウィキッド』のベースになった『オズの魔法使い』は一作品では終わらず、ボームは読者に請われるままに全十四作ものシリーズを書きました。物語に魅了された大衆は、ボームの死後も続篇を求め、その数は『オズのメリーゴーランド』（一九六三）まで全部で四十作にも上っています。ボーム自らが書いた続篇には、オズマ姫の物語や『ウィキッド』に出てくる機械人間グロメティックのようなキャラクターも出てきます。またかかしやブリキの木こりが活躍する後日談も描かれます。続篇に出てくる人物たちが、『ウィキッ

"The Head shot forward and struck the Scarecrow."

ボームが目指したのは、グリムやアンデルセン童話をアメリカ風にリメイクしたような明るく楽しい物語だった。ミュージカルにも登場するユニークなキャラクターはボームとデンスロウのアイデアから生まれた。（W・W・デンスロウ画）

ド』に意外な形で顔を出すのもシリーズならではの面白さです。

『オズ』の人気をさらに広げたのがジュディ・ガーランド主演の『オズの魔法使』（一九三九 *The Wizard of Oz*）です。カンザスの灰色の世界をモノクロ映像で表現し、オズの国をテクニカラーで見せた手法は、当時の観客の目を奪いました。公開当初こそ興行成績は思わしくなかったのですが、テレビで繰り返し放送されると人気は高まり、「虹の彼方に」などの名曲とともに現在まで語り継がれる映画となりました。アニメーション化をはじめ、オズの物語をベースにした『ウィズ』（一九七八 *The Wiz*）、『オズ はじまりの戦い』（二〇一三 *Oz:the Great and Powerful*）などの他、変わったところでは『未来惑星ザルドス』（一九七四 *Zardoz*）といったスピンオフ作品も現れました。

書籍も様々なバージョンが出ていますが、中でもこの『ウィキッド』は異色と言える作品です（日本では一九九六年に『オズの魔女記』〔廣本和枝訳、大栄出版〕として翻訳され、二〇〇七年に『ウィキッド 誰も知らない、もう一つのオズの物語』〔上・下、服部千佳子・藤村奈緒美訳、ソフトバンククリエイティブ〕として刊行された）。『ウィキッド』は二〇〇三年にブロードウェイでミュージカル化されて大成功を収めますが、ミュージカル版「ウィキッド」と原作となるこの小説とでは登場人物の役割や描かれ方には大きな違いがあります。ミュージカルでは肌の色の違いや〈動物〉に象徴される人種問題を背景に、エルファバとグリンダの友情を中心として物語が展開します。信念のために悪い魔女と呼ばれる道を選択する賢く誇り高いエルファバの姿が感動的です。

一方の本作は孤独、アルコール依存症、社会不安、不倫、人種差別、障がい者問題と重い内容が続き、全体的にトーンは暗めです。「友情がこんなに厄介なものとは」とうそぶくエルファバらしく、グリンダとの友情を紡ぐ場面は少なめですが、グリンダに恋するボックのキューピッド役を務めてみたり、ボックやその友人らを誘って隠密活動したりと、他者と積極的に関わっていく意外な姿も描かれます。幼い頃から孤立していたエルファバも、〈動物〉をはじめ、オズの各地域から集まった多様な学生たちとの交流を経て少しずつ変わっていきます。そんな彼女の内面の葛藤に軸足が置かれていると言えるでしょう。複雑で誤解に満ちた女性エルファバが「わたしは女じゃない。人間でもない」「悲劇はそこらじゅうで起こってる」「まわりに暴力の影響があふれてる」と吐露するように、人間の弱さを正面から捉え、根深いマイノリティや人種問題といったテーマをあぶり出します。あけすけで卑猥（ひわい）な会話や性的な描写も出てくるため、『オズの魔法使い』の読者は戸惑いを覚えるかもしれません。

しかしこの物語がもう一面から見た『オズの魔法使い』であり、ボームの時代から百年後のアメリカで書かれた作品だと捉えれば、見え方も変わってきます。読者に自由に解釈を委ねる懐の広さ。それこそ題材としての『オズの魔法使い』が持つ面白さであり、可能性です。少女、かかし、ブリキの木こり、ライオンといったユニークなアイコンと、無限の読み方を提供するオズという国。彼らをメタファーとして様々なドラマが可能になる。それがオズの世界です。下巻でいよいよ物語の深部に入っていきます。

参考文献

ライマン・フランク・ボーム『オズの魔法使い』佐藤高子訳、ハヤカワ文庫NV、一九七四年
ライマン・フランク・ボーム『オズの虹の国』佐藤高子訳、ハヤカワ文庫NV、一九七五年
ライマン・フランク・ボーム著、マイケル・パトリック・ハーン編『[ヴィジュアル注釈版]オズの魔法使い』上・下、川端有子日本語版監修、龍和子訳、原書房、二〇二〇年

本書は、二〇〇七年十月にソフトバンククリエイティブより単行本として刊行された作品を改訳、文庫化したものです。改訳は、単行本の訳者である服部千佳子氏・藤村奈緒美氏の了解のもと、市ノ瀬美麗氏が行いました。

翻訳協力：株式会社トランネット

訳者略歴　翻訳家　訳書『クィア・ヒーローズ』シカルディ，『Find Me』アシマン，『あなたの笑顔が眩しくて』バンクス他多数

HM=Hayakawa Mystery
SF=Science Fiction
JA=Japanese Author
NV=Novel
NF=Nonfiction
FT=Fantasy

ウィキッド
誰も知らない、もう一つのオズの物語
〔上〕

〈NV1523〉

二〇二四年五月十五日　発行
二〇二四年七月十五日　二刷

（定価はカバーに表示してあります）

著者　グレゴリー・マグワイア
訳者　市ノ瀬美麗（いちのせみれい）
発行者　早川浩
発行所　株式会社早川書房
郵便番号　一〇一－〇〇四六
東京都千代田区神田多町二ノ二
電話　〇三－三二五二－三一一一
振替　〇〇一六〇－三－四七七九九
https://www.hayakawa-online.co.jp

乱丁・落丁本は小社制作部宛お送り下さい。
送料小社負担にてお取りかえいたします。

印刷・株式会社精興社　製本・株式会社明光社
Printed and bound in Japan
ISBN978-4-15-041523-5 C0197

本書は活字が大きく読みやすい〈トールサイズ〉です。